SARAH MAINE

Jenseits des breiten Flusses

GOLDMANN
Lesen erleben

Buch

Schottland 1893: Die 19-jährige Evelyn Ballantyre macht sich auf, ihren Vater auf eine Reise nach Kanada zu begleiten. So kann sie die Grenzen des herrschaftlichen Anwesens hinter sich lassen, das für sie in den letzten Jahren eher ein Gefängnis als ein Zuhause war. Seit jener schicksalhaften Nacht, in der zwei Menschen starben und ihr Jugendfreund, der Stallbursche James Douglas, der Tat beschuldigt fliehen musste. Doch als sie in der kanadischen Wildnis unverhofft auf James trifft, drängen die dunklen Geheimnisse der Vergangenheit an die Oberfläche. Und Evelyn muss sich entscheiden, wo ihre Zukunft liegt …

Autorin

Sarah Maine wurde in England geboren, wuchs dann aber in Kanada auf, bis sie in ihre Heimat zurückkehrte, um Architektur zu studieren. Schon als Kind lernte sie die einzigartige Schönheit Schottlands lieben, wenn sie dort mit ihren Eltern Urlaub machte, eine Tradition, die sie heute mit ihrer Familie fortführt. Sarah Maine lebt in York im Nordosten Englands.

Von Sarah Maine außerdem bei Goldmann erschienen:

Die gestohlenen Stunden. Roman
(auch als E-Book erhältlich)

Sarah Maine

Jenseits des breiten Flusses

Roman

Aus dem Englischen
von Sonja Hauser

GOLDMANN

Die englische Originalausgabe
erschien 2017 unter dem Titel »Beyond the Wild River«
bei Hodder & Stoughton, an Hachette UK company.

Dieses Buch ist auch als E-Book erhältlich.

FSC
www.fsc.org
MIX
Papier aus verantwortungsvollen Quellen
FSC® C014496

Verlagsgruppe Random House FSC® N001967

1. Auflage
Deutsche Erstveröffentlichung September 2018

Umschlaggestaltung: UNO Werbeagentur, München
Umschlagmotiv: Evelina Kremsdorf/Trevillion Images;
Mark Owen/Trevillion Images
Redaktion: Irmgard Perkounigg
An · Herstellung: kw
Satz: omnisatz GmbH, Berlin
Druck und Bindung: GGP Media GmbH, Pößneck
Printed in Germany
ISBN: 978-3-442-48721-9
www.goldmann-verlag.de

Besuchen Sie den Goldmann Verlag im Netz

Für meinen Vater und meine Mutter
und für Ian, für die Tage in der Wildnis

Prolog

Charles Ballantyres Anwesen, Scottish Borders, Grenzgebiet zwischen Schottland und England, 1888

Der Schuss schreckte die Saatkrähen von den Bäumen auf.

Als James, der im Wald unterwegs war, ihn hörte, fluchte er und begann zu rennen, ohne auf die Zweige und Dornen zu achten, die seine Haut ritzten und sich in seiner Kleidung verfingen. Am Waldrand angekommen, sah er Jacko in die Knie gehen, den Kopf zurückgeworfen, die Hände gegen die Brust gepresst.

Die Saatkrähen formten einen gezackten Heiligenschein am Himmel, während James zum Schilf hastete, an dessen Rand der Wilderer lag, einen mit einem Stiefel bekleideten Fuß im seichten Wasser. Er sank neben ihm nieder.

»*Jacko!* Jacko, nicht aufgeben!«

Doch der Atem des alten Mannes ging rasselnd, seine Augen waren geschlossen. Blut quoll zwischen seinen schmutzigen Fingern hervor und breitete sich auf seinem Hemd aus.

»*Nein!*«

So durfte es nicht enden. Die Krähen kreischten, ein Wasserhuhn huschte ins Schilf.

James betrachtete den Angeschossenen, sein Jugendvorbild, seinen Beschützer und Freund. Schuldgefühle stiegen in ihm auf. Er hatte ihn verraten …

»Da ist noch einer.« Die Stimme eines Mannes von der anderen Seite des Flusses.

James hob den Blick und suchte in Jackos zerrissenen Taschen hastig nach etwas, womit sich die Blutung stoppen ließe.

Aussichtslos.

»Ich hole Hilfe.«

Jacko öffnete die Augen, kurz leuchteten sie auf. »Bei denen?« Er stieß ein krächzendes Lachen aus.

James schaute noch einmal über den Fluss. Am anderen Ufer standen zwei Männer in Jagdkleidung aus Tweedstoff. Sie musterten ihn, ohne sich zu bewegen. Hausgäste? Der eine hielt die Flinte auf Taillenhöhe. Was war passiert? Hatten *sie* auf Jacko geschossen? Der mochte leichtsinnig sein und nicht ganz richtig im Kopf, aber der alte Wilderer stellte für niemanden außer sich selbst eine Bedrohung dar.

Dann entdeckte James eine dritte Gestalt im Schatten einer uralten Eiche. Nun wurde ihm manches klar. Er fluchte. Bestimmt war das einer der Wildhüter, vermutlich McAllister höchstpersönlich. Der würde Jacko ohne mit der Wimper zu zucken erschießen, um ihren Jahrzehnte währenden Konflikt zu beenden.

Der Mann trat aus dem Schatten heraus, und James' Herz setzte einen Schlag aus.

Das war nicht McAllister und auch keiner seiner Männer.

Sondern Ballantyre.

Gott sei Dank! Doch James' Erleichterung verflüchtigte sich, als Ballantyre sich nicht von der Stelle rührte. Er sah James nur über den Fluss hinweg an, und James schaute zurück.

»Lauf weg«, flüsterte Jacko heiser und zupfte an seinem Ärmel, doch James' Blick blieb über das ruhig dahinfließende Wasser auf Ballantyre gerichtet. »*Lauf.* Lauf, so schnell du kannst, Junge, und so weit weg, wie …«

Die Krähen, dunkle Zeugen des Geschehens, begannen sich zu zerstreuen, ihr Kreischen drang durch die laue Luft des Herbstabends. Kurz sammelten sie sich über den Dächern und Kaminen des über gepflegten Rasenflächen aufragenden Ballantyre House und beschrieben drohend einen einzigen Kreis darüber, bevor sie sich in die aufsteigenden Nebel erhoben.

Dann ging alles sehr schnell. Erst später würden sich die Ereignisse vor James' geistigem Auge Szene um Szene wiederholen, ein ums andere Mal, viele Jahre lang, und James würde versuchen, einen Sinn darin zu entdecken.

Jacko sank leblos in seinen Armen zusammen, sein wilder Geist flog mit den Krähen davon – und da: Peng! Eine zweite Kugel zischte knapp an James' Wange vorbei.

Irgendwo stieß jemand einen Wutschrei aus.

James' Instinkte erwachten. Er sprang auf und flüchtete geduckt in den Schutz des Eichenwaldes wie ein Fuchs in seinen Bau, das Echo des Krähengezeters in den Ohren.

Eins

Columbian Exposition, Weltausstellung, Chicago, 1893

Alle paar Minuten durchschnitt ein riesiger Lichtstrahl den Nachthimmel über der White City so grell, dass die Vögel auf den dunklen Wellen des Sees erschraken. Er erhellte den eleganten Bug von Mr Larsens Jacht *Walküre*, die dort vor Anker lag, und ließ den Rumpf erglänzen. Nun erreichte er Evelyn Ballantyre, die, über die Backbordreling gebeugt, auf die schartigen Spiegelungen hinunterschaute. Sie begann, die Sekunden zu zählen. Eins, zwei, drei – als der Strahl sich entfernte, hob sie den Kopf und folgte ihm mit dem Blick über den Pier, der sich etwa einhundert Meter entfernt befand. Dort erhellte er die Promenade mit ihren Ständen und Buden, die bereits geschlossen waren, bevor er wieder hinaufwanderte und die Silhouetten klassischer Kuppeln und Kolonnaden beleuchtete.

Die White City, die Weiße Stadt …

Kurz streifte der Strahl das Achterdeck, wo Evelyns Vater und ihr Gastgeber Mr Larsen unter dem gestreiften Sonnensegel in Abendkleidung auf den Beginn des Festes warteten.

»Alles in Ordnung, Liebes?«, erkundigte sich ihr Vater. Sie nickte und wandte sich erneut dem See zu. Zuvor hatte sie ihnen Gesellschaft geleistet, war dann aber mit einem Lächeln aufgestanden, das keinem der Männer auffiel, um zur Reling hinüberzuschlendern und das Schauspiel mitzuverfolgen, wie Elekrizität das Ufer verwandelte. Das Gespräch der beiden hatte sich wie immer hauptsächlich um aktuelle Zeitungsartikel gedreht, in denen nun tagtäglich die Rede war von Bankrotten und Selbstmorden. Was gab es darüber noch Neues zu sagen?, fragte sich Evelyn.

Sie betrachtete stirnrunzelnd die Spitzen ihrer paillettenbesetzten Schuhe. Es handelte sich um ein neues, ausgesprochen teures Paar, das sie bei einem kurzen Einkaufsbummel während eines Landgangs in New York auf dem Weg nach Chicago erworben hatte. Die Pailletten funkelten, als der Lichtstrahl sie erfasste, Glanz ohne jegliche Substanz.

Die White City. Die Bezeichnung hatte sie in Schottland das erste Mal gehört und sich einen geheimnisvollmagischen Ort vorgestellt. Die Stadt, die sie nun mit eigenen Augen sah, wurde tatsächlich ihren Erwartungen gerecht. Doch an der lauten Machinery Hall, der Maschinenhalle, in der sie den Vormittag verbracht hatten, war für sie nichts Ätherisches oder Magisches gewesen, und auch nicht am Mines and Mining Building, dem Gebäude, das sich Minen und Bergbau widmete und das sie am Nachmittag aufsuchten. Ihr Vater hingegen war natürlich von beiden Hallen fasziniert gewesen und hatte sich über Kosten und mögliche Gewinne erkundigt, während sie die außergewöhnliche Kleidung der wenigen Frauen betrachtete, die wie sie die Männer begleiteten.

Mr Larsen hatte im Salon der Jacht Reiseführer und Programme ausgelegt, die Evelyn fasziniert durchgegangen war.

»Die Welt kommt nach Chicago«, hatte er lächelnd erklärt, »lassen Sie sich von den Wundern der Stadt beeindrucken.« Sie hatte im *Illustrierten Führer durch die Weltausstellung und Chicago* und einem Buch über die *Columbian Exposition* geschmökert. Aus ihnen wussste sie, dass es abgesehen von den großen Pavillons auch einen japanischen Garten und eine chinesische Pagode zu bestaunen gab, dazu Eskimos und ein Indianerlager sowie die allseits beworbenen Attraktionen des Midway Plaisance. Aber ihr Vater hatte diese Seiten lediglich überflogen und sich stattdessen auf die langweiligste der Ausstellungshallen konzentriert, ohne einen Gedanken darauf zu verschwenden, was *sie* interessieren könnte.

Morgen jedoch, wenn auch die anderen Mitglieder ihrer Gruppe eintrafen, würden sie und Clementina die Männer ihren Maschinen überlassen und gemeinsam die Attraktionen des Woman's Building erkunden. Ein Gebäude, ausschließlich von Frauen ersonnen, hatte Mr Larsen ihr erklärt, angefüllt mit weiblichen Schöpfungen, ausgestattet mit Wandgemälden, die die unterschiedlichen Lebensbereiche von Evelyns Geschlechtsgenossinnen feierten, außen geschmückt mit dem Werk einer Bildhauerin in Evelyns Alter.

Noch einmal blickte sie zu ihrem Vater hinüber, der ausgesprochen selbstzufrieden und weltmännisch wirkte, und überlegte, was sie selbst mit ihren neunzehn Jahren vorzuweisen hatte. Auf dem riesigen ländlichen Anwesen im Grenzgebiet zwischen Schottland und

England, viele Kilometer von Edinburgh entfernt, verbrachte sie Wochen in der langweiligen Gesellschaft eines Zeichenlehrers und eines unsicheren Tutors, der ihr die klassische Literatur nahezubringen versuchte. Machte ihr Vater sich je Gedanken über ihre Gefühle oder ihre Zukunft? Oder ging er einfach davon aus, dass sie wie Clementina den Sohn irgendeines Nachbarn ehelichen und ihr Leben auf einem ähnlichen Anwesen wie ihrem eigenen verbringen würde, ohne je etwas von der großen weiten Welt mitzubekommen?

Wenn sie an die erbarmungslose Langeweile dachte, bekam sie es mit der Angst zu tun.

Begriff er denn nicht, dass es Langeweile gewesen war, die zu dem Zwischenfall geführt hatte?

Evelyn sah zu, wie die Spiegelungen auf dem Wasser sich in zackige Gebilde auflösten, wenn der Lichtstrahl sich der *Walküre* näherte. Einfach eine Freundschaft, nichts weiter, Folge ihrer Einsamkeit und wachsenden Frustration, ohne jede Bedeutung! Ihr Vater hatte schockiert sofort reagiert, sehr zu ihrer Freude, musste Evelyn zugeben, die sie sich allerdings lieber nicht anmerken ließ. Seit jenem grässlichen Tag, an dem sie sich in seinem Arbeitszimmer hatte rechtfertigen müssen, war kein Wort mehr über den Zwischenfall verloren worden, doch sie wusste, dass er sie nun mit Argwohn beobachtete.

Sie hörte ihn über eine Bemerkung von Mr Larsen lachen und schaute erneut in Richtung des verzauberten Ufers. Er beobachtete sie, ja, aber er sah nichts.

Die beiden Männer sprachen gerade davon, dass sie am folgenden Morgen das Electricity Buildung besichtigen wollten, bevor George und Clementina mit dem Zug eintrafen.

Mr Larsen hatte über Evelyns entsetzten Gesichtsausdruck geschmunzelt, als sie zum ersten Mal von diesem Plan hörte. »Wir werden uns auch das Midway Plaisance ansehen, das verspreche ich Ihnen, meine Liebe, und das Riesenrad von Mr Ferris. Sollen wir eine Fahrt damit wagen? Trauen Sie sich das?«

Sie hatte schmallippig gelächelt. Hielt er sie etwa für ein Kind, das man mit der Aussicht auf eine Leckerei abspeisen konnte?

Über den Dächern entdeckte sie nun das Riesenrad, erhellt von einer doppelten Reihe funkelnder Lichter. Ein erstaunlicher Anblick. Plötzlich konnte sie den Abend kaum noch erwarten. Aber die beiden unterhielten sich nach wie vor. Was hatten sie nur zu bereden? Rund um sie herum ereigneten sich finanzielle und politische Katastrophen, hatte man ihr erklärt, doch ihr Vater und Mr Larsen wirkten ruhig. Deswegen konnte sie eigentlich nur annehmen, dass sie keine ernst zu nehmenden Verluste erlitten hatten. Warum also die endlosen Gespräche?

»Es dauert nicht mehr lange, meine Liebe«, rief Mr Larsen ihr zu. »Bleiben Sie auf dem Posten. Der Magier sagt, wir sollen die Augen offen halten.«

Mr Larsen war Bankier, einer der wenigen Geschäftspartner ihres Vaters, die Ballantyre House aufsuchten. Wegen Bankgeschäften überquerte er den Atlantik regelmäßig einmal jährlich. Evelyn mochte ihn. Er war gesellig, sich selbst und anderen gegenüber großzügig, korpulent, sprach mit ihr über Bücher und Gemälde, fragte sie nach ihrer Meinung und versuchte, ihren Geschmack zu ergründen. Doch jedes Mal, wenn sie sich abmühte, ihre Gedanken zu formulieren, entführte ihr Vater ihn, um sich stundenlang mit ihm in seinem Arbeitszimmer zu vergraben oder auf der Terrasse bei Zeitungen und Zigarren endlos zu diskutieren. *Die zwei sind dicke Freunde,* hatte Evelyn die Haushälterin eines Nachmittags sagen hören, als sie den Tee zu ihnen hinausschickte.

Beim Blick auf die stahlgraue Oberfläche des Sees überkam Evelyn wieder dieses Gefühl der Übelkeit. Ihr Vater war hoch angesehen in der Grafschaft, ein Friedensrichter, der für die Königin Recht sprach.

Und Wilderer ihrer gerechten Strafe zuführte …

Evelyn schaute hinüber zu den Jachten, die in der Nähe vertäut waren, und begann, zur Ablenkung Bugspriete zu zählen. Achtzehn, neunzehn – es waren wohl zwanzig, eine kleine Flotte des New York Yacht Club, wie sie von Mr Larsen wusste. Sie zerrten an ihren Ketten wie nervöse Vollblüter, herausgeputzt mit Flaggen und Wimpeln, schick wie ihre Eigentümer. Der glänzende Lack reflektierte das Licht auf Messingrelings und hochglanzpolierte Decks, während der Geruch teurer Zigarren übers Wasser zu ihr herüberwehte. Vielleicht wurden dort ähnlich ernste Gespräche geführt, unterbrochen von Anweisungen an Bedienstete in Livree, die ihre Sorge, möglicherweise schon bald keinen Lohn mehr zu erhalten, hinter einer Maske der Dienstbeflissenheit verbargen.

»Was denkt die hübsche Evelyn wohl?«

Sie war die Altherrengalanterie des Bankiers gewöhnt, die er mit verschmitztem Blick und dem leicht singenden Akzent seines heimatlichen Aalborg präsentierte, als er sich zu ihr an die Reling gesellte. Sie schüttelte belustigt den Kopf.

Aus den Augenwinkeln nahm sie wahr, wie ihr Vater einen Zug an seiner Zigarre nahm und sie beobachtete. Stellte er sich diese Frage ebenfalls?

»Ich versuche, dem allen einen Sinn abzugewinnen«, erklärte sie. Diese Antwort würde sie auch ihrem Vater geben, falls er sich jemals die Mühe machte, sich zu erkundigen.

»Ah. Der *Sinn* …«

Kultiviertes Lachen drang von den anderen Jachten übers Wasser zu ihnen.

Evelyn deutete hinüber. »Wo ist die Panik, von der Sie reden? Die Verzweiflung …«

Mr Larsen schloss die Finger um die Reling und schaute ernst über die Reihe sich hebender und senkender Bugspriete zu der größten Jacht, der *Morgan-le-Fey*, die gelassen in ihrer Mitte ruhte. Sie sei vor der Flotte her durch den Erie-Kanal gefahren und gehöre dem Magier, der an diesem Abend ihr Gastgeber sei, hatte er ihr erklärt.

»In den Herzen der Männer da draußen herrscht Panik, meine Liebe …«, meinte Mr Larsen und zog eine Taschenuhr hervor, deren schwere Goldkette sich über seinen breiten Brustkorb spannte, bevor er hinzufügte: »… nur nicht in dem Organ, das bei dem Magier für solche Gefühle zuständig ist.«

Evelyns Vater lachte. »In den Augen von Niels Larsen sehe ich zum Glück auch keine Panik«, bemerkte er, legte den Kopf in den Nacken und blies blauen Zigarrenrauch in die Nachtluft, bevor er sich erhob, um sich zu ihnen zu gesellen.

»Das Geld für die Ausstellung«, meinte Evelyn, »diese Jachten und die Kleidung und der Schmuck … Woher stammt es, und wohin verschwindet es?«

»Das, meine Liebe«, antwortete der Bankier, »fragen diese Leute sich auch.«

Da wurde die Stille unvermittelt durch das laute Zischen und Knallen eines Feuerwerks gestört. Ein Dutzend Raketen schoss vom Bug der *Morgan-le-Fey* in den Himmel und zeichnete Lichtspuren in die Dunkelheit. Allgemeines Staunen. Wer auf den Achterdecks geruht hatte, erhob sich ehrfürchtig. Wenige Minuten später machte sich das erste Boot auf den Weg.

»Die Bittsteller schwärmen aus, um ihre Anliegen vorzutragen, und die Hungrigen, um sich zu laben …«, murmelte Evelyns Vater, während nun sie von Panik ergriffen wurde. Bei der ersten Salve erstarrte sie, klammerte, die Augen zugepresst, die Finger um die Reling, und ihr Herz setzte einen Schlag lang aus, bevor es zu rasen begann. Ihr Atem ging flach und keuchend. Evelyn zwang sich, die Augen wieder zu öffnen. Um gegen ihre aufsteigende Übelkeit anzukämpfen, konzentrierte sie sich auf die dunklen Umrisse der Boote, die die Spiegelbilder der Jachten auf ihrem Weg zur *Morgan-le-Fey* durchschnitten. Der Nachthimmel wurde vom Licht der Raketen und Sternregen erhellt, und in der Luft lag der Geruch von Kordit.

* * *

Evelyn zitterte immer noch ein wenig, als man ihr aus dem Boot an Deck der *Morgan-le-Fey* half, und zuckte bei jeder neuen Rakete zusammen. Sie gehörten zu den letzten Gästen, die eintrafen, was ihnen bestimmt irgendeinen Evelyn unbekannten Vorteil verschaffte. An Deck drängten sich bereits modisch gekleidete, elegante Menschen. Nur wenige waren jünger als vierzig, dachte Evelyn. Sie beobachtete, wie sie sich unter den schwankenden Schatten der über ihnen befestigten Lampions unterhielten und sich Drinks und exotische Leckereien von den Bediensteten reichen ließen, die auf den Decks herumhuschten, um ihnen jeden Wunsch von den Augen abzulesen. In ihrer Mitte hielt ein groß gewachsener, breitschultriger Mann Hof. Als er ihre Gruppe entdeckte, winkte er sie mit gebieterischer Geste heran.

Das also war der Magier …

Eigentlich heiße er Jeremiah Merlin und leite ein mächtiges Bankenimperium, hatte Mr Larsen Evelyn gesagt. »Er ist ein Finanzgenie von legendärem Ruf.«

»Ha!«, hatte ihr Vater verächtlich ausgerufen. »Ähnlich legendär wie der von Beelzebub. Sein Name ist ein Hohn.«

»Wieso?«, hatte sie gefragt.

»Der Merlin ist eine Falkenart, die angeblich Tauben fängt, Liebes, aber Jeb würde ich eher als Aasgeier bezeichnen.«

Larsen hatte gelacht. »Diese Ansicht solltest du heute Abend lieber für dich behalten, mein Freund.«

»Wenn es sein muss.«

Und so ging bei der Begrüßung durch ihren Gastgeber alles sehr höflich und gesittet vonstatten.

»Ist dies Ihre erste Reise nach Amerika?«, fragte Merlin Evelyn, berührte kurz ihre Hand und wandte sich wieder ihrem Vater zu, bevor sie antworten konnte. »Ihren Namen höre ich in letzter Zeit oft, Mr Ballantyre.« Das klang wie eine Frage. »Es gehen Gerüchte …«, fuhr er fort, und dabei wanderte sein Blick zwischen den beiden Männern hin und her.

Evelyns Vater reagierte mit einer Bemerkung über die prächtige Jacht, ein Ablenkungsmanöver, das ihrem Gastgeber eindeutig nicht gefiel.

»Gerüchte, Niels?«, hörte sie ihn murmeln, als sie sich entfernten und ein schmaler, besorgt wirkender Mann ihren Platz einnahm.

»Gerüchte gibt es immer, mein Freund.« Mr Larsen legte eine Hand auf Evelyns Arm und geleitete sie zur Reling, wo ein dunkelhäutiger Bediensteter ihnen etwas zu trinken brachte.

Evelyn betrachtete den Wirbel aus Menschen und Lichtern, der sich auch auf einer Bühne gut gemacht hätte.

Mr Larsen schmunzelte über ihre Miene. »Beeindruckend, nicht? Sechzig Meter helles Kiefernholzdeck, Mahagoniverschalungen und glänzende Messingverzierungen. Dazu Schonersegel …«, er blickte hinauf zu den Masten, »… obwohl ich das Schiff noch nie länger als eine halbe Stunde unter Segeln gesehen habe. Jeb hält eine Reisegeschwindigkeit von zwölf Knoten in der Stunde. Ihm ist klar, dass wir alle mit seiner Jacht nicht mithalten können. Soweit ich weiß, gibt es hier zehn große Kabinen, sechs Bäder, einen Billardraum, ein Musikzimmer, eine Bibliothek und ein Deck, groß genug für ein kleines Orchester und eine Tanzfläche.« Er hob sein Cocktailglas gegen das Licht und zeigte ihr den eingravierten Zauberstab mit Sternenbogen über dem Wappen des New York Yacht Club. Dann nahm er einen kleinen Schluck und sah Evelyns Vater über den Rand des Glases hinweg an. »Du wirst ihn im Auge behalten müssen, Charles.«

»Keine Sorge, das werde ich.«

»Und zwar ohne das geringste Mitleid.«

»Selbstverständlich.«

Als Evelyn den Blick hob, bemerkte sie, dass Mr Larsen Mr Merlin beobachtete. Dieser hatte den Bittsteller, der ihren Platz eingenommen hatte, weggeschoben und schüttelte einem anderen die Hand.

»Sein Vater war Metzger in Carlisle. Weißt du das?« Mr Larsen beugte sich über die Reling, um das Wasser des Sees zu betrachten.

Der Rest des Abends verlief als langweilige Abfolge höflicher Gespräche mit Geschäftsfreunden von Mr Larsen. Zu Evelyns Überraschung kannten viele ihren Vater oder zumindest seinen Namen, und es beeindruckte sie, welche Hochachtung sie ihm entgegenbrachten, während er sie ihnen, weltgewandt und selbstsicher wie eh und je, vorstellte. Sie wiederholte mit dem immer gleichen starren Lächeln ihre Antworten auf die immer gleichen Fragen und musste fast jedes Mal feststellen, dass man ihnen keinerlei Beachtung schenkte.

Irgendwann eilte ein kleiner rundlicher Mann zu ihnen. »Ballantyre! Was, zum Teufel, führt Sie hierher?« Das Licht der Lampions ließ seinen großen Brillantring funkeln.

»Fraser. Schön, Sie zu sehen«, begrüßte Evelyns Vater ihn und stellte ihn ihr als Geschäftspartner aus Perth vor, mit dem ihn finanzielle Interessen zu beiden Seiten des Atlantiks verbanden.

Fraser musterte Evelyn kurz, bevor auch er sie fragte, ob dies ihr erster Aufenthalt in Amerika sei, und sich ihrem Vater zuwandte. »Was, sagten Sie, führt Sie hierher, Charles?«

»Ich habe gar nichts gesagt.«

Der klein gewachsene Mann sah Mr Larsen, dann wieder Evelyns Vater mit einem verschmitzten Blick an. »Man hört Gerüchte, wissen Sie.«

»Gerade hat man mir erklärt, dass es immer Gerüchte gibt«, entgegnete Evelyns Vater.

Fraser wandte sich Evelyn zu. »Das letzte Mal habe ich Ihren Herrn Vater in einem Sitzungssaal in Edinburgh gesehen, in Gesellschaft einer Gruppe hartgesottener Calvinisten, die der festen Überzeugung waren, dass die Misshandlung und Vernachlässigung von Waisen ihnen Erlösung bringt.« Er schaute ihren Vater an. »Wie ist das Ganze ausgegangen? Haben die Herren den Heimleiter in Schutz genommen?«

»Er muss sich wegen des Mordes an dem Jungen vor Gericht verantworten.« Die Miene von Evelyns Vater wurde hart.

Fraser stieß einen Pfiff aus. »Tatsächlich? Ich dachte, sie finden eine Möglichkeit, die Sache unter den Tisch zu kehren.«

»Das haben sie versucht.«

Wieder einmal beschlich Evelyn dieses vertraute Gefühl der Verwirrung und des Schmerzes. Die Welt hielt viel von Charles Ballantyre und erachtete ihn als Mann von unerschütterlicher Integrität, als Verfechter einer Strafrechtsreform und als großzügigen Wohltäter, der sein Geld und seinen Einfluss zur Förderung gerechter Anliegen nutzte. So viel wusste sie.

Sie senkte den Blick.

Früher hatte auch sie viel von ihm gehalten …

* * *

Früher war ihr Verhältnis völlig anders gewesen, unkompliziert und von bedingungsloser Liebe geprägt. Als Kind kniete sie gern auf dem gepolsterten Sitz am Fenster des Musikzimmers von Ballantyre House, die Hände auf der von ihrem Atem beschlagenen Scheibe, und hielt nach ihm Ausschau an Tagen, an denen er zurückerwartet wurde. Wenn sie ihn dann sah, rannte sie mit wippenden Locken hinaus auf die kiesbedeckte Auffahrt, und er hob sie, sobald er von Zeus abgestiegen war, hoch in die Luft und drückte sie an sich oder, noch besser: Er zog sie zu sich auf den großen schwarzen Hengst hinauf und hielt sie fest, damit sie nicht herunterfiel. Wenn sie später auf dem Anwesen mit Pächtern und Farmern sprachen, beantworteten diese seine Fragen voller Respekt und Zuneigung. Und noch später, in der duftenden Abendluft am Fluss, hüpfte sie vor ihm her oder ging Hand in Hand mit ihm. Sie blieben stehen, um die Fische zu beobachten, die an die Oberfläche kamen, und seine Augen glänzten vor Vorfreude auf das Angeln am folgenden Tag, während er ihr Stellen zeigte, an denen sich das Wasser vielversprechend kräuselte. Wenn ein Reiher sich aus dem Schilf erhob, um mit bedächtigem Flügelschlag heimwärts zu fliegen, beschrieb er ihr, wie andere Kinder lebten, und erklärte ihr, dass viele von ihnen hungrig zu Bett gehen müssten, nicht die Schule besuchen könnten, keinerlei Möglichkeiten in der Welt hätten und Geld und Einfluss ein Privileg seien und dazu genutzt werden sollten, Hoffnung zu bringen. Sie lauschte und nickte und bemühte sich, die Komplexitäten einer Welt zu begreifen, vor der seine väterliche Hingabe sie schützte.

Und manchmal stellte sie ihm Fragen über James Douglas …

* * *

Bald schon verabschiedete sich Fraser. Während er das Deck entlangschlenderte und sich unter eine andere Gruppe von Gästen mischte, bemerkte Mr Larsen mit leiser Stimme: »Er streckt die Fühler aus.«

Evelyns Vater nickte.

»Was soll das heißen?«, fragte Evelyn, frustriert über die Angewohnheit der beiden, mit Blicken und rätselhaften Halbsätzen zu kommunizieren, deren Sinn sie nicht verstand.

»Nicht jetzt, Liebes«, murmelte ihr Vater, wandte sich ab und stippte seine Zigarre in einem Aschenbecher mit den Insignien der Jacht ab.

Doch Mr Larsen, der ihn nicht gehört hatte, erläuterte Evelyn mit gedämpfter Stimme, dass es einen Streik in einer Fabrik Frasers in New York State gegeben habe, bei dem mehrere Streikende schlimm verprügelt worden seien. Einer sei an den Folgen gestorben, der Zwischenfall habe hohe Wellen in der Politik geschlagen. Frasers inhumane Arbeitsbedingungen seien aufgedeckt, sein Umgang mit der Angelegenheit allgemein verurteilt worden.

Evelyn beobachtete, wie der klein gewachsene Mann sich erfolgreich in die Mitte der Gruppe vorarbeitete. »Man scheint ihm verziehen zu haben«, bemerkte sie.

»Der Schein trügt oft, Liebes«, entgegnete ihr Vater. »Und die Menschen haben ein gutes Gedächtnis.«

»Hätte er den Zwischenfall nicht verhindern können?«

Gerade schlug Fraser einem Mann auf den Rücken und lachte ziemlich laut.

»Damals hatte er gerade in Leith eine Auszeichnung für seine erfolgreiche Arbeit in den Slums erhalten«, sagte Evelyns Vater trocken.

»Hier wurde er von den Zeitungen als *Heuchler* empfangen«, meinte Mr Larsen.

Evelyn erhaschte noch den Blick ihres Vaters auf sie, bevor sie den Kopf senkte und mit den Knöpfen an ihren Handschuhen zu spielen begann. Das Wort »Heuchler« hing ätzend wie Giftgas zwischen ihnen und erinnerte sie an jene schreckliche Szene im Arbeitszimmer ihres Vaters.

* * *

Ein Monat zuvor

»Und wer ist die Frau, mit der *du* zusammen warst?«, fragte sie mit hochrotem Gesicht. Angriff war die beste Verteidigung, dachte sie.

»Das geht dich nichts an.«

»Jedenfalls keine Frau, die du zum Tee nach Hause einladen würdest, oder?«

»Nein, Schlaumeier.« Kurz blitzten seine Augen auf. »Aber ich bin kein neunzehnjähriges Mädchen, das einen Ruf zu verlieren hat und Glücksrittern zum Opfer fallen könnte. Und im Moment reden wir auch nicht von meinem Verhalten …«

»Glücksritter? Patrick war nicht hinter meinem Geld her!«

»O doch, meine Liebe. Auf die eine oder andere Art.«

»*Nein!*«

Ihre Wut machte Evelyn leichtsinnig.

»Und deine Freundin war nicht hinter Geld her?«

Er hob die Augenbrauen, und sie spürte, dass sie einen Vorteil errungen hatte.

»Das nenne ich *Heuchelei*, Papa.«

Es war, als hätte sie ihm eine Ohrfeige verpasst. Er wurde blass. Sie sahen einander über einen Abgrund hinweg an, der tiefer war, als sie beide zugeben wollten. Dann verzog er das Gesicht.

»Ja, aber ich bin, anders als du, nicht mehr zu retten, mein Kind.«

* * *

Der Abend auf der Jacht endete mit einem Konzert, das, so vermutete Evelyn, hauptsächlich stattfand, um zu demonstrieren, dass Mr Merlins Behauptung, auf dem Deck sei genug Platz für ein ganzes Orchester, stimmte. Das teilte sie Mr Larsen mit gesenkter Stimme mit, der schmunzelnd ihre Hand drückte, während die mitreißende Melodie eines Strauß-Walzers erklang. Einige Paare tanzten. Erstaunlich, dachte Evelyn, dass diese eleganten Menschen tanzen und lachen konnten, während ihr Vermögen – falls das, was Mr Larsen ihr gesagt hatte, stimmte – sich in Luft auflöste. War das alles nur ein Spiel, und wenn ja, zu welchem Zweck? Trotz oder Verblendung? Oder meinten sie, hier, am Hof des Magiers, vor Katastrophen geschützt zu sein?

Sie entdeckte ihren Vater, der sich einige Zeit zuvor von ihnen entfernt hatte und sich nun mit ihrem Gastgeber unterhielt. Er stand halb hinter einer Säule, weswegen er den Bediensteten, der sich mit einem Silbertablett Mr Larsen näherte, nicht sehen konnte.

»Ein Telegramm für Mr Ballantyre, Sir, von der *Walküre*.«

Wenig später gesellte sich ihr Vater wieder zu ihnen, und Mr Larsen zeigte ihm das Telegramm. Evelyns Vater las es, runzelte die Stirn und reichte es Mr Larsen, der es ebenfalls überflog und ihm wortlos zurückgab.

Evelyn spürte Angst in sich aufsteigen. »Was ist, Papa?«

»Ach, etwas Geschäftliches, Liebes«, antwortete er, bevor er das Telegramm noch einmal las, es nachdenklich faltete und schließlich geistesabwesend den Falz mit Daumen und Zeigefinger nachzog. Als die Musik aufhörte, beugte er sich zu Mr Larsen vor. »Wir *müssen* den Mann finden, bevor jemand anders es tut. Es steht viel auf dem Spiel.«

»Aber wo sollen wir nach ihm suchen …?«

»Wenn überhaupt jemand ihn findet, dann Kershaw.«

»Dem vertraust du?«

»Er ist der beste Agent, den ich je hatte.«

Evelyn lauschte, als sie anfingen, sich über Verträge und Übereinkünfte, über Schürf- und Bodenrechtsregistrierungen zu unterhalten, und verstand kein einziges Wort.

»Das gefällt mir nicht«, schloss ihr Vater mit grimmiger Miene. »Die Sache ist nicht ganz koscher.«

Der Abend war verdorben. Evelyn blieb nichts anderes übrig, als enttäuscht zuzuhören. Geschäfte, Männersache. Auf der Rückfahrt zur *Walküre* wurde ihr klar, dass man sie vergessen hatte. Es gebe einen frühen Zug, teilte Mr Larsen ihrem Vater mit, der Charles zu einem Hafen bringen würde, von dem aus er das Dampfschiff über den See nehmen und Port Arthur einige Tage früher als die Jacht erreichen könne. Dort wäre er dann in der Lage, selbst festzustellen, wie die Dinge stünden.

Evelyn verließ das Boot mit verkniffenem Mund und machte sich auf den Weg nach unten. Erst jetzt schien ihr Vater sich zu erinnern, dass sie bei ihm war. Er ergriff ihren Arm, drehte sie zu sich herum und hob ihr Kinn mit dem Zeigefinger an.

»Es geht leider nicht anders, Liebes«, meinte er und zwang sie, ihm in die Augen zu sehen.

»Nein?«

Er verzog das Gesicht. »Nein …«

Mr Larsen bedachte Evelyn mit einem mitfühlenden Blick. »Wir kommen auch ohne ihn zurecht, das verspreche ich Ihnen. So kann ich Sie sogar verwöhnen, ohne Einwände Ihres Vaters befürchten zu müssen. Außerdem treffen morgen früh Ihre Freunde ein.«

»Und wenn Clementina da ist, musst du dir nicht

mehr den Kopf über mich zerbrechen …« Evelyn bedachte ihren Vater mit einem Lächeln, das kein echtes Lächeln war, löste ihren Arm aus seinem Griff und ging unter Deck.

Zwei

Nachdem Evelyn die Kabinentür hinter sich geschlossen hatte, lehnte sie sich kurz dagegen und betrachtete ihr heruntergeklapptes Bett. Eine Bedienstete erhob sich mit müdem Blick von einem Stuhl, um Evelyns Anweisungen entgegenzunehmen. Evelyn ließ sich von ihr die Haken des Kleids lösen, das sie in New York erworben hatte, bevor sie sie mit einem freundlichen Nicken entließ.

Ausziehen konnte sie sich ja wohl allein …

Mr Larsens Jacht war nicht so groß und prächtig wie die von Mr Merlin, aber er sorgte dafür, dass es Evelyn an nichts fehlte. In ihrer Kabine befand sich eine eingebaute Frisierkommode, ein schönes Stück aus Walnussholz mit glänzenden Messinggriffen, an die sie sich nun setzte, um die Nadeln aus ihren Haaren zu entfernen und sich im Spiegel zu betrachten. Darin sah sie ein müdes, mürrisches Gesicht. Sie fuhr sich mit den Fingern durch ihre Mähne, schüttelte sie und begann sie auszubürsten, ohne auf die Tränen zu achten, die ihr in die Augen traten und die sie ihren heftigen Bürstbewegungen zuschrieb.

Ein rosafarbenes Stück Papier auf einem Silbertablett, mehr war nicht nötig gewesen, um ihren Vater wegzulocken, weg von ihr, die trotz seiner Versprechungen auch hier wieder nur eine Nebenrolle in seinem Leben spielte – wie zu Hause. Sie erhob sich, wusch sich, kletterte in das merkwürdige kleine Klappbett und zog die Quiltdecke bis zum Kinn hoch, musste aber feststellen, dass der seidige Stoff kaum Wärme bot.

Nach jenem Nachmittag in seinem Edinburgher Arbeitszimmer hatte er ihr verboten, das Haus ohne Begleitung zu verlassen. Bestürzt über seine Miene hatte sie es nicht gewagt, sich ihm zu widersetzen, während er hinter den Kulissen alles sehr schnell regelte und sie schließlich vor vollendete Tatsachen stellte.

»Nächsten Monat wirst du mich nach New York begleiten, Liebes«, hatte er ihr einige Tage nach dem Zwischenfall bei geschmortem Lamm zu ihrem Erstaunen mitgeteilt. »Sobald meine geschäftlichen Termine dort erledigt sind, nehmen wir den Zug nach Chicago und treffen Mr Larsen. Er will mit einer kleinen Flotte von Booten zur Weltausstellung und hat uns auf seine Jacht eingeladen. Die ganze Welt ist unterwegs nach Chicago, sagt er, also fahren wir auch hin.«

Er hatte sein Glas gefüllt, ihre Reaktion leicht belustigt registriert und auf ihren halb vollen Teller gedeutet. »Hast du keinen Hunger?«

Sie hatte ihr Fleisch geschnitten und sorgfältig gekaut, ohne ihm in die Augen zu blicken, damit er ihre Aufregung nicht bemerkte. Endlich würde sie noch etwas anderes von der Welt kennenlernen als Ballantyre House und Edinburgh. Und er würde sie mitnehmen, sie nicht zu Hause lassen.

»Wenn wir uns an all den Wundern sattgesehen haben, fahren wir weiter nach Kanada …«

Sie hatte die Stirn gerunzelt und gleichmäßig weitergekaut. Ihr Vater war an kanadischen Unternehmen beteiligt und hatte wie Mr Larsen in die dortige Eisenbahn investiert.

»... wo wir angeln gehen werden.«

Sie hatte geschluckt und ihn verwundert angesehen. »*Angeln?*«

»Ja, angeln«, hatte er wiederholt, »im besten Forellenfluss der Welt.« Er hatte die Hand ausgestreckt, um eine Kartoffel aufzuspießen. »Eine richtige *Expedition* mit Zelten, Kanus, Lagerfeuern und allem Drum und Dran. Und falls du das langweilig finden solltest, kannst du Clementina dein Leid klagen. Sie und George werden sich in Chicago zu uns gesellen und mit uns nach Norden fahren.«

Sie hatte ihn entgeistert angesehen. »Aber ... Clementina in einem *Zelt?*«

Kurz hatten sie sich beide über die Vorstellung von der eleganten und ausgesprochen femininen Lady Clementina Melton in einem Zelt amüsiert.

»George ist begeistert von der Idee und hat es geschafft, Clementina davon zu überzeugen, dass es ihr Vergnügen bereiten wird. Sie leistet dir nicht nur Gesellschaft, sondern verleiht dir auch Respektabilität, die dir nicht sonderlich wichtig zu sein scheint.«

Dies war sein bisher deutlichster Verweis auf den Zwischenfall. Sie hatte trotzig das Kinn gehoben, worauf er sie mit grimmig-belustigter Miene musterte.

»Falls du dich nach Abenteuern sehnst, Liebes, wirst du die auf dem Nipigon leichter finden als hinter einer Hecke in den Castle Gardens.«

Danach hatte sie ihn in der Hektik der Reisevorbereitungen kaum noch gesehen. Während der Fahrt über den Atlantik war sie bei hohem Wellengang seekrank geworden.

Er hatte sie jeden Tag aufgesucht und sich mitfühlend erkundigt: »Du Arme, verträgst du das Geschaukle immer noch nicht?«

Als sie sich dann tatsächlich daran gewöhnt hatte, war bereits die Skyline von New York in Sicht gekommen.

Von dort aus waren sie hierhergefahren.

Und morgen würde er wieder aufbrechen …

Evelyn verschränkte die Hände hinter dem Kopf und betrachtete düster die Gipsdecke ihrer Kabine. Das Geschäft war der Herrscher über sein Leben, ein strenger, unnachsichtiger Herrscher. In New York war es wieder das Gleiche gewesen. Dort hatte er sie sofort nach ihrer Ankunft in die Obhut der Frau eines seiner Geschäftsfreunde gegeben, während er verschwand, um Dinge in der Stadt zu erledigen. Offenbar war alles im Voraus arrangiert worden. Dass er sie nicht informiert hatte, ärgerte sie.

Die Frau, eine Matrone um die vierzig, hatte sie unter ihre Fittiche genommen, sich über ihr Äußeres mokiert und war gleich mit ihr zum Einkaufen gegangen, um Evelyns ihrer Ansicht nach dürftige Garderobe zu ergänzen. Evelyn hatte das Angebot des luxuriösen Warenhauses, die adretten Verkäuferinnen und die eleganten Kundinnen mit großen Augen bestaunt, und ihre Begleiterin hatte sie ermutigt, das Geld ihres Vaters auszugeben, sie dabei allerdings so stark bedrängt und sich so große Vertrautheit angemaßt, dass Evelyn sich schon aus Prinzip weigerte.

Nun wünschte sie sich, weniger zurückhaltend gewesen zu sein …

Vielleicht hätten exorbitant hohe Ausgaben seine Aufmerksamkeit erregt, denn ihrem veränderten Aussehen und ihrer wachsenden Frustration war das nicht gelungen. Ihre neue Frisur und ihre modische Kleidung hatten ihm lediglich ein »Sehr hübsch, Liebes« entlockt. Ansonsten hatte er sie, wie alles, was sich außerhalb seiner eigenen Welt abspielte, kaum wahrgenommen. Seiner Welt der Geschäfte. Einer Männerwelt.

Sie drehte sich zur Seite, den Blick auf die mit Vorhängen geschmückten Bullaugen gerichtet. *Etwas Geschäftliches,* hatte er am Abend gesagt und wieder einmal diese unüberwindliche Barriere zwischen ihnen errichtet. Geschäfte schufen Wohlstand, und Wohlstand erkaufte Behaglichkeit. Sie waren sehr wohlhabend, das begriff sie, weswegen sich ihr Leben ausgesprochen behaglich gestaltete. Von ihr erwartete man nur, dass sie den Haushalt ihres Vaters schmückte, bis er sie irgendwann irgendeinem Mann zur Frau gab. Und Evelyn sah keine Fluchtmöglichkeit.

Er schien nie reden, richtig reden zu wollen, über die wichtigen Dinge, und manchmal war er monatelang nicht daheim. Selbst wenn er sich zu Hause aufhielt, war er für sie unerreichbar, vergrub sich mit Papieren in seinem Arbeitszimmer und gab Anweisung, ihn nicht zu stören. In den vergangenen Jahren hatte es sich bei ihm zu einer veritablen Besessenheit ausgewachsen, Reichtum anzuhäufen. Evelyns Ansicht nach war der ein dürftiger Ersatz für das, was sie früher einmal gehabt hatten und nun nicht mehr besaßen. Ihre Gedanken schreckten zurück vor gefährlichem Terrain und flüchteten sich auf das sicherere Gebiet des Kummers. Sie erinnerte sich, wie er vier Jahre zuvor eine versprochene Reise zur Weltausstellung in Paris abgesagt hatte und stattdessen nach Kapstadt gefahren war, von wo er mit exotischen Geschenken zurückkehrte, die ihren Schmerz nicht lindern konnten.

In letzter Zeit hatten sich nicht nur ihre Ressentiments gegen ihn verstärkt, ihr war auch aufgegangen, wie weitreichende Investitionen ihr Vater tätigte: In Südafrika war er an Goldminen beteiligt, in Kanada an Eisenbahnlinien. Sie begann außerdem zu begreifen, wie eng seine geschäftlichen Beziehungen zu Mr Larsen und seiner Bank waren. Der Bankier hielt sich immer häufiger in Ballantyre House auf. Vielleicht kamen sie in dem Haus in Edinburgh ebenfalls zusammen, obwohl Evelyn das bezweifelte. Edinburgh war der Ort, an dem ihr Vater seinen philanthropischen und Verwaltungstätigkeiten nachging, wo er das Theater besuchte und sich mit Freunden traf. Und mit seinen Frauen …

Sie lauschte auf das sanfte Lecken der Wellen am Rumpf der Jacht und überlegte, wann seine Besessenheit von geschäftlichen Dingen begonnen und ihr Verhältnis zueinander sich so drastisch verändert hatte. Und ihr kam jener Tag fünf Jahre zuvor in den Sinn, an dem der Wilderer erschossen worden war.

Drei

Columbian Exposition, Chicago, 1893

»Unglaublich, Mr Larsen!«

Larsen führte die gerade angekommenen Gäste in den Salon der *Walküre,* wo Lady Melton sich staunend umsah.

»Alles so ordentlich und *elegant.*«

Larsen verfolgte amüsiert, wie sie die Finger über die Möbel gleiten ließ und innehielt, um den Sitz ihres Hutes vor dem vergoldeten Spiegel zu überprüfen, bevor ihr Blick über die ledergebundenen Bücher in den Regalen wanderte.

»Findest du nicht auch, George?«

Ordentlich und elegant, so, so. Wie um Himmels willen hatte Ballantyre sie dazu überredet hierherzukommen?

»Meine Frau ist leider schrecklich neugierig«, meinte Melton mit einem entschuldigenden Lächeln. »Wenn Sie es ihr nicht ausdrücklich verbieten, schaut sie in alle Schubladen.«

Sir George Melton war schmal und kantig wie die meisten Engländer seiner Gesellschaftsschicht. Zurückhaltend, aber gewitzt, vermutete Larsen. Und mehrere, vielleicht sogar zehn Jahre älter als seine Frau. Larsen war dieser Typ Mann vertraut. Gentlemen wie er bewohnten englische Anwesen auf dem Land und kannten sich aus mit Sportgewehren, Kartenspielen und Frauen. Sie waren in der Lage, die ganze Nacht zu trinken und bei Tagesanbruch schon wieder auf dem Pferd zu sitzen.

Von Ballantyre wusste Larsen, dass Melton passionierter Angler war, und das genügte ihm.

»Fühlen Sie sich auf der Jacht wie zu Hause, meine Liebe«, sagte Larsen und verbeugte sich augenzwinkernd. »Evelyn freut sich schon auf Ihre Gesellschaft.«

Die Tochter seines Freundes bedachte ihn mit dem gleichen verkniffenen Lächeln, das sie bereits den gesamten Vormittag zur Schau trug. Zum Beispiel am Morgen, als sie neben Ballantyre am Bahnsteig auf den verspäteten Zug der Meltons gewartet hatte. Larsen waren die wiederholten kurzen Blicke seines Freundes auf die Bahnhofsuhr nicht entgangen. Am Ende war lediglich Zeit für eine hastige Vorstellungsrunde und ein paar kurze Erklärungen gewesen, während das Gepäck der Gäste entladen wurde.

Evelyn hatte mit versteinerter Miene dagestanden und nur wenig gesagt, als ihr Vater sich dafür entschuldigte, dass er sich so überstürzt von ihnen verabschieden musste.

»Schade, aber natürlich haben wir ein Auge auf Evelyn«, hatte Lady Melton gemeint und Evelyn freundlich bei sich untergehakt. »Leider entgeht Ihnen so die Fahrt über die Seen …«

»Aber nicht das Angeln, nehme ich an«, hatte ihr Mann trocken ergänzt.

»Sicher nicht.« Ballantyre hatte erneut einen Blick

auf die Bahnhofsuhr geworfen und, den Mantel über dem Arm, seine Reisetasche in die Hand genommen. »Ich muss los. Noch einmal Entschuldigung, Clementina. Ich bin Ihnen sehr dankbar, und wenn es Ihnen gelingt, Evelyn dazu zu bringen, dass sie mir verzeiht, werde ich auf ewig in Ihrer Schuld stehen. Niels, was soll ich sagen …?«

»Ist nicht der Rede wert. Mach dich auf den Weg!«

Ballantyre hatte seine Tochter angesehen und abrupt die Reisetasche abgestellt, Evelyn zu sich herangezogen und gemurmelt: »Evie, Liebes, bitte hör auf, mich zu hassen.« Dann hatte er ihr einen Kuss auf die Stirn gedrückt.

Ein merkwürdig schmerzerfüllter Ausdruck war auf das Gesicht des Mädchens getreten. »Ich komme zum Abteil mit«, hatte Evelyn gesagt.

»Nein.« Ballantyre hatte sich von ihr gelöst und sie zu Lady Melton geschoben, bevor er seine Tasche vom Boden aufhob. »Ich muss mich beeilen.« Mit diesen Worten war er den Bahnsteig entlanggehastet und eingestiegen. Aus dem Zug hatte er ein einziges Mal gewinkt, eine Geste, die des Rauchs wegen, den die Lokomotive beim Anfahren ausstieß, kaum zu sehen war, und Evelyn hatte ihm mit halb erhobener Hand nachgeblickt.

Nun musterte Larsen sie, wie sie aus dem Fenster schaute, während Lady Melton sich weiter entzückt über den eleganten Salon äußerte. Bestimmt steckte hinter diesem Bruch zwischen Vater und Tochter mehr als ein Streit über einen halbwüchsigen Jungen aus dem Moor. Oder war das arme Mädchen etwa in den Burschen verliebt gewesen? Ballantyre hatte Larsen den Eindruck vermittelt, dass es ihm gelungen war, die Sache im Keim zu ersticken, bevor Schaden entstehen konnte.

Vielleicht war es am klügsten, Evelyn der Obhut ihrer Freundin zu überlassen, dachte Larsen und wandte sich George Melton zu.

»Das Ruderhaus und der Maschinenraum dürften Sie interessieren, Sir. Ich zeige Ihnen beides, während Evelyn Ihrer Frau hilft, sich hier häuslich einzurichten. Bevor wir an Land gehen, gibt es an Deck ein leichtes Mittagessen.« Er geleitete seinen Gast zur Tür. »Letztes Jahr habe ich eine neue Maschine einbauen lassen, so fahren wir schneller und ruhiger.«

Sobald die beiden weg waren, forderte Clementina Evelyn mit leuchtenden Augen auf: »Zeig mir alles, meine Liebe!«

Die Kabine der Meltons war selbstverständlich größer als die von Evelyn und genauso luxuriös eingerichtet.

»Faszinierend!« Clementina warf einen anerkennenden Blick auf den hübschen Schreibtisch und die Frisierkommode und bückte sich, um die Schubladen unter dem Klappbett in Augenschein zu nehmen. »Wie in einem Puppenhaus. Alles ist so praktisch.« Sie begutachtete die Stifte und das Briefpapier auf dem Tisch und stieß Entzückensschreie über die kleinen Luxusartikel aus, nahm Handspiegel und Bürsten, legte sie wieder weg und bewunderte eine Porzellanschale mit Rosenblüten. »Das wird sicher eine schöne Fahrt! Was für eine wundervolle Idee von deinem Papa, uns einzuladen!«

Ihr Tonfall ließ Evelyn stutzen. Wusste Clementina über den Zwischenfall Bescheid? Bei dem Gedanken wurde sie vor Entrüstung rot, und sie drehte sich weg, vorgeblich, um die Tür zu dem winzigen Bad und dem Wasserklosett zu inspizieren. Clementina schob sich an ihr vorbei und sah hinein. »Sogar eine Dusche gibt's hier! Gütiger Himmel! Die muss George zuerst für mich ausprobieren, denn die in New York war schrecklich kompliziert!«

Clementina schwärmte weiter von den Wundern New Yorks, den hohen Gebäuden, Geschäften und Theatern, die sie besucht hatten, und den Menschen auf den Straßen, während sie die Hutnadeln löste, den Hut absetzte, ihre Haare glättete und den Hals reckte, um ihren Teint im Spiegel zu überprüfen.

»Ich hätte ewig dort bleiben können, du nicht? All die herrlichen Läden! Aber George hatte Angst, dass ich ihn in den Ruin treibe. Ich hatte ja keine Ahnung, dass die Jacht so luxuriös sein würde. Wie viel Geld diese Amerikaner zu haben scheinen!«

Sie inspizierte eine imaginäre Hautunreinheit mithilfe des silbernen Handspiegels.

»Dein Mr Larsen ist wirklich nett. George meint, er ist reich wie Krösus.«

Sie schlug die Hand vor den Mund und verzog verlegen das Gesicht, während sie Evelyn über den oberen Rand des Spiegels hinweg ansah. »Aber er ist ja auch Bankier.«

Ihr Mr Larsen? Was um Himmels willen dachte sie? Ihre Freundin erschien Evelyn größer und schmaler, als sie sie in Erinnerung hatte, und kantiger. Erwachsener. »Er ist ein alter Freund der Familie«, erklärte sie.

Clementina senkte den Spiegel und stieß ein glucksendes Lachen aus, das fast wie früher klang.

»Ach, Dummchen, so war das nicht gemeint! Der ist doch viel zu alt für dich. Daheim musst du uns einmal länger besuchen. Dann stelle ich dir alle möglichen Leute vor …«

Sie wusste also tatsächlich etwas, dachte Evelyn.

»… und wir überreden deinen Papa, dass er wieder Leute nach Ballantyre House einlädt. Seine Jagdgesellschaften waren legendär. Ich war damals noch zu jung dafür, aber George ist immer gern hingegangen.«

Dann hatten plötzlich keine mehr stattgefunden …

Clementina war auf einem Anwesen gerade einmal dreißig Kilometer von Ballantyre House entfernt aufgewachsen und hatte in ihrer Jugend, obwohl fünf Jahre älter als Evelyn, viel Zeit mit dieser verbracht. Doch schon bald war Clementina in die Höhe geschossen, hatte angefangen, ihre Haare hochzustecken, und sich innerlich von ihr entfernt. Ihre Ehe mit George Melton, mit dem sie in Richtung Süden, nach England gezogen war, galt allgemein als gut.

»Was hat Papa dir gesagt?«, fragte Evelyn.

Ihre Freundin zögerte und begann, die Kissen auf dem Bett aufzuschütteln.

»Wie meinst du das?« Clementina wandte sich wieder dem Frisiertisch zu, strich ihre Haare noch einmal glatt und sah Evelyn im Spiegel an.

»Du weißt ganz genau, wie ich das meine«, antwortete Evelyn. Clementina war nie eine gute Lügnerin gewesen. »Ich bin nicht auf den Kopf gefallen, weißt du. Verrate mir, was er gesagt hat.«

Clementina zuckte mit den Achseln und setzte sich.

»Mein Gott, nur dass du mit den richtigen Leuten in

Kontakt kommen und Gelegenheit haben sollst, etwas von der Welt zu sehen. Und er hat gefragt, ob wir euch begleiten wollen.«

Wieder stiegen Ressentiments in Evelyn hoch.

»Hat er behauptet, dass ich mich mit den *falschen* Leuten abgebe?«

»Tust du das denn?« Clementinas vielsagender Gesichtsausdruck veranlasste Evelyn, sich abzuwenden.

Inzwischen schämte sie sich für den Zwischenfall. Sich auf ein Treffen mit Patrick Kelly einzulassen war ein Fehler gewesen. Sie hatte erleichtert reagiert, als ihr Vater ihn nach seiner Entdeckung so abrupt entließ. Es war die eine Sache, sich während Ausritten auf dem Anwesen zu unterhalten, doch eine völlig andere, sich in Edinburgh heimlich mit ihm zu treffen, hatte sie feststellen müssen. Er hatte auf der Parkbank zu nahe bei ihr gesessen, sein Blick war zu unverblümt gewesen, und sie hatte nicht damit gerechnet, dass er ihre Hand nehmen würde. Letztlich war sie froh gewesen, als ihr Vater sich ihnen auf dem Kiespfad zwischen den hohen Lorbeerhecken näherte, trotz der Szene, die er ihr dann machte.

»Wer war denn der Glückliche?« Clementinas Augen funkelten neugierig, doch als Evelyn ihre Frage beantwortete, rief sie entsetzt aus: »Ein *Stallbursche*! Evie, was um Himmels willen hast du dir dabei gedacht? Das ist Wahnsinn und kann großen Schaden anrichten!«

Schaden! Evelyns Ressentiments verwandelten sich in Zorn. »Es war völlig harmlos. Wir haben uns unterhalten, in aller Öffentlichkeit …«

»*In aller Öffentlichkeit!*« Clementinas Entsetzen wuchs. »Evie! Hoffentlich hat euch niemand gesehen!«

»Und wenn, wäre es auch egal gewesen, weil ich keine Menschenseele in Edinburgh kenne.« Sie machte Anstalten zu gehen, doch Clementina hielt sie auf.

»Wenn du es unbedingt wissen willst: Dein Papa hat dein Verhalten in seinem Brief an mich als Fehleinschätzung bezeichnet und mich gebeten, dich sozusagen unter meine Fittiche zu nehmen, sobald wir wieder zu Hause wären. Er hat sich selbst die Schuld gegeben, nicht dir …«

Da klopfte es an der Tür, und man teilte ihnen mit, dass gleich das Mittagessen auf dem Achterdeck serviert werde.

»Es ist ja nichts passiert, und niemand weiß etwas, nicht einmal George.«

* * *

Larsen begrüßte seine junge Freundin, die sich unter dem gestreiften Sonnensegel am Achterdeck neben ihn setzte, mit einem Lächeln. Sie wirkte nicht mehr so blass, fand er.

»Herrlich!«, schwärmte Lady Melton gerade. »Was für ein Vergnügen! Alle waren unglaublich neidisch, als ich erzählt habe, dass wir zur Weltausstellung fahren. George interessiert sich natürlich eher fürs Angeln und legt Hardy's Katalog kaum noch aus der Hand, seit wir die Einladung von Charles erhalten haben.«

»Ausstellungen finden immer wieder einmal statt«, meinte Melton schmunzelnd, »aber die Gelegenheit, am Nipigon zu angeln …«

»… ist etwas Einmaliges.« Larsen nickte und hob sein Glas. Er konnte den Mann gut leiden. »Allerdings hoffe ich, dass Sie nicht zu viel Geld für Ausrüstung ausgegeben haben. Die Forellen im Nipigon sind nicht sonderlich wählerisch, sie beißen eigentlich immer an. Das Schwierigere ist der Kampf danach. Da muss man entschlossen zupacken können.«

Er griff nach der Flasche, um Getränke für die Damen einzuschenken, als Melton erzählte: »Ich habe mir eine von diesen neuen Angelruten mit Stahlkern geleistet ...«

Seine Frau wandte sich Evelyn zu. »Du hast ja keine Ahnung, was es beim Angeln alles zu bedenken gilt: Ruten, Schnüre, Fliegen. Wahrscheinlich ist dein Papa genauso schlimm wie George.«

»Verwendet er immer noch seine ganz speziellen Fliegen als Köder?«, erkundigte sich Melton bei Evelyn.

»Ich glaube schon«, antwortete sie.

Als sie nach einem scharf gewürzten Ei griff, sah Larsen wieder diesen merkwürdigen Schatten über ihr Gesicht huschen. Er lenkte das Gespräch zurück auf das Thema Weltausstellung, beschrieb die Konflikte bei Planung und Aufbau sowie die Auseinandersetzungen über die Hallen und Exponate. Dann neckte er Evelyn sanft wegen ihrer Meinung über das Mines and Mining Building und wurde endlich mit einem Lächeln belohnt.

»Geben Sie es zu, meine Liebe, Sie fanden es todlangweilig.«

»Natürlich«, sagte sie und hob ihr Kinn auf die ihr eigene aparte Art.

»Das kann ich mir vorstellen! Wo man doch auch all die hübschen Promenaden und Höfe bewundern könnte«, meinte Clementina. »Aber keine Sorge: Heute Nachmittag erkunden wir die ausführlich.«

* * *

Nach dem Essen brachte das Beiboot der *Walküre* sie durch den glänzend weißen Triumphbogen der Ausstellung zu der Anlegestelle für Besucher von der Seeseite.

»Die Schau feiert vier Jahrhunderte des Fortschritts seit der Landung von Kolumbus«, erläuterte Larsen, als sie am stillen Wasser des Bassins entlanggingen. »Der Zeitpunkt ist angesichts der aktuellen Ereignisse vielleicht nicht allzu geschickt gewählt, aber in schwierigen Jahren wie diesen fällt es vermutlich leichter zurückzublicken als nach vorn.«

»Ja«, pflichtete George ihm bei. »Manchmal wirkt die Vergangenheit weniger bedrohlich als die Zukunft.«

Tatsächlich? Evelyn drehte ihren Sonnenschirm, während sie den Brunnen am anderen Ende des Bassins betrachtete. Für sie stellte die Vergangenheit einen Ort dar, an den sie sich kaum jemals wagte.

Tags zuvor war sie mit ihrem Vater und Mr Larsen neben dem riesigen Brunnen gestanden, und ihr Vater hatte mit dem Daumen auf die kunstvoll gearbeiteten Skulpturen gezeigt.

»Was soll uns das sagen?«, hatte er gefragt. »Eine geflügelte Siegesgöttin, dazu ein paar kräftige rudernde Nymphen …«

»Das sind die Künste, die Wissenschaft und die Industrie, die das Gefährt voranbringen«, hatte Mr Larsen mit einem Lächeln in Richtung Evelyn erklärt. »Klassische allegorische Figuren, wie du sicher weißt, mein Freund.«

»Aha! Amerika in der Nachfolge Roms.«

»Genau.«

»Ist dir denn die Ironie nicht bewusst?« Ballantyre hatte sich abgewandt, um einer wohlgeformten Fessel nachzublicken, deren Besitzerin am Rand des Bassins entlangschlenderte.

Mr Larsen hatte die Augen verdreht und Evelyn bei sich untergehakt.

»Wieso ist Ihr Vater so zynisch, meine Liebe?«

Darauf hatte sie keine Antwort gewusst.

George wirkte beeindruckter, als ihr Vater es tags zuvor gewesen war. »Mich fasziniert die Größe.« Er nahm eine imposante vergoldete Statue in Augenschein, die sich aus dem Bassin erhob und die Einheit der Republik symbolisierte.

Auch dafür hatte Evelyns Vater am Vortag nur ein verächtliches Schnauben übrig gehabt.

»*Einheit?*«, hatte er gehöhnt. »Ich frage mich, was die Farmer der Prärie, die praktisch Sklaven der Versicherungsgesellschaften an der Ostküste sind, wohl dazu sagen würden. Und die Streikenden …«

»Mein Lieber«, Mr Larsens Augen hatten gefunkelt, »du machst es einem Führer durch die Ausstellung sehr schwer.«

»Tue ich das?«

Doch Evelyn, die dieser Seite von ihm schon lange nicht mehr begegnet war, hatte ihn erstaunt angesehen. Da war sie wieder, seine alte Leidenschaft …

Mr Larsen riss sie aus ihren Gedanken. »Wen kann

ich für die Wunder des Midway Plaisance begeistern? Ich vermute, dass Lady Melton sich uns anschließen möchte, aber wie sieht es mit Ihnen aus, Sir?«

George schüttelte den Kopf und meinte, er werde den Weg zum Electricity Building allein finden und sich später auf der Jacht wieder zu ihnen gesellen.

Mr Larsen hakte die beiden Damen links und rechts bei sich unter und geleitete sie durch das Tor des Midway Plaisance.

»Wo wollen wir anfangen?«, fragte er. »Sollen wir zuerst die Kamele bestaunen oder die Männer in Seidengewändern, die vor dem Turkish Theatre, dem Türkischen Pavillon, Wasserpfeife rauchen? Oder darf ich Sie dem Anblick von Halbnackten aus einem samoanischen Dorf aussetzen?«

Das Midway Plaisance sei erst spät in die Ausstellung aufgenommen worden, teilte er ihnen mit, als sie den Hauptweg entlangspazierten, und bei den Besuchern ausgesprochen beliebt.

Doch am Ende des langen heißen Sommers wirkte alles ausgeblichen und schlaff. Evelyn, die in der Menge hin und her geschoben wurde, hatte schon bald genug von dem Lärm und der allgemeinen Geschäftigkeit, über die sich exotische klagende Musik und Rufe der Verkäufer legten, während über ihren Köpfen die Fahnen zahlreicher Nationen knatterten. Die hängenden Schultern der Händler und Aussteller zeugten von Müdigkeit, Langeweile und Gleichgültigkeit. Trotzdem versuchten sie Besucher in die Hallen zu locken und äfften die säuerliche Miene und das mürrische Stirnrunzeln derjenigen nach, die sich weigerten einzutreten. An etlichen Basaren und Verkaufszeilen hingen bereits Schilder mit der Aufschrift AUSVERKAUF, ALLE WAREN ZUM HALBEN PREIS.

Sie betrachteten eine Gruppe von Kopf bis Fuß in dicke Felle gehüllter, in der Augustsonne schwitzender Eskimos, die halbherzig die Peitsche über ihren räudigen Schlittenhunden schwangen.

»Die armen Tiere …«, bemerkte Evelyn, als die Männer die Hunde, die mit heraushängender Zunge und mattem Blick dahintrotteten, zwangen, die Schlitten staubige Bahnen entlangzuziehen. »Sie sehen aus, als würden sie gleich tot umfallen, und die Männer auch …«

»Die Veranstalter der Ausstellung haben gedroht, ihnen nichts mehr zu essen zu geben, wenn sie keine Felle tragen …«

»Nein!«

»… weswegen die Eskimos vor Gericht gegangen sind.«

»Haben sie gewonnen?«, erkundigte sich Evelyn.

»Ein paar Zugeständnisse haben sie sich erkämpft, mehr nicht. Sie sind eben nur Exponate.«

Larsen führte sie zu einem Bereich, der einer Straße in Kairo nachempfunden war. Die Kamele und ihre Treiber waren mit bunten Roben und Decken ausstaffiert.

»Sie wollen reiten? Sonderpreis für hübsche Dame …«, fragte ein dunkelhäutiger Mann, der sehr nahe zu Evelyn herantrat, um an ihrem Ärmel zu zupfen. Dem Maul seines Kamels, das gleichmütig vor sich hin kauend auf spindeldürren Beinen wankte, entströmte grässlicher Gestank.

Mr Larsen gab dem Mann mit einer Geste zu verstehen, dass er sich entfernen solle.

Das Riesenrad jedoch war etwas ganz anderes. Evelyn wartete voller Vorfreude, während Mr Larsen die Fahrkarten für eine eigene Gondel löste. Von oben war der gesamte Komplex der Ausstellung mit ihren Hallen, Pavillons, Bassins, Seen und Kanälen wunderbar zu sehen. Evelyn schaute hinunter zur Kuppel des Moorish Palace, des Maurenpalasts, und hinüber zur grauen Fläche des Sees. Eine kühle Brise wehte durchs offene Fenster herein.

»Es ist wie ein Wunder!«, rief Clementina aus. »Was geschieht damit, wenn die Ausstellung vorbei ist?«

»Dann wird alles abgebaut.«

»Sämtliche Gebäude?«

»Sie würden den Winter nicht überstehen.«

»Aber …«

»Das Ganze ist eine Illusion. Stroh und Gips über Holz- und Stahlrahmen, dazu weiße Farbe und Blattgold. Nächstes Jahr um diese Zeit ist Jackson's Lake wieder Sumpfland.«

Darüber dachte Evelyn nach, als die Gondel sie nach unten brachte. Illusion und Täuschung? Das schrille Lachen und die besorgten Blicke auf Jeb Merlins Jacht am Abend zuvor fielen ihr ein. Stroh und Gips, weiße Farbe und Blattgold …

Die Illusion verflüchtigte sich am Boden, wo ihnen der Schweißgeruch von Menschen, vermischt mit dem von Tierkot und fettigem Essen, entgegenschlug. Als sie aus der Gondel des Riesenrads stiegen, stellten sie fest, dass es schwül und drückend geworden war.

»Morgen, denke ich, sehen wir uns das Woman's Building an«, bemerkte Mr Larsen und schob sie zu einem Tisch im Schatten. Er entfernte sich und kehrte kurz darauf gefolgt von einem Kellner zurück, der ein Tablett mit Limonade, gekühlt mit Eis aus einem riesigen Eiskeller, in der Hand hielt und ihnen Souvenirfächer reichte. Während sie an ihren erfrischenden Getränken nippten, einigten sie sich darauf, bald zur Jacht zurückzukehren.

Da ereignete sich ein kleines Drama. Der Rückweg führte sie an den Wigwams des Indianerdorfs vorbei. Evelyn blieb vor einer niedrigen, in eine Lücke gezwängten Holzhütte stehen und las den Text auf dem schäbigen Plakat, das daran hing. HIER WURDE AM 15. DEZEMBER 1890 DER LAKOTA-HÄUPTLING SITTING BULL GETÖTET, ALS ER SICH SEINER FESTNAHME WEGEN DER PLANUNG EINES BLUTIGEN INDIANERAUFSTANDS WIDERSETZTE. AN JENEM TAG STARBEN ACHT POLIZEIBEAMTE IN AUSÜBUNG IHRER PFLICHT.

»Und deutlich mehr Lakota-Sioux …«, murmelte Larsen.

»Erst vor drei Jahren!« In Clementinas Blick lag Panik.

Ein Mann in schmutziger Kleidung aus ungegerbtem Leder saß mit hängendem Kopf auf den Stufen der Hütte und scharrte mit einem Stock im Staub herum. War er auch Teil der Ausstellung?, fragte sich Evelyn. Da flog plötzlich die Tür der Hütte hinter ihm auf, und zwei kämpfende Menschen stürzten ins Freie, traten und bissen einander, fluchten und zerrten sich gegenseitig an den Haaren. Mit ihnen rollte eine leere Schnapsflasche heraus. Der Mann sprang von den Stufen auf und versuchte, die beiden zu trennen, doch sie stießen ihn weg, in die Menge Neugieriger, die sich inzwischen um sie geschart hatte. Er stolperte, verlor das Gleichgewicht, fiel gegen Evelyn, warf sie um und landete auf ihr.

Es geschah alles so schnell. Evelyn, die unter dem Gewicht des Mannes, eine Mischung aus abgestandenen Alkoholdünsten und seinem Körpergeruch in der Nase, nach Luft schnappend auf dem Boden lag, hörte einen Aufschrei. Fasziniert traten die Schaulustigen näher. Als der Mann sich aufrichten wollte, wurde er unsanft von Evelyn weggezerrt.

»Du schmutziges Vieh …!«

Dann ein Schlag, und der Mann landete auf dem Boden. Ein Fremder kniete neben Evelyn nieder und schob seine zusammengelegte Jacke unter ihren Kopf. »Alles in Ordnung?«

Benommen blickte sie in strahlend blaue Augen unter dichten blonden Haaren.

»*Evelyn!*« Mr Larsen hatte sich einen Weg durch die Menge gebahnt.

Als sie merkte, dass auch er neben ihr niederknien wollte, setzte sie sich, peinlich berührt über den Aufruhr, auf.

»Keine Sorge, mir geht es gut.«

Der blonde junge Mann half ihr auf die Beine, reichte ihr ihren Sonnenschirm und erkundigte sich noch einmal besorgt nach ihrem Wohlbefinden. »Ich suche Ihnen einen Platz im Schatten. Wollen Sie etwas trinken?«

»Wirklich, mir geht es gut.«

Da ertönte Gemurmel, und die Menge teilte sich. Der Indianer, dessen Gesicht und Hemd von seiner blutenden Nase rot waren, näherte sich ihr von Neuem.

»Bleib weg, verdammt …«

Evelyns Retter trat mit erhobener Faust einen Schritt vor, doch der Indianer sah ihn nur unverwandt an, bevor sein Blick zu Evelyn wanderte, er ihr den schmutzigen zerbrochenen Fächer reichte und sich stumm und würdevoll entschuldigte. Dann bahnten sich zwei Männer vom Sicherheitsdienst der Ausstellung, die jemand herbeigerufen hatte, einen Weg zwischen den Schaulustigen hindurch und packten ihn am Arm.

»Wir haben alles im Griff, Ma'am. Es ist nicht das erste Mal, dass es hier Schwierigkeiten gibt.« Einer von ihnen zog ein Paar Handschellen hervor.

»Nein, warten Sie …!«

Der Wachmann wandte sich Mr Larsen zu. »Wollen Sie ihn anzeigen, Sir?«

»*Ich* bin umgestoßen worden«, mischte sich Evelyn verärgert ein. »Natürlich will er das nicht!«

Der Indianer begann sich zu wehren.

»Nein, Freundchen«, ermahnte ihn der Wachmann. Dabei fielen ihm die Handschellen herunter.

Ohne zu überlegen, hob Evelyn sie auf und versteckte sie hinter dem Rücken.

Offenbar hatte der überraschte Wachmann seinen Griff gelockert, denn sein Gefangener löste sich von ihm, drängte sich zwischen den Schaulustigen hindurch und verschwand.

»Gut! Er hat ja nichts Schlimmes getan.« Evelyn gab

dem Wachmann die Handschellen zurück und klopfte den Schmutz von ihren Röcken.

Die Schaulustigen schienen über das Ergebnis des Spektakels geteilter Meinung zu sein; als Evelyn sie mit einem wütenden Blick bedachte, begann sich die Menge aufzulösen.

Mr Larsen legte die Hand unter ihren Ellbogen. »Kommen Sie, meine Liebe. Danke, Officer, die junge Dame hat völlig recht.« Er wandte sich dem blonden Mann zu, der das Ganze interessiert beobachtet hatte. »Und danke Ihnen, Sir, für Ihr gut gemeintes Eingreifen.«

Clementina, der es bis dahin nicht gelungen war, durch die Menge der Schaulustigen zu gelangen, trat nun einen Schritt vor und streckte die Hand aus. »*Rupert!* Sie! Ich dachte, ich hätte mich getäuscht.«

»Ja, ich bin es tatsächlich.« Der blonde Mann nahm lächelnd ihre Hände und küsste sie auf beide Wangen. »Höchstpersönlich.«

Man stellte sich hastig gegenseitig vor. »Mr Larsen, das ist Rupert Dalston, der gerade mal dreißig Kilometer von uns entfernt wohnt. Ist das zu fassen?«

Wie sich herausstellte, kannte Mr Larsen Rupert Dalstons Vater Earl Stanton. Sie konnten es beide kaum glauben, dass sie sich so weit weg von der Heimat und unter solchen Umständen begegnet waren.

»Eigentlich habe ich Clementina schon vor einer Weile gesehen«, gestand der junge Mann, »und bin Ihnen in den letzten fünfzehn Minuten schamlos gefolgt. Da ich den guten alten George nirgends entdecken konnte und Ihre Begleiter nicht kannte, habe ich es nicht gewagt, Sie anzusprechen.«

»Earl Stanton ist auch mit Ihrem Papa befreundet, meine Liebe«, teilte Mr Larsen Evelyn mit, die noch immer damit beschäftigt war, ihre Röcke abzuklopfen.

Als Evelyn ihm vorgestellt wurde, sah der junge Mann sie mit großen Augen an.

»Sie sind also die Tochter von Charles Ballantyre.« Er blickte sich um. »Ist Ihr Vater auch da?«

Man erklärte ihm, warum nicht.

»Wir waren vor Jahren zum Jagen bei Ihnen zu Gast. Sie saßen damals vermutlich noch im Unterricht.« Dalston grinste schief.

»Gut möglich«, meinte sie lächelnd.

»Leisten Sie uns doch heute Abend beim Essen Gesellschaft, junger Mann. Wir gehen zu Delrio's«, sagte Mr Larsen.

Dalston nickte erfreut.

»Und kommen Sie zuerst auf einen Drink zu uns an Bord. Ich schicke Ihnen unser Boot, das soll Sie abholen.«

Vier

Später am Abend saß Larsen unter dem Sonnensegel am Heck, wo er seine Aufmerksamkeit zwischen Pfeife und Zeitung aufteilte und schließlich beides weglegte, um den Sonnenuntergang zu genießen und zu überlegen, wo Ballantyre sich momentan aufhielt. Der Mann war nachgerade besessen und reagierte schon beim kleinsten Anzeichen eines geschäftlichen Misserfolgs.

Larsen sah sich bereits am ersten Tag, an dem er ihn bei Evelyn vertrat, mit Schwierigkeiten konfrontiert. Zuerst streitende Indianer und nun diese nagende Sorge, ob er das Richtige tat. Er war hoffnungslos altmodisch und aus der Übung. Wie ging man mit jungen Frauen und Männern um, die sich nicht kannten? Um solche Dinge hatte sich immer seine geliebte, leider verstorbene Ehefrau gekümmert. Seine eigenen Töchter waren längst erwachsen, aus dem Haus und selbst Mütter.

Bestimmt war nichts gegen eine Abendeinladung an Dalston einzuwenden, da die Familien sich ja schon lange kannten und Lady Melton für den jungen Mann bürgen konnte.

Als Evelyn an Deck kam, beobachtete er sie von ihr unbemerkt aus dem Schatten der Markise heraus. Er musste an das Porträt ihrer Mutter denken, das im Eingangsbereich von Ballantyre Hall hing, und an das kleinere, weniger formelle auf Ballantyres Schreibtisch. Caroline Ballantyre war ein wenig dunkler gewesen als ihre Tochter. Evelyn hatte die Augen ihres Vaters, hellbraun und sehr klar, sowie sein energisches Kinn geerbt. Nicht mehr lange, und sie wäre genauso attraktiv wie ihre seit vielen Jahren tote Mutter.

Doch Schönheit, kombiniert mit Wohlstand und einer gewissen Unbedarftheit, lockte Glücksritter an, wie Evelyns Vater erst vor Kurzem hatte erfahren müssen. Die kryptische Botschaft »unerwünschter Bursche« in dem Telegramm, in dem er Larsen bat, die ursprünglichen Pläne zu ändern, hatte diesem alles verraten, was er wissen musste.

Kurz nach seiner Ankunft hatte Ballantyre Larsen geschildert, wie er seine Tochter mit einem jungen Mann auf einer Bank in einem schattigen Winkel des Parks unter Edinburgh Castle entdeckte – »mit einem meiner eigenen Stallburschen!«. Larsen hatte ihm voller Mitgefühl gelauscht, jedoch lauthals lachen müssen, als Ballantyre ihm des Weiteren erzählte, welche Komplikationen sich daraus ergaben, dass Ballantyre just zum selben Zeitpunkt eine entzückende Tänzerin vom Theatre Royal zu demselben verschwiegenen Ort geführt hatte.

»Es war für alle Beteiligten peinlich.« Ballantyre hatte mit einem spöttischen Schmunzeln auf Larsons Lachen reagiert. »Und zu Hause hat es eine ziemlich unschöne Szene gegeben.«

Larsen hatte sich die Tränen mit seinem Taschentuch abgewischt. »Das kann ich mir vorstellen. In solche Affären sind oft Iren verwickelt, nicht? Stallburschen oder

Kutscher. Opportunismus und Gelegenheit treffen da auf den fatalen Charme dieses Volks.«

Ballantyre hatte das Gesicht verzogen.

»Aber es freut mich sehr, dass der Zwischenfall dich veranlasst hat, sie hierher mitzunehmen, Charles. Das hättest du auch ohne jenen Grund tun sollen.«

»Ich weiß. Dann hätte sich diese unangenehme Sache vielleicht ganz verhindern lassen.«

Dies war einer der seltenen Momente gewesen, in denen Charles Ballantyre seine private Seite offenbarte, und Larsen hatte geschwiegen, für den Fall, dass er ihm noch mehr anvertrauen wollte.

Larsen mochte Ballantyre sehr, er bewunderte seine Energie und Intelligenz. Im Lauf der Jahre hatte er eine fast väterliche Sorge um das Wohlergehen des jüngeren Mannes entwickelt, die ihre geschäftlichen Beziehungen weit überstieg. Möglicherweise erkannte er sich selbst in ihm, die Kraft und Entschlossenheit, die er früher besessen hatte. Deshalb schmerzte es Larsen, seinen Freund so angespannt und müde zu sehen.

Ballantyre war ein attraktiver Mann, groß, schlank und athletisch, doch nun wirkte sein Gesicht fast hager, und seine Augen lagen tief in den Höhlen. Etwas machte ihm zu schaffen, etwas, das tiefer ging als die Gedanken über seine Bankgeschäfte oder seine junge Tochter.

Und er ließ sich nicht darüber aus.

»In den letzten Jahren habe ich sie vernachlässigt, Niels, ich habe zugelassen, dass sie sich innerlich von mir entfernt.« Ballantyre hatte die Unterarme auf die Reling gestützt, zugesehen, wie ein milder Wind die Wasseroberfläche aufwühlte, die wie getriebenes Silber schimmerte. »In der Zeit, in der ich ihr den Rücken zugewandt habe, ist sie erwachsen geworden. Ich hätte besser auf sie achten sollen. Immerhin habe ich sie vor diesem Iren beschützen können.«

Erst nach einer ganzen Weile hatte Larsen gefragt: »Musstest du ihm Geld geben?«

Ballantyre hatte verächtlich geschnaubt.

»Mein guter Larsen! Er ist ungeschoren davongekommen, aber er weiß genau, was passiert, wenn er sich noch einmal bei uns blicken lässt!«

Larsen hatte die Augenbrauen gehoben und Ballantyre den Mund zu einem Schmunzeln verzogen.

»Allerdings muss ich der Fairness halber zugeben, dass die Sache höchstwahrscheinlich noch in den Anfängen steckte. Evelyn hat Stein und Bein geschworen, dass sie ihn nur dieses eine Mal allein getroffen hat, und der Bursche hat das bestätigt und herausfordernd hinzugefügt, sie hätte ihm leidgetan, weil sie so einsam wirkte.«

Ballantyre hatte traurig über den See geblickt. »Und genau das tut weh, denn vermutlich hatte er recht.«

Darauf hatte Larsen nichts gesagt.

Nun schaute er zu Evelyn hinüber, griff nach seiner Pfeife und stopfte sie. Ballantyre mochte sie vor diesem Iren beschützt haben, aber sie war eine Beute, die nicht nur wagemutige Stallburschen anlocken würde.

* * *

Evelyn sah den Händlern zu, wie sie ihre Buden entlang der Promenade schlossen und die Dreisteren unter ihnen den Besuchern, die die Ausstellung verließen, hinterherliefen. Sie atmete tief durch, dankbar für die kühlere Luft auf dem See. Unter Deck war es stickig und eng, und so hatte sie sich nach oben begeben. Der Zwischenfall am Nachmittag ließ ihr keine Ruhe.

Es war alles so schnell gegangen! Zuerst der Kampf, dann ihr Sturz und schließlich das hässliche Nachspiel. Sie sah noch den vorwurfsvollen Blick des Indianers, als er mit blutigem Gesicht und Hemd auf sie zugekommen war. Seine Miene hatte sie an etwas erinnert. Bei der Anschuldigung des Wachmanns hatte sie sich verdüstert, denn er wusste, dass dieser von seiner Schuld überzeugt war und ihm deshalb nichts anderes übrig blieb, als zu fliehen.

Wie auch ein anderer Mann geflohen war …

Und dann war Clementinas blonder Freund aufgetaucht, der geschätzte Rupert Dalston. Er hatte sich nicht entschuldigt, obwohl er später wortreich bedauerte, die Situation falsch eingeschätzt zu haben, und sie dafür lobte, dass sie die Handschellen ergriffen hatte.

»Das war sehr mutig von Ihnen – und *absolut* richtig«, hatte er lächelnd bemerkt, als er ihr ins Boot half, bevor er sich verabschiedete und versprach, sich am Abend zu ihnen zu gesellen.

Clementina hatte in den höchsten Tönen von Dalston geschwärmt, als sie zu ihren jeweiligen Kabinen gegangen waren: »Ist das zu fassen? George wird staunen, wenn wir ihm das erzählen. Die beiden kennen sich schon lange, allerdings ist George enger mit seinem älteren Bruder befreundet. Rupert ist sehr charmant und genau die Sorte Mann, deren Bekanntschaft du machen solltest.«

Wie schade, dass ihr Vater nicht da war und nicht

persönlich miterleben konnte, wie sie *absolut* das Richtige tat und mit *genau* der richtigen Sorte Mann verkehrte, dachte Evelyn.

»Evelyn, meine Liebe!«, riss Mr Larsens Stimme sie aus ihren Gedanken.

Als sie sich umdrehte, sah sie ihn im Schatten des Sonnensegels am Heck sitzen und sie zu sich heranwinken.

»Kommen Sie doch zu mir. Ich würde mich gern vergewissern, dass Ihnen wirklich nichts fehlt.«

»Natürlich fehlt mir nichts.«

»Sehr gut.«

Sie nahm neben ihm Platz, und er tippte mit dem Stiel seiner Pfeife auf einen Zeitungsartikel.

»Schon wieder hat eine Eisenbahngesellschaft Bankrott angemeldet! Ich weiß gar nicht mehr, wie viele es inzwischen sind. Jetzt holt die jahrelange Misswirtschaft sie ein!«

Sie saßen eine Weile schweigend nebeneinander, bis Evelyn merkte, dass er sie anlächelte.

»Erscheint Ihnen das Leben ohne Ihren Papa nun, da Ihre jungen Freunde hier sind, erträglicher?«

Sie rang sich ebenfalls ein Lächeln ab. So leicht würde sie Papa nicht verzeihen.

»Das heute Nachmittag war ein unglücklicher Zufall, aber Charles hätte Ihre Verteidigung des Indianers gutgeheißen.«

»Meinen Sie?«

Mr Larsen wechselte das Thema. »Sagen Sie: Hat das Midway Plaisance eigentlich Ihren Erwartungen entsprochen, meine Liebe?«

Weil sie nicht undankbar erscheinen wollte, antwortete sie ausweichend und schwärmte lieber von der wundervollen Aussicht vom Riesenrad.

»Ja, die war tatsächlich schön«, pflichtete er ihr bei. »Von dort oben aus gesehen bleibt die Illusion bestehen.« Er stopfte seine Pfeife neu, die ausgegangen war. »Und sonst?«

»Natürlich war alles sehr interessant, aber lebende Menschen zu Exponaten zu machen und sie so schlecht zu behandeln erscheint mir falsch.«

Mr Larsen musterte sie unter seinen buschigen Augenbrauen hervor, zündete ein Streichholz an und hielt es an seine Pfeife.

»Es ist wie ein Menschenzoo – bestimmt fühlen sich die Leute darin nicht wohl.«

»Vermutlich nicht.« Er schnippte das Streichholz über die Reling. »Aber warum, glauben Sie, sind sie dort, diese fremdländischen Leute mit ihren seltsamen Tieren und ihrer exotischen Kleidung? Zu unserer Information oder zu unserer Unterhaltung? Sie sind wie wir, aber doch irgendwie anders. Primitiver …«

Evelyn sah ihn fragend an. Dieser Indianer war nicht primitiv gewesen, er hatte genau gewusst, wogegen er ankämpfte. »Ich bin mir nicht so sicher …«, sagte sie.

Mr Larsen schmunzelte. »Vielleicht dienen sie dazu, uns unsere Überlegenheit zu bestätigen und uns einen Grund dafür zu geben, sie zu zivilisieren und ihren Kindern beizubringen, dass die Welt nun einmal so ist. Sie sollen uns trösten.«

So ähnlich würde auch ihr Vater argumentieren, das war Evelyn klar. »Ist sie denn tatsächlich so?«

»Ich denke, die Antwort auf diese Frage kennen Sie,

meine Liebe«, meinte Mr Larsen durch eine Wolke aus Pfeifenrauch.

Am Ufer begannen Lichter über Dächern und Giebeln, Kuppeln und Säulen aufzuleuchten und eine Illusion zu erschaffen, die bei Tageslicht schwieriger aufrechtzuerhalten war. Ihre künstliche Schönheit verwirrte Evelyn genauso, wie die Ereignisse des Tages es getan hatten.

»Stroh und Gips«, murmelte ihr Gastgeber, als er ihren Blick sah. »Eine Bühne, die Zurschaustellung von Selbstbewusstsein, die die Unsicherheit einer Nation in Schwierigkeiten kaschiert, jedoch von der Realität *ad absurdum* geführt wird. Ihr Vater hatte recht.«

Weitere Lichter tauchten auf, funkelten hell vor dem blauschwarzen Himmel, und der Wind trug gedämpft Geräusche von der Abendpromenade zu ihnen herüber, während über ihnen der Lichtstrahl seine nächtliche Runde begann.

Mr Larsen beugte sich zu Evelyn vor.

»Sie fangen an, alles infrage zu stellen. Wunderbar! Sie besitzen den scharfen Verstand Ihres Vaters. Nutzen Sie ihn! Denn gleich hinter dem Ausstellungsgelände leben Kinder, die hungrig zu Bett gehen, deren Mütter vor Sorge nicht schlafen können und deren Väter sich vor Verzweiflung das Leben nehmen. Menschen, die mit dem Versprechen hoher Löhne hierhergelockt wurden, um die Ausstellung aufzubauen, werden sich diesen Winter in die Schlangen vor der Lebensmittelausgabe einreihen und Fürsorge beantragen müssen, während Politiker in ihren Salons über Kleinigkeiten streiten.«

In seinen Worten erkannte Evelyn den gleichen Eifer

und die gleiche Überzeugung, die sie früher bei ihrem Vater erlebt hatte. Plötzlich merkte sie, wie sehr er ihr fehlte.

Mr Larsen schüttelte den Kopf, nahm ihre Hand und drückte sie.

»Aber was rede ich da? Sie sind jung, meine Liebe, und somit ist es Ihre *Pflicht,* idealistisch zu sein! Vergeben Sie einem alten Mann sein Geschwätz. Ich sollte Ihnen eher raten, die Schönheit der White City mit Ihren jungen Freunden zu genießen und Hoffnung zu haben. Hoffnung ist manchmal das Einzige, was uns aufrechterhält.«

Er winkte einen Bediensteten herbei und bat ihn, Champagner zu holen. Nun unterhielten sie sich über andere Themen und beobachteten, wie ein Boot vom Ufer ablegte und sich auf den Weg zu ihnen machte.

»Es freut mich, dass Sie noch jemanden gefunden haben, der Ihnen Gesellschaft leistet. Ich kenne seinen Vater oberflächlich und weiß, dass Ihr Vater seit Jahren mit ihm befreundet ist.«

Das Boot kam näher, und der Champagner wurde gebracht. Mr Larsen nahm ein Glas. Er zögerte kurz, bevor er es Evelyn reichte.

»Versuchen Sie, Ihrem Papa zu verzeihen, dass er Sie die letzten Tage allein gelassen hat. Er befindet sich in der Phase seines Lebens, in der ein Mann von der Arbeit besessen ist, und es sind schwierige Zeiten.«

Das Boot ging mit einem dumpfen Geräusch längsseits, und Crewmitglieder eilten herbei, um dem Besucher an Bord zu helfen.

* * *

Später blickte Evelyn bei der Nachspeise zum Fenster des Restaurants hinaus, in das Mr Larsen sie eingeladen hatte. Draußen stieg Rauch aus dem Kamin eines Dampfschiffs, das die letzten Besucher der Ausstellung zur Stadt zurückbrachte. Rupert Dalston, der ihr gegenübersaß, unterhielt die Gesellschaft mit Geschichten von der Tigerjagd in Nepal, von wo er kurz zuvor zurückgekehrt war.

»Am Ende haben wir nur einen erlegt, und das auch nur, weil der vermutlich krank oder lebensmüde war. Tiger sind heutzutage sehr schwer zu finden, wenn man nicht schon Tage zuvor Treiber engagiert, die sie für einen aufspüren.«

Evelyn hörte nur mit halbem Ohr zu, weil ihre Aufmerksamkeit den eleganten anderen Gästen und den Tiffany-Lampen galt, in deren Licht die feinen Kristallgläser und das Silberbesteck erglänzten. Hochnäsige Kellner huschten zwischen den Tischen hin und her.

Dalstons letzte Bemerkung ließ Evelyn aufhorchen.

»Wie unfair!«, bemerkte sie.

»Ja«, pflichtete George Melton ihr bei. Er habe einige Jahre zuvor an einer Expedition im selben Gebiet teilgenommen, fügte er hinzu. »Manchmal binden sie sogar auf einer Lichtung eine Ziege als Köder fest, um die Tiger anzulocken.«

»Aber das ist ja grässlich!«

»Oder man treibt die Tiere praktisch bis vors Haus, wo sie von permanent angetrunkenen sogenannten Jägern abgeknallt werden, die sich kaum von ihrer Veranda wegbewegen müssen.«

»George, da muss ich heftig widersprechen! Bei uns

war es eine richtige Jagd«, entgegnete Dalston. »Außerdem arbeiten Sie auf Ihrem Anwesen zu Hause doch auch mit Treibern, oder? Wo liegt der Unterschied?«

»Das Federwild dort wird zu diesem Zweck gehegt«, antwortete Evelyn für George. »Die Vögel sind keine echten Wildtiere wie Tiger. Sie nur so zum Spaß zu töten ist brutal und unwürdig.«

»Unwürdig? *Unwürdig* …« Dalston lehnte sich gespielt entsetzt zurück, bevor er sich verschwörerisch Clementina zudrehte, ohne den Blick von Evelyn zu wenden. »Ich wette, sie hat mit ihrem Papa und seinen Freunden selbst schon Rotwild gejagt, sollte sich also an die eigene Nase fassen. Wird das nicht auch jede Saison *einfach nur zum Spaß* geschossen?«

»Ja, aber wir essen die Tiere«, erwiderte Evelyn, die sich in ihrem New Yorker Kleid sehr kultiviert fühlte, und Dalston musste zugeben, dass sie einen Punkt gemacht hatte. »Haben Sie Ihren Tiger auch gegessen?«

»Gütiger Himmel, nein!« Er streckte belustigt die Hand nach einer Traube aus und signalisierte einem Kellner, dass er sein Weinglas nachfüllen solle. »Würden *Sie* denn Katzenfleisch essen?«

»Warum jagen Sie sie dann?«, fragte Evelyn.

»Weil es aufregend ist.«

»Arme Tiger …« Evelyn nickte dem Kellner zu, damit er auch ihr nachschenkte.

»Unsinn! Es ist Tradition. In der Heimat ist die Jagd auf Vögel und andere Tiere ein gesellschaftliches Ereignis. Wir stimmen unsere Kleidung und unser Verhalten, all die kleinen Rituale darauf ab. Sie kennen doch unsere Jagdbälle, oder, Miss Ballantyre?« Dalston hob eine Augenbraue. »Und das alles nur, um einen Hirsch in herrschaftlicher Manier zur Strecke zu bringen oder einen Fuchs mit Finesse zu erlegen.« Er griff nach einer weiteren Traube. »Es erhebt sich folgende Frage: Servieren Sie in Ballantyre House *Fuchsbraten?*« Er grinste herausfordernd.

»Benehmen Sie sich, Rupert, und lassen Sie das arme Mädchen in Ruhe«, ermahnte Melton ihn.

Doch Dalston schüttelte den Kopf und strich sich eine Haarlocke aus der Stirn. »Ich verteidige mich nur, George. Wo war ich stehen geblieben?«

»Sie haben gerade gesagt, dass Sie keine Katzen essen«, murmelte ihr Gastgeber, der das Geplänkel der beiden wohlwollend verfolgte und dabei war, ein Stück Käse zu zerkrümeln. Als der Kellner ihm Champagner nachschenken wollte, schüttelte er den Kopf.

»Genau. Eigentlich langweilt mich das ja alles zu Tode, weswegen ich beschlossen habe, diesen Sommer nach Westen zu fahren und Büffel zu jagen. Das ist noch echter Sport! Da galoppiert man auf dem Pferd neben den Tieren her und weiß nie, ob sich nicht eins umdreht und einen angreift. Dieser Kampf gestaltet sich doch viel gerechter, finden Sie nicht, Miss Ballantyre?« Er prostete ihr zu. »Darf ich auf Ihre Vergebung hoffen?«

»Nie und nimmermehr!«

»Der urzeitliche Jagdtrieb des Mannes …«, bemerkte Mr Larsen leise, und Evelyn blickte zu ihm hinüber.

Falls in Larsens Worten Ironie mitschwang, erkannte Dalston diese nicht.

»Stimmt!«, rief er aus. »Zu Hause ist alles bis in die letzte lächerliche Kleinigkeit durchgeplant! Wir züchten die Vögel, stellen Wildhüter für sie ein und Aufpasser für die Flüsse, und Wilderer bringen wir vor Gericht und stecken sie ins Gefängnis …«

Evelyn hörte ihm nicht mehr zu. Sie hielt den Blick auf die flackernde Lampe auf dem Tisch gerichtet. In ihren Schatten glaubte sie, den Karren auf dem Kopfsteinpflaster des Hofes zu erkennen, darauf das in eine Plane gewickelte Bündel, und die schockierten Gesichter der Bediensteten, die Evelyn vom Treppenfenster wegzogen.

Das Flüstern und die Gesprächsfetzen. Später die Hunde …

Ihren Vater, wie sie ihn noch nie erlebt hatte, mit vor Wut bleichem Gesicht.

Und einen Namen.

Fünf

Nipigon, Ontario, 1893

James' Magen zog sich vor Anspannung zusammen, als die schneller werdende Strömung das Kanu hin und her warf, als wäre der Fluss ein lebendes Wesen. Sein Kiefer war verkrampft, doch seine anderen Muskeln funktionierten wie immer, während sie sich in dem tosenden Wildwasser der schmalen Stelle zwischen den Felsen näherten.

»Heilige Mutter Gottes …«

Das war ein Gebet, kein Fluch, das dem Gentleman hinter ihm über die Lippen kam. Die Stromschnellen des Nipigon machten aus dem Stahlmagnaten, dem selbstbewussten Geschäftsmann ein zitterndes Nervenbündel, dessen Knöchel weiß hervortraten, als er sich an den Seiten des leichten Boots festklammerte.

James konnte seine Angst fast riechen. Er erlaubte sich ein Grinsen und genoss den Moment, der einen Ausgleich schuf für eine Woche voll herablassender Bemerkungen und Unverschämtheiten seitens des Anglers und seiner Gruppe. Während die Ojibways und die Frankokanadier so tun konnten, als würden sie nichts verstehen, und viele Möglichkeiten besaßen, sich auf subtile Weise zu rächen, blieb James nur, mit besonders starkem schottischem Akzent zu sprechen und sich dumm zu stellen. Genau das hatte ihm allerdings eine Rüge seines Chefs eingetragen.

»Es ist mir scheißegal, wie sich einer aufführt«, hatte Skinner gesagt. »Wenn er will, dass du ihm die Stiefel putzt, tust du das. Und wenn er will, dass du sie ihm *leckst,* leckst du sie und dankst deinem Schöpfer, dass es nicht sein Arsch ist. An die Arbeit, du hast gehört, was Sache ist.«

Der Nipigon war ein großer Gleichmacher. James spürte das Adrenalin, wie sein Herzschlag sich beschleunigte, seine Angst wich und seine Gedanken sich klärten. Er hatte den Fluss noch nie so reißend erlebt wie jetzt, nach zwei Tagen heftiger Regenfälle oben im Norden, am Lake Nipigon, von wo aus er sich seinen Weg fast vierzig Kilometer weit über eine Reihe von Stromschnellen und durch enge Schluchten in den größeren unteren See bahnte. Das Kanu schoss, vor dem sicheren Untergang nur durch das Geschick der Männer an den Paddeln bewahrt, pfeilschnell zwischen den Felsen hindurch.

»Haben wir das Schlimmste hinter uns?«, fragte der Gentleman mit bebender Stimme, als der Fluss breiter wurde und die Strömung langsamer.

»Die nächsten Stromschnellen kommen in ungefähr einer halben Stunde.«

»Sind die genauso schlimm?«

»Mr Wallace, das eben war harmlos.«

Als James über die Schulter blickte, bemerkte er das anerkennende Funkeln in Louis' Augen. James wusste, dass sie dank Louis' Geschick sicher und ziemlich elegant durch die schwierigen Stellen gelangen würden, doch er sah keinen Grund, das dem Mann hinter ihm zu verraten. Der Fluss würde süße Rache für ihn üben.

Die Angler waren zwei Wochen zuvor von Buffalo angereist, und an diesem Abend würde man sie zum Bahnhof von Nipigon bringen, von wo aus sie die Rückreise nach Osten antraten. Zweifelsohne würden sie während der Fahrt ihre Erlebnisse für die Zuhörer zu Hause aufbereiten und die Unzufriedenheit und die Missstimmigkeiten – wie auch ihre Angst – unter den Tisch fallen lassen.

In diesem Jahr mussten sie nur noch eine Gruppe flussaufwärts bringen, einen reichen amerikanischen Bankier mit vier oder fünf Gästen, zwei davon Frauen. *Frauen?* Die Führer hatten einander ungläubig angeschaut, als Skinner ihnen das mitteilte. Warum setzten Frauen sich freiwillig einem unbehaglichen Angelcamp voller Ungeziefer Kilometer von jeder menschlichen Behausung aus? Waren die legendären Bachforellen des Nipigon nicht reine Männersache?

Doch James erinnerte sich sehr wohl an pferdegesichtige Damen in Pantalons, die neben den Männern bis zu den Oberschenkeln im Wasser des River Tweed standen – in einer anderen Welt. Warum also nicht auch in dieser?

Er hörte einen Moment mit dem Paddeln auf, atmete tief durch und sog den würzigen Geruch von Zedern und Hemlocktannen ein. Das erfüllte ihn mit einem wohltuenden Gefühl der Zufriedenheit. Diese Gegend besaß eine wilde, unverdorbene Schönheit, hier spürte man, dass man lebte. Zwischen den tosenden Stromschnellen befanden sich Abschnitte wunderbar ruhiger

Gewässer, wo der Fluss breiter wurde und klare Seen bildete, an deren Ufern leuchtend bunte, niedrige Ahornbäume und Heidelbeerbüsche wuchsen. Aber suchten Frauen Schönheit an solchen Orten?

Leises Grollen von Louis holte James in die Gegenwart zurück. Die Ufer rückten wieder näher heran. Vor ihnen schlängelte sich der Fluss auf eine abschüssige Stelle zu, hinter der erneut brodelndes Wildwasser auf sie wartete. Als James sich mit angespannten Muskeln vorbeugte, hörte er hinter sich leises Stöhnen.

»Alles in Ordnung, Sir?«, rief er fröhlich nach hinten.

Falls eine Antwort erfolgte, wurde sie vom Tosen des über Felsen rauschenden Wassers, in dem die Birkenrindenkanus wie Espenlaub herumgewirbelt wurden, übertönt. Die Boote kamen einander ziemlich nahe, die jeweiligen Führer riefen einander Warnungen zu, kurz gab es Gerangel um die Plätze. Dann durchzuckte James wilde Freude, als Louis aufstand, den anderen mühelos davonfuhr und ihr Kanu zwischen verborgenen Felsen an großen violett schäumenden Strudeln vorbeileitete. James stieß einen lauten Jubelschrei aus, den Louis mit ebenso lautem Triumphgeheul beantwortete.

Viel zu schnell war dieser wilde Augenblick vorüber, und das Abenteuer endete in ohrenbetäubendem Lärm und hoch aufspritzender Gischt, bevor der Fluss sich erneut weitete und die Strömung sich beruhigte. James, dessen Puls sich ebenfalls beruhigte, atmete tief durch.

»Gott sei Dank.« Die heiseren Worte, die der Stahlmagnat hinter ihm hervorpresste, verstärkten James' Verachtung für ihn. Hatte der Mann sich in Todesangst vorgestellt, blutig und mit verrenkten Gliedern an Sumach und Ahornbäumen vorbeizutreiben? Der Kerl hatte keinen Mumm.

Dieser Gedanke weckte in James die Erinnerung an eine Leiche im Schilf an einem anderen, fast fünftausend Kilometer entfernten Fluss. Vor seinem geistigen Auge tauchten die aufgeschreckten Vögel und die mit Stiefeln bekleideten Füße im seichten Wasser auf, und er spürte, wie Trauer sich seiner bemächtigte.

Und dann Verwirrung und Wut.

Er machte die Augen zu, um das Bild zu verscheuchen, an jenen abgeschlossenen Ort eines Lebens zu schieben, das vorbei war. Nun gehörte er hierher, in diese Wildnis. Hier hatte er Zuflucht gefunden, hier war er sein eigener Herr und würde nie wieder Opfer von Täuschung und Tücke werden.

An die Stelle des Schmerzes, den das Bild verursachte, trat unvermittelt aufwallende Freude, und James wandte sich grinsend Louis zu. Sie lauschten, die Paddel an der Seite des Kanus, wie der Stahlmagnat Mr Wallace sich geräuschvoll ins Wasser übergab.

* * *

»*Et bon débarras!*« Der Zug entfernte sich in östlicher Richtung aus dem Bahnhof und verschwand kurz darauf im Wald. Louis winkte ihm mit einer derben Geste nach und spuckte auf die Gleise, bevor er James einen Arm um die Schultern legte und seine Faust öffnete, um ihm das lächerlich geringe Trinkgeld zu zeigen. »*Sont chiches, aussi.*«

Rauch und Dampf wehten über den Bahnsteig zu ihnen.

Sie folgten dem Feldweg zu dem, was nach einem Großbrand vom International Hotel noch übrig war, zu der aus Ziegeln erbauten Bar im hinteren Teil. Sie war schon lange Treffpunkt von Eisenbahnern, Buscharbeitern und Goldgräbern, doch in letzter Zeit mischten sich auch kleine Gruppen professioneller Angler darunter, die, so Skinner, das Geschäft verdarben und die Fischbestände dezimierten. Wohlhabendere Gäste und eine wachsende Zahl von Touristen stiegen lieber im Nipigon Hotel ab, das immerhin den Anschein von Eleganz erweckte. Allgemein fürchtete man, dass ein renoviertes International Hotel seinem Beispiel folgen könnte, aber noch bot die Bar ihre altbekannte schäbige Behaglichkeit, billige Drinks und angenehme Gesellschaft. Die Wände hatten nach all den Jahren die Farbe von hellem Tabak angenommen und waren an manchen Stellen rußgeschwärzt. In dem Raum roch es nach Pfeifenrauch und verschüttetem Whiskey. Die Flussführer fühlten sich dort wohl.

Als sie die Tür aufstießen, umfing sie warmer Dunst aus dem Kanonenofen in der Ecke. James ging hinüber und wärmte sich die Hände daran. In der vergangenen Nacht war die Temperatur erstmals stark gesunken, ein Vorbote des Herbstes. Nur noch diese eine Gruppe, die sie flussaufwärts begleiten mussten, dann …

Ja, was dann? Sie würden nach Port Arthur zurückkehren mit seinen fast zwei Meter hohen Schneewehen und dem zugefrorenen See, den düsteren Räumen und einer Kälte, die einem die Haut von den Fingern fraß und die Augen gefrieren ließ. Und einem Hunger, der den Magen aushöhlte. Im vergangenen Winter hatte es

Zeiten gegeben, in denen James glaubte, Hungers sterben zu müssen. Würden sie Arbeit finden, die ihr Überleben bis zum Frühjahr sicherte? Diese Frage beschäftigte James bereits jetzt. Er schaute zu Louis hinüber, der auf den Tresen klopfte. Gott sei Dank hatte er ihn. Ohne ihn wäre die Aussicht auf den Winter unerträglich gewesen.

James lauschte schmunzelnd, wie Louis die Flussfahrt vom Vortag beschrieb und sich, den Stahlmagnaten nachahmend, über den Tresen beugte, um recht anschaulich anzudeuten, dass der Mann sich nicht nur übergeben, sondern überdies in die Hose gemacht hatte. Wie immer hingen alle an seinen Lippen.

James und Louis hatten sich vier Winter zuvor in einem kalten Lagerhaus im Hafen von Montreal kennengelernt, in dem James hungrig und verzweifelt unterkriechen wollte. Drinnen hatte bereits ein anderer armer Kerl sein Lager hinter leeren Holzkisten aufgeschlagen und seine wenigen Besitztümer versteckt. James war in die Hocke gegangen, um sie zu durchwühlen, und hatte ein Paar vielfach gestopfte Socken sowie ein Fünfcentstück in die Tasche geschoben, das er in einem Spalt zwischen den Bodendielen entdeckte. Er war gerade dabei gewesen zu prüfen, wie viel die Motten von einer dünnen Decke übrig gelassen hatten, als jemand ihn an der Schulter packte und seinen Arm brutal nach hinten riss. Er hatte kalten Stahl an seiner Kehle gespürt und geknurrte Drohungen vernommen, die er nicht verstand. James hatte keine Gegenwehr geleistet, als er hochgezerrt wurde, gewartet, bis der Griff des Mannes sich lockerte, sich ihm entwunden, dem Kerl fest mit dem

Fuß gegen den Knöchel getreten und dabei Jackos Geist für dessen Tipps gedankt. Er hatte die Hand des Angreifers gegen die Wand geknallt, ohne dass dieser das Messer losgelassen hätte. Der Mann hatte fluchend immer wieder mit der Waffe nach James ausgeholt und schließlich durch die abgetragene Seemannsjacke, die dieser einige Wochen zuvor gestohlen hatte, seine Schulter verletzt. James hatte vor Schmerz aufgeheult und so seinen Vorteil verspielt. Einen Moment später war er flach auf dem Rücken gelegen, den Stiefel des Mannes auf seiner Kehle, das Messer nur wenige Zentimeter von seinem Auge entfernt.

»*Assez?*«, hatte der Mann gezischt und, als James sich nicht rührte, hinzugefügt: »*Eh bien.*«

Schmutzig und ausgemergelt, wie James war, hatte er wohl jünger als seine achtzehn Jahre gewirkt, denn die Miene des Mannes hellte sich auf.

»*Un enfant!*«, hatte er ausgerufen und den Fuß weggenommen, war jedoch mit gezücktem Messer über ihm stehen geblieben. Dann hatte er ihn gepackt und hochgezogen, auf die durchwühlten Habseligkeiten gedeutet und etwas gefragt. James hatte mit den Achseln gezuckt, worauf der Mann wissen wollte: »Polske? Englisch?«

»Englisch.« Oder so ähnlich.

»Was hast du genommen?«

James hatte ihm die Fünfcentmünze und die Socken gezeigt. Der Mann hatte beides angesehen und gelacht. Er hatte das Messer weggesteckt, aus seiner eigenen Tasche eine Handvoll Fünf- und Zehncent- sowie Vierteldollarmünzen herausgeholt und die andere Faust geöffnet, in der sich eine goldene Taschenuhr befand.

»Meine Ausbeute ist besser, was?«

James hatte misstrauisch gelächelt und war zurückgezuckt, als der Mann die Hand nach ihm ausstreckte, doch der wollte lediglich seine Jacke an der Stelle begutachten, durch die sein Messer gedrungen war. Er hatte einen Blick auf die Wunde geworfen und eine abfällige Handbewegung gemacht.

»Komm«, hatte er gesagt und James aus dem kalten Lagerhaus geschoben.

Er war mit ihm auf die Straße zurückgegangen, wo der Schnee in schmutzigen, fast einen Meter hohen Haufen lag, wo die Telegrafenmasten schief in ihren Verankerungen hingen und die eisbedeckten Kabel beinahe bis zum Boden herabbaumelten. Während des Tages hatten Fuhrwerke die Fahrbahn in eine Matschfläche verwandelt, die in der Nacht zu gefährlich rutschigem Eis gefror. Graue, bis zu den Ohren eingemummte Gestalten mit Atemwolken vor den Mündern waren zu ihrem Unterschlupf geschlurft.

Der Mann hatte James an schiefen Holzschuppen zwischen gemauerten Werkstätten und Geschäften vorbeigezogen, war in eine Gasse eingebogen und durch eine ramponierte Tür in ein Haus gegangen, in dem ihnen die Wärme und der Gestank ungewaschener Menschen fast wie ein Segen erschienen. Auf der Schwelle hatte er sich zu James umgedreht und ihm mit einem Grinsen, das, wie James später herausfinden sollte, für ihn typisch war, die Hand hingestreckt. »Louis Valencourt. Und wie heißt du?«

Ihre Freundschaft hatte mit zwei Tellern gelber Brühe und mehreren Gläsern scharfem Schnaps begonnen und war später in einem Raum über der Bar besiegelt worden, wo sie sich die Gunst zweier williger Mädchen teilten, die sich zu dem charismatischen Franzosen mit der Tasche voller Münzen hingezogen fühlten. Das Geld, das die Golduhr erbracht hatte, war schnell ausgegeben gewesen, und James hatte sich wie im Himmel gefühlt. Seitdem waren die beiden unzertrennlich, sie stahlen und arbeiteten, tranken und hurten auch gelegentlich miteinander und heckten zusammen immer wieder neue Pläne aus, denn Louis' Kreativität kannte keine Grenzen.

Etwa ein Jahr später hatte Louis James in eine Ecke der Bar gezogen, wo er ihm aufgeregt von einer Insel im Norden erzählte, einer Insel aus *reinem Silber*. James hatte verächtlich gelacht. Es sei wahr!, hatte Louis mit leuchtenden dunklen Augen behauptet. Es gebe Tunnel unter dem See, die Silberadern folgten. Andere hätten dort bereits ein Vermögen gemacht. Er habe mit einem Mann gesprochen, der dort gearbeitet und den Silberschatz mit eigenen Augen gesehen habe.

»Warum holt er ihn sich nicht selber?«

»Er musste von der Insel weg, weil er geklaut hat, aber von ihm weiß ich, wo ich suchen soll.«

Für einen intelligenten Menschen konnte Louis erstaunlich naiv sein.

Also hatten sie sich im Frühjahr Arbeit auf einem Dampfschiff gesucht, das über die Großen Seen Kohle nach Port Arthur am Lake Superior transportierte. Zu spät hatten sie von einem der Heizer des Schiffs erfahren, dass Silver Islet mittlerweile praktisch verlassen, die Mine seit Jahren geschlossen und die Tunnel geflutet waren und dass die Gewinne sich in Verluste verwandelt hatten. Louis hatte auf seiner Lippe gekaut, war James' Blick ausgewichen, und sie hatten sich andere Arbeit gesucht.

Nun beobachtete James Louis mit der gleichen wohlwollenden Verzweiflung wie seinerzeit. Louis unterhielt sich an einem der Tische angeregt mit Marcel, einem Halbblutführer, der auf dem Fluss mit ihnen zusammenarbeitete. Seine Augen glänzten vor Erregung. James kannte diesen Blick. Er wollte gerade seinen Drink in die Hand nehmen, um sich zu ihnen zu gesellen, als die Tür zur Bar aufgestoßen wurde und Skinner mit wütender Miene eintrat.

»Hätt ich mir denken können«, schnaubte er, spuckte aus und traf mitten in den Spucknapf auf dem Boden.

»Nun mach mal halblang, Skinner.« Louis ließ sich nicht aus der Ruhe bringen. »Die Arbeit ist erledigt, wir haben ein paar Fische gefangen, und niemand ist ertrunken. Gönn dir einen Drink, ja?«

Nur Louis redete so mit Skinner.

»Na schön, ein Drink«, brummte Skinner, und die Bodendielen knarrten, als er auf sie zumarschierte. »Dann zurück zur Lodge. Aber wenn ihr drei euch eine Woche frei nehmen wollt, geht ihr mir erst, wenn alles fertig ist.«

Frei nehmen? Das war James neu. Doch weil er Louis' Blick sah, hielt er den Mund.

»Ich hab euch ja gesagt, dass in der nächsten Gruppe Frauen dabei sind, und Frauen bedeuten zusätzlich Arbeit. Bei dem Preis, den die zahlen, kriegen sie alles, was sie wollen.«

Louis machte eine Geste mit geschlossener Faust und abgewinkeltem Ellbogen, die Skinner ignorierte.

»Gut, einen Whiskey, vorausgesetzt, Louis zahlt. Und zwar einen doppelten.«

Sechs

Columbian Exposition, Chicago, 1893

Am folgenden Morgen war es wieder schwül. Die Wimpel hingen schlaff am Mast, und das Wasser des Sees wirkte fahl und milchig. Der Frühaufsteher Larsen hatte gerade seine Angelrute weggelegt, als Evelyn an Deck kam. Er begrüßte sie mit einem Lächeln.

»Ah, die Energie der Jugend.« Er küsste sie auf die Wange. »Haben Sie gut geschlafen, meine Liebe?«

»Ja, danke.«

Larsen ließ frischen Kaffee und Brötchen bringen. »Möchten Sie ein Omelett? Oder lieber Flussbarsch, frisch aus dem See?«

Sie deutete auf die Angelrute. »Haben Sie ihn gefangen?«, erkundigte sie sich, und er erkannte das spöttische Schmunzeln ihres Vaters.

»Natürlich. Offen gestanden haben mir Flussbarsche zu viele Gräten und zu wenig Geschmack. Der Spaß besteht im Fangen, nicht im Essen. Bestimmt finden Sie das genauso verachtenswert wie die Jagderlebnisse unseres neuen Freundes. Ich würde Ihnen das Omelett empfehlen.«

Beim morgendlichen Angeln waren Larsens Gedanken zu Rupert Dalston gewandert, den er tags zuvor zum heutigen Abendessen an Bord der *Walküre* eingeladen hatte. Dalston, der allein zu reisen schien, hatte sofort begeistert zugestimmt. Diese Tatsache sowie der Erfolg des gestrigen Essens hatten eine Idee in Larsens Kopf reifen lassen. Doch würde Ballantyre sie gutheißen? Die Beziehung seines Freundes zu Dalstons Aristokratenvater reichte Jahre zurück, gestaltete sich aber komplex.

Larsen sah Evelyn an. »Ihr Papa und der Vater des jungen Dalston sind befreundet. Wussten Sie das?«

»Tatsächlich?«, fragte sie zwischen zwei Bissen.

Nur ein wirklich guter Freund half einem so aus der Patsche, wie Ballantyre es bei Earl Stanton tat. Er hatte auch dann noch der Bank gegenüber für ihn gebürgt, als Larsen längst die Tilgung seiner Kredite gefordert hätte.

»Ich kenne Ihren Vater sogar über Earl Stanton. Der hat mir Charles in jenen aufregenden Tagen, in denen man mit Eisenbahnaktien nichts falsch machen konnte, vorgestellt. Sie gehörten demselben Syndikat an, und der Earl war noch besessener von der Eisenbahn als Ihr Vater.«

Larsen hatte die zahlreichen Investitionen des Earls in alle nur erdenklichen hochriskanten Linien für ziemlich wagemutig gehalten. Ballantyre war umsichtiger vorgegangen und, wie sich herausstellte, klüger. Er hatte *peu à peu* ein großes Darlehen von Larsens Bank getilgt, sich stillschweigend aus den Geschäften des Earls zurückgezogen und sein Geld stattdessen in südafrikanische Goldminen gesteckt.

Larsen blickte auf den See hinaus. Nun, da die Eisenbahngesellschaften eine nach der anderen die Gleise der Solvenz auf höchst spektakuläre Weise verließen, bestand ernster Grund zur Besorgnis. Der Tonfall der Briefe, die der Earl auf Larsens Nachfragen hin schickte, hatte sich in letzter Zeit von Großspurigkeit und unbegründeter Zuversicht in Flehen gewandelt. Der Earl hatte um weitere Kredite gebeten und um Zeit, seine Angelegenheiten zu ordnen. Larsen hatte es daraufhin als notwendig erachtet, Ballantyre zu informieren, der inzwischen praktisch stiller Teilhaber der Bank war. Larsen hatte dem Earl kein weiteres Darlehen gewähren, sondern vielmehr einen festen Zeitplan für die Rückzahlung des bereits bestehenden aufstellen wollen. Es war eine schwierige Entscheidung gewesen.

»Nein, Niels, vertrau mir. Tu mir den Gefallen«, hatte Ballantyre ihn gebeten. »Ich bürge für ihn, aber bitte sag ihm das nicht. Seine Dankbarkeit wäre für uns beide peinlich. Wenn dein Bankiersinstinkt dagegen spricht, erhöhe einfach den Zins ein wenig, um ihn zu zügeln. Dafür reicht sein Geld. Wenn nötig, kann er die Hälfte seines Grundes südlich des Tyne mit einer Hypothek belasten.«

»Ich glaube, das hat er schon gemacht.«

Ballantyre hatte gestutzt. »Tatsächlich?«

»Ja, soweit ich weiß, bei Jeb Merlin.«

Ballantyre hatte ihn erstaunt angesehen. »Oje. Wenn er sich in den Klauen des Magiers befindet, braucht er jede Hilfe, die er kriegen kann. Überlass ihm das Geld, Niels, dann sehen wir schon, ob er aus dem Schlamassel wieder herauskommt.«

»In diesen chaotischen Zeiten?«

»Gib dem Mann eine Chance.«

Nun wanderte Larsens Blick erneut zu Ballantyres Tochter hinüber. Er fragte sich, ob er möglicherweise über den Grund für den unerklärlichen Wagemut seines Freundes gestolpert war. Spielte Charles am Ende mit dem Gedanken, Bande zu dieser Adligenfamilie zu knüpfen? Rupert Dalston war zwar nur der jüngere Sohn, aber Ballantyre wäre nicht der Erste gewesen, der sein Vermögen für den Aufstieg in den Adel riskierte. Allerdings erschien Larsen eine solche Strategie als untypisch für ihn. Falls Ballantyre tatsächlich so etwas im Sinn hatte, enttäuschte ihn das.

* * *

Auch Evelyn dachte über Dalston nach, während sie ihr Omelett unter einem Schwarm kreisender Möwen verspeiste. Es war ein angenehmer Abend gewesen, und nachdem das Boot ihren Gast ans Ufer zurückgebracht hatte, war Clementina in ihre Kabine gekommen und hatte es sich am Fußende von Evelyns Bett bequem gemacht.

»Rupert ist sehr charmant, findest du nicht?«, hatte sie gefragt.

»Ja …«

»Er kennt so viele amüsante Geschichten, wahrscheinlich weil er so oft reist.« Kurzes Schweigen. »Er ist kaum noch zu Hause. Dort wird er schnell unruhig, behauptet er. Diesmal war er fast ein ganzes Jahr weg. Er hat uns gefehlt. Jedenfalls mir … Wenn Rupert da ist, gestaltet sich das Leben bunter. Ihm fällt immer irgendein Unsinn ein.« Sie hatte den Handspiegel genommen, um ihr Gesicht zu betrachten. »George sagt, früher habe er immerzu in Schwierigkeiten gesteckt und seinen Papa damit zur Verzweiflung gebracht. Aber vermutlich ist er aus dem Alter inzwischen heraus und denkt daran, eine Familie zu gründen.«

Subtilität war nicht gerade Clementinas Stärke.

»Vielleicht will er das gar nicht.« Evelyn löste die Perlenkette ihrer Mutter von ihrem Hals.

»Irgendwann wird ihm nichts anderes übrig bleiben. George meint, über die Familie seiner Mutter wird er ein hübsches Stück Land in Yorkshire erben. Er weiß nicht genau, wie groß es ist, denkt jedoch, es würde für ein ordentliches Einkommen ausreichen.«

Evelyn ließ den Deckel ihres Schmuckkästchens zuschnappen und fing an, ihre Haare zu bürsten. »Das sollten wir aber wissen, findest du nicht? Da Papa nicht hier ist, werde ich ihn selbst fragen.«

Danach war Clementina nicht mehr lange geblieben.

Während Mr Larsen sich nun wieder seiner Zeitung widmete, beendete Evelyn ihr Frühstück. Würde die Zukunft so aussehen?, überlegte sie. Hatte ihr Vater Clementina gebeten, eine Liste geeigneter junger Männer anzulegen, deren Grundbesitz sie kannte und aus denen er auswählen konnte? Und würde er sich die Mühe machen, Evelyn in die Entscheidungsfindung einzubeziehen?

* * *

Der Tag blieb bewölkt und feuchtschwül. Nachdem sie sich weitere Teile der Ausstellung angeschaut hatten, brachte Mr Larsen sie schon früh zur Jacht zurück, weil die Luft auf dem Wasser kühler war. Evelyn hatte genug von der Ausstellung. Ihr machte es nichts aus, sie zu verlassen.

Clementina war ihr auf die Nerven gegangen, als sie zwischen den Ausstellungsstücken im Woman's Building hindurchschlenderten. Ihr hatte alles dort gefallen, während Evelyn einigermaßen enttäuscht und noch immer ein wenig niedergeschlagen war.

Die Exponate schienen samt und sonders zu postulieren, dass der Platz der Frau im Haus sei und sie von dort aus den Samen der Zivilisation säen solle. Evelyn hatte stirnrunzelnd die viel gelobten Wandmalereien betrachtet, die das Dasein der primitiven Frau dem der kultivierten gegenüberstellten.

»Die primitive Frau scheint ein deutlich interessanteres Leben zu führen«, hatte sie bemerkt.

Clementina hatte sich bestürzt umgeblickt und sie gebeten, die Stimme zu senken, während Mr Larsen schallend lachte.

Dalston und George hatten lieber eine Vorstellung von Buffalo Bill's Wild West Show besucht, die am Rand der Ausstellung stattfand, und waren begeistert zurückgekehrt. Vielleicht hätte sie besser die beiden begleitet, dachte Evelyn.

Dalston setzte sich neben sie und zog etwas aus seiner Tasche.

»Sitting Bull.« Er reichte ihr eine Postkarte. »Der große Lakota-Häuptling. Sie erinnern sich: Das Plakat an der Holzhütte gestern …«

Sie nahm die Karte. Darauf war der Häuptling mit exotischem Federkopfschmuck abgebildet, der über seinen Rücken bis zum Boden reichte. Ein Perlenband lag über einem perlen- und federngeschmückten Gewand auf seiner Brust, und seine Ärmel zierten Schwänze kleiner Tiere. Neben ihm stand ein schnurrbärtiger Weißer in Heldenpose.

»Und das ist Buffalo Bill. Sitting Bull ist als Teil seiner Show mit ihm durch ganz Europa gereist.«

»Teil seiner Show? Aber …« Als sie den Blick hob, sah sie, dass Mr Larsen sie beobachtete.

»Ich glaube, er war mehrere Jahre dabei«, sagte Dalston, und Mr Larsen nickte.

Evelyn schüttelte verständnislos den Kopf und lehnte sich zurück.

Dalston begann, die Büffeljagdshow zu beschreiben.

»Unter ihren Hufen ist der Boden erzittert! Was für gewaltige Tiere! Ich muss zu ihnen, bevor es keine mehr gibt. Und dann das große Finale. Die Indianer haben Planwagen angegriffen und johlend Frauen und Kinder zusammengetrieben.«

»Gütiger Himmel! Und was war dann?«, wollte Clementina wissen.

»Was meinst du wohl?«, knurrte ihr Mann.

Man servierte das Essen auf dem Achterdeck, weil es dort kühler war. Über ihnen hingen Papierlaternen, die für festliche Atmosphäre sorgten. Auf anderen Jachten, von denen Lachen und Musik herüberdrangen, schien man die gleiche Idee gehabt zu haben. Die *Morgan-le-Fey* jedoch blieb dunkel.

»Hat das Woman's Building Ihre Erwartungen erfüllt?«, fragte George Evelyn, sobald sie am Tisch Platz genommen hatten.

Sie antwortete höflich, während gekühlter Champagner und köstliche Kanapees gereicht wurden.

Mr Larsen schüttelte den Kopf. »Wollen Sie wirklich der Höflichkeit gegenüber der Ehrlichkeit den Vorzug geben, meine Liebe? Nein. Sagen Sie ruhig, was Sie wirklich denken.«

Sie trank einen Schluck und wählte ihre Worte mit Bedacht. »Manches fand ich ein wenig banal.«

»Banal?« Dalston hob belustigt die Augenbrauen. »Erläutern Sie das genauer.«

Wie sollte sie es erklären? Sie war sich ja selbst nicht so sicher.

»Die Exponate waren für sich natürlich interessant, aber irgendwie vorhersehbar.« Sie schwieg kurz. »Es war, als würde man die Frauen loben, weil sie eine Aufgabe bewältigt hatten.« Nun lauschten ihr alle, und Evelyn spürte, wie sie rot wurde. »Wie man Kinder lobt, die etwas gut gemacht haben.«

»Dort sind die unterschiedlichsten Dinge zu sehen, die Frauen heutzutage tun können«, widersprach Clementina. »Oder willst du das bestreiten?«

»Nein ...« Evelyn, die ein Hummerkanapee auf ihrem Teller zerkrümelte, hätte sich gewünscht, sich besser ausdrücken zu können.

»Das höre ich nicht zum ersten Mal«, mischte sich Mr Larsen ein und reichte ihr lächelnd frische Kanapees. »Manche Frauen waren außer sich darüber, dass ihre Arbeiten in einem separaten Gebäude präsentiert wurden und nicht in die Hauptausstellung integriert waren. Darüber ist es zu einer heftigen Auseinandersetzung gekommen, in die sich am Ende sogar die Frauenrechtler eingemischt haben. Die eine Hälfte der Damen wollte sich Gehör verschaffen, die andere war wild entschlossen, sie zum Schweigen zu bringen.«

Evelyn ließ sich nachschenken.

»Ich finde, die Exponate werden allen gerecht«, meldete sich Clementina zu Wort. »Sie zeigen, welch *kultivierenden* Einfluss Frauen nehmen können, indem sie für ihre Familien sorgen und sich für wohltätige Zwecke engagieren. Dein Vater würde sie bestimmt gutheißen.«

Evelyn senkte den Blick.

»Begleiten Sie mich zur Büffeljagd, Miss Ballantyre«, sagte Dalston in die unvermittelt eintretende Gesprächspause hinein und beugte sich mit verschwörerischer Miene vor. »Wenn Sie möchten, können Sie es beim Zielen belassen, absichtlich danebenschießen und trotzdem die spannende Jagd genießen.«

»Ich könnte mir vorstellen, dass sie Sie tatsächlich begleitet!«, meinte Mr Larsen. »Sie begegnen der Präsentation völlig zu Recht mit Skepsis, meine Liebe, denn die Ausstellung hat hitzige Diskussionen ausgelöst. Unter den Frauen hat es mindestens genauso viele Kontroversen gegeben wie unter den Schwarzen und den Indianern.«

»Vielleicht war ihnen allen gleich unwohl«, mutmaßte Evelyn, der der Champagner Mut verlieh. »Weil sie mehr oder minder darum *bitten* mussten, in die Ausstellung aufgenommen zu werden.«

»Sehr richtig«, pflichtete Mr Larsen ihr bei. »Wie ich sehe, haben Sie den Scharfsinn Ihres Papas und seine Verachtung für Unehrlichkeit geerbt.«

* * *

Larsen ließ Evelyn während des gesamten Essens nicht aus den Augen. Ballantyre würde mit ihr noch alle Hände voll zu tun haben, dachte er. Die junge Frau hatte ihren eigenen Kopf und eigene Ansichten, auch wenn ihr noch Erfahrung und Selbstsicherheit fehlten, um sie adäquat in Worte zu fassen. Bisher hatte ihr die Gelegenheit gefehlt, voll zu erblühen. Möglicherweise konnte sie das auch besser in Ballantyres Abwesenheit, ohne dessen Zynismus.

Als das Geschirr abgeräumt wurde, gelangte Larsen zu einem Entschluss, und nachdem ihr junger Gast sich verabschiedet hatte, nahm er Lady Melton beiseite.

»Was, glauben Sie, würde ihr Vater sagen? Seine Kabine steht leer, also wäre die Unterbringung kein Problem, aber ich brauche Ihren Rat hinsichtlich der korrekten Vorgehensweise. In Amerika würde niemand die Stirn runzeln, wenn ich Dalston frage, ob er sich uns anschließen möchte. Schließlich sind Sie als Anstandsdame mit von der Partie, und ich spiele so etwas wie die Rolle des Ersatzvaters. Außerdem sind die Familien gut miteinander bekannt.«

»Was für eine wunderbare Idee!«, rief Lady Melton begeistert aus. »Charles wäre bestimmt entzückt. Evelyn hatte bisher so wenig Gelegenheit, geeignete junge Männer kennenzulernen.«

»Ist Dalston denn geeignet?« Larsens Blick folgte dem sich entfernenden Boot.

»Mein guter Mr Larsen! Wie können Sie so etwas fragen?«

Sieben

Nördlich von Nipigon

In dem Wald nördlich von Nipigon brach die Dämmerung herein. Die Wipfel der Kiefern zeichneten sich dunkel vor dem leuchtend roten Himmel ab, als James den Rucksack von seinen Schultern gleiten und am Rand einer Lichtung auf den Boden fallen ließ. Er streckte sich und hob den Blick. Über sich sah er einen Schwarm Gänse in breiter doppelter V-Formation, die, die Sonne unter den Flügeln, gen Süden flogen.

In den vergangenen Tagen hatten sie viele Kilometer zurückgelegt, zuerst im Kanu, dann zu Fuß. Nun tat James alles weh, und er war müde. Immerhin würde er in der folgenden Nacht in seiner Koje in Skinners Lodge schlafen. Er sammelte Brennholz vom Waldboden auf, kleine Äste, gerade genug für eine Nacht, während Marcel die Rebhühner ausnahm, die sie tagsüber erlegt hatten, sie auf Spieße steckte und übers Feuer hängte. James folgte dem hellen Moos, das den Weg zu einer kleinen Quelle markierte, und füllte dort den Kessel mit klarem Wasser. Alle arbeiteten schweigend, während sich abendliche Kühle und Stille über sie senkten, und danach setzten sie sich in den Lichtkreis des flackernden Feuers.

Sie aßen hastig das gebratene Fleisch, das der Hunger

würzte, und streckten hinterher, Becher mit Kaffee in den Händen, die Beine aus und rauchten.

Und redeten.

Über ein einziges Thema. Wie groß würde das Flöz sein? Wie tief, wie breit, wie lang? Erstreckte es sich über einen Meter, einen Kilometer, zehn Kilometer? Teilte es sich? Würden sie einen Schacht hineintreiben oder an einem Graben entlang des Flözes arbeiten können?

»Wie kriegen wir das Metall aus dem Felsen heraus?«, fragte Marcel.

»Da gibt es eine bestimmte Technik«, antwortete Louis.

Marcel sah zuerst James an, wenig später Louis. »Was für eine Technik?«

»Es ist nicht schwer.«

Schweigen, dann: »Du hast keine Ahnung, stimmt's?«

Marcels Augen verengten sich, James lachte.

»Aber wir können's lernen, oder?« Louis zog den Stöpsel aus seinem Flachmann, trank einen großen Schluck und verdrehte die Augen, während Marcel seine Pfeife anzündete.

James verfolgte schmunzelnd das Geplänkel seiner Gefährten, deren Gesichter im Schatten lagen. Louis reichte ihm den Flachmann. James nahm einen Schluck und verzog das Gesicht, als die Flüssigkeit brennend seine Kehle hinunterrann. Wo hatte Louis nur diesen Fusel her? Kurz gestattete James sich Erinnerungen an den Whisky zu Hause, an das milde bernsteinfarbene Feuer, das Lebenselixier, das durch das Blut direkt in die Seele floss.

Doch Ballantyres Nektar war trügerisch gewesen, da war ihm der Rachenputzer von Louis allemal lieber.

»Zuerst versuchen wir unser Glück an den Bächen. Wir sehen ja, ob sich das Zeug aus dem Wasser waschen lässt«, sagte Louis und holte sich den Flachmann zurück.

Marcel zuckte mit den Achseln. »Aber wir können nicht das gesamte Gebiet für uns beanspruchen. Ihr habt gehört, was Achak sagt. Außerdem sind wieder viele Männer im Wald unterwegs – Goldschürfer und Landvermesser. Es heißt, dass sie eine neue Eisenbahnlinie weiter im Norden bauen wollen, über dem Long Lake und dem Nordufer des Aminipigon. Wenn es dort auch Gold gibt …«

James sah kopfschüttelnd vom einen zum anderen. Das Ganze war ein verrücktes Spiel, das sie sich ausgedacht hatten, und nun glaubten sie, dass alles sich auf das kleine Wörtchen »Gold« zurückführen ließ. Es war die Ahnung eines Versprechens, aufgrund dessen Männer den Kopf verloren wie ein Jahr zuvor beim Silver Islet.

Er dachte über die merkwürdigen Ereignisse des Tages nach. Sie hatten sich mit Achak getroffen, der nicht nur Marcels Onkel, sondern auch ein Ojibway-Häuptling war, und mit ihm geredet. Ein beeindruckender, kluger Mann. Er kannte seine Rechte, darunter das außergewöhnliche absolute Eigentumsrecht an seinem Land einschließlich des Abbauprivilegs, die nicht durch die ansonsten für Indianer geltenden eng begrenzten Vorschriften geregelt waren. Von Marcel wussten sie, dass einst ein weißer Händler aus Montreal eine Häuptlingstochter geheiratet und den Weitblick besessen hatte, ein beträchtliches Stück Grund zu erwerben, um ihn für seine Nachkommen zu sichern. Der mittlerweile vergilbte Kaufvertrag präsentierte sich so hieb- und stichfest, dass er Landvermessern und Goldsuchern nach wie vor ein Dorn im Auge war. Er wurde ehrfürchtig von Generation zu Generation weitervererbt. Bis zu Achaks Vater Chief Dan, bei dem die Probleme begannen. Chief Dan war ein habsüchtiger Mensch, und im Lauf der Jahre hatten seine Gier und seine wachsende Liebe zum Whiskey des weißen Mannes ihn dazu verleitet, einen großen Teil des Landes an kleine Schürfunternehmen zu verkaufen. Zu viel Land und zu viele Unternehmen, dachte sein Sohn Achak, der sah, wie die alten Sitten allmählich verkamen.

Dann hatten Gerüchte von einem großen Flöz mit weißem Quarz die Runde gemacht, in dem sich angeblich kleinere Goldadern befanden, und Achak war nervös geworden. Ein Jahr zuvor hatte er Marcel seine Ängste gestanden, dass schon bald Schürfstellen die abgeholzten Waldflächen verunzieren und Eisenbahngleise die alten Jagdgründe durchziehen würden, die schäbige Siedlungen mit Bars und Bordellen miteinander verbanden wie anderswo. Achaks Trauer über den plötzlichen Tod seines Vaters wurde allerdings durch seine Erkenntnis abgemildert, dass die Kaufverträge nicht unterzeichnet und die Grundstücksgrenzen nicht eingetragen waren. Erleichtert hatte Achak sich in die Wälder zurückgezogen, um auf die traditionelle Art zu trauern und seine Gedanken zu ordnen.

Als Louis all das hörte, hatten seine Augen geleuchtet, und ein paar Tage lang war er ziemlich nachdenklich gewesen. Irgendwie hatte er es geschafft, Marcel dazu zu bringen, dass er sie zu Achak führte, den sie überreden wollten, ihnen ein kleines Stück Grund zu überlassen. Bisher waren keine Claims registriert, und die genaue Lage des Flözes kannten nur wenige. Damals sei lediglich ein Mittelsmann tätig gewesen, hatte Marcel ihnen erklärt. Also sei dies der Moment, in dem man zuschlagen müsse, hatte Louis gemeint, bevor andere bei Achak anklopften.

Am Abend zuvor war es ihnen tatsächlich gelungen, dem neuen Häuptling eine Zusicherung abzuringen. Er hatte ihnen, umgeben von seiner Familie und seinen Hunden, gelauscht und schließlich genickt. Am Ende waren sie sich handelseinig geworden. Sie durften in begrenztem Umfang in einem vorgegebenen Gebiet schürfen und mussten den Ertrag mit Achak und seinen Leuten teilen, wobei Achak ein gewisses Maß an Kontrolle behielt. Dieses Ergebnis war besser als von ihnen erwartet. In der nächsten Saison würden sie sich an die Arbeit machen.

Wenn die Gänse zurückkehrten …

James legte sich hin, hüllte sich in seine Decke und hörte zu, wie Louis und Marcel in das Patois wechselten, das sie untereinander verwendeten. Der Plan hatte etwas herrlich Verrücktes. Louis hatte zweifellos recht, dies war der richtige Moment, aber was wussten sie schon vom Goldschürfen? Nichts.

James verschränkte die Arme hinter dem Kopf und atmete den würzigen Duft der Fichten ein, der sich mit dem Holzrauch ihres Feuers vermischte, während er auf die Stille lauschte. Er erahnte die Weite der unberührten Wälder, die sie umgaben. Eine unvorstellbar große leere Wildnis. Irgendwo in der Ferne heulte ein Wolf, und dieses Heulen wurde von anderen, weiter entfernten Tieren aufgenommen. Obwohl sie sich nicht bis zum Lager vorwagen würden, hatten die drei Männer abgemacht, sich in der Nacht, Gewehr im Anschlag, bei der Wache abzuwechseln und das Feuer am Brennen zu halten.

James wollte schlafen, bis er an der Reihe war. Er schloss die Augen und versuchte, ruhig zu werden. Doch der Schlaf wollte sich nicht einstellen, und so machte er sie nach einer Weile wieder auf und betrachtete den Vollmond, der die Ränder einer Wolke erstrahlen ließ.

Eine Erinnerung: der Mond über der Flussbiegung in der Nähe von Ballantyre House, der das Wasser in ein Band aus getriebenem Silber verwandelte. Damals hatte er dort an einem Lagerfeuer gelegen, mit einem anderen Gefährten, geschützt durch einen Felsüberhang, verborgen hinter Wurzeln und Gestrüpp, und ebenfalls in die Stille gelauscht, in eine andere Art von Stille. Eine sanftere Stille …

Sie waren wachsam gewesen, nicht aus Angst vor Wölfen, sondern vor Menschen, die sie verachteten und ihnen Böses wollten. Schlimmer als Wölfe und hinterhältiger. Merkwürdigerweise fühlte James sich hier in dieser Wildnis sicherer, in der er sich offen bewegen, essen, was und wann immer er wollte, und ohne Furcht unter dem Sternenhimmel schlafen konnte. Kein Wildhüter verfolgte ihn, kein Grundbesitzer warf ihm vor, unbefugt auf seinen Besitz eingedrungen zu sein, kein Friedensrichter nahm ihm die Freiheit. Niemand würde ihn irgendeines Vergehens beschuldigen. Als James zum Firmament emporblickte, erschien es ihm, als würde von dort oben das wettergegerbte, vertraute Landstreichergesicht von Jacko heruntergrinsen. Doch dann sah er plötzlich den alten Wilderer vor sich, wie er ihn zuletzt erlebt hatte: als blutendes, zahnloses Wrack in seinen Armen.

James drehte sich auf die Seite und versuchte noch einmal einzuschlafen. Es war jedes Jahr das Gleiche: Der Herbstanfang schien solche Erinnerungen zu wecken.

Der Herbst war immer eine schwierige Jahreszeit.

Er zog die Decke hoch und machte die Augen zu. Jenem Tag und jener Nacht konnte er nicht entkommen, einer Nacht, die das Leben in Vorher und Nachher teilte. James hörte die Hufe von Melrose hohl auf der Holzbrücke klappern, als er auf der Stute floh, und das Laub rascheln, während er im Licht des Mondes den alten Pfad durch den Wald suchte.

Im Herbst passierten schlimme Dinge.

* * *

Früher einmal war der Herbst gleichbedeutend mit Ernte und Fülle gewesen, mit vollen Herzen und vollen Bäuchen. Mit achtzehn war James selbstbewusst wie ein Hahn über den Hof vor den Stallungen von Ballantyre House stolziert. Dann hatte ein Schuss zu Beginn der Jagdsaison die Illusion zerstört. Blut war mit den Farben des Sommers in Jackos schmutziges Hemd gesickert, und plötzlich hatte James sich betrogen und verbittert gefühlt. Wie ein Ausgestoßener.

Ebenfalls im Herbst, vor vielen Jahren, war sein Onkel in einer düsteren Hütte an der Straße nach Kelso gestorben. Und Jacko hatte den damals neunjährigen James geholt, bevor die Leute von der Kirchengemeinde es tun konnten.

»Ich lasse nicht zu, dass sie dich mit ihrer Strenge ersticken«, hatte er gesagt und James' kleine Hand in die seine genommen. »Dein Onkel war mein Freund, und jetzt bin ich der deine.«

In jener ersten Nacht hatte der alte Wilderer ihn in seinen Mantel gehüllt, und James hatte unter dem abnehmenden Mond zusammengerollt wie ein Igel neben ihm in einem eisig kalten Graben geschlafen.

Der Winter war mild gewesen, darauf folgten bald das Frühjahr und ein ertragreicher Sommer, doch der Herbst darauf hatte wieder eine Katastrophe gebracht. McAllister und seine Genossen hatten sie in einer wolkenverhangenen Nacht erwischt, wie sie beim Schein von Laternen mit Harpunen Lachse aus dem Fluss holten. Jacko hatte sich mit Zähnen und Klauen gewehrt und die Wildhüter beschäftigt, damit James fliehen konnte.

»Lauf, Junge. Dreh dich nicht um. *Lauf!*«, hatte er gerufen.

James war losgerannt und hatte Jacko seinem Schicksal überlassen. Den Winter über hatte er als Stallbursche für das Gasthaus gearbeitet, dessen freundlicher Wirt ihn bei sich unterbrachte und mit Essen versorgte, während James mit schlechtem Gewissen auf die Freilassung Jackos wartete.

Im Mai, als die Hecken blühten, war Jacko zu ihm zurückgekommen, hatte James mit einem Freudenschrei hochgehoben und herumgewirbelt, bis ihm schwindlig wurde. Doch dieser Jacko war härter und zorniger gewesen, schneller mit den Fäusten und mit Flüchen, wenn auch nicht bei James, niemals bei James! Dem hatte er immer nur geholfen. Sie hatten einen Heidenspaß miteinander gehabt, sich an Ballantyres Schätzen gütlich getan und McAllister den ganzen Sommer über bis in den goldenen Herbst hinein dreist geärgert. Sie hatten trocknende Wäsche vom Rasen hinter dem Haus gestohlen, Gemüse aus dem ummauerten Garten, Milch von den Kühen, die sich ans Flussufer wagten, und jede Menge Wild. Auch der Winter war gut gewesen. Jacko hatte etwas mit der Witwe des Schmieds angefangen, weswegen James die Nächte bis zum Frühjahr satt und zufrieden vor dem Kamin schlafen konnte, bis die Frau schließlich genug von Jacko hatte und sie hinauswarf.

Nun hörte James ein leises Geräusch und setzte sich auf. Am Rand der Dunkelheit bewegte sich ein Schatten.

»Ein Wolf«, flüsterte Louis. »Der beobachtet uns schon eine Weile von da drüben. Hat, glaub ich, Junge dabei. Die riechen wohl die Rebhühner.«

Also hatte der Hunger die Tiere doch noch angelockt.

»Ich übernehme die Wache«, sagte James. »Kann sowieso nicht schlafen.«

Louis reichte ihm das Gewehr, breitete eine Decke über sich und begann fast sofort zu schnarchen. James behielt, die Waffe auf den Knien, den Rücken an einen Felsen gelehnt, die Schatten, die um das Feuer schlichen, im Auge, während er seinen Erinnerungen nachhing.

Wieder war ein Jahr vergangen. Im Herbst hatte man Jacko ein weiteres Mal erwischt. James hatte im Gestrüpp am Flussufer verborgen entsetzt gehört, wie Jacko auf Anweisung des rachsüchtigen McAllister verprügelt wurde, und war noch lange, nachdem sie Jacko weggebracht hatten, zitternd an Ort und Stelle geblieben. In jener Nacht war ein Fuchs, kein Wolf wie jetzt, aufgetaucht und hatte ihn, den Angsthasen, verächtlich gemustert.

Mit seinen damals erst zwölf Jahren hatte er nun allein ums Überleben kämpfen müssen und sich ziemlich dumm dabei angestellt. Bereits zwei Wochen später war er den Wildhütern in einem Wäldchen in die Arme gelaufen, weil der Wind den Rauch aus ihren Pfeifen in die andere Richtung wehte. McAllister hatte ihn triumphierend gepackt und auf den Boden geworfen, ihm die Jacke vom Leib gerissen und den Fuß auf seine Brust gesetzt, während er seine Taschen nach Fallen durchsuchte. Aber da James ein gelehriger Schüler Jackos war, hatte McAllister nichts gefunden.

»Schlaues Bürschchen«, hatte McAllister geknurrt, James hochgezerrt und ihm den Arm hinter den Rücken gedreht. Seine listigen Augen waren zu Schlitzen verengt gewesen, seine Zähne schwarz und gelb, und sein Atem hatte gestunken. »Jackos kleiner Lehrling. Machst also weiter, wenn der Alte hinter Gittern ist. Mr Ballantyre möchte dich schon lange kennenlernen.«

Sie hatten James mit Schlägen gefügig gemacht und ihn aus dem Wald, den Fluss entlang und in Richtung Ballantyre House geschleppt.

* * *

Vom Waldrand drang ein Geräusch herüber. James spähte in die Dunkelheit. Louis hatte recht, bei der Wölfin waren tatsächlich zwei Junge. Das mutigere wagte sich immer wieder kurz heran, um zwischen Rebhuhnfedern und Innereien nach Fressbarem zu suchen. Die Mutter rief ihre Jungen mit einem leisen Knurren zu sich. Als sie in der Dunkelheit verschwanden, wurde es wieder still.

James stand auf, um sich die Beine zu vertreten, und legte Holz nach. Dann wärmte er den letzten Rest Kaffee im Kessel auf, obwohl ihn seine Erinnerungen, die so scharf wie die Zähne der Wolfsjungen waren, auch so wach gehalten hätten.

In der Glut des Feuers entdeckte James das Bild von Ballantyre. Ballantyre, wie er ihn an jenem ersten Abend gesehen hatte, Zigarre im Mund, die Hunde zu seinen Füßen, und seine kleine Tochter, die neben ihm auf der Terrasse herhüpfte. Bei James' und McAllisters Anblick hatte er die Stirn gerunzelt. Als McAllister ihm erklärte, wer der Junge sei, hatte Ballantyre nachdenklich James, sein zerschlagenes Gesicht und die zerrissene Kleidung betrachtet und dem Wildhüter aufgetragen, James die Nacht über einzuschließen und ihm etwas zu essen zu geben. Sie würden am Morgen miteinander reden.

* * *

Ballantyre House, Grenzgebiet zwischen Schottland und England, zehn Jahre zuvor

James hockte in der gleichen verkrampften Haltung in dem einzigen trockenen Teil des Schuppens, seit er die Wand zu dem leider zugenagelten kleinen Fenster hinaufgeklettert war. Er hatte den Halt verloren, war unglücklich gelandet und hatte sich den Knöchel verstaucht. Nun spürte James, wie er anschwoll, und er wischte sich mit dem Ärmel die Augen ab. Der Schmutz daran vermischte sich mit seinen Tränen. Blut drang durch das zerrissene Knie seiner Hose. Die stinkende Pferdedecke, die er um seine Schultern gezogen hatte, spendete wenig Wärme und keinen Trost. Er kauerte frierend in der Dunkelheit und tat aus Angst vor dem Morgen kein Auge zu.

Und vor Ballantyre.

Ballantyre war der Feind, allmächtig, herzlos und hart. Auf seine Anweisung hin waren sie den gesamten Sommer über verfolgt worden, seinetwegen saß Jacko wieder im Gefängnis, und seinetwegen war James nun ganz allein hier. Ballantyre gehörte das Universum, in dem sie lebten, während sie rein gar nichts besaßen. Im Lauf der Jahre hatte er Jacko mehrfach hinter Gitter gebracht, auch schon bevor James zu dem alten Wilderer gekommen war, wegen unterschiedlichster Dinge: Landstreicherei, Diebstahl, Wilderei und Landfriedensbruch. Das Strafmaß hatte sich jedes Mal erhöht, damit er sich besserte. Doch jedes Mal war Jacko trotzig und ungebrochen aus dem Gefängnis entlassen worden.

»Ballantyre möchte mich retten«, hatte er James erklärt, »aber ich beuge mich weder ihm noch irgendeiner Autorität sonst, die aus rein eigennützigen Motiven handelt. Sobald es bessere Gesetze gibt, halte ich mich daran. Doch bis dahin lebe ich nach meinen eigenen Regeln, auf meine eigene Art. Wollen mal sehen, wer den stärkeren Willen hat – Ballantyre oder ich.«

James hatte den alten Mann bewundernd angesehen, der zur Besiegelung seines Widerstands ins Feuer spuckte.

»Gott hat mich und Ballantyre wie Samenkörner auf dasselbe Stück Land ausgesät. Aber Ballantyre ist als Eichel auf Grund und Boden gefallen, der mit Geld gedüngt war, weswegen ihm starke Äste wuchsen und er ein kräftiger, schöner Baum wurde, während ich als kleine Weide am Flussufer landete.« Jackos Augen hatten im Licht des Feuers geglänzt. »Doch auch ich wuchs im Verborgenen heran. Meine Wurzeln bohrten sich tief in die Erde, und meine Äste reichten bis ins Wasser hinein und spendeten den Lachsen Schatten. Aus Ballantyres Eiche wurden Schiffe für das Land gebaut und Dächer für imposante Bauwerke, während meine Weidenzweige sich nur für Körbe und als Versteck für Vögel und Otter eigneten.«

James hatte gelacht, worauf Jacko mahnend einen Finger hob.

»Aber wenn die Eiche gefällt wird, bleibt nur der Stumpf, in dem sich Ameisen und Käfer tummeln. Was hingegen geschieht, wenn man die Weide abschneidet?«

James hatte den Kopf geschüttelt, wie Jacko es von ihm erwartete.

»Sie treibt am Ufer des Flusses neu aus, denn die Weide lässt sich nicht so leicht unterkriegen …«

Da wurde die Tür zu dem Nebengebäude aufgerissen. Das Licht der Sonne blendete James, und das Bild von Jacko verflüchtigte sich.

»Raus mit dir«, sagte einer der Wildhüter, die ihn am Abend zuvor zum Haus gebracht hatten. »Und wasch dich, du stinkst.«

Man zeigte ihm den Abtritt und die Pumpe im Hof, wo er sein Hemd ausziehen und sich säubern sollte. McAllister stand mit verschränkten Armen dabei, und andere Mitglieder des Haushaltes gesellten sich neugierig dazu. James wusch hastig seine schmale weiße Brust und die dünnen Arme und trocknete sich mit seinem Hemd so gut ab, wie es ging, bevor er es, vor Kälte zitternd, wieder über den Kopf zog.

Als er fertig war, packte McAllister ihn und zerrte ihn ohne Rücksicht auf seinen verstauchten Knöchel zum Hintereingang des Hauses. Drinnen passierten sie eine Wasch- und eine Spülküche, Vorrats- und Speisekammern und die Küche mit ihren verlockenden Düften. Am Ende betraten sie durch eine mit grünem Stoff bezogene Tür eine völlig andere Welt überwältigender Stille.

James machte große Augen, als McAllister ihn durch Flure voller Gemälde und hochglanzpolierter Truhen schob, wo eine Atmosphäre der Ordnung und Stabilität herrschte und sich der berauschende Duft von Schnittblumen mit dem von Bienenwachs und Lavendel vermischte. Zu beiden Seiten der hohen Fenster hingen bis zum Boden reichende Seidenvorhänge. James registrierte all das staunend und versuchte, seine Furcht vor dem Mann zu zügeln, der solche Schätze sein eigen nannte.

Dicke gemusterte Teppiche dämpften seine Schritte, und ein ausgestopfter Hirschkopf musterte von seinem Platz über dem Kamin aus den frechen Eindringling, während vor dem Feuer ein Jagdhund, eingelullt vom Ticken einer Großvateruhr, vor sich hin döste. Als sie sich näherten, wedelte er mit dem Schwanz und hob interessiert die Schnauze ob der Gerüche, die James umwehten. Dann nahm James oben eine Bewegung wahr und sah, dass ein Kind ihn durch die Stäbe des Treppengeländers hindurch beobachtete. Er erkannte das kleine Mädchen vom Vortag, Ballantyres Tochter. Sie begrüßte ihn mit einem Lächeln und einem angedeuteten Winken. McAllister stieß James vorwärts, bis er schließlich vor einer verschlossenen Tür stehen blieb und klopfte.

Eine ruhige Stimme bat sie hinein.

Der Herr von Ballantyre House stand mit dem Rücken zu ihnen an einem der hohen Fenster, ein groß gewachsener, attraktiver Mann, der sich sehr gerade hielt, die Verkörperung uneingeschränkter Autorität. Vom Fenster aus waren der Garten und die Rasenflächen zu erkennen, die sich bis zum Fluss erstreckten, und dahinter die Wälder, in denen James lebte. Als sie eintraten, wandte sich der Mann zu ihnen um. James presste die Lippen zusammen, damit sie nicht zitterten, und reckte das Kinn vor. *Wollen mal sehen, wer den stärkeren Willen hat – Ballantyre oder ich.*

Der Mann musterte ihn, als könnte er James' Gedanken lesen. Mit seinem Blick schien er jedes gewilderte Moorhuhn, jeden Lachs und jeden gestohlenen Penny zu erkennen – und hinter James' unsicherem Trotz auch sein Elend. James' Mut verwandelte sich in Verzweiflung, denn letztlich hatte er Ballantyre nichts entgegenzusetzen. Ballantyre würde James entweder nach Rothmere Hall oder in die Besserungsanstalt in Kelso schicken. Oder war er mittlerweile alt genug fürs Gefängnis? Jacko hätte das gewusst …

»Hat er etwas gegessen?« Ballantyres erste Worte überraschten James.

»Ich habe ihm etwas zu essen gegeben, Sir.«

Etwas zu essen? Man hatte ihm ein Stück altes Brot in den Schuppen geworfen, als man am Abend zuvor die Tür verschloss und verriegelte.

Wieder schien Ballantyre James' Gedanken zu erraten. »Heute Morgen?«, erkundigte er sich.

»Nein, Sir.«

Ballantyre runzelte die Stirn. »Dann soll man etwas aus der Küche bringen. Etwas Warmes, Porridge, würde ich sagen. Eier. Und warme Milch.«

James, der die Empörung des Wildhüters darüber bemerkte, einen solchen Auftrag zu erhalten, grinste verächtlich.

Nachdem die Tür sich hinter McAllister geschlossen hatte, seufzte Ballantyre: »Tja, du bist also beim Wildern erwischt worden, mein Junge …«

Das Grinsen erstarb auf James' Lippen. »Sie können mich bloß dafür drankriegen, dass ich unbefugt Ihren Grund betreten habe. Er hat nichts bei mir gefunden …« Die Nervosität machte ihn dreist.

Ballantyre hob die Augenbrauen.

»Willst du mir die Gesetze erklären, junger Mann? Ich muss wohl kaum fragen, woher du dein Wissen beziehst. Jack McDonald hält sich ja selbst für einen Fachmann.«

James betrachtete das Gemälde über dem Kamin.

»Wie alt bist du?«

»Dreizehn.« War es in seiner Lage besser, jung oder alt zu sein? »Fast …«

»Fast dreizehn ist ziemlich jung für ein Kriminellendasein.«

Auf dem Gemälde, das James ansah, war ein schwarzer Vogel mit einer Haube und einem merkwürdig geformten Schnabel abgebildet.

»Das ist kein Leben, weißt du.«

James schwieg.

»Hörst du, was ich sage?«

Obwohl der Mann die Stimme nicht gehoben hatte, zuckte James zusammen und nickte.

»Soweit ich mich erinnere, hat dein Lehrmeister diesmal sechs Monate bekommen, und wenn er sich wieder auf meinen Grund wagt, wird es das nächste Mal ein Jahr. *Schau mich an,* junger Mann! Wie heißt du?«

James sagte es ihm.

»Was also hast du in meinen Wäldern getrieben, wenn du nicht zum Wildern unterwegs warst, James Douglas?«

James, der darauf keine Antwort wusste, betrachtete weiter schweigend den seltsamen Vogel. Er war nicht richtig schwarz, sondern eher blauschwarz. Sein Gefieder glänzte wie das eines Raben.

»Das ist ein Papageienvogel«, teilte Ballantyre James mit. »Aus Südamerika. Mein Onkel hat ihn von seinen Reisen mitgebracht. Das Tier hat viele Jahre hier gelebt.«

Nun sah James Ballantyre an und nickte vorsichtig.

»Du weißt vermutlich nicht, wo Südamerika ist, oder?«

James blieb stumm. Woher auch?

»Kannst du lesen und schreiben?«

»Ein bisschen ...« Jacko hatte ihm das Lesen beigebracht, und er konnte seinen Namen schreiben, aber er hatte keine Ahnung, ob er das zugeben oder besser verschweigen sollte.

Ballantyre trat hinter seinem Schreibtisch hervor, setzte sich auf die Kante, schlug ein Bein über das andere und musterte James. »Wir sind uns schon einmal begegnet, James Douglas. Letztes Frühjahr, denke ich. Ja … Wenn ich damals geahnt hätte, wer du bist, hätten wir uns das hier ersparen können. Du hast für mich auf Zeus aufgepasst, die Zügel gehalten, solange ich im Pfarrhaus war, und wir haben kurz miteinander geredet.«

James erinnerte sich gut an das glänzende Fell des Hengstes und die polierten Stiefel des Reiters. Er hatte zu fragen gewagt, ob das Tier von irischen Pferden abstamme, und Ballantyre hatte ihm geantwortet und sich mit ihm über den Hengst unterhalten, von Mann zu Mann, bevor er ihm eine Zweishillingmünze gab – für James ein unermesslicher Reichtum. Einen Moment hatte James vergessen, dass Ballantyre der Feind war, und sich später fast ein wenig geschämt, als er die Münze Jacko aushändigte. Der alte Wilderer hatte schallend gelacht, das Geldstück in die Luft geschnippt und wieder aufgefangen.

»Wenn ich mich richtig entsinne, kennst du dich mit Pferden aus«, meinte Ballantyre nun.

James ließ schweigend den Blick über den Kamin wandern, vor dem sich merkwürdiges Getier befand, drachenähnliche Wesen aus Messing, die sich um den Funkenschutz schlängelten und in deren Augen sich das Feuer spiegelte. Während des einsamen Winters in dem Gasthaus, in dem James auf Jackos Freilassung wartete, hatte er von einem irischen Stallknecht alles über Pferdefleisch erfahren.

»Das Geld, das du damals von mir bekommen hast, ist von dem alten Gauner bestimmt wieder in Bier angelegt worden.«

Gab es denn nichts, was dieser Mann nicht wusste? James kam um eine Antwort herum, weil das Frühstück serviert wurde.

Ballantyre deutete auf ein Tischchen beim Kamin. »Setz dich und iss. Dann reden wir weiter.«

Er schickte die junge Bedienstete weg, die das Tablett mit dem Frühstück gebracht hatte, nahm an seinem Schreibtisch Platz und widmete sich Papieren, sodass James das Festmahl ungestört genießen konnte.

James schlang das Porridge so hastig hinunter, dass er sich die Zunge verbrannte, und behielt Ballantyre verwirrt und misstrauisch im Auge. Er nahm einen Schluck von der dicken Milch, spürte die wohlige Wärme in seinem Körper und hob vorsichtig einen Metalldeckel an, unter dem er flockig leichte dampfende Eier entdeckte. Nach einem weiteren Blick auf Ballantyre, der nach wie vor mit seinen Papieren beschäftigt war, tunkte er die letzten Reste mit einem Stück Brot auf. Als er erneut zu Ballantyre hinüberschaute, stellte er fest, dass er seinerseits beobachtet wurde.

»Besser?«

James tat fast der Bauch weh, so viel hatte er gegessen. Er murmelte ein Dankeschön und rutschte auf die Kante seines Stuhls vor, unsicher, ob er aufstehen sollte. Ballantyre gab ihm mit einer Geste zu verstehen, dass er bleiben solle, wo er war, trat hinter seinem Schreibtisch hervor und setzte sich gegenüber von James in den Sessel am Kamin.

»Ist Jacko mit dir verwandt?«, erkundigte er sich.

James schüttelte den Kopf.

»Hast du überhaupt Verwandte?«

Wieder schüttelte James den Kopf. Ihm sank der Mut. Waisen mussten nach Rothmere Hall, in ein kaltes, abweisendes Gemäuer am Ortsrand. Jede Woche konnte man erleben, wie die Kinder von dort zur Kirche gescheucht wurden. James kannte ihre schmalen, verkniffenen Gesichter, ihre ob der schlechten Behandlung und Vernachlässigung stumpfen Blicke. Sollte er kurzerhand Verwandte erfinden? Aber was nutzte das schon? Er konnte nirgendwohin.

Das Essen weckte seine Lebensgeister, und er sah zu den Fenstern und zu den Griffen hinüber, die sie verschlossen.

»Du bist also ein Waise und ein Landstreicher, James Douglas«, stellte Ballantyre fest. »Und wenn Mr McAllister recht hat, außerdem ein Wilderer und ein Dieb.«

James schaute zur Tür. Konnte er sie erreichen, bevor Ballantyre ihn packte? Eher nicht, und obendrein würde er nicht aus dem Haus finden.

»Aber wenn ich dich nach Kelso schicke, landest du in der Besserungsanstalt. Da lernst du nur alle Tricks, die dich endgültig ins Verderben führen. Und von Rothmere Hall büxt du bei der erstbesten Gelegenheit aus, und wir müssen dich wieder einfangen.« Er nahm eine Zigarre aus dem Kästchen neben sich und klopfte den Tabak auf dem Deckel fest. »Was sollen wir bloß mit dir machen, James Douglas?«

Schweigen. Ballantyre begutachtete die Zigarre und schnitt das Ende ab, bevor er sie anzündete, während James etwas Ei, das unter dem Teller gelandet war, hervorholte und in den Mund steckte. Das Essen in seinem Bauch begann laut zu rumoren. Noch einmal sah er zum Fenster hinüber.

»Du kennst dich aus mit Pferden ...«, wiederholte Ballantyre leise, und James' Blick kehrte zu ihm zurück. »Durch das Fenster kannst du nicht fliehen, mein Junge. Jedenfalls nicht dauerhaft, und außerdem ist bald Winter. Was machst du dann?« Er beugte sich vor. »Ich wüsste da eine andere Lösung. Weil du unbefugt auf meinen Grund eingedrungen bist, was du bereits zugegeben hast ...«, er wartete auf eine Bestätigung von James, der argwöhnisch nickte, »... hast du Probleme mit mir. Dazu kommt der Vorwurf der Wilderei, die ich dir aber nicht nachweisen kann. Wenn du die Sache außergerichtlich regeln möchtest wie ich, musst du vier Wochen lang in meinen Stallungen arbeiten. Ich zahle dir drei Pennys die Woche plus Kost und Logis, was heißt, dass du Essen, Unterkunft und ordentliche Kleidung bekommst ...«, er betrachtete James' Schuhe, aus denen zwischen Sohle und Oberleder schmutzige Zehen hervorlugten, »... und Stiefel. Nach den vier Wochen finde ich weitere Arbeit für dich und zahle dir einen ordentlichen Lohn, vorausgesetzt, ich höre Gutes über dich.«

Er schwieg kurz. »Man wird dich anständig behandeln, James Douglas, aber wenn du wegläufst, lasse ich dich einfangen und nach Kelso bringen, wo du regelmäßig Prügel beziehst. Danach hast du keine Chance mehr auf ein normales Leben.«

Er nahm einen Zug an seiner Zigarre und kniff die Augen zusammen. »Was sagst du zu meinem Vorschlag?«

James spürte, wie er rot wurde. »Warum …?«

»Das sind meine Bedingungen. Entweder du akzeptierst sie, oder du landest in Rothmere Hall.«

James sah ihn mit großen Augen an.

Als der Mann eine ungeduldige Geste machte, stammelte James zu seinem eigenen Erstaunen ein Ja.

Ballantyre nickte zufrieden und erhob sich. »Gut gemacht«, sagte er und kehrte hinter seinen Schreibtisch zurück, um die oberste Schublade aufzuschließen und eine grüne Geldkassette aus Metall herauszuholen, die er mit einem Schlüssel öffnete. Er entnahm ihr eine Münze und hob sie hoch. Ein silbernes Dreipennystück. »Dein erster ehrlicher Verdienst, James Douglas, im Voraus bezahlt im Vertrauen auf dich. In mir wirst du einen besseren Freund haben als in Jack McDonald, junger Mann.«

Acht

Über die Großen Seen, 1893

Die *Walküre* entfernte sich in einem weiten Bogen von ihrem Ankerplatz. Rauch aus ihren beiden Schornsteinen wehte übers Kielwasser zurück.

»So nehmen wir denn Abschied von der White City«, sagte Larsen, der am Steuer stand. »Ist die Stadt Ihren Erwartungen gerecht geworden?«, fragte er seine Gäste.

»Sie ist fantastisch!«, rief Clementina aus.

»Ganz außergewöhnlich«, pflichtete Evelyn ihr bei.

»Meine Erwartungen wurden weit übertroffen«, meinte Rupert Dalston mit einer kleinen Verbeugung in Richtung Larsen.

Der junge Engländer hat Manieren, dachte Larsen, als er dem Kapitän das Steuer überließ und zur allmählich verblassenden Silhouette der White City hinüberblickte, die die Nebelschwaden über der Küstenlinie unwirklich erscheinen ließen. Wenn am folgenden Tag Wind aufkäme, konnten sie die Segel setzen, doch in der momentanen Flaute nutzten sie die Dampfmaschine, weil sie noch ein gutes Stück Weg vor sich hatten.

»Entspannen Sie sich, und genießen Sie die Fahrt«, sagte Larsen und schob Dalston in Richtung Backbord, wo Wurfringe in einem Kasten verschlossen waren.

Dann nahm er im Schatten des Sonnensegels Platz und winkte ab, als man ihn bat, auch bei dem Spiel mitzumachen. Er zog seinen Panamahut tief in die Stirn und erklärte, er würde lieber zusehen und dafür sorgen, dass alle sich an die Regeln hielten.

Evelyn schien Dalstons Gesellschaft als angenehm zu empfinden. Da Larsen nicht wusste, ob ihr Vater damit einverstanden wäre, hatte er Dalston nur eingeladen, sie bis Port Arthur zu begleiten, von wo aus er einen Zug nach Westen nehmen und seine eigenen Pläne verwirklichen konnte. Von Chicago nach Port Arthur würden sie je nach Wetter mindestens eine Woche brauchen, was bedeutete, dass Larsen genug Zeit und Gelegenheit hatte zu beobachten, wie sich die Dinge entwickelten. Vielleicht würde der junge Mann sogar Interesse am Angeln bekunden. Doch die Entscheidung darüber würde Larsen Ballantyre überlassen, wenn dieser sich in Port Arthur zu ihnen gesellte. Bis dahin – Larsen zog den Hut noch tiefer ins Gesicht, um seine Nase zu bedecken – musste er selbst aufpassen.

Er döste vor sich hin, bis die Partie geräuschvoll mit Beteuerungen beider Mannschaften endete, hart um den Sieg gekämpft zu haben. Evelyn ließ sich atemlos und mit rotem Gesicht in einen Liegestuhl neben Larsen fallen.

»Die Männer wollen sich einfach nicht geschlagen geben, Mr Larsen.«

»Das ist der männliche Stolz! Haben Sie Verständnis, meine Liebe.«

»*Geschlagen*, Miss Ballantyre?«, meldete sich Dalston zu Wort, der die Wurfringe einsammelte. »Wir haben

Sie fast einen halben Meter näher ans Ziel herangehen lassen. Also …«

»Ja, das stimmt, aber Sie haben die Regeln vor dem Spiel festgelegt, und wir haben Sie innerhalb dieser Regeln besiegt. Ob Ihnen das gefällt oder nicht: Wir haben Sie geschlagen.«

Die Erregung stand ihr gut zu Gesicht, fand Larsen, der Dalston spielerisch mit dem Finger drohte.

»Passen Sie auf, Dalston, die Dame ist eine Gerechtigkeitsfanatikerin!« Larsen tätschelte schmunzelnd Evelyns Hand. »Ich denke, kühle Limonade könnte helfen, die erhitzten Gemüter zu beruhigen.«

* * *

Nach dem Essen beobachtete Evelyn, den Wind in den Haaren, von der Backbordreling aus, wie felsige Klippen und Sandstrände vorbeizogen. Das Wasser des Sees kräuselte sich, als der elegante Bug der Jacht es durchschnitt. Evelyn blickte zurück zu den anderen, die unter dem Sonnensegel ruhten, lasen, plauderten oder an kühlen Drinks nippten und den Nachmittag genossen. Es fühlte sich seltsam an, auf diesem kleinen Schiff die Zivilisation hinter sich zu lassen. Die klassische Schönheit der White City erschien ihr bereits wie ein ferner Traum. Der war sie ja letztlich auch: ein schöner, merkwürdig widersprüchlicher Traum ohne Substanz.

Auf dem See waren ihnen kaum andere Schiffe begegnet, hin und wieder ein Ausflugsdampfer oder ein Frachter, der schwarzen Rauch hinter sich herzog, und an diesem Nachmittag wurden es noch weniger. Mr Larsen hatte ihnen mitgeteilt, dass sie nur ein- oder zweimal kurz haltmachen würden, um Kohle und Vorräte an Bord zu nehmen, und ansonsten zügig in Richtung Norden weiterführen, wo Lake Michigan und Lake Superior sich einander annäherten. Es gebe ohnehin nicht viel, wofür es sich anzuhalten lohne, hatte er gemeint, und tatsächlich waren die Ansiedlungen am Ufer zwischen den immer größeren bewaldeten Abschnitten am Nachmittag seltener geworden. Bis zum Lake Michigan würden sie ein oder zwei Tage benötigen. Dort hätten sie, wenn sie wollten, Zeit, an Land zu gehen, während die Jacht die Schleusen passierte. Danach würden sie nach Port Arthur weiterfahren, ihrem Zielort am Lake Superior, und Evelyns Vater treffen.

Was für ein riesiges Land, dachte Evelyn.

»Miss Ballantyre.« Rupert Dalston gesellte sich mit einem Glas in der Hand zu ihr. »Freuen Sie sich über Ihren angeblichen Sieg?«, erkundigte er sich und lehnte sich mit dem Rücken an die Reling, sodass er ihr das Gesicht zuwandte.

»Selbstverständlich.« Evelyn sah weiter zum Ufer hinüber. Die legere Atmosphäre an Bord empfand sie als angenehm. Hier ging es so viel weniger steif zu als zu Hause, wo schon eine harmlose Freundschaft missverstanden wurde …

»Was für ein Abenteuer, nicht?«, meinte Dalston. »Eine Fahrt mit dem Schiff ist viel aufregender als eine mit der langweiligen Eisenbahn. Ein bisschen kommt man sich hier vor wie auf dem Meer.«

»Kaum zu glauben, dass dies tatsächlich nur ein See ist.«

»Wir werden etwa eine Woche brauchen, um ihn zu überqueren, vielleicht sogar länger.«

»Ja.«

Kurzes Schweigen, dann: »Ich habe mich sehr über die Einladung gefreut.« Er trank einen Schluck. »So haben wir Zeit, einander besser kennenzulernen …«

Machte er ihr Avancen? Evelyn war sich nicht sicher.

»Schön, dass Sie Ihre Pläne ändern konnten«, sagte sie. Weil es ihr schwerfiel, in seine ungewöhnlich blauen stechenden Augen zu schauen, wandte sie den Blick ab. »Mr Larsen ist sehr großzügig.«

»Ja, das stimmt.«

Als der Schiffsjunge die Reste ihres Mittagessens ins Wasser warf, stürzte sich ein Schwarm kreischender Möwen in ihr Kielwasser.

»Ich kannte ihn bisher nicht persönlich, obwohl unser beider Väter schon seit Jahren ihre Bankgeschäfte über ihn tätigen. Aber Sie kennen ihn gut?«

»Er ist ziemlich oft bei uns in Ballantyre House. Papa und er sind eng befreundet.«

Dalston lachte. »Mit einem Bankier befreundet zu sein ist in diesen Zeiten sehr praktisch.« Er drehte den Kopf. »Gierhälse.«

Sie zuckte zusammen, bevor ihr klar wurde, dass er die Möwen meinte, die sich um die Essensreste stritten. Er wandte sich mit leicht belustigter Miene wieder ihr zu, und sie errötete.

»Waren Sie auch schon einmal zu Besuch bei uns?«, fragte sie, um ihre Verwirrung zu kaschieren. »Davon würde ich nicht unbedingt etwas wissen.«

»Aber ja! Pa kommt schon seit Jahren zum Angeln

und Jagen zu Ihnen. Ich war ein- oder zweimal dabei.« Kurze Pause. »Es verletzt mich sehr, dass Sie sich daran nicht erinnern.«

Ja, er macht mir tatsächlich Avancen, dachte sie, doch das war ihr nicht unangenehm. »Wenn Sie in letzter Zeit da gewesen wären, würde ich mich sicher erinnern.«

»Schon besser. Und sehr viel freundlicher.«

Evelyn drehte den Kopf weg. Sie hätte sich gewünscht, nicht ganz so unbeholfen zu sein. Clementina tändelte ganz unbefangen mit Dalston, doch Evelyn hatte nie Gelegenheit gehabt, diese Kunst zu erlernen. Sie war nur als Kind von James Douglas geneckt worden, was ihr Spaß gemacht hatte.

Aber das war natürlich etwas ganz anderes gewesen.

»Ich habe mich in letzter Zeit oft im Ausland aufgehalten.« Dalston reichte sein leeres Glas einem Bediensteten, stützte sich mit den Unterarmen auf der Reling ab und blickte mit ernsterer Miene aufs Wasser hinaus.

»Ja, das hat Clementina erwähnt.«

»Tatsächlich? Was hat sie sonst noch gesagt?« Er wandte sich ihr zu. »Hat sie Sie gewarnt, dass ich ein schlimmer Mensch bin?«

Evelyn erwiderte seinen Blick, unsicher, ob er scherzte. »Sind Sie das denn?«

»Das hängt vom Standpunkt des Betrachters ab. Bestimmt hat sie etwas erwähnt.«

»Nur dass Sie in jüngeren Jahren allerlei Unsinn getrieben haben. Gibt es noch mehr zu beichten?«

Er grinste. »Lassen wir es dabei. Ich selbst halte mich anders als Pa und seine Freunde selbstverständlich nicht für einen schlimmen Menschen. Weil Pa nicht weiß, was er mit mir anfangen soll, reise ich. Ich bin ja nur der Zweitgeborene.« Nach kurzem Schweigen fuhr er fort. »Ich reise gern, und da er mich nicht in die Leitung des Anwesens einbezieht, habe ich nicht viel zu tun. Er mag es auch nicht, wenn ich in London bleibe, weil ich dort für seinen Geschmack zu viel Geld ausgebe, und ich bin weder fürs Militär noch für die Kirche geeignet. Ich als Pfarrer? O je!«

Als er das Gesicht verzog, musste sie lachen. »Und was wollen Sie machen?«

»Wenn wir im Krieg wären, würde das Militär mich möglicherweise interessieren, aber in Friedenszeiten zu dienen ist schrecklich langweilig. Eines Tages werde ich ein hübsches kleines Anwesen erben und mich, wenn alles gut geht, darauf niederlassen.«

Sorgte dieses Anwesen für ein regelmäßiges Einkommen? Evelyn fiel das Gespräch mit Clementina ein.

»Einen älteren Bruder zu haben, der ein Mustersohn ist, hilft auch nicht gerade. Der fade Freddy mit seiner ansehnlichen kleinen Frau, die ein ausgesprochen ansehnliches Anwesen mit in die Ehe gebracht und ihm einen vermutlich ebenso ansehnlichen Erben geboren hat … Leider hatte ich bisher nicht das Vergnügen, den ehrenwerten Stammhalter mit eigenen Augen zu sehen.« Dalston wirkte nachdenklich. »Wahrscheinlich der Erste von vielen, was mich noch überflüssiger macht.« Er runzelte die Stirn und verzog trotzig den Mund. »Deshalb reise ich und jage.«

Evelyn erkannte den verwöhnten, aber auch vernachlässigten Jungen in ihm, und plötzlich überkam sie Mitleid. »Das macht Sie noch lange nicht zu einem schlimmen Menschen.«

Er verbeugte sich spöttisch. »Danke, sehr nett von Ihnen.«

Sie schwieg.

»Und Sie, Miss Ballantyre? Was machen Sie gern?«

»Ich würde auch gern reisen.«

»Tatsächlich?« Er rückte ein wenig näher zu ihr heran.

»Es langweilt mich, zu Hause Däumchen zu drehen.«

»Ganz meine Meinung.« Er schmunzelte.

Sie hörte Schnattern und schaute zum Himmel empor, wo ein großer Schwarm Gänse in doppelter V-Formation in Richtung Süden über sie hinwegflog. So viele! Auch sie Reisende …

Als sie den Blick senkte, merkte sie, dass Dalston sie musterte. »Waren Sie schon einmal in London?«, erkundigte er sich.

»Nein.«

»Aber eines Tages fahren Sie hin?«

»Das bezweifle ich.«

»Dann vielleicht nach Edinburgh?«

»Dort bin ich hin und wieder. Doch die meiste Zeit verbringe ich zu Hause.«

»Ballantyre House ist sehr schön, der Stolz der gesamten Region.«

Das behaupteten alle. Der alte Turm in der Mitte hatte sich in ein für einen Gentleman angemessenes Domizil verwandelt, das umgeben war von Rasenflächen und Beeten. Dahinter lag eine Parklandschaft mit ordentlich gepflanzten Bäumen und schönen Ausblicken auf den Fluss. Jenseits davon breiteten sich Felder und Wälder aus, und auf den Felsen auf der anderen Seite des Flusses stand eine Gruppe uralter Föhren. Generationen von Menschen hatten das Gebäude in diese pittoreske Hügellandschaft eingefügt. Hatte Rupert Dalston sich Gedanken über seinen Wert gemacht?

Evelyn lächelte schmallippig. »Es ist immer gleich …«

»Macht das nicht gerade seinen Reiz aus? Ist es nicht das, was wir hegen und pflegen sollen? Solidität und Unveränderlichkeit?« Dalston schwieg kurz. »Es ist schon eine Weile her, dass ich dort war. Bestimmt vier … nein, eher *fünf* Jahre.«

Fünf Jahre …

Sie fing an, die Gänse zu zählen, da sie ahnte, was er als Nächstes sagen würde.

»Seit dieser grässlichen Sache mit dem Wilderer und dem Wildhüter Ihres Vaters.«

Sie schluckte. In ihren Schläfen begann es zu pochen.

»Damals waren Sie noch ein Kind.«

Sie nickte stumm, und ihre Hände umklammerten die Reling.

»Den Burschen haben sie nie erwischt, oder?«

»Nein.«

Mit großer Geste brachte sie ihre vom Wind zerzausten Haare in Ordnung. Dabei hielt sie das Gesicht von Dalston abgewandt.

Seit jenem Abend hatte sie nichts mehr von James Douglas gehört. Gut möglich, dass er tot war.

»Was für ein herber Schlag für Ihren Vater, der den Kerl bei sich aufgenommen hatte. Solche Leute können nicht aus ihrer Haut heraus, egal, wie sehr man sich für sie einsetzt.«

Solche Leute.

James Douglas gehörte also zu *solchen Leuten*. Obwohl Dalston nur das wiederholte, was alle sagten, spürte Evelyn Zorn in sich aufsteigen. *Solche* Leute – wenig besser als Ungeziefer und überhaupt nicht besser als der alte Wilderer, der erschossen worden war. Wieder einmal ergriff sie dieses ihr vertraute Gefühl der Panik, und sie schaute, die Hände fest um die Reling, hinaus auf den See. Erleichtert hörte sie, wie Mr Larsen ihnen zurief, sie sollten sich zum Nachmittagstee aufs Achterdeck begeben.

»Wollen wir gehen?«, fragte Dalston und streckte ihr den Arm hin.

* * *

Im Schatten des Sonnensegels schob Evelyn ein Stück Kuchen auf ihrem Teller herum, während die anderen über die Geschwindigkeit staunten, mit der sie vorankamen. Sobald sie konnte, erhob sie sich vom Tisch.

»Ich würde mich vor dem Essen gern noch ein bisschen hinlegen, denn ich habe leichte Kopfschmerzen. Der Wind und die Sonne …« Nein, nein, sie brauche keine Tabletten oder Pülverchen, der Tee habe bereits geholfen. »Nur ein halbes Stündchen, dann ist alles wieder in Ordnung.«

Sie verabschiedete sich mit einem kurzen Lächeln und ging nach unten. Nachdem sie die Tür zu ihrer Kabine hinter sich geschlossen hatte, warf sie sich aufs Bett und legte den Unterarm über die Augen.

* * *

Ballantyre House, fünf Jahre zuvor

»Kommen Sie weg da, Miss! Kommen Sie …!«

Miss Carstairs versuchte, sie von dem hohen Fenster am Treppenabsatz wegzuziehen, aber Evelyn entwand sich ihrem Griff und rannte, laut nach ihrem Vater rufend, nach unten, die Erzieherin hinter ihr her. Sie hastete durch den Eingangsbereich zu seinem Arbeitszimmer, riss die Tür auf und stürzte schluchzend hinein.

»Papa!«

Doch er war nicht allein. Er stand mit wutverzerrtem Gesicht da, den Rücken zum Kamin. Offenbar hatte er gerade mit einem älteren Mann gesprochen, der rauchend in einem der Ledersessel saß. Als Evelyn so plötzlich hereinkam, sah er sie an, als wäre sie eine Fremde.

Evelyn wurde flau im Magen. »Papa …?«

»Bringen Sie sie weg, Miss Carstairs.«

»*Nein!* Warte, Papa. Sie behaupten …«

»Nun machen Sie endlich, Miss Carstairs!« Seine Lippen waren weiß. Einen solchen Tonfall hatte Evelyn bei ihm noch nie gehört.

Miss Carstairs stammelte eine Entschuldigung und zerrte die weinende und sich sträubende Evelyn aus dem Raum und wieder die Treppe hinauf.

»James war es nicht. Das *weiß* ich.«

Miss Carstairs sagte, sie solle den Mund halten, zog ihr das Nachthemd über den Kopf und steckte sie ins Bett. Dann ließ sie warme Milch und einen Keks bringen und blieb, als wollte sie Evelyn bewachen, bis diese, immer noch schluchzend, schließlich einschlief.

Als Evelyn einige Stunden später in der Dunkelheit

aufwachte, empfand sie ein schreckliches Gefühl der Angst. Es dauerte ein paar Sekunden, bis sie sich an den Grund dafür erinnerte, und plötzlich hatte sie wieder das grässliche Bild vor Augen: das Bündel in der Plane, aus der Stiefel hervorragten, deren oberer Teil sich von der Sohle gelöst hatte. Dann das Geraune, das sich im Haus ausbreitete wie gelbes Gift. Evelyn setzte sich auf. *Nein!* Sie musste ihren Vater finden und ihn dazu bringen zuzuhören.

Sobald sie Miss Carstairs im Nachbarzimmer schnarchen hörte, schlüpfte sie in ihren Morgenmantel und eilte barfuß durch den dunklen Flur zum Zimmer ihres Vaters, doch das war leer, das Bett unberührt. Da hörte sie von unten Stimmen und Lachen und sah auf die Uhr auf dem Kaminsims. Noch nicht Mitternacht.

Evelyn kehrte geräuschlos zurück und schlich die hintere Treppe hinab in den unteren Flur, ohne jemandem zu begegnen. Dort trat sie durch die mit grünem Stoff bezogene Tür und lauschte. Die Geräusche kamen aus dem Salon. Die Gäste fielen ihr ein, die am Nachmittag eingetroffen waren. Die Jagdgesellschaft! Die hatte sie völlig vergessen. Natürlich, er war bei ihnen, bei seinen Gästen. Wie konnte das sein? Auf einem Karren im Hof lag ein Toter, ein Mann, den sie kannten, und die Menschen tranken und lachten und machten einfach weiter, als wäre nichts geschehen! Nun konnte sie wohl kaum zu ihm gehen – aber sie *musste* doch mit ihm reden! Er *irrte* sich!

Und er hatte mit seinen Hunden nach James suchen lassen. Das war schrecklich.

Dann fielen ihr seine vom Zorn weißen Lippen ein, und es lief ihr kalt über den Rücken.

James konnte es nicht gewesen sein. Er hatte Jacko trotz allem, was passiert war, geliebt, das wusste sie. Sie hüpfte von einem kalten Fuß auf den anderen und dachte nach. Die Sache einfach auf sich beruhen zu lassen war unmöglich – aber was konnte sie tun? Dann kam ihr eine Idee. Ihr Vater ging spätabends oft in sein Arbeitszimmer, um einen zweiten Blick in die Zeitung zu werfen oder eine letzte Zigarre zu rauchen, und möglicherweise brannte noch Feuer im Kamin. Dort konnte sie auf ihn warten, die ganze Nacht, wenn es sein musste.

Als sie den Flur entlanghuschte, machte der Hund nur kurz ein Auge auf. An der Tür zum Arbeitszimmer blieb sie stehen und lauschte, um eine Begegnung wie zuvor zu vermeiden. Keine Stimmen. Ein anderes Geräusch … Er war also drinnen! Erleichtert drückte sie die Klinke herunter und öffnete vorsichtig die Tür.

Aber warum war es dunkel in dem Raum?

Sie entdeckte eine über den Schreibtisch gebeugte Gestalt.

»*Papa?*«, flüsterte sie.

Sein Kopf schoss hoch.

Dann hatte er plötzlich ein Messer in der Hand, dessen Klinge das Mondlicht reflektierte.

Evelyn schnappte nach Luft, fast hätte sie aufgeschrien. »James!«

Er blickte sie überrascht an.

»Gehen Sie wieder ins Bett, Miss Evie«, sagte er.

Die Klinge glänzte silbern.

Hastig legte James das Messer auf den Schreibtisch und hielt die leeren Hände hoch, damit sie sie sehen konnte. »Alles in Ordnung. Aber jetzt verschwinden Sie! Schnell …«

Sie machte einen Schritt ins Zimmer hinein und zog zitternd die Tür hinter sich zu. Als sich ihre Augen an das fahle Mondlicht gewöhnt hatten, erkannte sie, dass eine Satteltasche auf dem Tisch lag, aus der Münzen herausrollten. Münzen aus der grünen Geldschatulle, die ihr Vater unter Verschluss hielt und nur hin und wieder hervorholte, um ihr einen Penny oder zwei zu geben, zur Belohnung, wenn sie fleißig gelernt hatte. Er bewahrte die Schatulle in der Schublade seines Schreibtischs auf, die jetzt weit offen stand. Das Walnussholzfurnier war gesplittert, das Schloss aufgebrochen. Auch der Deckel der Schatulle war aufgestemmt, ihr Inhalt auf der polierten Oberfläche des Schreibtischs verstreut. Kupfer-, Silber- und Goldmünzen.

James *bestahl* ihren Vater …

»Gehen Sie wieder ins Bett, Miss Evie«, wiederholte James. »Und schreien Sie nicht. Gehen Sie.«

Er wandte sich, den Blick auf Evelyn gerichtet, der Schatulle zu und füllte weiter die Satteltasche. Als er kurz zu dem hohen Fenster hinüberschaute, stellte sie fest, dass es ebenfalls gewaltsam geöffnet, dass eine Scheibe eingeschlagen worden war.

Ihr wurde übel.

War James, wenn er stehlen konnte, auch in der Lage, jemanden zu töten? Evelyn trat einen Schritt zurück, leckte über ihre trockenen Lippen, ballte eine Hand um den Stoff ihres Nachthemds, sah zuerst die Holzsplitter zu seinen Füßen, dann wieder die Ledertasche in seiner Hand an. Und das Messer daneben.

»Sie suchen nach dir«, flüsterte sie. »Sie behaupten, du hättest Jacko erschossen.«

Als die Geldschatulle leer war, zog James den Riemen der Satteltasche mit einer schnellen Bewegung durch die Schnalle. »Sagt Ihr Vater das?« Er steckte das Messer in seinen Gürtel.

Evelyn schüttelte den Kopf. Nicht ihr Vater, nein, der hatte sie wütend weggeschickt. Diese Version des Geschehens stammte von den Bediensteten.

»Du warst am Fluss und hast Jacko geholfen, seine Netze zu spannen. Ihr habt euch gestritten ...«

Im Mondlicht war James' hässlicher Gesichtsausdruck deutlich zu erkennen.

»Das erzählt man sich also?«

Im Licht sah Evelyn dunkle Flecken an der Vorderseite seines Hemds und an seinem Ärmel. Sie starrte sie an, die Zunge klebte ihr am Gaumen.

James wich in den Schatten zurück. »Er ist in meinen Armen gestorben, Evie«, erklärte er leise, »jedoch nicht durch meine Hand, das schwöre ich.«

»Aber warum ...?«

Er hievte die Tasche über die Schulter und machte einen Schritt aufs Fenster zu.

»Weil ein Hemd mit Blutflecken und die Lügen Ihres Vaters ausreichen, um mich aufzuknüpfen, meinen Sie nicht?« Er betrachtete seinen schmutzigen Ärmel. »Dann hat er auch noch *mich* auf dem Gewissen ...«

Sie erschraken beide, als die Standuhr Mitternacht schlug. James fluchte. Darauf folgten ein lautes, zischendes Geräusch sowie mehrere laute Knalle, als die ersten Feuerwerkskörper den Himmel erhellten. Evelyn schloss zum Schutz gegen das schreckliche Geräusch und die noch schrecklicheren Worte die Augen. Jubel und Lachen drangen von der Terrasse herauf, wo die Gäste sich versammelt hatten, um das Spektakel mitzuverfolgen. Evelyn machte die Augen wieder auf.

»Du lügst«, sagte sie, doch James hatte bereits ein Bein über das Fensterbrett geschwungen und hob gerade die Tasche hinüber. Sie eilte zu ihm und packte ihn am Ärmel. »Du lügst, James Douglas! Sag mir, was wirklich passiert ist!«

Er löste ihre Finger von seinem Arm. »Fragen Sie Ihren Vater«, entgegnete er, glitt vollends zum Fenster hinaus und verschwand.

Erneut begann Evelyn zu zittern. »Er hätte nicht …«, flüsterte sie in die Dunkelheit.

Weitere Feuerwerkskörper erhellten den Nachthimmel, und der Geruch von Kordit wurde zum Geruch eines Albtraums.

Neun

Über die Großen Seen, 1893

»Sehen Sie? Da drüben, der Rauch am Horizont? Das ist Port Arthur.«

Mr Larsen hatte die Mannschaft angewiesen, die Maschinen der Jacht abzustellen, sodass sie über das Wasser glitten wie ein großer weißer Vogel.

Wie schön!, dachte Evelyn.

»Kanadas kleines Chicago des Nordens, im Handumdrehen von Zelten zur Boomtown.«

Als Evelyn zu den geblähten weißen Segeln hochblickte und das Knarren der Takelage hörte, ergriff sie Erregung. Sie war froh, dass das Brummen aus dem Maschinenraum endlich aufgehört hatte. Da sie in den vergangenen Tagen bis tief in die Nacht hinein unter Dampf gefahren waren, hatte sie sich allmählich nach Stille gesehnt. Sie schmunzelte über Mr Larsens Begeisterung, und er tätschelte ihren Arm.

»Schon bald werden Sie alles mit eigenen Augen sehen, meine Liebe. Hotels, Lagerhäuser, Geschäfte und sogar eine elektrische Straßenbahn. Port Arthur wird immer noch wachsen, wenn die White City längst vergessen ist.«

Dalston trat ziemlich dicht zu ihr.

»Aber hier oben sind doch nur Bäume!«, rief er aus.

Das entsprach den Tatsachen.

Unterwegs hatten sie ein- oder zweimal angehalten, obwohl es außer einigen wenigen Siedlungen, die sich bis zum Ufer erstreckten und deren Anlegestellen in den See hineinragten, wenig Interessantes gab. Sie waren an samt und sonders unbewohnten Inseln vorbeigekommen, einige davon kaum mehr als nackte Felsen, an die sich lediglich die Wurzeln von Kiefern klammerten. Hin und wieder entdeckten sie eine Rauchwolke über undurchdringlichem Wald.

Vermutlich von Indianerdörfern, meinte Mr Larsen. »Was also ist der Grund für das rapide Wachstum dieser Stadt?«, fragte er. »Pelze, dann Silber, und jetzt bringt die Eisenbahn Weizen aus dem Westen.«

Er reichte Dalston ein Fernrohr. »Sehen Sie die Türme da drüben? Das sind Getreidesilos. Schon bald wird kanadisches Getreide Europa ernähren, mein Freund.«

Evelyn, die zwischen Mr Larsen und Rupert stand, hörte nur mit halbem Ohr zu. Sie hielt das Gesicht genüsslich in den kühlen Wind, ohne sich daran zu stören, dass er ihr die Haare zerzauste.

George gesellte sich zu ihnen. »Sie haben eine neue Galionsfigur, Mr Larsen«, bemerkte er schmunzelnd.

»Noch dazu eine sehr hübsche«, pflichtete Mr Larsen ihm bei, »wenn auch nicht unbedingt passend für diese Jacht. Ich kann mir Evelyn schlecht als Walküre vorstellen.«

»Was sind denn Walküren?«, erkundigte sich Clementina und hakte sich bei ihrem Ehemann unter.

»Schöne Todesbotinnen, meine Liebe. Sie entscheiden, welche Krieger leben dürfen und welche sterben müssen, und bringen die Auserwählten nach Walhall, um sie auf die letzte Schlacht vorzubereiten.«

»Ein interessanter Name für ein Schiff«, meinte George.

»Nicht, wenn der Eigentümer Bankier ist«, sagte Rupert leise, den Kopf George zugewandt. Leider hatte er nicht bedacht, dass der Wind seine Worte nach hinten trug.

Mr Larsen schmunzelte. »Nicht, wenn besagter Bankier mit nordischen Mythen aufgewachsen und ein eingefleischter Wagnerianer ist.«

Evelyn schämte sich für Rupert, doch ihr Gastgeber sprach, augenscheinlich unbeeindruckt, weiter.

»Sehen Sie die Insel da drüben?« Er deutete auf ein lang gestrecktes Eiland. »Von der Stadt aus ähnelt sie einem schlafenden Riesen, der den Eingang zur Thunder Bay bewacht. Der Sage nach wurde er seiner Gier wegen in einen Stein verwandelt. Sein Name …« Er verstummte, als einer der Stewards an Deck kam, um anzuregen, den Tee drinnen zu nehmen. Der Wind habe gedreht, sagte er, und frische auf. Der Kapitän sei der Ansicht, dass ein Sturm aufkomme.

Evelyn folgte den anderen widerstrebend hinein, denn die Wellen trugen nun tatsächlich Schaumkronen, und der Bug schnitt tiefer ins Wasser.

Drinnen erzählte Mr Larsen weiter. »Sein Name ist Nanabijou, der Geist des tiefen Wassers. Er bewachte eine ergiebige Silberader, die unter dem See verlief. Nur sein Volk wusste davon, doch das Feuerwasser des weißen Mannes lockerte seine Zunge, und so sprach sich die Sache mit dem Silber herum, und er versteinerte. Die Strafe für seinen Verrat ist ewiger Schlaf.« Mr Larsen griff lächelnd nach seiner Tasse. »Aber da der weiße Mann seit weniger als einem halben Jahrhundert von der Silberader weiß, vermute ich, dass Teile der Sage aus neuerer Zeit stammen.«

»Eine solche Mine existiert also tatsächlich?«, fragte Dalston.

»O ja. Aus ihr wurden zweieinhalb Millionen Unzen hochwertigen Silbers geholt, im Schnitt zu einem Dollar sechsundzwanzig pro Unze.« Larsen schenkte Evelyn Tee ein und fragte auch Clementina, ob sie noch frischen wolle. »Als vor ein paar Jahren Wasser in die Schächte drang, behaupteten die Ojibway, das sei die Rache Nanabijous.«

»Aber er ist nicht aufgewacht?«, wollte Evelyn wissen, die sich wegen der schlingernden Bewegungen des Schiffs, die im Innern stärker zu spüren waren, nur schwer auf die Geschichte konzentrieren konnte.

»Nein, meine Liebe. Erst wenn er erwacht, wird sich seine Rache vollenden.«

Mr Larsen rief einen Steward herbei. Rupert nahm unauffällig einen Flachmann aus seiner Tasche und gab etwas von dem Inhalt in seine Tasse.

»Warum wurden die Schächte denn nicht leer gepumpt, wenn die Ader so feines Silber enthält?«, erkundigte Rupert sich, steckte den Flachmann wieder ein und hob die Tasse an seine Lippen.

»Wir hätten gern noch frischen Tee«, teilte Larsen dem Steward mit. »Es sei denn natürlich, die Herren haben Lust auf etwas Stärkeres.« Er reichte Evelyn ein

Gebäckstück. »Das Wasser herauszubekommen war die eine Sache, die Wanne wieder aufzubauen, um es auch draußen zu halten, eine völlig andere. Wir mussten uns damit abfinden, dass der Abbau dort nicht mehr rentabel war.«

»Wir?« Dalston stutzte. »Sie waren auch an dem Projekt beteiligt, Sir?«

»Ja, wie so viele.«

»Wenn da unten immer noch Silber ist, könnte man doch mit der richtigen Ausrüstung …«, begann Dalston.

»Auf diese Idee sind schon andere gekommen.«

Das Gespräch versandete, als die Jacht einen Bogen beschrieb, um sich dem Eingang zur Thunder Bay zu nähern. Inzwischen waren die Wellen ziemlich hoch, und der Bug hob und senkte sich in hypnotisierendem Rhythmus. Man holte die Segel ein und startete die Maschine; der Gestank von Öl und Ruß drang ins Innere des Schiffs.

Evelyn bedauerte bereits beim ersten Bissen, das Gebäckstück genommen zu haben, und verspürte das dringende Bedürfnis, an Deck zurückzukehren.

Sie entschuldigte sich, stolperte an die Reling und holte tief Luft. Der Wind hatte tatsächlich aufgefrischt und trieb Wolkenfetzen über sie hinweg. Hin und wieder durchzuckten Blitze den anthrazitgrauen Himmel.

»Alles in Ordnung, meine Gute?« Rupert gesellte sich zu ihr, schlüpfte aus seiner Jacke und legte sie ihr um die Schultern. Einen Moment verharrten seine Hände darauf. »Ihr Gesicht hat einen ausgesprochen hübschen Grünton. Mr Larsen lässt ein Mittel für Sie kommen und hat mich gebeten, Sie hineinzubringen, bevor Sie sich eine Erkältung holen. Clemmy ist schon nach unten gegangen.«

»Gleich. Die frische Luft tut mir gut.«

Er massierte ihr kurz den Rücken, dann ruhte seine Hand in ihrem Kreuz. »Scheußliches Gefühl, ich weiß …«

Sie bedachte ihn mit einem schmallippigen Lächeln, atmete tief durch und schloss die Augen. Es war nett, dass er zu ihr herausgekommen war, doch wenn sie sich übergeben müsste, wäre sie lieber allein.

Fernes Donnergrollen übertönte das Stampfen der Maschine, und der Wind wehte ihr in scharfen Böen Regen ins Gesicht.

»Sie Arme.«

Als sie seine Finger auf ihrer Wange spürte, machte sie die Augen wieder auf.

»Scheußliches Gefühl …«, murmelte er noch einmal.

Sein Gesicht war nur wenige Zentimeter von dem ihren entfernt, und sie roch den Brandy in seinem Atem.

Evelyn wich zurück. Unvermittelt wurde ihre Übelkeit von der Erkenntnis überlagert, dass er sie küssen wollte.

»Ich gehe jetzt hinein. Ich fühle mich schon viel …«

»… besser?« Dalston grinste schief und richtete sich auf. »Braves Mädchen. Kommen Sie, halten Sie sich an mir fest, das Deck ist rutschig.« Mit diesen Worten hakte er sie bei sich unter und geleitete sie zurück in den Salon.

* * *

Am Ende musste die Jacht die Nacht im Schutz des schlafenden Nanabijou verbringen, aber am Morgen hatte das Wetter so weit aufgeklart, dass sie in die Bucht einfahren konnten. Lange Holzkais erstreckten sich aus dem Ort heraus, und ein Geruch von Pech und Kohle driftete zu ihnen herüber, vermischt mit dem Rauch von Holz und einem üblen Gestank, der, so George, vermutlich von einer Gerberei stammte.

»Der Gestank des Handels«, bemerkte Mr Larsen, der sich zu ihnen an die Reling gesellte. »Gütiger Himmel! Bei meinem letzten Besuch hier war die Hälfte der Häuser noch nicht da.«

Alte Holzbauten mit silbrig grauer Patina standen mit den Giebeln in Richtung Wasser, neuere imposante Gebäude aus Ziegeln ragten über ihnen auf. Dahinter befanden sich die Gleise der Eisenbahn, und wieder dahinter stand ein großer viereckiger Bau mit reich verzierten Metallbalkonen.

»Das ist das Northern, das beste Hotel zwischen Winnipeg und Toronto. Dort wartet Ihr Papa auf uns. Wir bleiben ein paar Tage da, um uns von der Fahrt zu erholen und passende Kleidung fürs Angeln zu besorgen. Bestimmt wird es Ihnen hier gefallen.«

Man hatte das Northern in blindem Vertrauen auf die Zukunft errichtet, für das der Bau der Eisenbahn verantwortlich war, erklärte Mr Larsen, dazu Dutzende kleinere Hotels und Pensionen, die nötig waren, um all die Geschäftsleute, Goldsucher und Gauner unterzubringen, die diesen Teil des Sees aufsuchten, weil sie ihr Glück machen wollten. Mr Larsens Begeisterung wirkte so ansteckend, dass Evelyn, die sich mittlerweile von ihrer Seekrankheit erholt hatte, das Ganze mit Interesse betrachtete. Ein alter Raddampfer wühlte das Wasser auf, und irgendwo in der Nähe erklang das gleichmäßige Klopfen eines Dampfhammers. Dazwischen waren die Rufe von Männern und das Pfeifen einer fernen Lokomotive zu hören. Das Leben in dem geschäftigen Ort schien zu pulsieren. Evelyn schmunzelte über zwei kleine dunkelhäutige Jungen, die vom Ende eines verlassenen Stegs aus angelten und ihre Jacht mit offenem Mund anstarrten.

Eigentlich hatte sie erwartet, ihren Vater an der Anlegestelle zu sehen, doch der war nicht da. So schickte Mr Larsen jemanden aus der Crew zum Hotel, um ihn über ihre Ankunft zu informieren.

Evelyn wollte nach unten gehen.

»Das Chicago des Nordens, soso.« Dalston, der hinter ihr auftauchte, verstellte ihr den Weg. »Da fehlt noch ein ganzes Stück, finde ich. Fühlen Sie sich besser?«

»Ja«, antwortete sie, bedankte sich und versuchte, an ihm vorbeizuschlüpfen.

»Warten Sie.« Er streckte die Hand nach ihrem Arm aus.

»Papa wird gleich kommen, ich muss …«

Dalston zog sie zur Reling zurück.

»Ich habe den Eindruck, dass Sie mir die kalte Schulter zeigen, Miss Ballantyre.« Er grinste spöttisch. »Ich scheine etwas falsch gemacht zu haben.«

Was sollte sie darauf sagen? Hatte er gestern, als ihr so übel gewesen war, tatsächlich vorgehabt, sie zu küssen? Nein, bestimmt nicht. Doch er verwirrte sie.

»Offen gestanden war mir das Schlingern des Schiffs auch unangenehm, und ich habe deshalb ein bisschen zu viel Brandy getrunken. Der hilft vorübergehend, aber später fühlt man sich elend.«

Angesichts so großer Offenheit war es schwierig, kühl zu bleiben. Also murmelte Evelyn, er habe nichts falsch gemacht.

»Das wäre mir nämlich sehr peinlich«, fuhr er fort und sah sie mit seinen blauen Augen an, »denn unser guter Mr Larsen hat angedeutet, dass ich mich möglicherweise Ihrem Angelausflug anschließen könnte. Da möchte ich natürlich nicht, dass Sie mir böse sind.«

Evelyns Blick fiel auf den Müll, der zwischen der Jacht und der Anlegestelle auf dem öligen Wasser auf und ab wippte. Sollte sie sich über diese Neuigkeit freuen?

»Geben Sie dem Geist des tiefen Wassers die Schuld, weil er die Wellen aufgewühlt hat.« Sie verzog den Mund zu einem Lächeln, und er strahlte.

»Das hört sich gleich besser an. Was meinen Sie, hätte Ihr Papa etwas dagegen, wenn ich mitkomme?«

Wieder schaute sie suchend gen Ufer, wo sie nicht ihren Vater, sondern den Mann entdeckte, den Mr Larsen losgeschickt hatte. Er überquerte die Gleise und näherte sich der Anlegestelle. Als Evelyn den Umschlag in seiner Hand sah, vergaß sie, Dalstons Frage zu beantworten.

… leider war das mehr oder minder vergeudete Zeit. Ich habe Kershaw zweimal verpasst, und jetzt sucht er ihn wieder in der Wildnis. Er hat mir schriftlich mitgeteilt, dass der Mann um diese Jahreszeit höchstwahrscheinlich in der Gegend um Lake Nipigon auf der Jagd ist. Deswegen hat Kershaw sich in diese Richtung aufgemacht. Also fahre ich gleich

weiter, um zu sehen, was ich von Deinem Mr Skinner erfahren kann. In der Stadt halten sich zahlreiche Goldsucher auf, und man munkelt von wilden Streiks im Norden. Je eher wir die Angelegenheit regeln können, desto besser.

Ich habe mich vor meiner Abreise vergewissert, dass Eure Zimmer im Northern reserviert sind. Erholt Euch einen Tag oder zwei. Mir macht es nichts aus, bei Skinners Lodge zu angeln, bis Ihr eintrefft. Schick mir nur eine Nachricht, wann Ihr kommt, dann hole ich Euch am Zug ab. Grüß die Meltons und sag Evelyn alles Liebe von mir.

Larsen faltete den Brief zusammen und steckte ihn in den Umschlag zurück. Wie immer war sein Freund nicht aufzuhalten. Seiner Tochter würde das nicht gefallen. Larsen ließ die Finger über den Knick gleiten. Wieder einmal wunderte er sich über Charles. Dieses Goldminenprojekt war nicht wichtig für die Bank, hatte er ihm das nicht erläutert? Von Südafrika flossen nach wie vor reichlich Gelder, obwohl die dortigen Unruhen die Investoren nervös werden ließen. Allerdings wusste er, dass Ballantyre es nicht schätzte, wenn ihm ein Strich durch die Rechnung gemacht wurde.

Evelyn tauchte auf der Schwelle zum Salon auf und legte die Hand an den Türstock. »Was ist los?«, fragte sie.

»Ich wollte gerade zu Ihnen gehen, meine Liebe«, antwortete Larsen, winkte sie herein und zeigte ihr den Brief. »Der ist von Ihrem Vater. Er ist weitergefahren und …«

»Er hat nicht auf uns gewartet?«

Als Larsen ihren Tonfall hörte, fügte er hastig hinzu: »Er musste geschäftlich sowieso in diese Gegend. Es wäre nicht sinnvoll gewesen, noch einmal hierher zurückzukehren. Uns bleiben ein oder zwei Tage, uns auszuruhen, dann folgen wir ihm.«

Nachdem sie sich entfernt hatte, blickte Larsen aus dem Fenster und kaute an den Enden seines Schnurrbarts. Wieder einmal war Evelyns Miene, so ähnlich der ihres Vaters, versteinert. Nun saß Larsen in der Klemme. Er hatte sich darauf verlassen, Ballantyre hier zu treffen und ihm den Vorschlag zu unterbreiten, dass Dalston sie auf ihrer weiteren Fahrt begleitete. Dann hätte Ballantyre zustimmen oder Nein sagen können. An der Misere war letztlich George Melton schuld, ohne dass er selbst es ahnte. Am Vorabend war er bei Brandy und Zigarren schlicht und ergreifend davon ausgegangen, dass Dalston mitkommen würde. Dalston hatte ihn in diesem Glauben gelassen und sogar so gewirkt, als *hoffte* er, dabei sein zu dürfen. Larsen hatte angedeutet, dass er Dalston nicht an der Fortsetzung seiner Reise nach Westen hindern wolle, doch Melton hatte Dalstons Schweigen als Unentschlossenheit interpretiert und ihn gedrängt, sich ihnen beizugesellen. Larsen war es gerade noch gelungen, sich vor dem erhofften Treffen mit Ballantyre nicht festzulegen, doch das würde ja nun nicht stattfinden.

Als er sich vom Fenster abwandte, fiel ihm ein, dass er sich vergewissern musste, ob der Steward seine Anweisungen hinsichtlich des Gepäcks richtig verstanden hatte. Dalston schien sich gut in die Gruppe eingefügt zu haben. Möglicherweise waren seine Bemerkungen bisweilen ein wenig zu spitz, aber gestern hatte er sich rührend um die arme seekranke Evelyn gekümmert, die seine Gesellschaft offenbar als angenehm empfand. Auch Clementina hatte keine Einwände erhoben. Doch die Angelegenheit konnte sich, falls Ballantyre sich gegen das Arrangement aussprach, noch als ziemlich heikel erweisen, dachte Larsen und öffnete die Tür zu seiner Kabine.

Zehn

Nipigon River, 1893

Als das Kanu mit James und Louis im unteren Bereich des Nipigon River durchs Wasser glitt, lösten sich im Licht der Sonne Tropfen, wie Diamanten glitzernd, von ihren Paddeln. Fast am Ziel.

Sie waren auf dem Lake Helen vor der felsigen Landzunge, hinter der sich der letzte Streckenabschnitt vor Skinners Lodge befand, in ihren gewohnten Rhythmus verfallen. Marcel war tags zuvor an der Stelle verschwunden, an der sie ihr Kanu auf dem Weg nach Norden versteckt hatten, ohne einen Grund für seinen Aufbruch zu nennen. Er hatte lediglich versprochen, einen Tag später wieder zu ihnen zu stoßen.

Louis hatte ihm achselzuckend nachgesehen. »Vielleicht hat er irgendwo eine Frau.«

James hörte mit dem Paddeln auf, schlug mit der Hand auf seinen Nacken und wischte die Mücke und das Blut weg, rollte die Schultern, um sie zu lockern, und ließ sich mit dem Boot in der Strömung treiben, froh darüber, sich vorübergehend nicht anstrengen zu müssen.

»Frischfleisch«, hatte Louis gespottet, als James' Gesicht bei ihrer ersten Fahrt im Sommer angeschwollen war wie eine Rübe. James hatte Marcels übel riechende Mischung aus Bärenfett, zermahlenen Wurzeln und wer weiß welchen anderen Bestandteilen verwendet, bis sein Körper sich allmählich an die tägliche Dosis Gift gewöhnte. Da bei den jetzigen kühleren Temperaturen weniger Mücken herumschwirrten, hatte er vor dieser Fahrt nach Norden wieder gewagt, sich zu rasieren.

Er straffte die Schultern und entspannte sich. Die vergangenen Tage waren mörderisch gewesen, doch was konnte schöner sein, als über einen See zu gleiten, dessen Ufer in Herbstfarben leuchteten wie ein Feuerring? James staunte, wie seltsam alles verlaufen war, wie Achak in seinem Jagdlager, umringt von seinen Hunden und beobachtet von seinen dunkeläugigen Söhnen, über ihren Vorschlag nachgedacht hatte.

Zwei Enten erhoben sich von der Oberfläche des Sees, deren dunkle Silhouetten sich vor der tief stehenden Sonne abzeichneten, und aus der Ferne trug der Wind Schnattern heran. Gänse … Sie kündeten vom Wechsel der Jahreszeiten. James fragte sich, wo er im Frühjahr sein würde. Wieder hier bei Skinner? Oder mit Louis knietief in Gold?

Katzengold.

Eher knietief im Sumpf …

»Soll ich die Arbeit allein machen?«, rief Louis von hinten.

James griff lachend nach dem Paddel. In zwei Tagen würden sie noch einmal flussaufwärts fahren, mit dieser letzten Gruppe von Anglern, und Zelte, Planen, Decken, Kochtöpfe, Eimer, Vorräte und weiß Gott, was sonst noch, an Stromschnellen vorbeitragen. Sogar ein verdammter Waschtisch war dabei, hatte Skinner gesagt.

Als hinter der Landzunge Skinners Lodge in Sicht kam, lenkte Louis das Kanu zum Ufer. An der Anlegestelle unterhielt Skinner sich mit einem Fremden in Stadtkleidung. Die Vorhut? Auf eine Geste von Skinner hin drehte der Mann sich zu ihnen um.

James hob sein Paddel.

Und hielt mitten in der Luft inne.

Wie der Mann seine Schultern bewegte, seine gesamte Körperhaltung verursachte ihm ein flaues Gefühl im Magen. Nein, das war unmöglich. Eine optische Täuschung, eine Fata Morgana, die sein rastloser Geist ihm vorgaukelte.

Der Mann an der Anlegestelle erwiderte seinen Blick, während der Abstand zwischen ihnen sich verringerte. Plötzlich hatte James das Gefühl, als würde ein Blitz über das Wasser auf ihn zuschießen.

Unwillkürlich stieß er das Paddel tief ins Wasser, um das Kanu von der Anlegestelle wegzubringen, zurück in die Strömung, weg von der Gestalt, die dort stand.

»*Idiot!*« Louis steuerte hastig gegen, brachte das Kanu wieder auf Kurs und ergriff den hintersten Pfosten des Stegs, während Skinner vortrat und mit einem verächtlichen Brummen die Seite des Kanus packte.

Das alles bekam James nicht mit. Das Blut pochte in seinen Schläfen, und er saß, den Blick starr nach vorn gerichtet, das Paddel aus dem Wasser, wie gelähmt da – dieses Städters auf der Anlegestelle wegen, der locker eine Zigarre zwischen den Fingern hielt.

Sein Entsetzen schien den Mann, dessen Schritte auf

dem Holzsteg hohl klangen, zu ihm herzulocken. Louis sprang ans Ufer und signalisierte James, dass er ihm die Sachen aus dem Kanu reichen solle. James folgte benommen seinen Anweisungen. Nun befand er sich auf Augenhöhe mit den Füßen des gut gekleideten Herrn. Wenn James nicht rasiert gewesen wäre, dachte er voller Panik, hätte er vielleicht eine Chance gehabt, aber ein Dreitagebart bot keinerlei Schutz.

Obwohl die Füße unmittelbar vor ihm stehen geblieben waren, hielt James den Kopf gesenkt, weil er wusste, dass er, wenn er ihn hob, erkannt werden würde, wie an jenem Tag in Ballantyres Arbeitszimmer zehn Jahre zuvor, nach der Nacht im Schuppen.

Als Skinner seinen Gast vorstellte, schwanden James' letzte Zweifel.

»Mr Ballantyre ist den anderen vorausgefahren«, erklärte Skinner gerade. »Das sind zwei von den Jungs, Sir. Louis Valencourt, einer der Besten.«

Louis wischte sich die Hand an seinem Oberschenkel ab und streckte sie Ballantyre hin.

»Und das ist James MacDonald, der abgesehen von dem kleinen Malheur eben auch sehr zuverlässig ist.«

Skinner bedachte James mit einem finsteren Blick, als dieser sich wortlos in der Erwartung auf den Steg hochzog, gleich entlarvt zu werden.

Sollte er weglaufen? Aber wohin diesmal? Er wollte in Richtung Wald schauen, doch Ballantyre verstellte ihm die Sicht.

»MacDonald, sagen Sie?«

Die vertraute Stimme, so weich und kultiviert. Und so verdammt selbstsicher.

»Sind Sie am Ende ein schottischer Landsmann?«

Ballantyres milder Tonfall und seine Worte brachten James aus dem Gleichgewicht, und er hob den Kopf. In Ballantyres Augen lag höfliches Interesse, nicht mehr.

James nickte, berührte kurz Ballantyres ausgestreckte Hand und drehte sich weg.

»Woher kommen Sie genau, James MacDonald?«, erkundigte sich Ballantyre.

Was für ein merkwürdiges Spiel war das?

»Aus Kelso«, antwortete James.

Ballantyre wandte sich Skinner zu. »So ein Zufall! Kelso ist nur etwa dreißig Kilometer von meinem Haus entfernt.«

Skinner, den das nicht interessierte, beäugte James mit säuerlicher Miene und wies ihn an, die Ladung aus dem Kanu zur Lodge zu bringen, doch Ballantyre versperrte James nach wie vor den Weg.

»Wir müssen uns länger unterhalten, James MacDonald. Sie müssen mir erzählen, was Sie in diese abgelegene Weltgegend verschlagen hat. Das ist bestimmt eine interessante Geschichte.«

James sah ihm, bemüht um einen neutralen Ausdruck, in die Augen und entdeckte darin eine Botschaft, eine Warnung. Und noch etwas anderes, das gleich wieder verschwand.

Skinner wiederholte seine Anweisung, und James bückte sich, um die Bündel vom Boden aufzuheben. Ballantyre trat einen Schritt beiseite.

»Kanada dient vielen meiner Landsleute als Zuflucht«, sagte Ballantyre zu Skinner.

Da merkte James, dass Louis ihn, die Paddel in der

Hand, beobachtete. Er hievte die Ladung auf die Schultern und machte sich benommen auf den Weg zur Schlafbaracke.

Louis folgte ihm hinein, ließ die Tür mit dem Fliegenschutzgitter hinter sich zufallen, pfiff durch die Zähne und schaute zu James hinüber, der neben seiner Pritsche stand und wütend *Ballantyre!* dachte. Hier … Das konnte nicht sein!

Louis wollte gerade etwas sagen, als die Tür aufgerissen wurde und Skinner hereinmarschierte.

»Wo, zum Teufel, steckt Marcel?«

»Der kommt morgen mit den anderen zurück«, antwortete Louis und löste die Lederriemen an seinem Bündel.

»Und du? Was war das eben?«, herrschte Skinner James an. »Hast du den Verstand verloren? Wenn du dir so was an den Pine Rapids leistest, können wir Leichen aus dem Fluss ziehen.«

James zuckte mit den Achseln, doch Skinner wütete weiter, bis James der Geduldsfaden riss.

»Hör auf, Skinner.«

Der alte Mann schnaubte verächtlich. »So, so. Bist du jetzt der Chef hier?«

James drehte sich weg.

Skinner fluchte.

»Jedenfalls will der Mister heute noch angeln, und du sollst ihm zeigen, wo. Geh mit ihm zu den Felsen runter. Dort fängt er vielleicht einen Zander.«

»Warum nicht Louis?«

»Weil er dich will, deswegen, und weil er zahlt. In einer halben Stunde bist du fertig.«

Mit diesen Worten verließ Skinner den Raum und knallte die Tür hinter sich zu. Draußen klopfte ein Specht auf einen toten Baum vor dem Fenster ein.

James fing an, sein Bündel auszupacken.

Langes Schweigen, dann fragte Louis: »*Ça va?*«

»Ja danke.«

»Und?«

»Bin hundemüde, muss ein Nickerchen machen.« Mit diesen Worten warf James sich auf seine Pritsche und drehte sich auf die Seite.

* * *

Eine halbe Stunde später saß er auf den Stufen zur Lodge und zupfte an dem gesplitterten Holz der Stufen herum. Zuerst hatte er fliehen wollen, doch nun, da er sich allmählich von seinem Schreck erholte, wurde ihm klar, dass das keine Lösung war.

Er war kein achtzehnjähriger Junge mehr, der kopflos wegrannte.

Wenig später ging die Tür mit dem Fliegenschutzgitter knarrend auf, und Ballantyre trat, Skinner hinter ihm, heraus auf die Holzveranda. James stand auf. Ballantyre erwiderte seinen Blick ungerührt, während Skinner die Stelle beschrieb, an der sie ihre Angeln auswerfen konnten.

»Ein Stück den Weg rauf, draußen auf der kleinen Landzunge. Sehen Sie die? James kennt sich aus, er führt Sie hin.«

Vielleicht ertränkt er Sie dort auch.

Ballantyres Augen blitzten auf, als hätte er James' Gedanken erraten. Wie früher …

»Wunderbar. Ich folge Ihnen, junger Mann.«

»Die Ausrüstung trägt er, Sir, dafür wird er bezahlt.«

James nahm Ballantyre wortlos Angelrute und Korb ab und ging ihm voraus zu einer Schneise zwischen den Bäumen, wo der Pfad begann.

Nein, das konnte einfach nicht sein …

Wie hatte der Mann ihn aufgespürt? James hatte sich doch bemüht, keine Spuren zu hinterlassen. Und *warum* war er gekommen? Wieso jetzt, nach fünf Jahren?

Ein abgestorbener Baum lag quer über dem Weg. James kletterte darüber, ohne Ballantyre zu helfen. Der Mann wirkte durchtrainiert, fast unverändert nach all der Zeit, hielt sich nach wie vor aufrecht und war so schlank wie eh und je, vielleicht sogar ein bisschen schmaler als damals. Oder wirkte nur sein Gesicht schmaler, und waren seine Züge markanter, sodass seine Augen tiefer in den Höhlen zu liegen schienen? Außerdem befanden sich jetzt in ihren Winkeln Fältchen, und seine dunklen Haare waren von Silberfäden durchzogen.

Der Pfad gabelte sich. James wählte die Richtung zum See hinunter. Fast wäre er stehen geblieben und hätte den Mann zur Rede gestellt, doch um die Dinge sagen zu können, die er sagen wollte, mussten sie außer Hörweite sein. Der Weg wurde anfangs enger und dann wieder breiter, als sie auf eine felsige Landzunge hinaustraten. James legte die Ausrüstung ab, bevor er sich Ballantyre zuwandte.

»Bereite die Angelrute vor wie immer, James«, wies Ballantyre ihn mit verblüffender Kaltschnäuzigkeit an. »Schätze, von der Lodge aus kann man uns sehen.«

James blickte über die Schulter. Verdammt, er hatte

recht, die Landzunge war von der Veranda aus, auf der sich Skinners kleiner Schaukelstuhl und ein Feldstecher befanden, gut zu erkennen. Er bückte sich, um die Angelrute aufzuheben.

»Du siehst gut aus.« Ballantyre musterte ihn, während James Gewichte an der Schnur befestigte.

Keine Reaktion.

»Sogar sehr gut. Sag, wie lange bist du schon hier?«

James spießte einen fetten Wurm mit dem Haken auf, hielt Ballantyre die Angelrute hin und schaute noch einmal in Richtung Lodge. »Fünf Jahre.«

»Fünf Jahre! Du bist also gleich danach in diese Gegend gekommen?«

Ein neues Leben, ein sicherer Hafen.

»Wie haben Sie mich gefunden?«

»Dich gefunden?«, fragte Ballantyre erstaunt. »Ich hatte keine Ahnung, dass du hier bist. Diese Begegnung überrascht mich genauso sehr wie dich.«

Das glaubte James ihm nicht.

»Du scheinst dich in diesem Land gut zu schlagen.«

Gut zu schlagen? In James stieg Wut auf.

»Ich vermute, du bist mit falschen Papieren und unter falschem Namen unterwegs?«

»Sie stellen viele Fragen, Mr Ballantyre«, entgegnete James und richtete sich auf, die Arme starr an den Seiten, bereit, sich bei einem Angriff zu wehren, doch Ballantyre ging mit der Angelrute an ihm vorbei zum Wasser.

»Du hättest selbst einige, das ist mir klar.« Er warf die Schnur aus, in einem perfekten Bogen, so unbeteiligt, als stünde er knapp fünftausend Kilometer entfernt am Ufer seines eigenen Flusses. Das Wasser kräuselte sich an der Stelle, an der der Köder landete, in konzentrischen Kreisen. »Und auf alle wirst du zu gegebener Zeit Antworten erhalten, das verspreche ich dir.«

»Dann fangen wir doch mit dieser an: Wer hat Jacko umgebracht?«

Ballantyre begann, die Schnur einzuholen. »Arroganz hat ihn umgebracht, mein Freund. Arroganz und Dummheit.«

»Das ist keine Antwort.«

»Nein? Aber es ist die Wahrheit. Sein Mörder hat ihn für wertlos gehalten.«

Vor James' geistigem Auge tauchten wieder einmal die beiden Männer im Sporttweed auf und der schimmernde, über den Fluss auf ihn gerichtete Lauf der Flinte. Gottes Günstlinge, geborene Herrscher. Und Ballantyre war genauso.

»Sie haben ihn gedeckt, sich auf seine Seite gestellt und den Mord mir in die Schuhe geschoben.«

Ballantyre sah ihn ernst an. »Du wärst gehängt worden, egal, was ich gesagt hätte.«

James kam die Galle hoch, fast hätte er sich daran verschluckt. »Mehr fällt Ihnen nicht dazu ein?«

»Doch. Aber es ist die Wahrheit. Du hast gut daran getan, dich abzusetzen.«

Bei ihrer letzten Begegnung war James noch ein Junge gewesen, einige Zentimeter kleiner als Ballantyre, jetzt sprachen sie auf Augenhöhe miteinander.

»Wer hat ihn umgebracht?«

Ballantyre wandte sich ab und warf noch einmal die Schnur aus.

»Du hast den Mann gesehen.«

»Ich habe zwei Männer auf der anderen Seite des Flusses gesehen. Sie hatten die untergehende Sonne im Rücken. Ihre Gäste … Der eine hat Jacko getötet und dann auf mich geschossen. Und Sie standen nicht weit weg.«

James würde Ballantyre nicht verraten, dass er den Mörder an jenem Abend noch einmal beobachtet hatte, von seinem Versteck im Baum aus. Er hatte sich seine Gesichtszüge eingeprägt, damit er ihn später wiedererkennen würde. Jacko hatte ihm einmal den Ast einer Eiche gezeigt, der tief über den Fluss hing, und ihm erklärt, wie ein Verfolgter sich dort aus dem Wasser hinaufschwingen könne, ohne Spuren zu hinterlassen. So würden Hunde, die hinter einem her waren, die Fährte verlieren. James hatte sich in jener Nacht, in der er durchs seichte Wasser geflohen war und ein Moorhuhn im Schilf aufgeschreckt hatte, völlig außer Atem an diesen Ast erinnert und es nicht fassen können, dass Ballantyre die Hunde auf ihn hetzte. Er war in das breite Blätterdach der Eiche hinaufgeklettert und hatte, eng an den Stamm gepresst, gehört, wie das Bellen näher kam, und schließlich gesehen, wie die Hunde am Ufer die Stelle suchten, an der er aus dem Fluss gesprungen war. James hatte hinuntergeschaut zu dem Mann, der ihnen folgte, und ihn als den Gentleman mit der Flinte von der anderen Seite des Flusses erkannt.

Der Mann war unter dem Baum von James stehen geblieben, hatte McAllister etwas zugerufen und auf den Wildhüter gewartet. James hatte gehört, was sie redeten.

»Und dann haben Sie die Hunde losgelassen«, meinte James mit finsterem Blick.

Ballantyre schüttelte den Kopf. »Das war McAllister.«

»Auf Ihren Befehl.«

»Nein.«

Das spielte keine große Rolle mehr. »Wer hat Jacko nun umgebracht?«

»Allgemein wurde angenommen, dass es derselbe Mann war, der McAllister getötet hat.« Ballantyre holte die letzten Meter Schnur ein, zupfte seelenruhig das Unkraut vom Haken und begutachtete den Köder.

»McAllister ...?«

»Er wurde später an jenem Abend tot im Gebüsch aufgefunden.«

»*Jesus!*« Plötzlich wurde James bewusst, wie merkwürdig Ballantyre sich ausgedrückt hatte. Derselbe Mann ... »Und den Mord hat man mir auch angehängt?« Zu seiner Wut gesellte sich Entsetzen, und er trat einen Schritt auf Ballantyre zu.

Doch Ballantyre wandte sich ab und warf wieder die Schnur aus. »Wenn du mich erwürgst, verbessert das deine Lage mit Sicherheit nicht, James.« Diesmal landete der Köder weiter draußen. »Du hattest jeden Grund, McAllister zu hassen.«

Wie gelähmt verfolgte James, wie Ballantyre den Köder durchs Wasser zog. Nun bog sich die Angelrute.

»Vielleicht bist du ihm ja begegnet, nachdem du durchs Fenster meines Arbeitszimmers hinausgeklettert warst?« Ballantyre wandte sich halb zu James um. »Obwohl es nicht dein Stil sein dürfte, einen Mann von hinten anzugreifen.«

James bekam weiche Knie. Er stützte sich an einer

Weißbirke ab und betrachtete fasziniert den Schatten, den diese auf das Wasser warf.

»Im Kampf vielleicht, aber nicht kaltblütig.«

Ballantyre nahm vorsichtig einen kleinen Fisch vom Haken, ohne den Blick von James zu wenden, und warf ihn ins Wasser zurück, wo das Tier einen Moment bewegungslos verharrte, bevor es in die Dunkelheit huschte.

»Nachdem McAllisters Leiche entdeckt worden war, wurde aus einer schlimmen schnell eine gefährliche Angelegenheit. Gut, dass du das Weite gesucht hast.«

Silberne Elritzen glitten am Rand der Felsen im Schilf hin und her, wo das Sonnenlicht durch das klare Wasser bis zum Grund drang.

James wusste, dass Ballantyre recht hatte. Jacko, einen unnützen Landstreicher und bekannten Wilddieb, den man auf frischer Tat ertappt hatte, zu erschießen war die eine Sache, Ballantyres Chefwildhüter auf dem Anwesen von Ballantyre House umzubringen eine völlig andere.

Zum Glück hatte James, als er auf dem gestohlenen Pferd, Ballantyres Münzen in der Satteltasche, auf Nebenstraßen davongaloppiert war, nichts davon geahnt, dass sich zur selben Zeit die Kunde von dem Doppelmord wie ein Buschfeuer ausbreitete.

Ballantyres Miene hellte sich auf, und er warf erneut aus.

»Glaubst du an das Schicksal, James? Bis jetzt habe ich das nie getan.« Er verzog den Mund zu einem Lächeln. »Du bist immer schon ein abenteuerlustiger Bursche gewesen, und zu dem, was du in jener Nacht getan hast, war Mut nötig. Den Gedanken, dass du in meinem

Arbeitszimmer seelenruhig meine Geldkassette geleert hast, während deine Verfolger die Gegend nach dir absuchten, und du anschließend einfach mit Melrose weggeritten bist, fand ich zutiefst befriedigend. Da habe ich zu glauben begonnen, dass dir die Flucht gelingen könnte und du überleben würdest.«

James sah ihn mit großen Augen an. »Und trotzdem meinten Sie, ich hätte McAllister umgebracht?«

»Das hielt ich für unwahrscheinlich.«

Wenige Meter entfernt erhob sich im Abendlicht ein Reiher in die Lüfte und flog über den See. James schaute ihm eine Weile nach, bevor er sich wieder Ballantyre zuwandte.

»Sie haben mir immer noch nicht gesagt, wer Jacko umgebracht hat.«

Auch Ballantyre blickte dem Reiher nach.

»McAllister ist in dem Moment am Flussufer aufgetaucht, in dem du geflüchtet bist. Er hat gesehen, wer Jacko umgebracht und auf dich gefeuert hatte. Wenn du also McAllister nicht getötet hast, war es dieser Mann. McAllister scheint einen Erpressungsversuch unternommen zu haben. Dumm genug war er.«

»Den Namen, Ballantyre.«

Doch Ballantyre schüttelte den Kopf, und seine Miene wurde hart. »Noch nicht. Es ist besser, wenn du den nicht kennst. Du wirst deine Rache bekommen, das verspreche ich dir. Damals stand mein Wort gegen ihres, und daran hat sich nichts geändert.«

In James stieg Zorn auf. »Der größte Grundbesitzer im County, ein angesehener Friedensrichter. Ihr Wort hätte Gewicht gehabt …«

»… nicht gegen das des anderen.« Obwohl Ballantyre die Stimme nicht hob, verstummte James. »Glaub mir das.«

Schweigen, dann sprach James das aus, was er schon lange vermutete: »Also war es einer von diesen adeligen Nichtsnutzen.«

»Genau.«

Vor Wut bekam er fast keine Luft mehr. »Wenn man es mir anhängte, ließ sich ein unschöner Skandal vermeiden. Und Sie mit Ihren Gerichtssälen, Ihrer Gerechtigkeit und Ihrem guten Ruf haben mitgemacht!« Das wusste James, seit er McAllister fragen hörte: *Und darauf hat Ballantyre sich eingelassen?* Der andere Mann hatte genickt.

Ballantyres Miene verdüsterte sich. »Es steckt mehr dahinter. Bitte vertrau mir.«

Vertrau mir.

James trat an den Rand des Felsens. Fünf Jahre hatte er versucht, den Anblick von Jackos blutiger Leiche zu verdrängen, doch sich mit Ballantyres Niederträchtigkeit abzufinden würde ihn sein ganzes Leben lang beschäftigen.

Er lehnte sich an einen einzelnen Baum, der genug Erde für seine Wurzeln gefunden hatte, verschränkte die Arme und schaute hinunter auf den See, wo das Licht der tief stehenden Sonne den Sand auf dem Grund erhellte. *Vertrau mir.*

Seine Gedanken wanderten zurück zu Ballantyres Arbeitszimmer an jenem ersten Morgen, wo das Holz im Kamin knackte und das Licht der Flammen über die Goldbuchstaben auf den ledergebundenen Büchern flackerte. Damals war er ein vor Angst zitternder schmaler Junge gewesen, der den Blick zu der gottgleichen Gestalt, die ihm die Hand hinstreckte, hob und in deren Augen Freundlichkeit erkannte. *Vertrau mir.* Mit diesem Handschlag war er in eine geordnete Welt des Überflusses eingetreten, wo er Zielgerichtetheit und die Unterscheidung zwischen Richtig und Falsch lernte. Von jenem Tag an hatte er gewusst, dass er wohlwollend von Ballantyre beobachtet wurde.

Nun musterte dieser Mann ihn.

»Die Sache *wird* aufgeklärt werden, James, das verspreche ich dir.«

Trotz allem, trotz des Schocks über den Mord und trotz der Verbitterung wollte das Kind, das letztlich noch immer in James steckte, ihm glauben.

Doch er tat es nicht. »Nach *fünf* Jahren?«

»So lange habe ich gebraucht.«

»Unsinn.«

»Wenn alles geklärt ist, erläutere ich es dir. Ich hoffe, dass du mich dann verstehen wirst.«

Ballantyres Schnur straffte sich, und die Angelrute bog sich. Er wandte seine Aufmerksamkeit dem Wasser zu.

»Aber eins musst du jetzt schon erfahren«, sagte er, und plötzlich klang er wieder so respekteinflößend wie früher. »Meine Tochter ist bei unserem Angelausflug mit von der Partie. Sie wird dich erkennen.«

Miss Evie?, dachte James überrascht.

»Ich werde Zeit mit ihr allein verbringen, bevor sie dich sieht, und ihr die Situation erklären, doch keiner von euch darf sich anmerken lassen, dass ihr euch kennt. Ihr seid euch noch nie begegnet. Verstanden? Die anderen sind kein Problem, aber Melton ist Friedensrichter, und ich möchte nicht, dass er herausfindet, wer du bist. Das würde die Dinge komplizierter machen.«

Während Ballantyre seelenruhig seine Angelschnur einholte, tauchte vor James' geistigem Auge die Szene auf, wie er Miss Evie zuletzt erblickt hatte: die Augen tellergroß, zitternd vor Kälte oder Schock, eine zur Faust geballte Hand um den Morgenmantel gekrallt, die andere gegen den Mund gepresst. Hatte sie ihrem Vater von dieser Begegnung erzählt?

Eine große Rückenflosse tauchte an der Wasseroberfläche auf. Ballantyre deutete auf das Netz, und James trat vor und hielt es unter den sich windenden Körper des Fischs, wie er es früher so oft getan hatte, wenn Ballantyre ihn zum Fluss mitnahm.

Früher einmal hatte er diesen Mann verehrt.

»Zander?«, fragte Ballantyre und begutachtete seinen Fang.

»Ja.«

»Schmeckt der?«

»Ja.«

Ballantyre löste den Fisch aus dem Netz, entfernte mit einer geübten Handbewegung den Haken aus seinem Maul und ging, den Fisch in den Händen, am Ufer des Sees in die Hocke.

»Aber ich bin hierhergekommen, um Bachforellen zu fangen. Also wirst du diesmal verschont, mein Freund«, murmelte er und öffnete die Hände.

Der Fisch bewegte sich einige Sekunden lang nicht,

als könnte er sein Glück nicht fassen, bevor er sich mit einem gewaltigen Sprung davonmachte.

* * *

James gelang es nicht, Ballantyre mehr zu entlocken, der, ohne auf James' Wut zu achten, einfach weiterangelte, bis er schließlich die Schnur endgültig einholte und sie zurück zur Lodge gingen.

Als sie aus dem Wald heraustraten, saß Louis auf den Stufen. Er stand auf und verscheuchte einen Schwarm Mücken, bevor er zu ihnen stieß und Ballantyre ein Telegramm hinstreckte.

»Das ist gerade vom Bahnhof gebracht worden«, erklärte er und deutete auf ein Kanu, das vom Steg ablegte.

»Heute haben wohl nur die Mücken gebissen, was?«, meinte er mit einem Blick auf James.

»Und ein Zander, habe ich mir sagen lassen. Wir waren gnädig und haben ihm die Freiheit geschenkt«, antwortete Ballantyre. »Ich bin hier, um Bachforellen zu angeln«, wiederholte er, während er den Umschlag des Telegramms aufriss und die Stufen zur Veranda hochging. »Weiter flussaufwärts wird die Sache anders aussehen.«

James beobachtete ihn. Telegramme bedeuteten Kontakt zur Außenwelt.

Ballantyre wandte sich um und reichte es James. »Lies es mir vor, ja?«, forderte er ihn auf. »Allmählich scheine ich eine Brille zu brauchen.«

James gab ihm das Telegramm zurück. »Der Zug trifft morgen um zwei ein.«

»Danke. Dann ist zumindest das klar.«

Louis schaute vom einen zum anderen. »Wir essen zusammen. Alles ist fertig.«

Louis hielt, den Blick auf James gerichtet, die Tür auf.

James hatte kaum Appetit, aber ihm fiel kein Grund ein, wie er sich entschuldigen konnte, und so lehnte er die Angelrute an die Wand der Hütte und folgte Ballantyre hinein.

* * *

Skinners Lodge sei vor vielen Jahren als Schlafbaracke für Eisenbahnarbeiter errichtet worden, teilte der alte Mann Ballantyre mit und schenkte ihm ein großes Glas Whiskey ein. Er selbst habe zuvor in den Geschäften der Hudson's Bay Company in Red Rock House gearbeitet, ein Halbblutmädchen geheiratet und eine Familie gegründet.

»Als sie gestorben ist, waren unsere Jungs schon erwachsen und aus dem Haus, und so hab ich mir die Lodge aufgebaut, um ein bisschen Gesellschaft zu haben.«

Eine Indianerin stellte ein dampfendes Gefäß auf den Tisch und schöpfte den Fleischeintopf auf ihre Teller, während Skinner zwei kleinere Gläser für Louis und James einschenkte und ihnen mit einer Geste bedeutete, sich auf Hocker zu setzen.

»Am Ende hatte ich mehr Gesellschaft, als mir lieb war. Wie sie die Fundamente für die Eisenbahnbrücke im Boden eingelassen haben, lagen die Männer hier wie die Sardinen. Manchmal fast vierzig oder fünfzig in einer Nacht …«

Während Skinner alte Geschichten erzählte, lehnte James sich zurück und dachte über Ballantyre nach.

Wie war es möglich, dass er mit dem Mann aß, ohne ihm an die Gurgel zu springen? Ballantyre hatte sich verändert, nicht nur äußerlich. Die Veränderung reichte tiefer. Sein freundlicher Blick, der James seinerzeit angezogen hatte, war verschwunden, an seine Stelle war etwas Stahlhartes getreten. Plötzlich merkte James, dass Louis ihn beobachtete, und er konzentrierte sich auf sein Essen.

»… wenn einer gegangen ist, waren die Schlafplätze gleich wieder voll. Die Leute meinen, die Unwegsamkeit des Geländes wär dran schuld gewesen, dass sich die Bauarbeiten nördlich des Lake Superior hinzogen, aber in Wirklichkeit haben die Vorarbeiter sich beklagt, dass die Männer langsam machten, damit sie länger in Skinners Lodge bleiben konnten«, sagte Skinner und lachte über seinen abgedroschenen Scherz.

Ballantyre schmunzelte pflichtschuldig. »Als Teilhaber des Unternehmens höre ich das nicht so gern, Mr Skinner.«

Skinner fiel die Kinnlade herunter. »Ich wollte ja nur sagen …«

Ballantyre hatte also geschäftliche Interessen in dieser Gegend? Die Eisenbahn war immer schon seine Leidenschaft gewesen. Man hatte James oft losgeschickt, um den Herrn des Hauses von dem kleinen Bahnhof der Nebenstrecke abzuholen, wenn er in Edinburgh gewesen war. Auf dem Heimweg hatte Ballantyre James dann von den wunderbaren neuen Eisenbahnlinien erzählt, die riesige Kontinente durchzogen.

»Sagen Sie, Mr Skinner«, fuhr Ballantyre fort und nahm einen Flachmann aus der Tasche, »treiben sich gerade viele Goldsucher hier herum?« Er schenkte allen vieren großzügig ein.

»Mehr denn je, jetzt, wo die Eisenbahn dieses Gebiet erschließt. Und es gehen Gerüchte von ergiebigen Goldfunden oben im Norden.«

Louis und James wechselten verstohlen einen Blick.

»Diamanten scheint man auch entdeckt zu haben.«

Als James sein Glas an die Lippen setzte, spürte er den süßen Geschmack der Heimat auf der Zunge. Offenbar hatte Ballantyre seine eigenen Vorräte dabei. Sein Whisky erinnerte ihn an Weihnachten oder an Tage, wenn Ballantyres Pferd ein Rennen in Kelso gewonnen hatte und in den Ställen Flaschen herumgereicht wurden.

Louis trank, zögerte erstaunt, nahm fast andächtig einen weiteren Schluck, wandte sich James zu und hob anerkennend die Augenbrauen.

Ballantyres nächste Frage überraschte sie.

»Habt ihr etwas von einem Indianer namens Achak gehört, der angeblich in dieser Gegend lebt?«

James, der gerade einen Bissen im Mund hatte, kaute weiter, um nicht antworten zu müssen. Louis hielt, das Glas auf halbem Weg zu den Lippen, inne, erholte sich jedoch schnell wieder von seinem Schrecken.

»Jeder kennt Achak. Ihm hat hier Land gehört.«

»Weißt du auch, wo er zu finden ist?«

Louis zuckte mit den Achseln. »Er könnte überall sein. Auf der Jagd …«

»Wie gesagt, Mister«, meinte Skinner, trank einen Schluck und leckte sich genüsslich die Lippen. »Oha! So was kriegt man bei uns nirgends. Nein, Sir. Hier gibt's bloß billigen Rachenputzer, sogar in den Kneipen. Damals war für die Eisenbahnarbeiter Alkohol eigentlich verboten, aber ich hab ein Auge zugedrückt, wie sie im Wald eine Brennerei hingestellt haben. Natürlich nur so lange, wie sie sich anständig benahmen …«

»Kennt man Achak denn in Schottland, Mr Ballantyre?«, fragte Louis verwundert.

»… die Jungs haben nach einem Tag harter Arbeit einfach ein bisschen Trost gebraucht, das konnte man ihnen nicht verdenken …«

»Nein. Doch ich würde mich gern mit ihm treffen.« Ballantyre füllte ihre Gläser nach.

»… aber keine Frauen, nein. Frauen machen mehr Ärger als Alkohol. Wenn die Männer die Art Trost wollten, mussten sie …«

»Er könnte überall sein, sein Gebiet erstreckt sich über Kilometer.« Das Licht der flackernden Lampe ließ Louis' Augen funkeln, während der Rest seines Gesichts im Schatten lag.

»Irgendjemand muss doch wissen, wo er sich rumtreibt«, hakte Ballantyre nach.

Skinner, der die Hoffnung auf aufmerksame Zuhörer längst aufgegeben hatte, erzählte seine Geschichte trotzdem weiter: »… wenn irgendeiner ein leichtes Mädchen reinschmuggeln wollte, hat man den mit Tritten die Stufen runter in den Dreck befördert …«

»Der alte Häuptling ist gestorben, sein Stamm trauert auf die traditionelle Weise.«

»Das habe ich gehört.«

»… die Frauen hab ich natürlich mit mehr Respekt behandelt, egal, ob die leichte Mädchen waren oder nicht, aber sie mussten trotzdem gehen. Sie kannten ja die Regeln. Frauen waren in der Lodge verboten.«

»Dann können wir ja von Glück sagen, dass Sie bereit sind, für meine Tochter und Lady Melton eine Ausnahme zu machen.« Ballantyres ernster Tonfall stand in krassem Widerspruch zu seinen blitzenden Augen, die James bemerkte, Skinner jedoch entgingen.

Der alte Mann kaschierte seine Verwirrung, indem er hastig den Komfort beschrieb, den er den Damen würde bieten können. Dann begab er sich wieder auf sichereres Terrain und schwadronierte über die Anzahl der Angler, die nun, angelockt durch den Ruf des Flusses, an den Nipigon kamen.

»Letztes Jahr sind fast hundert Genehmigungen ausgestellt worden, die meisten unterhalb von der Brücke, wo man praktisch immer Fische rausholen kann. Leute wie Sie erwarten mehr ...« Als Schatten sich am Fenster vorbeibewegten, wurde sein Ton härter. »Aha, Marcel ist wieder da.«

Louis sah hastig zu James hinüber.

»Er hat Tala und Machk dabei, oder? Hoffentlich noch ein paar andere«, murmelte Skinner, »bei der Menge Gepäck, die wir haben.«

Louis leerte hastig seinen Teller und sagte, er werde nachsehen. Beim Gehen wich er James' Blick aus und ließ die Tür der Lodge geräuschvoll hinter sich ins Schloss fallen.

Elf

Von Port Arthur zum Bahnhof von Nipigon

Mr Larsen scheuchte seine Mitreisenden, noch ganz außer Atem, nachdem er dafür gesorgt hatte, dass das Gepäck sicher verstaut wurde, in den Zug.

»Ich habe Ihrem Papa gerade in einem Telegramm mitgeteilt, dass Dalston mit von der Partie ist«, erklärte er Evelyn, als sie auf dem abgenutzten Stoffsitz in dem angeblichen Erste-Klasse-Abteil Platz nahmen. »Inzwischen dürfte er das von gestern, in dem unsere Ankunftszeit steht, erhalten haben, und so wird er uns bestimmt am Bahnhof von Nipigon erwarten.«

Etwas anderes blieb Papa wohl auch kaum übrig, dachte Evelyn.

Der Zug setzte sich in Bewegung und entfernte sich schnell vom Bahnhofsgebäude. Evelyn erhaschte einen letzten Blick auf das Northern Hotel und das Seeufer mit seinen Kais und Lagerhäusern sowie auf die *Walküre*, die dort auf ihre Rückkehr warten würde. Allmählich wichen die niedrigen Holzbauten Schuppen und Zelten entlang der Bahnlinie. Unter ihnen entdeckte Evelyn Indianerwigwams, doch schon bald verschwanden auch diese, und sie fuhren durch dichte Wälder. Ein einziges Gleis in die Wildnis …

»Rupert freut sich sehr, dass er mitkommen darf, weißt du?« Clementina drückte Evelyns Arm. »Und *nicht* der Fische wegen.«

Evelyn lächelte, wie Clementina es von ihr erwartete, und wandte sich wieder dem Fenster zu.

Rupert Dalston bemühte sich, ein angenehmer Gesellschafter zu sein, und abgesehen von einem kleinen Rest Verärgerung über ihren Vater hatte Evelyn die beiden Tage, die sie Port Arthur erkundeten, genossen. Der Ort sprühte vor rauer Energie, die sie aufregend fand.

Rupert war ein lebhafter Begleiter. Zusammen hatten sie einer Gruppe Chinesen zugeschaut, die an einer Straßenecke hockend würfelten. Evelyn hatte sich nicht sattsehen können an ihren breiten Hüten und ihrer merkwürdigen Kleidung. Schließlich hatte Rupert sie auf eine Indianerfrau aufmerksam gemacht, die, verfolgt von Hunden und lachenden Kindern, ein Schwein die Gasse entlangtrieb. Die Straßen in Port Arthur waren kaum mehr als festgeklopfte Erdwege, schlammig nach dem Regen der vergangenen Nacht und voll tiefer Furchen von den Wagen, die darauf fuhren. Holzstege dienten als Bürgersteige.

Die Hauptstraße wurde gerade gepflastert.

»Sieh an, sieh an, der Fortschritt hält Einzug!«, hatte Rupert bemerkt und auf die Arbeiter gedeutet, von denen manche dunkelhäutig waren. »Die Zivilisation …«

Eine Gruppe angetrunkener junger Männer, die sich laut auf, wie Rupert Evelyn erklärte, Italienisch unterhielten, hatte sich an ihnen vorbeigedrückt.

»Das hier ist besser als das Midway Plaisance«, hatte

er gesagt, sich zwischen sie und die jungen Italiener geschoben und sie weggezogen.

Viel besser, dachte Evelyn, denn hier war das Exotische real, diese Menschen waren keine Ausstellungsstücke, die man anstarrte. Mit den anderen war sie über den Holzsteg an Läden vorbeigegangen, die von Schaufeln bis Hauben alles verkauften, vorbei an einer Claimregistrierungs- und einer Goldprüfstelle, einem Mietstall und mehreren Kneipen. Das Selbstbewusstsein und die Zuversicht, die der Ort ausstrahlte, die riesigen Werbetafeln, der Lärm und das lebhafte Treiben hatten ihr gefallen. Sie hatte Frauen gesehen, die resolut und selbstsicher mit über den Knöcheln schwingenden Röcken und ohne Männerbegleitung über die Holzstege marschierten. Niemand hatte sie eines zweiten Blickes gewürdigt. Manche Damen führten Pensionen und Geschäfte, hatte Mr Larsen ihr gesagt, eine nenne sogar einen Holzhandel ihr eigen.

»Kein Vergleich zu den Wandbildern im Chicagoer Woman's Building mit den Darstellungen sanktionierter Sphären des Frauenlebens«, hatte Evelyn entgegnet.

Mr Larsen hatte geschmunzelt.

Obwohl Rupert durchaus unterhaltsam sein konnte, wirkte er bisweilen arrogant und befleißigte sich eines herablassenden Tonfalls, den Evelyn nicht mochte.

»Herrgott, es ist eine junge Stadt«, hatte sie entnervt auf eine seiner Bemerkungen erwidert. »Sie sind noch dabei, sie dem Wald abzuringen. Schauen Sie! Da kommt die elektrische Straßenbahn! So etwas gibt es nicht einmal in Edinburgh.«

Während Rupert über ihre Entrüstung lachte, hatte

Mr Larsen darauf bestanden, eine Fahrt mit der Straßenbahn zu wagen.

»Das ist vielleicht nicht ganz so aufregend wie das Riesenrad«, hatte er bemerkt, als sie aus der Bahn heraus verfolgten, wie Männer Grundstücke entlang der frisch angelegten Straßen, die Port Arthur und den alten Handelsposten Fort William verbanden, vermaßen. »Am Bahnhof sind noch mehr Geschäfte, Hotels und Kneipen. Dort muss ich Sie leider etwa eine Stunde allein lassen, weil ich mich mit einem Geschäftspartner treffe. Vielleicht möchten Sie eine der neuen Eisdielen besuchen, von denen ich gehört habe.«

Als die Straßenbahn mit kreischenden Bremsen zum Stehen gekommen war, hatte er seinen Hut gelüftet und sich in Richtung eines quadratischen Ziegelgebäudes neben dem Bahnhof entfernt.

»*Eine* der Eisdielen? Gibt es in diesem Ort denn *mehrere*? Macht er Scherze?«, hatte Evelyn ausgerufen, als Dalston sie durch eine Schwingtür schob. »Wie kann es hier im Nichts Eis geben?«

Er hatte gelacht, als sie und Clementina all die Geschmacksrichtungen bewunderten und schließlich drei auswählten. Sie hatten das Eis an einem kleinen runden Tisch verspeist, wo Rupert sich zu Evelyn vorbeugte, um mit seinem Taschentuch einen verirrten Klecks Limoneneis von ihrem Kinn zu wischen. »Nicht so gierig, meine Gute.«

* * *

Larsen, der Evelyn in dem Abteil gegenübersaß, freute sich schon darauf, sie bald ihrem Vater übergeben zu können. Zu der Entscheidung, Dalston mitzunehmen, hatte er sich genötigt gefühlt, weil George Melton diesen überredete, die Büffeljagd zu verschieben, worauf Dalston sich überschwänglich bei seinem Gastgeber bedankte. Es wäre schwierig gewesen, die Einladung nicht zu verlängern, denn das hätte zu Peinlichkeiten geführt. Doch Larsen war zuversichtlich, dass Ballantyre in der Lage wäre, mit der Situation fertigzuwerden. Als er den Kopf wandte, bekam er mit, wie Dalston Melton mit Geschichten von spätabendlichen Kartenrunden unterhielt. War er am Ende ein Spieler? Sein Vater hatte jedenfalls hohe Beträge riskiert.

Und verloren. Der Zug bog ruckelnd um eine Kurve, der Rhythmus der Räder änderte sich. Vom Fenster aus sah Larsen kurz den See und die verfallenen Gebäude auf der winzigen Silver Islet, der Silberinsel, nicht weit vom Ufer entfernt. Viel war von der hektischen Aktivität, die dort einmal geherrscht hatte, nicht übrig geblieben. Wie schnell Vermögen doch angehäuft wurden und wieder zerrannen!

Als der Zug erneut ruckelte, kehrten seine Gedanken zu den beunruhigenden Dingen zurück, die er in Fort William erfahren hatte. Die gerade fertiggestellte Port Arthur, Duluth and Western Railway, die erst ein paar Monate zuvor unter lautem Jubel eingeweiht worden war, machte bereits Verlust. Und noch schlimmer: Es gingen Gerüchte, dass das amerikanische Gegenstück niemals gebaut werden würde, weil die Minen, die es miteinander verbinden sollte, sich als unrentabel erwiesen. Larsen blickte zu Dalston hinüber. Ballantyre und Larson selbst hatten ihre Eisenbahnanteile längst veräußert, während Dalstons Vater weiterhin hohe Beträge in die PADW investierte. Ballantyre hatte dafür, wie für so vieles andere, stillschweigend gebürgt. Falls die Gerüchte sich als zutreffend herausstellten, konnte sich das für den Earl als katastrophal erweisen, und jeder Verlust wäre nun ein Verlust der Bank und somit von Ballantyre.

Larsen holte tief Luft und stieß sie langsam wieder aus. Er konnte nur hoffen, dass Dalstons Anwesenheit Ballantyre nicht peinlich war. Er beobachtete, wie Evelyn über die Schulter gewandt etwas zu dem jungen Mann sagte, der sich mit leuchtenden Augen zu ihr vorbeugte, und lachte. Larsen fragte sich, welche Kräfte er da möglicherweise entfesselt hatte.

* * *

James war früh aufgestanden, um mit den anderen die großen Lastkanus zu Wasser zu lassen, damit sie zum Bahnhof von Nipigon aufbrechen konnten. An diesem Morgen lag der See spiegelglatt da, in der Luft hing bereits die beißende Kälte des Herbstes.

Ballantyre begleitete Skinner zum Ufer.

James hörte, wie er es einzurichten versuchte, dass James in der Lodge blieb, indem er Skinner sagte, er werde bei Louis im Kanu fahren. So hätten alle mehr Platz, erklärte er, und außerdem könne er seine Tochter mit seinen Paddelfähigkeiten beeindrucken. Skinner schüttelte lachend den Kopf und meinte, sie würden alle verfügbaren Kräfte für das Gepäck und die Vorräte brauchen. Ballantyre bestand nicht darauf, dass sein Wunsch erfüllt wurde, nahm aber James beiseite.

»Halte Abstand, bis ich eine Möglichkeit gefunden habe, mit meiner Tochter zu sprechen«, sagte er, »sonst verrät sie dich.«

Diese Worte, gesprochen in seinem bekannten Befehlston, verstärkten James' Ressentiments.

In der vergangenen Nacht hatte er nicht schlafen können, weil er sich fragte, wie er diesem Mann noch einmal vertrauen solle. Als es schließlich hell geworden war, hatte er sich, müde und mit Ringen unter den Augen, gezwungen aufzustehen, fest davon überzeugt, dass er geradewegs in eine Falle tappen und ihn an der Anlegestelle Constables erwarten würden. Fast hätte er sich Louis anvertraut, doch er benötigte mehr Zeit zum Nachdenken. Es passierte alles viel zu schnell. Er hatte die Vergangenheit so tief vergraben, dass es ihm schwerfiel, sie zurück ans Licht zu holen.

Louis hatte ihn immer wieder von der Seite angesehen. Als James am Abend zuvor in die Baracke gekommen war, hatten die anderen geschwiegen, ihr Misstrauen war fast mit Händen zu greifen gewesen. Offenbar hatte Louis etwas zu Marcel gesagt. Es war lediglich eine Frage der Zeit, bis sie ihn in die Enge treiben würden und er ihnen Auskunft geben müsste.

Ballantyre hatte sich so auffällig dafür interessiert, wo Achak sich aufhielt! Kein Wunder, dass Louis argwöhnisch war. Irgendwie mussten Ballantyre Gerüchte über die Goldfunde zu Ohren gekommen sein; vermutlich hatte er beim Kartenspielen in Port Arthur davon gehört, da wurde immer viel geredet. Aber Ballantyre war zu spät dran.

Als James die Paddel in die beiden Kanus legte, merkte er, wie sehr es ihn befriedigte, dass er dem Mann zuvorgekommen war.

* * *

James empfand Ballantyres Gegenwart hinter ihm, während sie über den Lake Helen paddelten, als Hohn und verkrampfte sich, als sie unter den Eisenbahnbrücken hindurch und um die bewaldete Insel dahinter herumfuhren. Der Kai kam in Sicht. Er war Jahre zuvor errichtet worden, als man noch hoffte, dass Nipigon die Endstation der Eisenbahn und ein wichtiger Hafen werden würde, doch dann waren die Eisenbahnschienen am oberen Teil des Sees verlegt worden, und die Strecke verlief fast einen Kilometer landeinwärts, sodass sich der aufstrebende Ort Nipigon rund um sie herum entwickelte. Deshalb legten am Kai nur gelegentlich Raddampfer und immer mehr Berufsfischer an.

In James stieg Angst auf. Als er den Blick hob, sah er jemanden heraneilen, aber dieser Jemand entpuppte sich zum Glück als Stewart vom Eisenbahnbüro. Stewart trat ans Ende des Stegs hinaus und half ihnen, das Kanu festzumachen.

»Sind Sie Mister Ballantyre?«, fragte er und hielt dem Mann einen pinkfarbenen Umschlag mit einem Telegramm hin. »Das ist hier angekommen, und es gab niemanden, der es Ihnen hätte bringen können.«

Ballantyre nahm das Kuvert stirnrunzelnd entgegen und wandte sich ab, um es aufzureißen.

James ließ ihn nicht aus den Augen.

Ballantyre betrachtete das Telegramm sehr viel länger, als nötig war, um den Text zu lesen. Dann schob er es in die Tasche, trat ans Ende des Stegs und blickte hinaus auf den Fluss.

James musste sich sehr beherrschen, ihm nicht zu folgen.

»Hey! Willst du weiter so dumm rumstehen?«, rief Louis James zu.

Über ihnen stritten sich zwei Möwen kreischend um eine Beute, die sie sich vom Flussufer geholt hatten.

James sah, dass sich ihnen vom Bahnhof ein Wagen näherte.

»Noch zehn Minuten, Sir«, rief Louis den Steg hinunter. Als Ballantyre sich nicht von der Stelle rührte, rief Louis ein weiteres Mal. »Mr Ballantyre! Zehn Minuten.«

Ballantyre wandte sich um. »Was?«

»Der Zug, Sir. Er kommt in zehn Minuten.«

Ballantyres Gesicht verriet keinerlei Regung, als er ans obere Ende des Stegs zurück- und an ihnen vorbeiging und ohne ein Wort auf den Wagen kletterte. Die vier Führer setzten sich hinter ihn. James starrte auf Ballantyres Rücken, in ihm kämpfte Wut gegen Furcht an.

Was, zum Teufel, ging da vor sich?

Wenige Minuten später hielt der Wagen vor dem Bahnhof, und die Männer stiegen aus.

»Halt Abstand«, wiederholte Ballantyre leise und schob sich an James vorbei auf den Bahnsteig.

James setzte sich vor einem Schneeschutzzaun auf ein umgedrehtes Fass, während Louis und die anderen rauchend oder kauend neben dem Wagen hockten. Er hatte diesen Platz mit Bedacht gewählt, weil er von ihm aus den gesamten Bahnsteig im Blick hatte. Falls er fliehen musste, konnte er sich hinter dem Zug verstecken, um die Lokomotive herumlaufen, die Gleise überqueren und zwischen den dichten Sträuchern dahinter verschwinden.

Was hatte nur in dem Telegramm gestanden?

Fernes Rattern kündete vom Nahen des Zuges. James wischte sich die Finger an den Oberschenkeln ab, nahm sein Messer in die Hand, um es parat zu haben, und begann, damit an einem Zweig herumzuschnitzen. Alle seine Muskeln und Nerven waren zum Zerbersten gespannt.

Was auch immer in dem Telegramm gestanden haben mochte: Es hatte Ballantyre aus der Fassung gebracht.

Eine Dampf- und Rauchwolke hing über den Wipfeln der Bäume. Wenig später tauchte die Lokomotive traurig tutend aus dem Wald auf. Als der Zug langsamer wurde, kreischten die Bremsen wie gequälte Seelen im Fegefeuer. Die Wagen kamen unmittelbar vor Ballantyre zum Stehen.

James hielt den Blick auf ihn gerichtet.

Die erste Abteiltür öffnete sich fast sofort. Ballantyre trat einen Schritt vor, um den groß gewachsenen, korpulenten Herrn zu begrüßen, der ausstieg. Der Mann sah aus wie die meisten wohlhabenden Sportangler mit zu viel Zeit und Geld. Weder er noch Ballantyre schaute in die Richtung von James. Dann folgte ein jüngerer Mann, der sich umdrehte, um einer schlanken, leichtfüßigen Frau herauszuhelfen. Auch diese beiden begrüßte Ballantyre: ein Händedruck für den Herrn und ein Küsschen für die Dame. Sie entsprachen dem gut gekleideten, selbstsicheren Typ, den James von Ballantyre

House kannte. James zupfte ein loses Stück Holz von dem Fass, auf dem er saß, und fluchte, als er sich dabei einen Splitter einriss. Kurz darauf half Ballantyre einer weiteren jungen Frau aus dem Zug.

Gott im Himmel! Miss Evie – eine erwachsene Frau.

James starrte sie an. War er tatsächlich schon so lange aus Schottland weg? Sie war ein wenig gewachsen, aber ansonsten unverwechselbar. Die Haare trug sie jetzt nach oben gesteckt, und sie waren heller als früher. Außerdem hatte sie eine hübsche schlanke Figur. Hätte er sie auf der Straße erkannt? Vermutlich nicht. Als sie auf ihre hektische Art den Bahnsteig entlangschaute, senkte er den Kopf. Sie war attraktiv! Er musste an das schmale Mädchen denken, dessen Augen sich vor Angst geweitet hatten, als es das Messer in seiner Hand entdeckte. Er spuckte aus, um den Gedanken loszuwerden, und riskierte einen weiteren Blick.

Ballantyre, der sie mit einem Küsschen begrüßt hatte, legte nun eine Hand auf ihren Ellbogen und hielt sie neben sich, während er jemandem, der gerade aus dem Zug stieg, die andere reichte. Ja, Skinner hatte von fünf Leuten gesprochen. Der Fünfte im Bunde war ein weiterer junger Mann, gut gekleidet, der gleiche Typ wie die anderen – seinem Aussehen nach zu urteilen kein Gesetzeshüter. James rührte sich nicht von der Stelle, weil er abwarten wollte, wer sonst noch aus dem Zug kam, aber die anderen Fahrgäste waren alle aus der zweiten oder dritten Klasse, größtenteils Leute aus der Gegend, von denen er manche vom Sehen kannte, dazu einige Angler. Jetzt führte Ballantyre seine Tochter den Bahnsteig entlang, die Hand nach wie vor auf ihrem

Ellbogen, den Kopf ein wenig gesenkt, während er mit ihr redete.

In der Zwischenzeit war das Gepäck ausgeladen worden, und der Wagen wurde herangefahren. Louis riss James mit einem Pfiff aus seinen Gedanken und deutete auf die Taschen und Koffer.

James ließ sich Zeit mit dem Aufstehen und streckte sich ausgiebig.

Und steckte das Messer weg.

Er erreichte das Gepäck in dem Moment, als Ballantyre sich umdrehte und mit seiner Tochter zu ihnen zurückging. Ihre Schritte wirkten steif, sie hatte sich bei ihrem Vater untergehakt und hielt den Kopf abgewandt. James bückte sich, um eine Ledertasche aufzunehmen.

»Vorsicht, ja?«, hörte James eine Stimme neben sich brummen. »Da sind zerbrechliche Sachen drin.«

Als James den Kopf hob, sah er geradewegs in ein Paar strahlend blauer Augen.

Fast wäre James die Reisetasche aus der Hand gefallen. Das Herz klopfte ihm bis zum Hals, er schnappte nach Luft und drehte sich weg, bevor er die Tasche voller Panik und Wut auf den Wagen schleuderte. Es war also doch eine Falle!

»Ich sagte, passen Sie auf, Mann!«, herrschte die Stimme ihn an.

James hastete in Richtung Ballantyre.

Ballantyre blickte ihn entsetzt an, stellte sich ihm in den Weg, packte einen Koffer, drückte ihn ihm in die Hand und nahm ihm so den Wind aus den Segeln.

»Ruhig Blut, James«, ermahnte er ihn, dann, lauter: »Da drin ist, glaube ich, nur Kleidung.« Mit diesen

Worten drängte er sich an James vorbei, schob seine Tochter zum Wagen und half ihr hinauf zu der anderen Frau, die die allgemeine Anspannung nicht bemerkt zu haben schien und lachte. James blieb, den Koffer in der Hand, stehen und schaute dem sich entfernenden Zug nach.

Louis sagte etwas; James hörte nicht so genau, was. Dann trat er zu James, ergriff den Koffer, hievte ihn zu den anderen Gepäckstücken hoch und rief dem Fahrer etwas zu. Dem betagten Pferd gelang es nur mit Mühe, den Wagen zu wenden und sich in Richtung Anlegestelle in Bewegung zu setzen. Die Führer gingen nebenher, während James sich nicht von der Stelle rührte.

Louis ließ sich zurückfallen.

»Was ist los?«

James kehrte in die Gegenwart zurück. »Was? Nichts.«

»Das glaubst du doch selber nicht.«

James schüttelte den Kopf und folgte dem Wagen so schnell, dass Louis ihm nachhasten musste.

* * *

Irgendwie schafften sie es, die Gäste mitsamt Gepäck auf den Kanus unterzubringen.

Ballantyre ergriff kurz James' Arm und murmelte: »Wir müssen reden.«

Danach blieb er nahe bei James und sorgte dafür, dass er selbst, der korpulente Mann und Miss Evie mit Louis und James in ein Kanu stiegen. Die anderen, unter ihnen der Mann mit den blauen Augen, nahmen in dem zweiten Platz.

Sie stießen sich von der Anlegestelle ab, und James paddelte blind.

Die große Eisenbahnbrücke warf einen kühlen Schatten, als sie an den großen Pfeilern vorbeiglitten, in deren Nähe die Bachforellen laichten. Auf der anderen Seite der Brücke straffte James die Schultern und versuchte, seine wirren Gedanken zu ordnen.

Glaubst du an das Schicksal?, hatte Ballantyre ihn tags zuvor gefragt, und James hatte verächtlich geschnaubt. Nun wusste er, dass Ballantyre die ganze Sache zu seinen eigenen Zwecken arrangiert hatte. Doch damit verschaffte er auch James eine einmalige Gelegenheit, denn jenseits der Brücke lag der Lake Helen und wieder dahinter der Nipigon River, und den kannte James wie seine Westentasche. Der Nipigon war ein wilder Fluss, er würde sie durch Schluchten und Wildwasser nach Norden tragen, weg von den Fesseln der Zivilisation, hin zu einem Ort, an dem Raum genug war, um alte Rechnungen zu begleichen.

Zwölf

»Ja, ich seh ihn.« Evelyn blickte kurz in die Richtung, in die ihr Vater deutete. Ein großer schwarz-weißer Vogel, der tief im Wasser schwamm, bewegte sich schnell von ihnen weg. Als er abtauchte, drehte Evelyn den Kopf wieder nach vorn und betrachtete den Rücken von James Douglas.

Er trug ein verknotetes Tuch um den Hals und eine schäbige Weste über einem schmutzig weißen Hemd aus grobem Stoff, das Schweißflecken unter den Achseln aufwies. Die Ärmel waren über den sonnengebräunten muskulösen Unterarmen bis zu den Ellbogen hochgekrempelt.

James.

Er sah so anders aus – und doch wie immer.

Unwillkürlich massierte sie ihren eigenen Unterarm, an dem sie noch die Finger ihres Vaters zu spüren glaubte, der sie am Bahnhof so fest gepackt hatte.

»Komm mit«, hatte er sie freundlich, aber bestimmt aufgefordert und sie den Bahnsteig entlanggeführt. »Und dreh dich nicht um.« Als sie seine heftig mahlenden Kiefermuskeln bemerkt hatte, war ihr klar geworden, dass heftige Gefühle in seinem Innern tobten. Instinktiv hatte sie den Kopf halb nach hinten gewandt, worauf er seinen Griff noch verstärkte. »*Nicht* umdrehen, habe ich gesagt.«

Dann hatte er ihr alles erklärt.

Erneut hatte sie der alte Albtraum heimgesucht, dem sie so wenig entkommen konnte wie giftigem Rauch. Plötzlich war sie wieder das Kind von damals und beugte sich vor Angst bebend aus dem Fenster des Arbeitszimmers.

»*Hier?* Aber was macht er hier?«

»Er nennt sich jetzt MacDonald …«

»Wusstest du, dass er da ist?«

»Woher denn?« Ihr Vater hatte sie bestürzt angesehen. »Du zitterst ja, Liebes! Hör zu, du darfst dir keinesfalls anmerken lassen, dass du ihn kennst. Hast du verstanden?«

»Warum nicht?«

Er hatte den Kopf geschüttelt, und die alte Furcht war zurückgekehrt. Sie hatte versucht, sich aus seinem Griff zu lösen, doch er hielt sie, so fest, dass es wehtat.

»Ich erkläre dir alles, jede verdammte Einzelheit, sobald ich kann, aber bitte mach jetzt einfach das, was ich dir sage. Rede mit niemandem darüber. Verstanden? Mit niemandem! Nicht mit Clementina oder Melton, nicht einmal mit Larsen und nicht mit … Dalston. Sprich nicht mit James. Behandle ihn wie die anderen Führer, wie einen Fremden. Von sich aus wird er nicht auf dich zukommen.«

»Aber ich *muss* …«

»Genug! Kein Wort. Kein Blick. Bist du bereit?« Er hatte sie den Bahnsteig entlang zu den anderen zurückgeführt, seine Hand nach wie vor fest um ihren Arm.

Im anderen Boot lachte Clementina nun laut über

etwas, das Rupert gesagt hatte, und Evelyn schaute zu ihnen hinüber.

»Alles in Ordnung, Liebes?«, fragte Evelyns Vater leise.

Ohne zu antworten, wandte sie sich ab, um erneut den Blick auf James' Weste zu richten, auf einen Flicken, den er vermutlich selbst eher schlampig mit schwarzem Faden aufgenäht hatte.

Der Vogel von vorhin tauchte nicht weit von ihnen entfernt auf, stieß einen merkwürdig bebenden Schrei aus und erhielt Antwort von der anderen Seite des Sees.

Eine Windböe wehte Tropfen von James' Paddel auf Evelyns Kleid. Er drehte sich halb um und brummte eine Entschuldigung. Da bemerkte sie die Bartstoppeln an seinem Kinn und sah, dass sein Hals schmutzig war. In Schottland war er immer gut angezogen gewesen, weil ihr Vater das erwartete, und hatte adrett gewirkt, wenn er sie in seiner Stallburschenkleidung mit der Kutsche zu Nachbarn chauffierte. Auch damals hatte sie seinen Rücken betrachtet und war auf absurde Weise stolz auf ihn gewesen. Sie kannte ihn genau, die Haltung seiner Schultern, wie seine Haare über seinen Kragen wuchsen, und erinnerte sich, wie er ihr verschwörerisch zugelächelt hatte, wenn er ihr aus der Kutsche half.

Doch sein Blick gerade eben, als er auf dem Bahnsteig auf sie zuhastete, war mörderisch gewesen …

* * *

Die Abendmahlzeit nahm James mit den anderen Führern in ihrer eigenen Hütte ein, die ein wenig abseits der Lodge lag. Er aß hastig und beteiligte sich nicht an den Gesprächen über die gerade eingetroffenen neuen Gäste, ihr Gepäck oder die körperlichen Vorzüge der beiden Frauen, und es wollte ihm auch nicht so recht schmecken. Als sie mit dem Essen fertig waren, holte Louis ein Set speckiger Spielkarten hervor und teilte sie auf dem umgedrehten Fass aus, das ihnen als Tisch diente.

James rückte mit seinem Hocker zurück und stand auf. »Ich will mir noch das Kanu ansehen.«

Louis hob den Blick, ohne beim Austeilen der Karten innezuhalten. »Das ist in Ordnung. Ich hab's mir schon angeschaut.«

»Auf dem Rückweg war es irgendwo undicht.«

Eine Lüge, aber egal. James nahm seine Jacke und entfernte sich, bevor Louis weitere Einwände erheben konnte.

Er ließ die Tür hinter sich ins Schloss fallen und ging zu der Stelle, wo die kleineren Kanus lagen. Vor dem Fenster der Lodge, in der die Gäste ihre Mahlzeit vermutlich ebenfalls beendet hatten, verlangsamte er kurz seine Schritte, bevor er seinen Weg zum Ufer fortsetzte.

Dort zog er sein Messer heraus und trennte damit die Naht auf, die er am Vorabend so sorgfältig angebracht hatte, nur ein kleines Stück, genug, um seine Anwesenheit am Fluss zu rechtfertigen. Mit dieser Aufgabe würde er sich beschäftigen, bis Ballantyre sich zu ihm gesellte, denn dass er das tun würde, davon war er überzeugt. James ging in die Hocke und entzündete ein kleines Feuer, auf dem er einen Topf mit Harz erhitzte. Dann zog er ein Stück Sehne aus der Gesäßtasche, um den Riss zu vernähen. Wenn es brenzlig werden sollte, konnte er das nächstgelegene Kanu in den See gleiten und sich darin von der Strömung forttreiben lassen.

Er musste nicht lange warten. Wenig später öffnete sich die Tür der Lodge, und Ballantyre trat hinaus auf die Veranda, von wo aus er bewusst nonchalant über den See blickte. Davon abgelenkt, achtete James nicht auf das Harz, das ihm auf die Hand tropfte. Er fluchte. Ballantyre schlenderte zum Steg. James widmete sich wieder seiner Arbeit. Dass er sich mit dem heißen Harz die Hand verbrannt hatte, verstärkte seine Verärgerung. Er holte das Messer näher heran und verbarg es unter einem Streifen Birkenrinde.

Als Ballantyre ihn erreichte, richtete er sich auf.

»Was wird hier gespielt?«

»Du hast behauptet, du würdest ihn nicht kennen.«

»Ich hatte ein Gesicht, aber keinen Namen. Wer ist er?«

Kurzes Schweigen. »Er heißt Rupert Dalston und ist Earl Stantons jüngerer Sohn.«

»Gut, dann habe ich jetzt auch den Namen.«

»Aber er kennt dich nicht, oder?«

»Er wird mich bald kennenlernen.«

Ballantyre runzelte die Stirn. »James, wenn du die Sache selbst in die Hand nimmst …«

»Bei Ihren Spielchen mache ich nicht mit, Ballantyre. Warum haben Sie ihn hierhergebracht?«

Ballantyre schüttelte den Kopf. »Das habe ich nicht. Bis zu dem Telegramm heute Morgen auf dem Steg hatte ich keine Ahnung, dass er kommt.«

»Sie lügen. Sie wussten Bescheid.«

Als James sich über das Kanu beugte, um das dunkle

Harz über die geflickte Stelle zu streichen, bemerkte er, dass sich eine Brandblase auf seiner Hand bildete.

Noch einmal schüttelte Ballantyre den Kopf.

»Nein. Er ist ihnen in Chicago begegnet. Ob du das nun glaubst oder nicht: Das ändert alles. Es ist zu riskant. Du musst nach Port Arthur zurückkehren und im Northern auf mich warten. Ich gebe dir Geld und komme zu dir, sobald ich …«

»Nein.«

Ballantyre zog sein Zigarrenetui aus der Tasche, nahm eine heraus und klopfte den Tabak auf dem Etui fest.

»Hör zu, James.«

»Nein, Sie hören mir zu. Ich will Antworten. Und offene Rechnungen begleichen. Zuerst mit ihm, dann mit Ihnen.«

Ballantyre musterte ihn nachdenklich.

»Mit dreizehn warst du vernünftiger …«

Mit einem silbernen Taschenmesser schnitt er das Ende der Zigarre ab, zündete sie an und blies den Rauch in die Mückenwolke, die um sie herumschwirrte.

»Was willst du tun, James, uns beide umbringen?« Ballantyre steckte das Taschenmesser wieder ein. »Wenn du die Sache selbst in die Hand nimmst, bist du verloren. Dann kann ich nichts mehr für dich tun.«

James fädelte die Sehne durch die Löcher in der Birkenrinde. Die Haare fielen ihm in die Stirn, und seine Hand zitterte vor unterdrückter Wut.

Langes Schweigen.

»Woher kennst *du* ihn, James?«, fragte Ballantyre.

James hätte den Mann überall erkannt. Dieses ebenmäßige Gesicht, diese kalten blauen Augen, mit denen er über den Fluss blickte, seine teure Kleidung und seine aufrechte Gestalt inmitten der Hunde, die aufgeregt die Fährte aufnahmen.

James hatte von der Astgabel der Eiche aus beobachtet, wie McAllister, der alte Speichellecker, sich zu dem Mann gesellte, wohl wissend, dass die Jagd eine Farce war. Einmal hatten sie in den Baum hinaufgeschaut, woraufhin James sich dicht an den Stamm presste, das Gesicht nah an der Rinde, und kaum zu atmen wagte.

Das alles erzählte er Ballantyre.

»Jacko war also ein guter Lehrmeister«, meinte Ballantyre, bevor er sich umdrehte, weil er hörte, wie die Tür mit dem Fliegenschutzgitter zuknallte.

Skinner und der korpulente Mann traten aus der Lodge und kamen in ihre Richtung.

Ballantyre nahm einen Zug an seiner Zigarre und sagte hastig: »Also kennt er dich nicht, und meiner Tochter habe ich gesagt, dass sie dir keine Beachtung schenken soll. Sie weiß nichts über die Sache und ihn. Wenn du darauf bestehst zu bleiben, solltest du um Himmels willen dein Temperament zügeln und dich in Geduld üben.«

»Das reicht mir nicht.«

»Nein? Dann sorge dafür, dass es reicht.«

Ballantyre wandte sich den beiden Männern zu, die sie inzwischen erreicht hatten.

»Ah, Mr Skinner. Der gute James achtet darauf, dass die Kanus dicht und sicher sind für die Stromschnellen, von denen Sie uns erzählt haben. Vorbereitung und Planung und ein kühler Kopf sind wichtig im tosenden Wasser.«

Ballantyre entfernte sich mit dem korpulenten Mann und überließ es James, dem wütenden Skinner zu erklären, wieso er diese Reparaturen erst jetzt ausführe.

Als James über Skinners Schulter in Richtung Lodge schaute, sah er, dass Louis aus der Hütte der Flussführer getreten war und mit verschränkten Armen, am Türstock lehnend, zu ihm herüberblickte.

* * *

Auch Evelyn hatte von ihrem Zimmer in der Lodge aus das Gespräch am Steg beobachtet. Was redeten sie da? James war mit dem Rücken zu ihr gestanden, ihr Vater hatte ganz ruhig geraucht und ihr mit seinem Gesichtsausdruck nichts verraten. Sie war versucht gewesen, zu ihnen zu gehen, Antworten zu verlangen und der Farce ein Ende zu setzen.

Wovor hatte sie mehr Angst? Vor der Wahrheit oder vor den Lügen, die sie ihr möglicherweise auftischten?

Ihr Vater hatte immer alles unter Kontrolle, anders kannte sie ihn nicht, doch während des gesamten Abendessens war seine Anspannung zu spüren gewesen. In dem kleinen engen Raum hatten die Sturmlampen auf den Fensterbrettern tiefe Schatten geworfen, die Winkel dunkel und die verstaubten Deckenbalken hell erscheinen lassen. In einer Ecke hatte ein Kanonenofen dem Herbstabend etwas von seiner Kälte genommen, und um die zwei dicken Kerzen in der Mitte des Tisches war ein heimeliger Lichtschein gewesen. Unter anderen Umständen hätte sie die Atmosphäre bezaubernd gefunden.

Eine dunkeläugige junge Indianerin in schmutzigen

Mokassins hatte ihnen das Essen serviert und jedem Gast einen Teller hingestellt, während Mr Skinner ihnen die Route flussaufwärts erläuterte und ihnen ans Herz legte, ihr Gepäck auf ein Minimum zu beschränken. Praktische Kleidung hatte er ihnen empfohlen, ein oder zwei Sets zum Wechseln, für den Fall, dass etwas nass wurde, etwas Warmes und lange Ärmel gegen die Mücken.

»Obwohl ich ein Mittel habe, das wirklich …«

Evelyn hatte nur mit halbem Ohr zugehört und Clementina die Fragen stellen lassen, allerdings auch nicht vergessen, hin und wieder zu schmunzeln, wenn die anderen lachten. Irgendwann hatte sich die junge Indianerin in die Schatten zurückgezogen, und Evelyn hätte sich gewünscht, es ihr gleichtun zu können.

Einmal hatte Clementina sich zu ihr herübergebeugt und sich erkundigt, ob sie sich wohlfühle, und ihr Vater hatte sich ebenfalls ihr zugewandt und sie mit einem fragenden Blick gemustert. Sie hatte ihm vorgeflunkert, dass sie müde sei, sich anschließend jedoch bemüht, stärkeres Interesse an dem Gespräch zu zeigen.

»Also gibt es *hier* auch Gold und Silber?«, hatte Rupert gefragt.

»Gold, Silber, Kupfer, Eisen, Nickel … was Sie wollen. Wir haben in dieser Gegend alles«, hatte Mr Skinner versichert. »Sogar Diamanten.«

»*Diamanten?!*«

»Ja, Ma'am, so groß wie Ihre Faust. Ein Goldsucher kannte einen alten Indianer, der eine Kette aus reinem Kupfer um den Hals trug, mit einem Diamanten, so groß wie ein Hühnerei. Hat das Ding für tausend Dollar verkauft.«

»Und seitdem?«, hatte Rupert nachgehakt.

»Seitdem ist wieder ein Indianer mit seiner Familie in den Ort gekommen«, hatte Skinner zwischen zwei Bissen geantwortet. »Das Kind hat mit 'ner Rassel gespielt, an der waren Kristalle und anderes Zeug dran. Eins von den Dingern war kein Kristall.«

»Und niemand weiß, woher diese Steine stammen?«

Skinner hatte den Kopf geschüttelt, während Rupert sich Evelyns Vater zuwandte.

»Aber Sie wüssten, wo Sie suchen müssten, nicht wahr, Sir? Sie mit Ihren Südafrikaerfahrungen. Was für ein Terrain soll man sich vorstellen?«

»Mein lieber Dalston! Ich habe keine Ahnung, wie man Diamanten abbaut.«

»Nicht? Ich dachte ...«

Dalston war verstummt, möglicherweise wegen der süffisanten Miene von Evelyns Vater.

»Sie träumen von einem zweiten Kimberley, was?«, hatte Ballantyre gesagt.

»Wenn Port Arthur davon träumen kann, ein zweites Chicago zu werden ...«, hatte Rupert mit einem Grinsen in Richtung Mr Larsen erwidert, »... warum nicht?«

Evelyns Vater hatte sich auf seinem Stuhl zurückgelehnt und Dalston gemustert. »Sind Sie denn auf diesen Kontinent gekommen, um Edelmetalle zu suchen?«

Rupert hatte die junge Indianerin mit einem Fingerschnippen darauf aufmerksam gemacht, dass sein Glas leer war, und mit seiner Antwort gewartet, bis sie es füllte.

»Als ich Ihrer Gruppe begegnet bin, wollte ich eigentlich eher Büffel jagen. Aber wenn hier tatsächlich Aussicht darauf besteht, Gold zu entdecken, würde ich möglicherweise bleiben.«

Evelyn hatte beobachtet, dass sein Blick der jungen Indianerin folgte.

»Also war die Weltausstellung lediglich ein Zeitvertreib?«

»Ja, so ähnlich. Ich habe meinen Vater hierher begleitet. Er war in Eisenbahnangelegenheiten unterwegs.«

»Verstehe.«

Dalston hatte einen großen Schluck genommen und düster seinen Teller betrachtet.

Während der Fahrt über die Seen hatte er Evelyn gestanden, wie entsetzt er darüber gewesen sei, dass sein Vater weiter in die Eisenbahn investierte, als das schon längst keinen Gewinn mehr abwarf. Es sei ein schlechtes Jahr gewesen, hatte er gemeint. Ein Jahr voller Sorgen.

»Tja, Eisenbahnen sind eine heikle Sache«, hatte ihr Vater bemerkt.

»Irgendwann werden sie Gewinn abwerfen *müssen* …« Dalston hatte hoffnungsvoll zuerst Ballantyre, dann Mr Larsen angesehen.

»Ist Ihr Vater noch in der Gegend?«

»Nein. Er ist vor zwei Wochen nach Hause zurückgekehrt.«

»Schade.« Ballantyre hatte sich von der jungen Indianerin, deren Zopf dunkel auf ihrer Baumwollbluse lag, nachschenken lassen, als diese mit dem Krug, den sie vorsichtig mit beiden Händen trug, um den Tisch herumging, und sich mit einem Nicken bei ihr bedankt. »Sonst hätte er den Streckenabschnitt mit eigenen Augen begutachten können, auf dem Sie heute gefahren sind. Momentan ist das noch eine ziemlich holprige Sache, aber vermutlich die teuerste, die Ihnen je unterkommen wird.«

»Yessir«, hatte Mr Skinner ihm beigepflichtet und auf eine Reihe von Kerben im Türstock gedeutet. »Sehen Sie die? Eine Kerbe für jeweils zehn Kilometer. Aber über die Leute, die durch Steinschlag, Unfälle oder Krankheiten ums Leben gekommen sind, hat niemand Buch geführt.«

»Und auch nicht über verlorene Vermögen und ruinierte Rufe.«

»Das ist der schlimmste Abschnitt der gesamten verdammten Strecke.«

* * *

Larsen hatte sich zum Packen zurückgezogen. Der angespannte Blick seines Freundes beim Essen war ihm nicht entgangen. Er hatte vermutet, dass dieser auf seine Sorge wegen der ungeklärten Goldclaims zurückzuführen war, doch Ballantyre hatte ihm achselzuckend erklärt, ihm sei es weder gelungen, Kontakt mit dem jungen Häuptling Achak noch mit seinem eigenen Agenten aufzunehmen. Ballantyre hatte abwesend und distanziert gewirkt.

Was trieb den Mann um? Bestimmt nicht die Geschäfte der Bank, denn die waren solide, das wusste Larsen.

Ursprünglich war dieser Angelausflug als Würdigung ihrer Erfolge geplant gewesen. Dass Evelyn und ihre Freunde ebenfalls daran teilnahmen, änderte die Sachlage natürlich, aber noch etwas anderes bedrückte seinen alten Partner, das spürte Larsen. Dass er Dalston eingeladen hatte? Das schien also doch ein Fehler gewesen zu sein.

Ballantyres freundliche Begrüßung des jungen Mannes am Bahnhof hatte Larsen nicht überzeugt.

Larsen hielt, ein Paar Socken in der Hand, inne und erinnerte sich daran, wie Ballantyre mit Evelyn den Bahnsteig entlanggegangen war. Merkwürdig, dachte er. Bestimmt, um sie vor Dalston zu warnen. Seitdem hatte sich die Arme wieder ganz in ihr Schneckenhaus verkrochen, war schweigsam und wirkte besorgt. Larsen verfluchte sich selbst dafür, Dalston mitgenommen zu haben. Nach dem Essen hatte er versucht, sich für seinen Fehler zu entschuldigen, worauf Ballantyre ihm nur lächelnd auf die Schulter klopfte und sagte, die Macht des Schicksals bringe immer wieder erstaunliche Dinge zuwege.

»Das Schicksal ist überall mit im Spiel, mein Freund. Wir sind ihm hilflos ausgeliefert. Hast du nicht auch das Gefühl?«

Larsen hatte diese Reaktion seltsam gefunden, weil Ballantyres Blick seinem Lächeln widersprach. In seinen Augen hatte ein Schatten gelegen, und im Kern dieses Schattens hatte Larsen einen Funken entdeckt.

»Offen gestanden bin ich überrascht, dass der junge Dalston sich uns anschließen wollte«, war Ballantyre fortgefahren, »doch seine Anwesenheit macht den Ausflug noch interessanter. Also warten wir ab, wie sich alles entwickelt, ja?«

Larsen packte einige Hemden ein, legte die anderen weg und gestand sich selbst ein, dass er ein Feigling war, weil er es nicht gewagt hatte, seine Vermutung laut auszusprechen, Evelyn sei der Grund, warum Dalston die Einladung angenommen hatte.

Dreizehn

Den Nipigon hinauf: erstes Lager

Am Nachmittag des folgenden Tages erreichten sie das erste Lager, wo auf einer kleinen Landzunge bereits vier Zelte auf sie warteten. Die Strahlen der tief stehenden Sonne fielen auf den ausgeblichenen Leinwandstoff vor den in Herbstfarben erstrahlenden Espen und Birken. Zwei halb aufgerichtete, alte, aber durchaus pittoreske Wigwams standen auf der einen Seite. Die gesamte Landzunge schimmerte hell, fast künstlich.

»George!«, rief Clementina aus, als die Kanus die Landzunge umrundeten, und klatschte begeistert in die Hände. »Schau nur, wie schön!«

Mr Skinner, der ihnen aus den Booten half, wirkte erleichtert. Dies sei ein beliebter erster Lagerplatz, erklärte er, weswegen er seine Männer vorausgeschickt habe, um ihn für sie zu sichern. Er hoffe, dass sie sich dort wohlfühlten; etwas Besseres könne er ihnen nicht bieten.

»Manche Gäste bleiben hier, wenn sie mit ihren Fängen zufrieden sind. Wenn nicht, fahren sie einfach einen oder zwei Kilometer weiter flussaufwärts zu den Cameron Falls. Da lassen sich leicht Zwei- oder Dreipfünder rausziehen.«

Niedrige Sträucher und junge Bäume, auch sie in

herbstlichen Farben, wuchsen am Rand der Lichtung, wo es noch reife wilde Himbeeren gab. Das Ganze wirkte fast wie eine Theaterkulisse, dachte Evelyn, als sie den anderen den Hang hinauffolgte, wie ein Tableau oder ein Exponat auf der Wooded Isle in der Columbian Exposition. Vielleicht sollte man ein Schild davor aufstellen wie vor der Hütte von Sitting Bull – CAMP IN DER WILDNIS. Für die wohlgenährte Elite allerdings mit jedem Komfort. Oder waren auch sie Teil der Ausstellung?

»Sehr hübsch«, bemerkte Dalston, der hinter ihr stehen blieb und sich eine Zigarette anzündete. Evelyn schenkte ihm ein kurzes Lächeln und sah zurück zu den Kanus, wo James gerade dabei war, das Gepäck auszuladen und Kisten mit Proviant an Land zu hieven.

Er erwiderte kurz Evelyns Blick.

Neben den Zelten war zwischen vier Kiefern ein viereckiges Sonnensegel über dem Essbereich aufgespannt, in dem sich sogar ein Klapptisch und Stühle befanden. Mr Skinner zeigte ihnen, wie sie feinmaschige Netze zum Schutz gegen Fliegen herunterlassen konnten.

»Muss ja dafür sorgen, dass Sie sich wohlfühlen.« Skinner wiederholte diesen Satz wie ein Mantra, jedes Mal ein wenig selbstbewusster.

Das größte Zelt, meinte er, sei für die Damen. Es stand zwischen zwei weiteren, von denen Rupert und George sich das eine und Evelyns Vater und Mr Larsen sich das andere teilten.

»Die Frauen, flankiert von ihren Männern«, flüsterte Evelyn Clementina zu.

»Und darüber bin ich sehr glücklich!«, sagte diese.

Mr Skinners Zelt war kleiner als die anderen und befand sich dicht bei den Wigwams, ein wenig von denen der Gäste entfernt, wo ein eigenes Lagerfeuer brannte.

Würden sie weiter getrennt essen?, fragte sich Evelyn.

»Wenn irgendjemand angeln gehen möchte, während wir fertig aufbauen, kann einer von den Jungs ihn begleiten«, schlug Mr Skinner vor. »Es ist noch früh am Tag.«

Die Männer nickten begeistert, doch Evelyn und Clementina wollten lieber dableiben und sich häuslich einrichten.

Da in dem Zelt eigentlich nicht genug Platz für beide gleichzeitig war, setzte Evelyn sich auf ihre niedrige Pritsche und zog die Beine an, damit Clementina genug Raum zum Auspacken hatte.

»Hm, meinst du, wir kommen zurecht?«, fragte Clementina. »Es ist ja alles recht primitiv.«

»Schau doch!« Evelyn deutete zum Kopfende der zwei Pritschen, wo sich ein schmaler Holztisch mit einem kleinen Emailkrug und einer Waschschüssel befand. Auf jeder Seite hing ein dünnes, ausgeblichenes Handtuch, und hinten war ein kippbarer Spiegel aus hochglanzpoliertem Metall angebracht, der ihre Gesichter verschwommen reflektierte. »Wir haben wirklich alle Annehmlichkeiten.«

»Wie viele Nächte, sagt dein Vater, bleiben wir hier?«, erkundigte sich Clementina und befingerte skeptisch ein Handtuch. Dann begutachtete sie die Pritschen und stellte fest, dass sie mit groben, an den Seiten zugenähten Baumwolllaken ausgestattet waren, die so etwas wie einen Sack formten, über den Decken und Felle gebreitet wurden. »Kommt dieser merkwürdige Geruch von denen?«

»Vermutlich«, antwortete Evelyn und beugte sich darüber, um zu schnuppern. »Bestimmt sind sie kuschelig warm.«

Ein stumpfes braunes Fell lag auf dem Boden zwischen den Pritschen.

»Wie kalt, denkst du, wird es in der Nacht werden?«, meinte Clementina.

Evelyn zuckte mit den Achseln und schaute zur Firststange des Zelts hoch, an der eine nicht angezündete Sturmlaterne hing. Clementina folgte ihrem Blick. »George sagt, wir sollen uns immer im Dunkeln oder im Bett ausziehen, weil unsere Silhouetten deutlich zu erkennen sind, wenn die Lampe brennt.«

»Oje!«

»Er empfiehlt uns auch, unsere Sachen wegen der Feuchtigkeit in den Taschen zu lassen. Bestimmt sehen wir schon bald grässlich aus, aber immerhin haben wir so etwas wie einen Spiegel und können uns waschen.«

»Hier gibt es ja keine Bewunderer, die wir beeindrucken müssten.«

Wie wenig man letztlich brauchte, dachte Evelyn, als sie ihre Tasche durchging, und wie absurd es war, dass sie ihre Hausschuhe mitgebracht hatte. Sie gehörten in den Luxus eines New Yorker Hotelzimmers oder der Jacht *Walküre,* nicht in die einfache Lodge von Skinner oder in ein Zelt. Sie steckte die Slipper in ihrer Tasche ganz nach unten und kroch danach ans Ende ihrer Pritsche, um die Zeltklappe zu öffnen und den Männern zuzuschauen, wie sie Angelruten und Fangnetze einsammelten, um aufs Wasser zurückzukehren.

»Rupert weiß ja schon, dass du hübsch bist«, bemerkte Clementina.

Evelyn beobachtete, wie die Männer in die Kanus kletterten. Ihr Vater und Mr Larsen saßen in dem von James, die anderen stiegen in das von dem Mann, der sich Louis nannte. Vermutlich hatte ihr Vater das so arrangiert: Er tat kaum jemals etwas ohne Bedacht.

Irgendwie musste es ihr gelingen, allein mit James zu reden.

Evelyn schloss die Klappe und drehte sich um.

Clementina hatte doppelt so viele Kleidungsstücke wie sie dabei und fragte sich nun, wo sie sie unterbringen sollte.

»Magst du Rupert Dalston?«, erkundigte sich Evelyn unvermittelt.

Clementina sah sie verwundert an. »Natürlich! Du etwa nicht?«

»Ich glaube schon …«

»Er kann *dich* jedenfalls sehr gut leiden. Allerdings macht er sich Sorgen, dass dein Vater denken könnte, er hätte sich bei uns eingeschmeichelt, um mitkommen zu dürfen, aber das hat er doch nicht, oder? Ich habe Rupert gesagt, dass es in Ordnung ist, und beim Essen haben sie sich ja auch gut unterhalten.«

Rupert vertraute sich also Clementina an, soso. Evelyn fragte sich, worüber sie sonst noch redeten. Plötzlich hatte sie das Gefühl, mehr Raum zu brauchen, und zog ihre Tasche mit dem Skizzenblock und den Stiften heran, die ihr als Ausrede dienen sollten.

»Ich lasse dich weiter auspacken, Clemmy. Wenn du möchtest, kannst du Sachen von dir unter meine Pritsche schieben. Ich gehe raus und schaue mir ein bisschen die Gegend an.«

Als sie draußen allerdings feststellen musste, dass sie mit den Indianerführern allein war, blieb sie unsicher stehen. Die Männer musterten sie unverhohlen. Vielleicht fanden sie die Situation genauso merkwürdig wie sie.

Einer deutete auf den Tisch und die Stühle, und sie bedankte sich mit einem Nicken und nahm Platz. Evelyn sah sich nach Mr Skinner um, doch der war verschwunden.

»Wollen Sie Kaffee?«, erkundigte sich der Mann.

»Nein danke.«

»Müssen Sie …?« Er zeigte mit dem Kopf in Richtung Wald, wo eine Leinwand aufgespannt war.

Es dauerte einige Sekunden, bis ihr der Zweck dieser Vorrichtung klar wurde, und sie errötete. Evelyn schüttelte den Kopf. Wie Clementina wohl auf das Arrangement reagieren würde?

Danach widmeten sich die Indianer wieder ihrer Arbeit und unterhielten sich gedämpft in ihrer eigenen Sprache.

Evelyn ließ einige Minuten verstreichen, bevor sie sie verstohlen musterte. Sie waren ziemlich dunkelhäutig oder tief gebräunt, hatten für sie ungewohnte Gesichtszüge und trugen eine eigenartige Mischung aus einheimischer und europäischer Kleidung. Manche hatten die Haare lose und lang, andere zu Zöpfen geflochten. Alle unterschieden sich jedoch deutlich von den deprimierenden Gestalten der Weltausstellung. Wie die Leute in Port Arthur waren diese Männer keine Ausstellungsstücke, sondern Teil der Realität.

Evelyn beobachtete interessiert, wie sie Felle über ihre einfachen Unterkünfte legten und Äste für den Boden herbeischleiften. Dann stellte einer einen Kochtopf aus Metall auf ein gekreuztes Gestell über dem Feuer und goss Wasser, das er zuvor in einem Ledergefäß gesammelt hatte, hinein. Alle arbeiteten ruhig und schnell. Trotzdem schwang auch hier ein falscher Ton mit, dachte Evelyn stirnrunzelnd, denn sämtliche Aktivitäten dienten ausschließlich der Behaglichkeit der Gruppe, die zum Vergnügen hier war und mit Sicherheit einen ansehnlichen Betrag für das Abenteuer bezahlte. Natürlich würden die Männer Lohn für ihre Arbeit erhalten. Was würden sie tun, wenn sie diese nicht hätten? Was hätten ihre Väter getan? Oder ihre Großväter?

Der Mann, der ihr Kaffee angeboten hatte, hieß Tala, das wusste sie. Er wirkte freundlich, doch Machk, der andere, schien nie zu lächeln. Sein schmales Gesicht war wettergegerbt und dunkel, und seine hohen Wangenknochen und die Hakennase verliehen ihm ein markantes Profil. Talas Gesicht hingegen war eher breit und flach. Sie hätte die beiden gern gezeichnet, traute sich aber nicht.

Einen anderen Mann hatte James Marcel genannt. Skinner hatte gesagt, er sei ein Halbblut, halb Franzose, halb Indianer, doch er sah auch nicht anders aus als die anderen. Marcel war klein und drahtig und schaute schrecklich mürrisch. Evelyn spürte, dass alle, sogar Mr Skinner, ihn speziell behandelten. Es gab noch zwei, die ihr nicht vorgestellt worden waren, kaum älter als Jungen. Sie unterhielten sich bei der Arbeit leise und lachten hin und wieder.

Mr Skinner, Louis und James mitgezählt, waren es insgesamt acht Männer, die sich um eine Gruppe von sechs Menschen kümmerten!

Evelyn, der es immer unangenehmer wurde, müßig dazusitzen, während die Männer arbeiteten, ging hinunter zum Ufer und setzte sich auf einen Felsen, um zuzusehen, wie die Sonne hinter den Kiefern versank. Draußen auf dem Fluss entdeckte sie in einiger Entfernung die Kanus, dunkle Umrisse auf einer silbernen Fläche. Da Windstille herrschte, spiegelten sich die Bäume ohne die geringste Störung in dem ruhigen Wasser. Der Wipfel einer jeden Kiefer war darin so genau zu erkennen wie die Tintenkleckse, die sie als Kind so gern im Knick eines Übungsheftes gemacht hatte. Weiter flussabwärts, von wo sie gekommen waren, verschmolzen die beiden Ufer in vollkommener Symmetrie mit ihren Spiegelbildern, während flussaufwärts mächtige Strudel brodelten.

Dieser Ort hatte etwas Wunderschönes, Majestätisches, seit Urzeiten Unverändertes.

Obwohl Evelyn bezweifelte, dass ihre Fähigkeiten ausreichten, diese Schönheit einzufangen, schlug sie ihren Skizzenblock auf. Doch nach einer Weile saß sie einfach nur noch da, die Arme um die Knie geschlungen, und beobachtete, wie der Abend nahte.

Es wurde kühl. Kleine Windböen huschten über die glatte Wasseroberfläche und kräuselten sie, und der dunkler werdende Wald seufzte in der aufkommenden Brise. In dieser Gegend brach die Nacht schnell herein.

Evelyn blickte zum Lager, das im Dunkeln nicht mehr künstlich wirkte, sondern plötzlich solide und real. Und ausgesetzt … Hoffentlich kamen die Männer bald zurück, dachte sie.

In dem Wald gab es kein anderes Licht als das ihres Lagers. Sie hätten gut und gern die einzigen Menschen auf der Welt sein können. Im Lauf des Tages waren sie einem oder zwei anderen Booten begegnet, doch weiter flussaufwärts waren es immer weniger geworden, und jetzt sahen sie überhaupt keine mehr. Evelyn schaute zuerst über den Fluss und dann nach rechts und links. Da draußen gebe es Wölfe und Bären, hatte Mr Skinner gesagt, und im Wald werde man überall beobachtet. In der Nacht befinde sich zwischen ihnen und der Wildnis nur die dünne Zeltwand.

Dies war das Leben, das James nun führte.

Vor Jahren hatte er ihr einmal beschrieben, wie schön es sei, im Freien auf einem Bett aus Heidekraut und Farnen zu schlafen, nur das Rascheln von Nachtgeschöpfen zu hören, und sie hatte gebettelt, das selbst einmal erleben zu dürfen, doch er hatte nur gelacht. Dabei waren die Waldflächen in der Heimat vertraut und harmlos, an sie grenzten Wege oder sanft wogende Felder. Dort streifte nichts Gefährlicheres herum als ein Igel oder ein Fuchs, während sich die Wälder hier endlos zu erstrecken schienen. In ihnen konnte sich ein Mensch leicht verlieren, hatte Mr Skinner gesagt.

Der Wind drehte und wehte den Rauch vom Lagerfeuer in ihre Richtung. Dieser Geruch tröstete sie auf absurde Weise. Er erinnerte sie an die Herbstfeuer, die die Gärtner anzündeten, wenn das Laub zu Haufen zusammengerecht war und zu den Rasenflächen in der Nähe der Gewächshäuser gekarrt wurde, wo man es verbrannte.

Eines Tages waren Evelyn und James an einem Feuer vorbeigekommen, das noch rauchte, und James war vom Pferd gestiegen, in die Hocke gegangen und hatte die Glut wieder angefacht, sodass sie sich die Hände daran wärmen konnte. Evelyn war ebenfalls aus dem Sattel geglitten, um Zweige und Kiefernzapfen zu sammeln und ins Feuer zu werfen, und hatte entzückt gelauscht, wie sie knackten. Doch später hatte es Ärger gegeben, als sie nach Rauch riechend nach Hause gekommen war und ihre schmutzigen Hände hinter dem Rücken verbergen musste.

Die Kanus kehrten zurück. Bei ihrem Anblick spürte Evelyn sowohl Erleichterung als auch neuerliche Anspannung. Was würde sie sagen, wenn es ihr tatsächlich gelang, allein mit James zu sprechen? Dieser Gedanke ließ Panik in ihr aufsteigen. Wäre es leichter, die Wahrheit zu erfahren oder Lügen zu hören?

Bisher hatte James sie ignoriert. Nur einmal, als sie sich am Morgen an Skinners Steg versammelten, hatte sie ihn dabei ertappt, wie er sie ansah. Er hatte sich hastig weggedreht, seinen Platz vorne im Kanu eingenommen und es Mr Skinner überlassen, ihr an Bord zu helfen.

Dabei hatte sie ihn vor noch nicht allzu langer Zeit als ihren Freund erachtet.

* * *

Ballantyre House, fünf Jahre zuvor

Evelyn floh vor Miss Carstairs' Protesten, die sie verfolgten, seit sie ihr Schlafzimmer verlassen hatte, in den Hof.

»Das sage ich Ihrem Vater, wenn er zurückkommt. Ich weiß nicht, ob sich das jetzt, wo Sie älter sind, noch ziemt.«

»Wenn Sie reiten würden, könnten Sie uns begleiten.« Da bestand keine Gefahr, denn die gute alte Carstairs hatte einen Heidenrespekt vor Pferden.

»Lassen Sie uns doch mit der Kutsche ausfahren, meine Liebe, es ist so ein schöner Tag.«

»Aber da tue ich ja selbst nichts.«

James wartete, die Zügel von Bella in der einen und die von Melrose in der anderen Hand, neben dem Brunnen auf sie und tat so, als würde er nicht lauschen.

»Dann machen wir eben einen längeren Spaziergang …«

»Papa möchte, dass ich jeden Tag *reite*. Das haben Sie doch selbst gehört.« Dem hatte Miss Carstairs für gewöhnlich nichts entgegenzusetzen. »Guten Morgen, James.«

»Guten Morgen, Miss Evelyn. Schöner Tag, nicht wahr, Miss Carstairs?«

Miss Carstairs gab ein missbilligendes Geräusch von sich. »Reit heute nicht so weit raus mit ihr. Letztes Mal hätte ich euch fast jemanden nachgeschickt. Miss Evelyn ist zu spät zum Essen gekommen.«

»Mein Gott«, flüsterte Evelyn James zu, als dieser Bella zur Aufstiegshilfe führte und ihr die Hand hinhielt. »*Essen*.«

»Jawohl, Miss Carstairs«, sagte James und bedachte Evelyn mit einem verschmitzten Blick, während er die Steigbügel überprüfte. Dann schwang er sich in den Sattel von Melrose, verabschiedete sich von der geplagten Frau und trieb die Pferde an.

»Und bleibt auf den Wegen.«

Die Erzieherin blickte ihnen, die Lippen geschürzt und die Arme verschränkt, nach.

»Jeden Tag das Gleiche! *Das ist nicht richtig*«, äffte Evelyn Miss Carstairs über die Schulter gewandt nach. »*Mit vierzehn sind Sie fast schon eine junge Dame.*«

»Von wegen«, meinte James, und sie lachte.

Sie ritten die Auffahrt entlang, die zum Haus führte, und bogen in einen der schattigen Reitpfade ein. Sobald sie außer Sichtweite des Gebäudes waren, zügelte Evelyn Bella und ließ sich zu James zurückfallen.

»Wie lange werde ich sie wohl noch ertragen müssen? Du hast ja keine Ahnung, wie langweilig es ist, mich ständig mit Miss Carstairs und Mr Jenkins herumzuschlagen, der mir die ganze Zeit von römischen Göttern erzählt. Alles, was ich jetzt tue, ist entweder *nicht damenhaft* oder *ziemt sich nicht*. Am liebsten würde ich laut schreien. Gestern hat Maud mir in der Küche zwei Scones gegeben. Ich habe eines dort gegessen und das andere in die Tasche gesteckt, es aber dann auf der Frisierkommode vergessen. *Sie* hat es am Abend gefunden und ist fuchsteufelswild geworden. Wenn ich hungrig bin, hat sie gesagt, soll ich klingeln, dann bringt mir jemand ein Tablett mit etwas zu essen. Ich soll nicht in die Küche gehen und mich selbst bedienen wie ein Kind.«

Er bedachte sie mit einem merkwürdigen Lächeln. »Sie haben wirklich ein schlimmes Leben.«

»*Du* kannst in die Küche, wann immer du willst.«

»Aye, doch sie werfen mich raus.«

»Da höre ich aber anderes«, meinte sie schmunzelnd und sah ihn von der Seite an.

Er hob die Augenbrauen. »Ich finde Sie überhaupt nicht damenhaft. Passen Sie auf, da kommt ein Ast. Und setzen Sie sich gerade hin. Sie sehen aus wie ein Sack Mehl.«

Als sie sich unter dem tief hängenden Buchenast hindurchduckte, spürte sie, wie ihre Frustrationen von ihr abfielen. Mit James zusammen zu sein, bereitete ihr jedes Mal Vergnügen.

Sie atmete tief durch. Alles roch nach dem Regen in der Nacht so frisch und sauber. Der Wiesenkerbel war dieses Jahr schnell gewachsen und reichte ihr bis fast zum Knie, das Gleiche galt für die Nesseln. Hin und wieder trampelten die Hufe der Pferde Bärlauch nieder, dessen beißender Geruch ihr in die Nase stieg. Wie schnell das Frühjahr kam, sobald der letzte Frost vorüber war! Sie spürte sie auch in sich, diese merkwürdige Unruhe, wenn die winzigen Weißdornblüten sich wie Schnee entlang den Hecken ausbreiteten und Schlüsselblumen ihre Köpfe zwischen Wurzeln emporreckten. Jeden Morgen weckte sie das Konzert der Vögel ein wenig früher.

»Ich würde gern draußen schlafen wie du mit Jacko«, sagte Evelyn.

Er schwieg.

»Das macht sicher Spaß.«

Manchmal erzählte er von seinem früheren Leben, manchmal nicht. Seine heutige Stimmung musste sie noch ausloten. Seit jenem ersten Abend, als die Wildhüter ihn, einen abgerissenen, dunkeläugigen Jungen, über den Rasen heraufgeschleppt hatten, interessierte sie sich für ihn und fragte Papa immer wieder nach ihm.

Arbeitete James Douglas gern in den Ställen? Das hoffe ich, antwortete ihr Vater. Hatte er jetzt neue Schuhe? Natürlich … Und musste er nicht mehr hungern? Nein …

Ihr Vater erzählte ihr, wie Sinclair James das Lesen und Schreiben beibringe und wie gut er mit Pferden umgehen könne. Irgendwann kamen dann die vergnüglichen Reitstunden dazu, in denen James grinsend die Zügel hielt und ihr ermutigende Worte zuflüsterte, während ihr Vater von Zeus' luftigen Höhen aus streng Kritik übte.

Inzwischen konnte sie ihre täglichen Ausritte über das Anwesen jedes Mal kaum erwarten. Auf schattigen Wegen und beim verbotenen langsamen Galopp über Felder, außer Sichtweite des Hauses, vergaß sie all ihre Kümmernisse.

Von James wusste sie, wo das Teichhuhn sein Nest im Schilf baute und wo man Kaulquappen finden konnte. Zwei Wochen zuvor waren ihnen einige ins Netz gegangen, und er hatte sie für sie in eine Schale aus der Küche gegeben und sie hinter dem Stall versteckt. So oft wie möglich floh Evelyn vor Miss Carstairs und sah nach, wie sie sich entwickelten. Manche hatten schon Beine, das musste sie James erzählen …

»Fehlt dir das Draußenschlafen?«, bohrte sie weiter.

»Aye. Am meisten im November, nach dem ersten Frost.«

Sie runzelte die Stirn. »Ich meine *jetzt*, im Frühjahr.«

»In der Nacht ist es immer noch kalt.«

»Mag sein. Aber in einem Unterschlupf, vielleicht in einer Höhle? Mit jeder Menge Kleidung und Decken. Und einem Lagerfeuer. Und Suppe.«

Er schmunzelte, ohne etwas zu sagen.

Sie versuchte es anders: »Schauen wir heute wieder unten am Fluss vorbei?«

»Nein. Am Ufer patrouillieren McAllisters Männer. Angeblich sind Wilderer unterwegs.« Seine Stimme klang hart.

Evelyn musterte ihn von der Seite, doch seine Miene verriet ihr nichts. War Jacko zurück? Sie wagte nicht, ihn zu fragen. Inzwischen glaubte sie nicht mehr, dass James eines Tages weglaufen und sich seinem alten Genossen anschließen würde, doch jedes Mal wenn Gerüchte auftauchten, Jacko halte sich in der Gegend auf, wurde sie nervös.

»Sie sind auf den Lachs aus?«, erkundigte sie sich.

»Nein. Auf Kaulquappen.«

Sie lachte. »Unsere haben inzwischen Beine, jedenfalls manche.«

»Tatsächlich? Ganz schön schlaue Tierchen.«

Evelyn nutzte seinen Stimmungsumschwung. »Lass uns zu den Haselnusssträuchern reiten, da kannst du mir zeigen, wie man eine Falle aufstellt. Das hast du mir versprochen! Morgen sehen wir dann nach, was wir gefangen haben. Vielleicht könnten wir unseren Fang ja sogar kochen oder braten?«

»Das habe ich nie versprochen.«

»Aber du hast gesagt, dass wir eine Falle aufstellen. *Das* hast du versprochen.«

»Ich mache keine Versprechungen.« Seine Mundwinkel verzogen sich zu einem Lächeln. »Außerdem habe ich sowieso keine Schnur dabei.«

»Ich aber.« Sie trug die Schnur seit Tagen in der

Hoffnung mit sich herum, dass sich eine Gelegenheit böte, und holte sie nun hervor.

Er musste lachen. »Wenn das so ist, kleine Wilderin, erste Lektion: Suchen Sie sich eine Stelle, an der Sie nicht erwischt werden.« Er beugte sich auf seinem Sattel vor.

Wie Evelyn dieses Glänzen in seinen Augen liebte!

James gab Bella einen Klaps auf die Flanke, und Evelyn kreischte auf, als die erschreckte Stute losgaloppierte.

* * *

Sie waren nicht erwischt worden, jedenfalls nicht dieses Mal. Nachdem er ihr vorgemacht hatte, wie man eine Falle präparierte, stieß er sie um, nahm die Schnur weg und erklärte ihr, er wolle die Wildhüter nicht in Alarmbereitschaft versetzen. In jenem langen milden Sommer hatte er ihr viele Dinge gezeigt, sie vor der giftigen Tollkirsche gewarnt und Brombeeren für sie gepflückt. Sie hatten sie genüsslich miteinander verspeist, und hinterher waren sie an den Fluss gegangen, um ihre blauen Finger zu waschen.

Eines Tages, gerade als er ihr in den Sattel zurückhalf, war McAllister aus dem Unterholz getreten.

»Gibt's Probleme, Miss Evelyn?«, hatte er gefragt.

Eigentlich durfte sie bei ihren Ausritten nicht absteigen.

»Alles in Ordnung, danke«, hatte James für sie geantwortet.

»Ich habe Miss Ballantyre gefragt.«

»Der Sattelgurt war locker«, hatte sie hastig erklärt, weil sie wusste, dass irgendeine Ausrede nötig war.

»Schlamperei …« McAllister hatte James beiseitegeschoben, um den Sattelgurt zu überprüfen.

»Sie scheint beim Aufsatteln die Luft angehalten zu haben«, hatte Evelyn gemeint.

»Der alte Trick …« McAllister hatte James mit einem verächtlichen Blick gestraft. »Hast du nicht nachgeschaut?«

James hatte Anstalten gemacht aufzusteigen.

McAllister war ihm in den Weg getreten. »Ich bringe Miss Evelyn nach Hause.«

»Nicht nötig. Der Sattel sitzt wieder fest.« James hatte an ihm vorbeigewollt.

McAllister war einen Schritt zur Seite gegangen, sodass sie sich direkt gegenüberstanden. »Ich habe gesagt, ich bringe sie nach Hause. Und du gehst zu Fuß.«

Einer plötzlichen Eingebung folgend, hatte Evelyn die Zügel angezogen und Bella so gezwungen, den Kopf zu drehen, sodass McAllister ausweichen musste. »*James* bringt mich zurück. Was spricht dagegen?«

James hatte sich auf den Rücken von Melrose geschwungen, mit einem spöttischen Grinsen »Trotzdem herzlichen Dank« in Richtung McAllister gerufen und die Pferde angetrieben.

Sobald sie außer Hörweite gewesen waren, hatten sie gelacht, doch am folgenden Tag war Sinclair, der Stallmeister, mit den Pferden im Hof gestanden, und an den Tagen darauf auch. In der Zeit hatte sie James nur einmal gesehen. Sein Gesicht war geschwollen und sein Auge hässlich blau angelaufen gewesen. Zuerst war sie zutiefst schockiert gewesen, dann hatte sie vor Wut gekocht, weil sie nichts tun konnte.

Am Ende der Woche war ihr Vater zurückgekommen. Als sie ihm alles erzählen wollte, hatte sie Unterströmungen gespürt, die sie sich nicht erklären konnte. Vielleicht machte sie für James alles nur noch schlimmer, wenn sie etwas sagte, hatte sie gedacht.

Aber tags darauf hatte wieder James im Hof auf sie gewartet, nicht nur mit Bella und Melrose, sondern auch mit Zeus. Ihr Vater hatte sich mit Sinclair zu ihnen gesellt, sie wortlos in den Sattel gehievt und James signalisiert, dass er ebenfalls aufsteigen und ihnen folgen solle.

Nachdem sie schweigend etwa einen Kilometer unterwegs gewesen waren, hatte ihr Vater sie aufgefordert vorauszureiten, und sich zu James zurückfallen lassen. Was die beiden redeten, hatte Evelyn nie erfahren, doch wenig später war ihr Vater an ihr vorbeigetrottet, hatte sie für ihre Haltung gelobt und sie mit James allein gelassen. James hatte auf ihre Frage, worüber sie gesprochen hätten, den Kopf geschüttelt, aber danach waren ihre Ausritte weitergegangen wie zuvor; und als die blauen Flecken in James' Gesicht verblassten, hatte sich wieder ihr altes unkompliziertes Verhältnis etabliert, das sich nur vorübergehend ein wenig vorsichtiger gestaltete.

* * *

Nun sah Evelyn, wie die Kanus sich dem Steg näherten. James paddelte im Heck des vordersten. Ihr Vater und Mr Larsen hielten ihre Angeln zu beiden Seiten aus dem Boot, und sie hörte leise Stimmen.

Erst viel später hatte sie die Botschaft begriffen, die ihr Vater dem Haushalt seinerzeit vermitteln wollte: James Douglas, der junge Gefährte des Wilderers, sei nun offiziell ein Mitglied ebenjenes Haushalts, und der Herr vertraue ihm sein wertvollstes Gut an. Allerdings war ihr auch klar geworden, dass James sie zwar niemals absichtlich in Gefahr bringen würde, aber die Neigung in sich trug, fröhlich gegen Regeln zu verstoßen, die ihn seiner Meinung nach in seiner Freiheit einschränkten.

Und wie jeder andere Junge brauchte er ein Publikum.

Damals war er tatsächlich noch fast ein Junge gewesen, jünger als Evelyn jetzt. Nun paddelte ihr in der Dämmerung ein Mann entgegen, muskulöser und härter, mit markanteren Gesichtszügen, ein Mann, der seine Arbeit verrichtete, ohne zu lächeln.

»Evelyn, ist bei dir alles in Ordnung?«, rief Clementina ihr zu. »Komm herauf. Mr Skinner macht uns einen Tee.«

»Bin gleich da.« Evelyn stieg zum Lager hinauf und ließ sich einen Blechbecher geben. Sie trank den starken dunklen Tee und bedankte sich bei Mr Skinner für seine Mühen.

Inzwischen erstrahlten die Baumwipfel golden im Licht der untergehenden Sonne.

* * *

»Deswegen sind wir hier! Schaut!«

Evelyn und Clementina waren zum Kiesufer hinuntergegangen, um die Kanus zu begrüßen. George hielt seine Trophäe hoch, damit sie sie bewundern konnten.

»Ein Prachtexemplar, nicht? Die misst bestimmt vierzig Zentimeter und um den Bauch leicht zwanzig. Wo ist die Waage?«

»Ich hätte einen viel größeren erwischt, aber der hat

sich aus dem Staub gemacht«, verkündete Dalston, als er seine Angelrute auseinandernahm.

»Angeber«, rügte Clementina ihn.

»Nein, es stimmt.« Dalston lachte. »Fragen Sie George.«

»Wenn Sie wollen, gibt's heute zum Abendessen Fisch«, meinte Skinner.

* * *

Die Forelle schmeckte köstlich. Sie wurde in einer Art Pfanne zubereitet und mit Bannock, rundem schottischem Brot, serviert. Dazu tranken sie wieder starken Tee. Sie aßen beim Schein der Laternen, die in den Bäumen hingen.

Nun, da die Männer zurück waren, fühlte sich Evelyn wohler, und das helle Feuer verbesserte ihre Laune. Irgendwie würde sie James schon allein zu fassen bekommen.

Sie beobachtete, wie er sich mit seinem Teller zu den Indianern im Schatten der Wigwams gesellte. Mr Skinner und Louis hingegen blieben bei den Gästen und beschrieben beim Essen die guten Angelplätze flussaufwärts.

»Nass- oder Trockenfliegen?«, wollte George wissen.

Mr Skinner schmunzelte belustigt. »Die werden im Wildwasser sowieso alle über kurz oder lang nass. Aber weiter oben gibt's ruhige Stellen, wenn Sie Lust auf etwas Besonderes haben.«

James saß mit dem Rücken zu ihnen; Evelyn nahm ihn lediglich als dunkle Gestalt wahr. Zuvor war ihr aufgefallen, dass er dasselbe geflickte Hemd und dasselbe rote Tuch um den Hals wie tags zuvor trug und die Ärmel erneut bis über die Ellbogen hochgekrempelt hatte. Wo er wohl lebte, wenn er nicht auf dem Fluss unterwegs war?, überlegte sie.

»Sie können auch Köder verwenden, zum Beispiel kleine Elritzen oder Stichlinge. Den Forellen ist das völlig egal. Aber wenn Sie einen Hecht an die Angel kriegen wollen …«

»Einen Hecht?«, rief Evelyns Vater aus. »Der ist den Köder nicht wert.«

Dass James nicht bei ihnen saß, gehörte zu den Merkwürdigkeiten des Abends. Zu Hause hätte er im Mittelpunkt gestanden, dort hatte er immer etwas zu erzählen und zu allem eine Meinung gehabt. Bei den weiblichen Bediensteten war er ausgesprochen beliebt gewesen. Evelyn hatte gehört, wie sie mit glänzenden Augen über ihn redeten, und gesehen, wie sie ihn im Hof vor den Stallungen abpassten. Wenn sie merkte, dass er die eine oder andere bevorzugte, hatte sie eine Wut verspürt, deren Grund sie nicht verstand. Manchmal war sie ihm in der Küche begegnet, wie er Gemüse aus dem ummauerten Garten hereinbrachte, und hatte beobachtet, wie er den Köchinnen Essen abschmeichelte. Oft hatte er ihr lachend einen Keks zugesteckt. James war bei allen beliebt gewesen, natürlich nur nicht bei den Wildhütern.

Als Evelyn das kleine Hausmädchen Alice fragte, warum die Wildhüter ihm gegenüber nach wie vor so feindselig seien, hatte Alice beim Aufräumen innegehalten.

»Sie sagen, sie hätten den alten Köter hinter Gitter gebracht, aber den Welpen hat der Herr zu seinem Schoßhündchen gemacht.«

Seinerzeit war es Evelyn völlig normal erschienen, dass Papa James zu ihrem Reitlehrer für die täglichen Ausritte erkor. Erst später war ihr klar geworden, dass er ihn bewusst für diese Aufgabe ausgewählt hatte. Manchmal hatte ihr Vater James zum Angeln an den Fluss mitgenommen, und gelegentlich durfte sie die beiden begleiten und zusehen, wie ihr Vater James beibrachte, die Fliegen zu binden, wie er selbst es machte, mit den Federn eines lange toten Papageienvogels.

»Mein Glücksbringer«, hatte er gern gesagt. »Der hat mich noch nie im Stich gelassen.«

Ein Bild des Vogels hing im Arbeitszimmer. Er habe viele Jahre gelebt und für Nachschub an blauschwarzen Schwanzfedern gesorgt, hatte Evelyns Vater erzählt. Nach seinem Tod habe er ihn rupfen lassen. Er hatte sich wortreich entschuldigt, als er ihr Entsetzen darüber bemerkte, während James lachte.

Das waren die schönsten Tage gewesen. Doch in manchen Nächten hatte Evelyn wach gelegen und sich Sorgen gemacht, dass Jacko zurückkehren und James wie früher mit einem Pfiff zu sich locken könnte. Würde James dem Pfiff folgen? Einmal hatte sie gehört, Jacko sei nach einer weiteren Haftstrafe entlassen worden, und bei ihrem Ausritt am folgenden Morgen hatte sie es sich nicht verkneifen können, James zu fragen, ob er das wisse.

»Natürlich weiß ich das.«

Nach kurzem Zögern hatte sie nachgehakt.

»Und woher?«

»Ich weiß es einfach.«

»Hast du ihn getroffen?«

»Die kleine Dame ist aber ganz schön neugierig.«

»Sag's mir.«

»Na gut. Ich habe ihn getroffen.«

Ihr Herz hatte einen Schlag ausgesetzt. »Tatsächlich? Wo?«

»Den Ort kennen Sie nicht.«

»Wollte er dich wieder zum Wildern anstiften?«

Er hatte sie mit einem verächtlichen Blick bedacht.

»Würdest du ihn begleiten, wenn er dich darum bittet?«

Er hatte die Pferde zu der Stelle geführt, an der der Pfad sich verengte, und sich hinter sie zurückfallen lassen.

»Hat er dich gefragt?«, hatte sie über die Schulter gewandt wiederholt. »Wenn, musst du Nein sagen. Hast du Nein gesagt?«

Er hatte ihr keine Antwort gegeben.

* * *

Nun beobachtete Evelyn aus den Augenwinkeln, wie er mit den anderen hinunter zu den Kanus marschierte, eine dunkle Silhouette vor dem silbernen Wasser, und wie sie die Boote an Land hievten, vom Ufer weg, und sie auf die Seite legten. James trug sein Bündel zu einem und entrollte eine Decke unter dem Schutz eines umgedrehten Kanus. Würde er dort schlafen? Nein, das konnte nicht sein …

»Es wird eine milde Nacht«, meinte Louis.

»Aber doch bestimmt kalt, oder?«

»Wir wärmen einander.« Er verzog den Mund zu einem anzüglichen Grinsen, mit dem er sie offenbar aus der Fassung bringen wollte.

Evelyn wandte den Blick ab, verärgert darüber, dass ihm das gelungen war.

Clementina erhob sich.

»Ich weiß ja nicht, was du vorhast, Evelyn«, sagte sie und unterdrückte ein Gähnen, »aber ich gehe jetzt schlafen. Kommst du mit und machst mir Mut?«

Ballantyre wünschte seiner Tochter eine gute Nacht.

Vierzehn

»Sportangler wie Sie werden von Jahr zu Jahr mehr.« Skinner erschlug eine Mücke, die auf seinem Arm gelandet war, und wischte sich die Hand am Knie ab. »Besonders seit sie in irgendeiner Illustrierten geschrieben haben, dass der Nipigon der beste Bachforellenfluss der Welt ist. Seitdem gibt's kein Halten mehr.«

Er lehnte sich zurück, rülpste laut, bis ihm einfiel, dass er nicht allein war, und entschuldigte sich.

Larsen sah ein beladenes Kanu schemenhaft im Morgennebel auftauchen und flussabwärts gleiten. Er hob die Hand, um den Gruß der Leute darin zu erwidern.

»Aber für die meisten ist jetzt Saisonschluss«, fuhr Skinner fort und nickte ebenfalls hinüber. »Sie werden den Fluss also ganz für sich haben.«

»Vor zwanzig Jahren habe ich in den Adirondacks geangelt«, bemerkte Larsen, als das Kanu um eine Flussbiegung verschwand. »Doch dann kamen die Hotels, die Ferienanlagen und die Hütten.« Er trank seinen Kaffee aus und stellte den Becher ab. »Wir sehnen uns nach der Wildnis, und wenn wir sie gefunden haben, zerstören wir sie.« Bestürzt hatte er die zahlreichen Boote auf dem Lake Helen registriert, die so spät in der Saison unterwegs waren, und am Ufer hatten sie die Lichter von einem oder zwei anderen Lagerfeuern bemerkt. Zwanzig Jahre zuvor wäre hier kein einziges gewesen.

Wie viele Fahrten in diese Gegend würden ihm noch vergönnt sein?, fragte sich Larsen. Allmählich begannen die Jahre schwer auf ihm zu lasten. Zum Glück würde er schon bald mehr Zeit fürs Vergnügen haben und sich ihm unbeschwert hingeben können, weil er wusste, dass die Bank, die er aus dem Nichts aufgebaut hatte, in sicheren Händen war. Er konnte sich keinen würdigeren und integreren Nachfolger vorstellen als Charles Ballantyre.

Larsen blickte zu ihm hinüber. Am Abend zuvor war sein Freund offenbar endlich in der Lage gewesen, seine Sorgen beiseitezuschieben und sich auf das Hier und Jetzt zu konzentrieren. Als er die Schnur auswarf, hatten seine Augen geleuchtet. Nun lauschte Ballantyre höflich einer weiteren von Skinners endlosen Anekdoten, allerdings vermutlich nur mit halbem Ohr, denn Larsen fiel auf, dass er auch bei einem Gespräch zwischen Dalston und Louis zuhörte.

»Bären, schwarze und braune, und natürlich Elche«, sagte Louis gerade. »Jäger haben ihre jeweiligen Vorlieben. Aber wir sind hier in Indianerland, und …«

»Was ist mit Großkatzen? Pumas? Luchse oder …?«

»Wir sind zum *Angeln* da, Rupert.« Melton, der neben ihm saß, gähnte. »Sparen Sie sich Ihre Munition für die armen Büffel auf.«

Dalston schien sich des intensiven Blicks von Ballantyre bewusst zu werden und holte seinen Flachmann hervor.

»Was jagen die Indianer selbst denn gerade?«, erkundigte sich Ballantyre, der eine kurze Pause in Skinners Geschichte nutzte und Louis seinen Flachmann hinhielt.

»Egal, was, Hauptsache, es hilft ihnen, den Winter zu überstehen«, antwortete Louis und trank. »Der ist ziemlich gut, Sir«, stellte er anerkennend fest, leckte sich die Lippen und nahm noch einen Schluck. »Außerdem brauchen sie Futter für ihre Hunde.«

»Und dieser Häuptling Achak«, fuhr Ballantyre fort, »wonach jagt der im Moment?«

Louis zögerte kurz, bevor er einen dritten Schluck trank und den Flachmann zurückgab. »Das Gleiche: Elche, Rotwild ...«

»Und die findet man überall?«

Louis nickte.

»Gibt es hier keine besonders beliebten Jagdgründe oder Angelreviere?«

Ballantyre war wie ein Terrier, dachte Larsen. Wenn er sich in eine Sache verbissen hatte, ließ er nicht mehr los.

»Davon weiß ich nichts.«

»Aber vielleicht deine Freunde?« Ballantyre zündete sich eine Zigarre an und deutete zu den Führern am Flussufer hinüber.

»Möglich.«

»Wenn Sie Indianer suchen, Mister ...«, mischte sich Skinner ein, »... flussaufwärts kommen wir wahrscheinlich an ein paar Lagern vorbei. Viel gibt's da allerdings nicht zu sehen, nur wieder Zelte wie die da drüben, dazu Hunde, Frauen und Kinder. Hauptsächlich Familien ...«

»Die könnten doch wissen, wo Achak campiert, oder?« Ballantyre blickte zu Larsen hinüber und hob kaum merklich die Augenbrauen.

Beharrlichkeit war seit jeher die Antriebsfeder seines Freundes, dachte Larsen. Wenn dieser Achak sich tatsächlich da draußen aufhielt, würde Ballantyre ihn aufspüren.

»Möglich.« Louis zuckte mit den Achseln. Wenig später stand er auf und ging zu Marcel hinüber, der Holz hackte, schüttete den Rest seines Kaffees weg und redete mit ihm.

* * *

Auch James hatte, während er etwas an Larsens Angelrute reparierte, dem Gespräch gelauscht und beobachtet, wie Louis sich zu Marcel gesellte. Er hatte gesehen, wie Marcel nickte und die Axt weglegte, weswegen er vorbereitet war auf das, was nun kam.

»Hey!«, rief Louis ihm zu. »Lass uns noch mal das große Kanu anschauen, ja? Entweder es ist wieder dasselbe Leck, oder wir haben diesmal ein anderes. Marcel und ich paddeln, und du …«

»*Leck?*«, brüllte Skinner. »Ihr habt mir gesagt …«

Louis schob sich an ihm vorbei, ohne auf seinen Wutausbruch zu achten. »Wir wollen später keine Probleme.«

James legte die Angelrute beiseite und folgte ihnen zum Ufer, während Skinner weiterschimpfte. Das Gespräch war nach Ballantyres unaufhörlichen Fragen unvermeidlich, dachte James, denn Louis versuchte, sich einen Reim auf die Vorgänge zu machen.

Genau wie er selbst.

Sie durchquerten die Strömung mit kräftigen Stößen zur anderen Seite einer felsigen Landzunge, wo sie vom Lager aus nicht zu sehen waren.

James hatte Louis' Gesichtsausdruck bemerkt, als sie das Kanu ins Wasser hoben. Den kannte er von damals, als Louis ihm in dem Lagerhaus in Montreal den Fuß auf die Kehle gesetzt hatte. Und von später, vor Kämpfen.

Er spürte, wie Ressentiments in ihm aufstiegen, allerdings nicht gegen Louis.

Der Bug scharrte über Kiesel, und Marcel sprang ins seichte Wasser, um das Kanu an Land zu ziehen. Dann kletterte Louis heraus und musterte James.

»Keine Lecks«, sagte James und erwiderte ruhig seinen Blick.

»Nein.«

Louis bedeutete James mit einer Kopfbewegung, dass er aussteigen solle. James tat ihm den Gefallen. Nun befand sich das Boot zwischen ihnen. Er war nach wie vor unentschlossen, wie viel er ihnen verraten sollte. Nicht alles, beschloss er. Das Auftauchen von Dalston hatte eine völlig neue Situation geschaffen, und James wollte sich den Mann allein vornehmen.

Louis setzte sich auf einen alten Baumstamm, der längst keine Rinde mehr hatte und von der Sonne weiß gebleicht war, und holte seine Pfeife hervor. »Du bist nervös, mein Freund«, stellte er fest, streckte die Beine aus und blinzelte James an. »Du kennst diese Gäste.«

Marcel lehnte sich an einen Baum in der Nähe.

James ging langsam das Ufer entlang und blieb auf halber Höhe stehen. »Nicht alle.«

»Ihr spielt uns etwas vor, du und dieser Ballantyre. Und seine Tochter. Warum?«

»Das hat seinen Grund.«

»*Bien sûr*. Und wie sieht der aus?«

»Ich kenne sie von Schottland.« James' Ressentiments verwandelten sich in Zorn. Der verdammte Ballantyre, er war schuld an diesem Misstrauen. Und der verdammte Louis mit seinen Fragen. »Das ist eine alte Geschichte.«

Louis verzog den Mund zu einem breiten Grinsen, das seine Augen nicht erreichte. »Wir lieben Geschichten. Also raus mit der Sprache!«

James setzte sich auf einen von Eis und Wasser glatt geschliffenen Felsen, neben dem sich eine Pflanze in einer Ritze zur Sonne hochgearbeitet hatte, und fuhr sich mit der Hand durch die Haare.

Er erzählte ihnen die Kurzfassung. Nur die nackten Fakten, ohne etwas von Dalston zu erwähnen. Oder von Evelyn.

Als er fertig war, wirkte Louis verwirrt. »Aber du hast diese Männer *nicht* umgebracht?«

»Nein.«

»Und er weiß das?«

»Ja.«

»Warum dann das Theater?«

»Sir George Melton ist Richter, ein Mann des Gesetzes, und ich werde nach wie vor wegen Mordes gesucht.«

»Warum sagt Ballantyre ihm nicht einfach, wie es wirklich war?«

Ja, warum?

»Er behauptet, er möchte meinen Namen jetzt, wo

er mich gefunden hat, reinwaschen, doch Melton stellt angeblich ein Risiko dar.«

Auch in James' eigenen Ohren klang das nicht sonderlich überzeugend. Louis und Marcel wechselten einen Blick. Möglicherweise ahnten sie, dass sie nur die Hälfte der Geschichte gehört hatten. Wie sehr würden sie ihn drängen, mehr zu erzählen?

»Und die junge Frau?« Marcel holte sein Messer hervor und begann, die Rinde von einem jungen Baum zu schälen. »Sie beobachtet dich die ganze Zeit.«

»Und ihre Freundin will wissen, was los ist. *Warum bist du so still? Ist alles in Ordnung?*« Louis äffte Lady Meltons kultivierten Tonfall nach.

James stand auf. Er hatte genug.

»Sie war noch ein Kind, als es passiert ist. Also lasst sie aus dem Spiel, ja?«

Louis stützte sich auf seinen Ellbogen und zog an seiner Pfeife. »Dein Mr Ballantyre ist ziemlich versessen darauf, Achak zu finden. Warum?«

»Vielleicht hat er etwas gehört …«

»Möglich.«

Schweigen.

»Aber nicht von mir«, presste James hervor.

So schnell konnte man Vertrauen verlieren! Das wusste er jetzt.

»Was hast du ihm von Achak erzählt?«

»*Herrgott,* Louis!« Von nun an würden sie James im Auge behalten und jede seiner Bewegungen registrieren. Auch das hatte er Ballantyre zu verdanken. »Ich habe ihm nichts gesagt. Warum sollte ich?«

Louis murmelte Marcel etwas auf Französisch zu und

erhob sich. Marcel richtete sich auf und kehrte ans Ufer zurück.

»Du hast Freunde, *mon ami*. Partner. Vergiss das nicht.« Louis schob das Kanu ins seichte Wasser und signalisierte James, dass er einsteigen solle. »Wir sind hier, bei dir.«

Und beobachten dich, schwang in diesem Satz mit.

Trotzdem hatte James das Gefühl, dass die Krise fürs Erste bewältigt war.

»Wir stellen uns dumm, als wüssten wir nicht, wo Achak sich rumtreibt, ja? Und wir lassen uns nicht anmerken, dass du um den Mann herumschleichst wie ein hungriger Vielfraß, oder dass seine Tochter dich nicht aus den Augen lässt.«

* * *

Als Evelyn am Morgen aufwachte, stellte sie fest, dass die Dämmerung den Stoff des Zelts erhellte. Im Liegen betrachtete sie die Schatten der Kiefernäste, die sich im Wind wiegten, und spürte die morgendliche Kühle auf ihren Wangen.

Obwohl sie nicht damit gerechnet hatte, schlafen zu können, war sie in tiefen Schlummer gesunken. Am Vorabend hatte Clementina verkündet, dass sie aus Angst vor Bären kein Auge zumachen würde, doch Evelyn hatte schon bald ihren regelmäßigen Atem gehört. Nur der obere Teil ihres Kopfes war unter den Decken zu sehen gewesen. Die Felle rochen tatsächlich ziemlich stark nach Tier. Evelyn fand das merkwürdig, aber nicht unangenehm, und außerdem waren sie warm.

Evelyn kuschelte sich tiefer hinein und verfolgte mit,

wie es allmählich heller wurde. Wie war es James wohl in seiner Decke unter einem der Kanus ergangen?, fragte sie sich. Hatte er überhaupt geschlafen? Oder hatte er zu den Sternen hochgeschaut und das Mondlicht auf dem Fluss betrachtet?

Als Kind hatte sie ihm einmal so lange keine Ruhe gelassen, bis er ihr erklärte, wie man den Polarstern finden könne. Er hatte mit einem Stock die Sterne in den Sand gezeichnet und in der nächsten klaren Nacht Kiesel an ihr Schlafzimmerfenster geworfen. Sie war aufgestanden und hatte das Fenster nach oben geschoben. James hatte zum Himmel hinaufgedeutet, wo sie den Wagen aus seinen Zeichnungen erkannte, und ihren Blick weiter zum gedämpft flackernden Polarstern gelenkt. Dass er sich an ihre Bitte erinnerte und zu ihr kam, um ihr den Stern zu zeigen, hatte sie über alle Maßen gefreut.

Nun stieg ihr der Geruch von Holzkohlenrauch in die Nase. Anfangs noch leise Stimmen wurden deutlicher und lauter. Evelyn hörte, wie Mr Skinner Anweisungen gab, dann das metallische Geräusch von Wasser, das in einen Blechkessel gefüllt wurde. Mr Skinner hatte gesagt, er würde sie früh wecken, weil etwas, das er die »Long Portage« nannte, vor ihnen liege. Clementina regte sich neben ihr. Jetzt hörte Evelyn auch Mr Larsens Stimme, und wenig später tippte ihr Vater von außen gegen die Zeltwand und erkundigte sich, wie sie geschlafen hätten. Als sie nach ihrer Kleidung griff, schlug Clementina die Augen auf.

Das Frühstück bestand aus dickem Haferbrei und Kaffee. Evelyn setzte sich mit ihrem Teller auf einen

Baumstumpf, weil Tisch und Stühle bereits eingepackt waren, und beobachtete, während sie aß, wie die Männer das Lager abbauten. Wie immer arbeiteten sie schnell und effizient. Sie räumten die Zelte aus und verstauten alles, was sich darin befand. Das Bettzeug stopften sie in Taschen aus Ölzeug, die Pritschen nahmen sie auseinander, und den Waschtisch legten sie zusammen. Anschließend brachten sie alles ans Ufer und schichteten es in die Kanus. Diese Vorgänge wiederholten sich bei den Zelten der Männer, bei der Kochstelle und den Klappstühlen.

Der ganze Aufwand für sechs Gäste, während die Führer selbst voll bekleidet unter den umgedrehten Booten oder an einfachen Schlafstellen genächtigt hatten.

Flussaufwärts kamen sie langsam, aber stetig voran. James hatte Evelyn keines Blickes gewürdigt, als sie sich im Kanu neben ihren Vater setzte, und er sah sie auch nicht an, als er ihr einige Stunden später auf einen kleinen, halb kaputten Steg half.

Dies, erklärte Skinner ihnen, sei der Beginn der Long Portage, einer Reihe von Stromschnellen und seichten Stellen, die sich über fast fünf Kilometer erstreckten. Die Männer würden in den Booten bleiben, teilte er ihnen mit, und die Kanus ohne Gepäck ein Stück weit zwischen den Felsen hindurchsteuern. Das sei leichter, als sie über Land zu schleppen.

Evelyn, die zwischen ihrem Vater und Rupert stand, verfolgte mit, wie James, Louis und Marcel in die Boote kletterten und sich mit nacktem Oberkörper daranmachten, die Kanus zwischen den Felsen hindurchzumanövrieren, während Machk und Tala voranmarschierten und die Boote vom Ufer aus mit Seilen zogen. Sie hörte, wie sie sich über das Tosen des Wassers hinweg Anweisungen zuriefen.

»Das ist harte Arbeit«, bemerkte George.

»Sie sind jung und kräftig«, meinte Mr Skinner und wandte sich ab, um die verbliebenen Führer zu überwachen, die das ausgeladene Gepäck schulterten und sich auf den Weg machten. Die anderen folgten in gemächlicherem Tempo.

Der ausgetretene Pfad wand sich durch den Wald beständig aufwärts. Anfangs war er noch so breit, dass sie zu zweit nebeneinander hertrotten konnten, und hin und wieder eröffnete sich ihnen zwischen den Bäumen hindurch ein Blick auf den glitzernden Fluss, auf dem die Kanus sich mühselig flussaufwärts bewegten.

»Wie lange geht das so?«, hörte Evelyn ihren Vater fragen.

»Knapp einen Kilometer, vielleicht auch ein bisschen länger, wenn sie Glück haben, denn seit dem Regen führt der Fluss viel Wasser. An den flachen Stellen ziehen sie die Boote raus.«

»Müssen sie dann die *Boote* auch noch tragen?«, erkundigte sich Clementina.

»Ja, Ma'am. Aber leer sind sie leicht. Nur die Zelte und die Ausrüstung machen sie schwer.«

Und die Klappstühle und der Tisch und das Sonnensegel, dachte Evelyn, und die Pritschen und der verdammte Waschtisch. Brauchten sie diesen Luxus wirklich? Oder trieben Skinner und seine Leute nur deswegen so viel Aufwand, weil sie und Clementina mit von der Partie waren? Warum glaubten nur immer alle, dass

Frauen viel Komfort benötigten? Als Kind hatte sie James gesagt, wenn sie eine Hose tragen und nicht auf einem Damensattel sitzen müsste, könnte sie viel besser reiten. Er hatte gelacht.

»Dann besorgen Sie sich eine Hose und schockieren Sie die gute alte Carstairs.«

»Bei der Jagd in Indien hat sich die Reihe unserer Träger über anderthalb Kilometer hingezogen«, erzählte Rupert, der sich zu Evelyn zurückfallen ließ. »Bestimmt wären sie bereit gewesen, auch noch uns zu tragen, wenn wir sie darum gebeten hätten.«

»Haben Sie das denn getan?«

Als er ihren Tonfall hörte, hob er eine Augenbraue. »Wohl kaum.«

Weil der Weg schmaler wurde, waren sie gezwungen, eine Weile hintereinanderzugehen.

Rupert schien sich keinerlei Gedanken über die Anstrengungen, die ihretwegen unternommen wurden, zu machen. Evelyn hatte sogar gehört, wie er sich am Abend zuvor bei George über das Essen beklagte.

Nach einer Weile wurde der Pfad wieder breiter.

»Sie waren froh über die Arbeit«, erklärte Rupert, als er sich erneut zu Evelyn gesellte.

»Wer?«

»Die indischen Träger. Ist hier vermutlich nicht anders. So verdienen sich die Burschen ihren Lebensunterhalt.«

»Dazu waren sie vorher auch schon in der Lage.« Wie fühlten sie sich wohl, wenn sie für weiße Männer und Frauen Sachen holten und herumtrugen, für ebenjene Leute, die ihnen ihre Lebensgrundlage raubten?, fragte sich Evelyn. »Ich kann mir nicht vorstellen, dass sie sich diese Arbeit freiwillig aussuchen.«

»Nein, vermutlich nicht. Aber in Afrika war es das Gleiche. Es dauert ein oder zwei Generationen, bis sie an ein zivilisiertes Dasein angepasst sind. Geht gar nicht anders.«

Evelyn fiel der Indianer ein, der als menschliches Exponat vor der Tür zu Sitting Bulls Hütte gesessen und im Schmutz gescharrt hatte. Diese Männer hier mussten sich ihr Geld damit verdienen, nutzlosen Tand auf ihrem Rücken zu transportieren. Sie passten sich an das zivilisierte Dasein an, wie Rupert es ausgedrückt hätte. Evelyn wollte ihm gerade widersprechen, als sie ein Rascheln im Wald und das Geräusch von Schritten hinter sich hörte.

»Lassen Sie sie bitte vorbei«, forderte Mr Skinner sie auf, als das erste Kanu, in Schulterhöhe von James und Louis getragen, in Sicht kam.

»Gütiger Himmel!«, stöhnte Clementina, die Evelyn und Rupert wenig später einholte. George war zu ihr nach hinten gegangen, weil sie geklagt hatte, dass ihre Schuhe drückten.

Obwohl James und Louis unter den vollgepackten Kanus schwitzten und schwer atmeten, marschierten sie schnell. Sie wischten sich nur hin und wieder mit dem Unterarm den Schweiß von der Stirn und versprachen Skinner, die anderen zurückzuschicken, damit sie die letzten Bündel vom Steg holten. Als sie sich entfernten, tauchte das zweite Kanu auf und wurde an der Gruppe vorbeigetragen.

»Das ist die längste Passage, die wir so hinter uns

bringen müssen«, erklärte Mr Skinner, als auch dieses Boot verschwand. »Bald ist es geschafft. Wenn Sie auf dem Rückweg flussabwärts ein Abenteuer erleben möchten und nichts dagegen haben, ein bisschen nass zu werden, könnten ein paar von Ihnen mit den Jungs durch die schnelle Strömung fahren.«

Kurz darauf kamen ihnen Tala und Machk entgegen, die das letzte Kanu holen wollten, und nach weiteren anderthalb Kilometern erreichten sie das Ende der Passage, wo die ersten beiden Boote, halb voll mit ihrem Gepäck, sich bereits wieder im Wasser befanden. Die Männer lagen rauchend auf Felsen ausgestreckt oder schliefen im Schatten. Louis hatte sein Halstuch übers Gesicht gebreitet, das sich mit seinem Schnarchen hob und senkte.

James saß unten am Wasser und zielte mit Kieselsteinen auf einen halb im Fluss liegenden Ast. Als die Gruppe aus dem Wald trat, hob er den Blick.

Mr Skinner deutete auf das kleine Feuer, das die Männer entfacht hatten. »Wie wär's mit einem Kaffee? Ist die Kanne heiß?«, fragte er.

James erhob sich, um sich darum zu kümmern.

Evelyns Vater griff nach einer der Stakstangen und begutachtete die Metallspitze. »Das war eine beeindruckende Leistung«, meinte er anerkennend, als James an ihm vorbeiging.

Der reagierte nicht auf seine Bemerkung.

»Ach, die Jungs sind jung und kräftig«, wiederholte Mr Skinner. »Die anderen sind in einer halben Stunde mit dem restlichen Gepäck bei uns. Danach können wir weiterfahren.«

Dann müssten die Männer die voll beladenen Kanus flussaufwärts gegen die Strömung paddeln, ein neues Lager aufschlagen, den verdammten Waschtisch und die Pritschen aufstellen, Wasser holen und Abendessen kochen, bevor sie sich ausruhen konnten, dachte Evelyn.

Sie ging zum Fluss hinunter, um ihre Tasse selbst auszuspülen.

* * *

»Diese neue Eisenbahnlinie, von der alle reden: Wo wird sie verlaufen?«, hörte Evelyn ihren Vater fragen, als sie zu der Gruppe zurückkehrte.

»Auf der anderen Seite des Flusses, mit einer kleinen Haltestelle am See ein paar Kilometer weiter nördlich. Was bedeutet, dass Angler nicht mehr nur flussaufwärts, sondern auch flussabwärts fahren werden.«

»Eines Tages wird der Fluss möglicherweise völlig anders aussehen.« Evelyns Vater blickte auf eine Stelle, an der die Strömung besonders stark war. »Nach dem zu urteilen, was bei der Weltausstellung präsentiert wurde.«

Der alte Mann sah ihn verwundert an. »Wie meinen Sie das?«

»Damit meine ich Dämme, Schleusen und Turbinen, Mr Skinner. Wasserkraft.«

»An *diesem* Fluss?«

»Ich könnte mir vorstellen, dass sich darüber bereits jemand Gedanken macht.«

Mr Skinner wirkte entsetzt.

»Investieren Sie auch in Elektrizitätsgesellschaften, Mr Ballantyre?«, erkundigte sich Rupert. »Soweit ich weiß, können diese neuen Langstreckenkabel mörderisch sein.«

»Allerdings«, pflichtete Ballantyre ihm bei. »Für den Nipigon, wie Mr Skinner ihn kennt.«

Evelyn betrachtete die in der Sonne erstrahlenden bunten Herbstfarben und beobachtete, wie die Blätter der Pappeln im Wind bebten, bevor sie in den Fluss taumelten. Es sah aus, als wäre das Wasser über und über mit Goldmünzen bedeckt. Die moderne Welt würde also auch hier Einzug halten? Hier, wo die Kanus auf dem Kiesstrand und ihr kleines Lagerfeuer die einzigen Hinweise auf menschliches Leben waren.

»Da seid ihr ja! Warum habt ihr so lang gebraucht?« Skinners Stimme riss Evelyn aus ihren Gedanken, als Tala und Machk schwer atmend mit dem letzten Kanu aus dem Wald traten. »Nun macht endlich.« Er versetzte Louis, der nach wie vor auf dem Boden ruhte, einen Tritt. »Wir sind noch lange nicht fertig.«

Fünfzehn

Den Nipigon River hinauf: zweites Lager

Das zweite Lager befand sich an einer Flussbiegung.

Vom Ufer aus verfolgte Evelyn, wie die Männer noch einmal das Gepäck aus den Booten luden und es Stück für Stück zu einer Lichtung trugen, wo sie schweigend und mit geübten Handgriffen erneut ein Camp aufschlugen. Dieses lag auf einem kleinen Hügel, der über einen kurzen Pfad durch den Wald zu erreichen war. Das Tosen des Wassers, das bis zu ihnen heraufdrang, übertönte das sanftere Rauschen des Windes in den Bäumen.

Da das Lager zum größten Teil auf nacktem Felsen stand, wurden die Zeltseile mit verrosteten Metallringen gesichert oder um Bäume geschlungen und an Ästen befestigt. Die Zelte waren wie beim ersten Camp angeordnet, die drei für die Gäste auf der ebenen Fläche, durch Skinners Zelt von denen der Indianer etwas abseits getrennt. Zwei Welten für sich …

Würden James und Louis wieder unter den Kanus schlafen? Unten am Fluss war der Felsboden hart und kalt.

Innerhalb kürzester Zeit wurden Lagerfeuer entzündet und eine Mahlzeit zubereitet, und erneut verteilten sich die Gruppen auf die zwei Feuer. Die Männer sahen hundemüde aus, und auch Mr Skinner war weniger gesprächig als sonst und begnügte sich damit, an seiner Pfeife zu ziehen. Dies sei eine gute Stelle zum Angeln, erklärte er, weswegen sie zwei Nächte lang hierbleiben würden.

Immerhin konnten die Männer nun ein wenig rasten, dachte Evelyn, die spürte, wie sie mit kaum verhohlener Ungeduld darauf warteten, dass ihre Schützlinge sich zur Nachtruhe begaben.

Doch die Herren schienen sich am knisternden Feuer wohlzufühlen. Ballantyre und Mr Larsen saßen auf der einen Seite und rauchten Zigarre. Mr Larsen richtete ab und zu eine Bemerkung an Mr Skinner. Ihr Vater, sah Evelyn, war in seine eigenen Gedanken versunken und hielt den Blick unverwandt auf die Flammen gerichtet. Wie diese Gedanken auch immer beschaffen sein mochten …

Den ganzen Tag über hatte sie ihn nicht mit James reden gehört.

Rupert beugte sich, Flachmann in der Hand, zu George hinüber, der auf der anderen Seite von Evelyn saß, Clementinas Kopf an seiner Schulter.

»Wie gesagt: Jetzt ist der richtige Zeitpunkt. Bevor es sich herumspricht …«, meinte er.

»Bevor sich was herumspricht?«, fragte Evelyn.

»Rupert will sein Glück mit Diamanten versuchen«, antwortete George.

»Nicht so spöttisch, George! In Port Arthur war das Thema Nummer eins. Hauptsächlich ein großer Goldfund, aber auch die Sache mit den Diamanten.«

Rupert schwieg kurz, als Marcel herbeikam, um die

Blechteller abzuräumen, und wartete, bis er außer Hörweite war.

»Ich wette, diese Leute wissen etwas darüber, doch sie dazu zu bringen, dass sie einem etwas verraten, dürfte schwierig sein.«

»Das kann man ihnen wohl kaum verdenken, wenn sich dort tatsächlich ein Vermögen verdienen lässt«, murmelte Clementina.

Rupert schien sie nicht gehört zu haben. »Eine Goldmine würde mir im Moment ziemlich gelegen kommen.« Er fing an, Kiefernzapfen ins Feuer zu werfen.

»Nur eine?«, fragte George mit einem spöttischen Grinsen in Richtung Evelyn.

Geld schien Rupert sehr wichtig zu sein. Lag das an seinem angeborenen Geiz, oder war er verschuldet? Er hatte Evelyn erzählt, dass die Investitionen seines Vaters aufgrund der Panik, die Papa und Mr Larsen so großes Unbehagen bereitete, arg gelitten hätten.

»Fast möchte ich nach diesem Ausflug nach Port Arthur zurückfahren und sehen, was ich herausfinden kann«, fuhr Rupert wenig später fort. »Vielleicht könnte ich dort Investoren auftreiben.« Er blickte zu Mr Larsen und Evelyns Vater hinüber und raunte ihr zu: »Ihr Papa hat hier doch Beziehungen, oder? Und Larsen auch?«

»Keine Ahnung«, antwortete sie.

Mr Skinner rief James zu, er solle Holz nachlegen, worauf dieser sich sofort an die Arbeit machte. Als er Äste heranschleppte und die ersterbende Glut zu einem Haufen zusammenschob, verstummte das Gespräch wieder.

Rupert beobachtete ihn eine Weile schweigend, bevor

er ihn fragte: »Weißt du etwas von einem großen Goldfund nördlich von hier?«

James zuckte, das Gesicht halb im Schatten, mit den Achseln. »Dieses Jahr ist es Gold, letztes waren's Diamanten, es gibt immer Gerüchte.«

Er wollte sich entfernen, doch George hielt ihn auf. »Du bist aus Kelso, stimmt's?«

Evelyn erstarrte.

James nickte. Seine Miene konnte Evelyn nicht sehen.

»Das kenne ich gut«, fuhr George fort, »zumindest die dortige Rennbahn und einige Jagdgebiete am Tweed.«

James gab ein unartikuliertes Geräusch von sich, während er sich erneut übers Feuer beugte.

»Dann hast du sicher vom Anwesen der Ballantyres gehört, oder?«

Evelyn spürte förmlich, wie ihr Vater die Ohren spitzte.

James richtete sich auf und schaute George an. »Natürlich habe ich davon gehört, ja.«

»Und was hat dich hierhergeführt?«, erkundigte sich Clementina ein wenig herablassend. »Die Gelegenheit, mehr von der Welt zu sehen?«

Evelyn entging das kurze Schweigen nicht, das nun folgte.

»So ähnlich«, antwortete James.

»Und meinst du, es hat sich für dich gelohnt?«, wollte Rupert wissen und ließ den Blick über das Lager schweifen, bis er schließlich auf den kargen Unterkünften verharrte. Auch er klang herablassend.

Evelyn bemerkte das Funkeln in James' Augen.

Rupert konnte nicht ahnen, in welches Wespennest er da gestochen hatte.

»Aye.«

Wieder wollte James sich entfernen, doch Rupert hielt ihm ein Päckchen Zigaretten hin.

»Und was hast du in Kelso gearbeitet? Bevor du hierhergekommen bist.«

James ignorierte die Zigaretten. »Was ich finden konnte.«

Als Evelyn überlegte, wie sie die Situation entschärfen könnte, sah sie, dass ihr Vater sich erhob.

Falls James das mitbekam, ließ er es sich nicht anmerken, denn er sagte: »Mein Herr war ein hinterhältiger Gauner, deswegen bin ich ausgewandert.«

Evelyn wurde rot. Sie spürte die Hand ihres Vaters auf ihrer Schulter.

»Eine kluge Entscheidung, denke ich.« Ihr Vater rückte seinen Stuhl heran und setzte sich neben sie. »Sie träumen also vom Gold, Dalston?«, fragte er.

James zog sich zum anderen Feuer zurück und kehrte ihnen den Rücken zu.

»›Schlimmres Gift den Seelen der Menschen‹, um Shakespeare zu zitieren.«

»Shakespeare redet sich leicht …«

»Und was würde das Gold Ihnen Ihrer Ansicht nach bringen? Freiheit und Nutzen, um mich nun auch noch auf Emerson zu berufen?«

Dalston lachte. »Immerhin hätte ich dann meine Gläubiger vom Hals.«

»Und der Nutzen?«, hakte Evelyns Vater nach, in dessen Gesicht sich das flackernde Licht der Flammen spiegelte. »Wofür würden Sie Ihr Vermögen verwenden?«

Dalston zündete sich eine Zigarette an und schnippte das Streichholz schwungvoll ins Feuer. »Vermutlich für das Gleiche wie jeder: für meinen eigenen Lebensunterhalt.«

»Ah.« In dem kurzen Wort lag Verachtung.

Fast hätte Evelyn Rupert verteidigt. Welches Recht besaß Papa, irgendjemanden zu verurteilen? Dieses Recht hatte er verwirkt. Er, der sich der Welt als großzügiger Wohltäter präsentierte, als aufrechter, prinzipientreuer Mensch, obwohl er durch seine eigenen Handlungen …

An diesem Punkt kam sie wie immer nicht weiter. Ein *hinterhältiger Gauner* war er laut James. Er hatte James' Beleidigung hingenommen, ohne mit der Wimper zu zucken, als akzeptierte er diese Einschätzung seiner Person.

Wieder einmal fiel Evelyn jener Tag in Edinburgh ein, an dem die Maske ihres Vaters verrutscht war: *Ich bin nicht mehr zu retten,* hatte er gesagt.

* * *

In der Nacht sank die Temperatur drastisch. Evelyn wachte auf, weil sie fror. Die Felle waren von ihrer Pritsche gerutscht, und als sie vors Zelt trat, sah sie ihren Atem. Sie schlüpfte noch einmal hinein, um ein Tuch zu holen und Clementina zu warnen, dass es ein kühler Tag werden würde. Wieder draußen, beobachtete sie, wie niedrige Wolken vor den Felsen vorbeitrieben und schließlich wie Lammwollbäusche zwischen den Baumwipfeln hängen blieben.

Wie es in dieser Gegend wohl im Winter war?

»Später brennt die Sonne den Nebel weg«, teilte Louis ihr mit.

Er sollte recht behalten. Als sie nahe beim Feuer frühstückte, tauchten blaue Stellen zwischen den Wolken auf, und die Sonne kam heraus. Sie rückte mit ihrem Stuhl aus dem Schatten in die Wärme, an eine Stelle mit niedrigem Pflanzenbewuchs, wo der Boden weicher war. Das Grün der Blätter wurde durchbrochen von herbstlichen Rot- und Gelbtönen, zwischen den Büschen wuchsen pflaumenblaue Beeren, und die Felsen waren mit Moos und leuchtenden Flechten bedeckt. Wenn sie heute im Lager blieben, kam sie vielleicht zum Malen.

Die Männer, unter ihnen James, waren offenbar schon eine Weile auf den Beinen. Sie entdeckte sie unten am Flussufer, wo die Kanus wieder im Wasser lagen, bereit zum Angeln. James unterhielt sich mit George und prüfte seine Angelrute.

»Willst du sie begleiten, Evie?«, erkundigte sich Clementina, die aus dem Zelt trat und sich neben sie setzte.

»Nein. Du?«

»Gütiger Himmel, nein! Ich bleibe hier und versuche, mich zu wärmen.«

Womit würden sie sich beschäftigen? Was wäre in dieser Wildnis ihre *Sphäre der weiblichen Aktivität*? Die Aufgabe der Frauen bestand darin, einen zivilisierenden Einfluss auszuüben, aber wie sollten sie das anstellen, wenn ihnen diese rauen Männer jeden Wunsch von den Augen ablasen?

»Und was hast du vor?«, fragte Evelyn zurück.

»Ich möchte in mein Tagebuch schreiben«, antwortete Clementina. »Der letzte Eintrag ist lange her.«

So würde ihre Existenz immerhin dokumentiert …

»Warum begleiten Sie uns nicht?«, rief Rupert Evelyn zu.

»Vielleicht das nächste Mal«, rief sie zurück und erhaschte einen kurzen Blick von James.

»Ich betrachte das als Versprechen«, meinte Rupert und kletterte lächelnd in eines der Kanus.

So nahmen die beiden Frauen, nachdem sie sich so hübsch gemacht hatten, wie es ging, und sonst nichts mehr zu tun blieb, an dem Tisch Platz, Evelyn mit ihren Farben und Clementina mit ihrem Tagebuch.

Als die Sonne höher stieg, brannte sie tatsächlich wie von Louis prophezeit die letzten Nebel weg.

Nachdem Tala ihnen Kaffee gebracht hatte, streckten er und die anderen sich neben dem Feuer aus, dösten oder rauchten ihre Pfeife und schenkten Evelyn und Clementina keine Beachtung – sie waren ja nur Frauen ohne ihre Männer.

Evelyn klappte ihren Malkasten auf und betrachtete die Palette. Nicht einmal mit einer unbegrenzten Auswahl von Farbtönen könnte sie das, was sich ihr hier präsentierte, einfangen: den dunklen Wald, dahinter die steil aufragenden Felsen, an manchen Stellen rosarot, im Schatten schiefergrau. Was für eine imposante Landschaft!

Vielleicht, dachte sie, sollte sie nur einen Ausschnitt wählen.

Also widmete sie sich den Bäumen, die über den Felsen neben dem Fluss wuchsen. Die Äste hingen in fransigen Halbkreisen von den Stämmen, jeder für sich ein würdiges Objekt für ein Bild, jeder für sich einzigartig. Einige waren sehr dunkel, grünschwarz, während andere einen blaugrauen Ton aufwiesen, der einen angenehmen Kontrast zu den leuchtenden Farben der Ahornbäume und Pappeln bildete. Es wirkte alles so viel lebhafter als die gedämpften Gold- und Bronzetöne des Herbstes zu Hause. Dort waren die Wälder für gewöhnlich sonnenbeschienene, offene Orte und die Bäume rund oder fächerförmig zugeschnitten, manche allein stehend, andere in kleinen Gruppen vor Hügeln, die von Generationen von Schafen abgegrast worden waren. Einen größeren Gegensatz konnte es kaum geben.

Evelyn blickte zu Clementina hinüber, die eifrig vor sich hin schrieb.

»Hast du es dir so vorgestellt, als Papa dich gebeten hat mitzukommen?«, fragte Evelyn.

Clementina hob den Kopf und überlegte. »Ich weiß es nicht so genau«, antwortete sie. »Nach meiner Zusage hat er alles mit George besprochen. George hat mich lediglich vor den Fliegen gewarnt und gemeint, ich soll nicht mit allzu viel Komfort rechnen, also war ich mir nicht so sicher, worauf ich mich eingelassen hatte.« Sie schwieg kurz. »Ich hatte mehr Leute erwartet, andere Anglergruppen. Und wenigstens *ein paar* Häuser.«

Evelyn schaute über den Fluss zu den Felsen hinüber. »Hier könnten wir gut und gern die einzigen Menschen auf der Welt sein.«

Clementina tat, als schauderte sie. »Ganz schön furchteinflößend, findest du nicht?«

Clementina würde, solange George an ihrer Seite war, einfach Verantwortung an ihn delegieren, in der Gewissheit, dass er schon auf sie aufpasste, das wusste Evelyn. Auch das gehörte zur Welt der Frauen.

Clementina beugte sich zu Evelyn und sagte leise: »Und ich hatte nicht erwartet, *so* nahe bei den Indianern untergebracht zu sein. Als ich heute Nacht aufgewacht bin, habe ich sie schnarchen gehört! Hast du gesehen, wie groß ihre Messer sind? Wie Macheten!«

»Sollen wir uns deswegen sicherer oder weniger sicher fühlen?«

»Und sie riechen komisch, irgendwie faulig.«

»Sie haben ja auch keinen zusammenklappbaren Waschtisch.«

»Aber sie könnten ihre Kleidung öfter waschen.«

Clementina schien das vollkommen ernst zu meinen. Evelyn senkte den Kopf ein wenig, um ein Schmunzeln zu verbergen, und wählte Farben aus ihrer Palette aus: leuchtende Violetttöne, sanftes Umbra, unterschiedliche Grünschattierungen … Hatte Clemmy sich eine Art ländlicher Jagdgesellschaft mit servilen, gepflegten Indianern erwartet, in der man Wert auf Stil und Eleganz legte und die Klassenunterschiede streng beachtete? Möglich …

Die Trennung war da, die Klassenunterschiede manifestierten sich in der Anordnung der Zelte und darin, dass es zwei Lagerfeuer gab.

»Sie lesen uns jeden Wunsch von den Augen ab«, entgegnete Evelyn.

»Ja, und starren uns ziemlich auffällig an. Nicht nur die Indianer. Ich habe sowohl James als auch Louis dabei ertappt, wie sie dich beobachten, wenn sie glauben, du merkst es nicht.«

Evelyn konzentrierte sich auf ihre Farben. Hatte James sie tatsächlich beobachtet?

»Wenn ich das George gegenüber erwähne, macht er kurzen Prozess mit ihnen. Es wundert mich, dass das deinem Vater noch nicht aufgefallen ist. Vielleicht *sollte* ich etwas sagen.«

»Bitte nicht …«

Clementina runzelte die Stirn. »Du musst dir über diese Dinge klar werden, Evie. Dein dreister Stallbursche hätte nicht …«

Als Evelyn den Kopf hob, verstummte Clementina.

»Na schön, ich höre auf damit, aber bitte halte Abstand. Das ist sehr wichtig.«

Ach.

Clementina schaute zum Fluss, auf dem die Kanus nicht mehr zu sehen waren. »Ich weiß nicht, ob ich so gern mit ihnen allein bin.«

Evelyn blickte zu Tala und Machk hinüber, die schliefen, und dann zu den beiden Jungen, die am Flussufer hockten, die Pfannen vom Abendessen des Vortags schrubbten und sich, ohne auf sie zu achten, unterhielten. Begriff Clemmy denn nicht, dass sie vollkommen von diesen Männern abhängig waren, die sie verachtete und denen sie misstraute? Dies war nicht der geeignete Ort für gezierte Herablassung.

Sie nahm einen Stift zur Hand und begann, die Formen der Bäume vor den Felsen sowie den Verlauf des Nipigon flussaufwärts zu skizzieren. Unerforschte Gewässer …

Die Männer in ihrer Gruppe hatten natürlich ein

anderes Verhältnis zu den Führern. Sie konnten sich über Fische, Angelruten und Schnüre unterhalten. Evelyn fiel auf, dass ihr Vater alle stets höflich behandelte, und Mr Larsen und George machten es genauso. Nur Rupert schien wie Clemmy der Auffassung zu sein, dass man Distanz wahren müsse, und ging mit ihnen um wie mit Bediensteten zu Hause. Evelyn spürte, dass James sich in seiner Haut nicht wohlfühlte und sich deshalb hauptsächlich an George hielt, als würde er den beiden älteren Männern nicht ganz vertrauen. Und Papa beobachtete Rupert. Ob er insgeheim sein Einkommen und seinen Grundbesitz abschätzte?

* * *

Da der morgendliche Angelausflug sich als ergiebig erwiesen hatte, kehrten die Männer mittags bester Laune zurück. Sieben Forellen lagen zur Begutachtung ordentlich auf den Felsen ausgebreitet, als die beiden Frauen zum Wasser hinuntergingen. Prächtige Exemplare mit lilafarbenen, goldenen und silbernen Schuppen.

»Wie schön sie sind!«, rief Clementina entzückt aus.

Sieben Fische. Sie waren fast fünftausend Kilometer gereist, um sie zu fangen. Bei dem Gedanken verblassten ihre Farben vor Evelyns Augen. Der größte hatte bei ihrem Vater angebissen.

»Was für ein Prachtkerl. Ich habe gesehen, wie Sie ihn eingeholt haben«, bemerkte George. »Er hat sich mächtig gewehrt.«

»Wie es sich für so ein Exemplar gehört«, pflichtete Evelyns Vater ihm bei. »Für einen solchen Prinzen unter den Fischen.«

»Der wiegt bestimmt fast zehn Pfund«, stellte Rupert fest, als sie das Tier an die Waage hängten.

»Acht«, informierte Evelyns Vater ihn.

»Kurz hatte ich gedacht, er wäre Ihnen entwischt.«

»Beharrlichkeit und Geduld, mein lieber Dalston, setzen sich am Ende immer durch.« Er wandte sich Evelyn zu. »Und du, Liebes, wie hast du den Vormittag verbracht?«

»Ich habe nichts wirklich Nützliches getan«, antwortete sie und machte James Platz, der mit Angelruten und Paddeln an ihr vorbeiging.

* * *

»Wie gelingt es den Fischen nur, unsere schlechten Seiten hervorzubringen?«, fragte Mr Larsen, als sie sich eine halbe Stunde später an den Tisch setzten.

Man hatte hastig einen Eintopf mit Bohnen und Speck zubereitet, und dazu gab es wie immer Bannock-Brot.

»Ich kenne sonst absolut redliche Männer, die bei jedem Fisch, den sie fangen, ein oder zwei Pfund aufrunden.«

»Und zwar *nachdem* sie ihn gegessen haben«, murmelte Evelyns Vater.

»Trotzdem würden sie in anderen Angelegenheiten kein Jota von der Wahrheit abweichen«, fuhr Mr Larsen schmunzelnd fort.

»Bei Fischen muss man es doch nicht so genau nehmen, oder?«, meinte George und erschlug eine Mücke auf seinem Handgelenk.

»Sie sind also Larsens Meinung, George«, stellte Evelyns Vater zwischen zwei Bissen fest. »Dabei hätte ich geschworen, dass es keinen redlicheren Menschen gibt als George Melton. Nur beim Thema Fische scheint es anders zu sein!«

Alle lachten, und Clementina nickte. »Georges Fische wachsen jedes Mal, wenn er darüber spricht, ein paar Zentimeter.«

»Dann wäre da noch das Monster, das immer entwischt«, mischte sich Rupert ein. »Heute Morgen habe ich so eins gesehen, das schwöre ich. Wenn wir nur zehn Minuten länger geblieben wären …«

»Gut, dass Sie das nicht getan haben«, sagte Evelyn. »Bis zum Ende der Fahrt haben wir die Forellen bestimmt satt.«

»Das ist *Ketzerei*!«

»Gut gebrüllt, Löwe.« Skinner nickte Evelyn zu. »Manche Leute fangen die Fische nur, damit sie vor der Kamera damit posieren können, und werfen die Hälfte davon weg.«

»Die unseren werden wir heute Abend essen, das kann ich Ihnen versprechen«, sagte Mr Larsen. »Und auch alle anderen, die wir noch fangen.«

* * *

Als sich die Gruppe nach dem Mittagessen auflöste, trug Mr Skinner James auf, die gefangenen Fische auszunehmen, worauf dieser mit einem Eimer zum Fluss hinuntertrottete.

Evelyns Vater war in sein Zelt verschwunden. George und Rupert holten ein Set Karten hervor. Clementina saß neben ihrem Gatten und sah ihm beim Geben zu. Mr Larsen schlief.

Das war die Gelegenheit, dachte Evelyn. Sie schaute zu der Stelle hinüber, an der in einiger Entfernung wieder der Toilettenvorhang auf der dem Lager windabgewandten Seite hing. Anfangs hatte Clementina sich noch geweigert, diese Vorrichtung zu benutzen, doch dann hatte Evelyn gehört, wie George ihr mit ruhiger Stimme erklärte, dass ihr nichts anderes übrig bleibe und sie sie nicht mit den Indianern teilen müsse. Alles sei überhaupt kein Problem, hatte er gemeint, sie dürfe nur nicht vergessen, das rote, an einem Stock befestigte Stück Stoff aufzuhängen, wenn sie sich hinter dem Vorhang aufhalte. Evelyn ließ den Blick noch einmal über das Camp wandern. Niemand würde ihr Fragen stellen, wenn sie in Richtung des Toilettenvorhangs ginge. Von dort aus könnte sie, nachdem sie das rote Tuch gehisst hätte, den kurzen Weg zum Ufer hinunterschleichen. Später könnte sie behaupten, sie habe vergessen, es wieder zu entfernen.

Evelyn durchquerte das Lager so unauffällig wie möglich und hielt hinter dem Vorhang kurz inne. Fliegen umschwirrten den aufklappbaren Kasten über der seichten Mulde in der dünnen Erde. Sie wartete einige Sekunden, bevor sie den Wald zum Ufer durchquerte und am Ende des Pfads stehen blieb. Die weit ausladenden Äste einer Lärche verbargen sie vor Blicken; sie selbst jedoch konnte James unten am Flussufer sehen, wie er Fischinnereien von seinen Fingern wusch.

Würde er mit ihr reden?

Wie sehr er ihr gefehlt hatte!

Sie erinnerte sich, wie er früher an einem anderen Flussufer gekauert war, wie er sich grinsend zu ihr umgedreht und damit geprahlt hatte, dass er Forellen mit bloßen Händen fangen könne. Sie hatte ihm nicht geglaubt. Da hatte er sich in voller Länge am Flussufer ausgestreckt, sie gebeten, leise zu sein, die Wange gegen den Boden gepresst und einen Arm in den Fluss baumeln lassen. Minuten waren vergangen, dann hatte er, einen Freudenschrei ausstoßend, einen silbernen Pfeil in die Büsche hinter ihr geschleudert. Sie hatte begeistert geklatscht und es selbst versuchen wollen. Also hatte er seine Jacke am Ufer ausgebreitet und ihr schmunzelnd den Ärmel bis über den Ellbogen hochgekrempelt.

Nun wandte er sich zu ihr um, als hätte er ihre Gedanken erraten.

Er richtete sich auf, schüttelte das Wasser von seinen Fingern und wischte sie an seiner Hose ab, ohne sich vom Ufer wegzubewegen, den Blick unablässig auf sie gerichtet.

Sie machte zögernd einen Schritt auf ihn zu.

»James …«

Er drehte sich weg, nahm einen Fisch in die Hand und machte sich wieder an die Arbeit. Das Licht der Sonne ließ die Klinge seines Messers aufblitzen.

Sie gesellte sich zu ihm. »James, ich muss mit dir reden.«

Er hielt in der Arbeit inne und hob den Kopf.

Und plötzlich waren all ihre Worte und Fragen nicht mehr so wichtig.

»Gehen Sie zum Lager zurück«, forderte er sie auf.

»Ich will wissen …«

»Gehen Sie zum Lager zurück«, wiederholte er.

Evelyn hatte nicht erwartet, dass es so schwierig werden würde. Sie nahm all ihren Mut zusammen.

»War das, was du mir in jener Nacht gesagt hast, wahr?«

Sein finsterer Blick wich einem Stirnrunzeln.

»Über Papa …«

Sein Stirnrunzeln verstärkte sich, und er schüttelte den Kopf, bevor er sich erneut dem Fisch zuwandte.

»Gehen Sie zurück zum Lager.«

»Du hast mir damals erklärt, Papa hätte Jacko auf dem Gewissen.«

»Sein Gewissen!« James schnitt den Fisch mit einer geübten Bewegung auf, sodass seine Eingeweide über den Felsen ins Wasser glitten. »Hat er überhaupt eines? Wenn ja, klebt Jackos Blut daran. Gehen Sie zum Lager.«

Panik überkam sie, ihr Puls begann zu rasen, aber es gab kein Zurück.

»Also hat *er* Jacko getötet?«

James erstarrte.

»Und dir die Schuld in die Schuhe geschoben?«

Er wirbelte mit einem seltsamen Gesichtsausdruck zu ihr herum.

»Nein! Das heißt … Ja, irgendwie …«

Da wurden die Äste der Lärche am Ende des Pfades auseinandergeschoben, und Evelyns Vater tauchte auf. Er blieb, ein wenig außer Atem, stehen.

»Da bist du ja, Liebes«, begrüßte er sie und eilte zu ihr. »Ich hatte mich schon gefragt, wohin du verschwunden bist.« Er sah zuerst James, dann sie an. »Geh zurück zum Lager, Evelyn«, meinte auch er. »Ich komme gleich nach.«

»Nein.«

James stellte sich vor ihn, das Messer lose in den Fingern.

»Dies ist weder der richtige Ort noch der richtige Zeitpunkt, Liebes, also geh.«

»James sagt …«

Evelyns Vater hob die Hand. »James täte gut daran, sich an meinen Rat zu erinnern. Keiner von euch wird mich zum Handeln zwingen. Mach, was ich dir sage, Evelyn, und geh ins Lager.« Er packte sie an den Schultern und drehte sie in Richtung Pfad.

Sie machte einen Schritt und schaute zu James zurück, der das Messer nun fest in der Faust hielt. Ihr Blick richtete sich auf die blutige Spitze.

Ihr Vater schnaubte verächtlich. »Wir tun einander nichts, das verspreche ich dir. Und jetzt geh.«

* * *

»Was wollte sie?«, fragte Ballantyre James, nachdem Evelyn sich entfernt hatte.

»Antworten. Genau wie ich.«

»Und was hast du ihr erzählt?«

»Nichts.« James ging in die Hocke und wandte sich, erschüttert über Evelyns Frage, wieder seiner Arbeit zu. Was um Himmels willen hatte er in jener Nacht gesagt, das sie dazu brachte, so etwas zu glauben?

Ballantyres Augen verengten sich. »Bist du sicher?«

Sollte er ihm verraten, was seine Tochter ihn gefragt hatte, was sie seit fünf Jahren glaubte? Ja, das sollte er. »Nichts«, wiederholte er.

Ballantyre brummte etwas. »Dann halte sie auch weiter aus dieser Sache heraus.«

James setzte sich auf die Fersen, wog das Messer in seiner Hand und sah Ballantyre blinzelnd an.

Ausnahmsweise schien Ballantyre aus der Fassung zu geraten.

»Haben Sie je überlegt, wie *sie* die Ereignisse jener Nacht interpretiert hat?«

»Sie war ein Kind.«

»… zwei Tote, und man hat die Hunde auf mich gehetzt. Wie haben Sie ihr das erklärt?«

»Überlass Evelyn mir«, meinte Ballantyre mit leiser Stimme. »Ich erkläre ihr alles, wenn die Zeit reif ist.«

»Aber sie stellt die Fragen jetzt.« James beugte sich über den nächsten Fisch, um ihm den Bauch aufzuschlitzen. Sie glaubte, *Ballantyre* habe Jacko getötet! Gütiger Himmel!, dachte James. Und irgendwie war er selbst an diesem Gedanken schuld, der sich da in ihrem Gehirn festgesetzt hatte. »Sie müssen mit ihr reden.«

Ballantyre trat näher ans Wasser heran, das sich gurgelnd um einen Ast in der Strömung kräuselte. In der Mitte des Flusses sprang ein Fisch aus den Fluten. »Lass Evelyn meine Sorge sein.«

»Sie befindet sich in Gesellschaft eines Mörders.«

»Dalston ist ein Narr und ein Angeber, aber keine Bedrohung für sie.« Er schwieg kurz. »Du und ich, wir gehen heute Nachmittag miteinander angeln, nur wir beide. Auf der anderen Seite des Flusses. Da ist eine gute Stelle, meinst du nicht auch? Hab fürs Erste Geduld, sonst machst du mir meine Pläne kaputt. Ich habe lange gebraucht, um diesen Punkt zu erreichen.«

Als James den Blick hob, um etwas zu erwidern,

merkte er, dass Marcel am Ende des Weges stand. Er kam näher und deutete auf die Fische zu James' Füßen.

»Bist du immer noch nicht fertig?«

James zuckte mit den Achseln.

Marcel holte sein Messer hervor, hockte sich neben James und nahm ebenfalls einen Fisch in die Hand, während Ballantyre zum Camp zurückkehrte.

Sechzehn

»Alles in Ordnung, meine Gute?«

Als Evelyn sich dem Lager näherte, saß Rupert allein am Feuer und rauchte eine Zigarette.

Evelyn hatte gehofft, Zuflucht in ihrem Zelt zu finden. Die Kiefernnadeln auf ihrer Pritsche und die Mücken, die ständig um sie herumschwirrten, machten ihr fast nichts mehr aus, aber es fiel ihr schwer, sich daran zu gewöhnen, dass sie praktisch nie allein war.

James' Worte hatten sie verwirrt. *Nein! Das heißt … Ja, irgendwie …* Was hatte er gemeint?

»Sie wirken durcheinander.« Rupert rückte einen Stuhl neben den seinen. »Setzen Sie sich und schütten Sie dem guten Onkel Rupert Ihr Herz aus. Wollen Sie eine Tasse von diesem grässlichen Kaffee?«

Ein rascher Blick über das Lager sagte Evelyn, dass Clementina in ihrem Zelt war und vermutlich schlief. Marcel ging, ohne sie zu beachten, an ihnen vorbei und den Weg hinunter. Ihr Vater und James würden also nicht lange ungestört miteinander reden können.

Rupert, der mittlerweile zwei Becher mit Kaffee gefüllt hatte, reichte ihr einen.

»Schütten Sie ihn weg, wenn er Ihnen nicht schmeckt«, meinte er.

Sie murmelte ein Dankeschön.

»Sie haben mir versprochen, uns zum Angeln zu begleiten, wissen Sie noch?«

»Habe ich das?«

»Jedenfalls so gut wie. George und ich möchten einen Damenangelwettbewerb veranstalten. Wir haben Wetten abgeschlossen. Ich habe auf Sie gesetzt, meine Liebe, Sie können sich also nicht drücken. Wir werden es von der Kiesbank aus versuchen.«

»Werden wir das?«

Merkte er, dass er schon eine ganze Weile mit seinem Knie gegen ihr Bein drückte? Sie versuchte wegzurutschen, war aber zwischen ihm und dem Tisch eingeklemmt.

Dann tauchte ihr Vater mit grimmiger Miene am Ende des Pfades auf.

Rupert rückte ein wenig von ihr ab.

»Aha!«, sagte er leise zu Evelyn. »Haben wir eine kleine Auseinandersetzung mit Papa?« Seine Augen blitzten. »Arme Evelyn. Er macht mir Angst.«

Ihr Vater sah eine Weile vom Weg aus zu ihnen her, bevor er sich zu ihnen gesellte.

»Wo sind die anderen?«, erkundigte er sich.

Evelyn spürte seine Anspannung.

»Larsens Angelrute macht wieder Probleme«, antwortete Rupert. »Er und George wollten sie noch einmal testen. Sie sind am Kiesstrand.« Er deutete flussabwärts, wo die Männer hinter niedrigen Ästen gerade noch zu erkennen waren. »Und Clementina hält in ihrem Zelt ein Schläfchen.« Er schwieg kurz. »Wenn es Ihnen recht ist, Sir, würde ich Evelyn später gern zum Angeln mitnehmen. Mit George und Clementina.«

Evelyns Vater nickte und blickte seine Tochter an. »Natürlich. Wenn sie möchte. Ich werde mich wohl ein weiteres Mal mit einem der Führer auf den Fluss begeben. Aber zuvor schaue ich bei George und Larsen vorbei.«

Sobald er sich entfernt hatte, beugte Rupert sich nahe zu Evelyn, sodass seine Schulter die ihre berührte.

»Worum ging's bei der Auseinandersetzung denn?«

»Es hat keine Auseinandersetzung gegeben.«

»Um mich? Ich glaube, Ihr Vater mag mich nicht sonderlich.«

Sie schmunzelte. »Weil Sie ein schlimmer Mensch sind?«

»Genau. Leichtfertig und unnütz. Sagt mein Vater.« Seine Miene verdüsterte sich.

Evelyn war zwischen Mitleid und Verärgerung hin- und hergerissen.

»Warum bemühen Sie sich nicht, diese Einschätzung positiv zu beeinflussen, wenn Sie glauben, dass die Leute so wenig von Ihnen halten?«, fragte sie.

Er rutschte noch näher an sie heran. »Vielleicht brauche ich die starke Hand einer guten Frau.«

Als sie sich abwandte, lachte er.

»Dann ging's bei der Auseinandersetzung also tatsächlich um mich?«

»Wir hatten keine Auseinandersetzung.«

»Lügnerin.«

»Sie wurden mit keinem Wort erwähnt.«

»Es gab aber eine Auseinandersetzung.«

Sie stand auf, doch er hielt sie an der Hand fest und zog sie zurück.

»Nein, gehen Sie nicht! Gerade wenn es interessant wird …«

Da tauchten James und Marcel am Ende des Pfades auf. James kam zu ihnen und knallte den Teller mit dem filetierten Fisch auf den Tisch.

* * *

»Haben die Zigeuner dir einen anständigen Preis für Melrose gezahlt?«, fragte Ballantyre James, als dieser ihn später am Nachmittag über den Fluss zu den kühlen Schatten auf der anderen Seite hinüberpaddelte.

Wie zum Teufel wusste Ballantyre von den Zigeunern?

»Nein«, antwortete James.

Larsen war mit Louis in dem anderen Kanu unterwegs, das sich außer Hörweite ein Stück flussabwärts von ihnen befand.

»Das hatte ich mir schon gedacht. Sie wollten die Stute ein paar Wochen später auf dem Markt in Kelso verkaufen, nachdem sie ihren weißen Fleck übermalt hatten. Sinclair hat sie gleich erkannt, und wir haben sie zurückbekommen. Sie ist nach wie vor bei uns; meine Tochter reitet manchmal auf ihr aus.«

James nickte nur kurz. Sich von der Stute zu trennen war ihm schwergefallen, doch er hatte keine andere Wahl gehabt. Es freute ihn, sie wieder zu Hause zu wissen.

»Ihnen war klar, dass ich sie gestohlen hatte«, erklärte James und lenkte das Kanu zu einer Stelle, an der sich das Wasser zwischen den Felsen kräuselte und an der sich möglicherweise Forellen verbargen.

»Wohin bist du danach gegangen? Du hast deine Spuren gut verwischt.«

»Nach Glasgow.«

»Gütiger Himmel!«, rief Ballantyre aus. »Und ich habe die Polizisten genau dorthin geschickt, weil ich dachte, dass du dich auf dem Land wohler fühlst. Nicht im Traum hätte ich gedacht …«

James erinnerte sich gut an die Männer, die in den Kneipen und Herbergen der Gorbals Fragen stellten, in denen er Arbeit gesucht hatte. Sie waren also von Ballantyre gesandt worden, weil er glaubte, James hätte sich in irgendeinem Gebüsch versteckt.

»Und von dort aus bist du nach Kanada gegangen?«

»Ja, mit dem letzten Geld von Ihnen.«

Ballantyre lachte. »Du scheinst es gut genutzt zu haben.« Er steckte seine Angelrute zusammen, überprüfte Schnur und Fliege und warf aus. »Eines habe ich nie so richtig begriffen, James«, fuhr er wenig später fort. »Erklär mir das doch bitte. Was hattest du an dem Tag am Fluss zu schaffen? Mit Jacko.«

Die Frage kam so unerwartet, dass James erst einmal schwieg. Er erinnerte sich, wie sie sich damals über den Fluss hinweg angesehen hatten.

»Sie dachten, ich hätte mich wieder mit ihm zusammengetan«, antwortete er schließlich.

»Das hielt ich für unwahrscheinlich. Aber ich würde es gern wissen.«

James zog das Paddel so kräftig durchs Wasser, dass das Kanu einen Satz nach vorn machte. Wut stieg in ihm auf und schnürte ihm die Kehle zu. Zuerst der Mord an McAllister und nun das.

»Das haben Sie geglaubt. Und das nach dem Mal davor und dem Feuer …«

»Und, hattest du dich wieder auf ihn eingelassen?«

* * *

Ballantyre House, 1888

James lebte gerade sechs Monate unter Ballantyres Dach, als Jacko entlassen wurde. Er hatte darauf gewartet, dass der alte Wilderer ihn wie versprochen holen würde, und als er nicht auftauchte, zum ersten Mal den bitteren Schmerz der Enttäuschung gespürt. Wochen später hatte er vom Stallmeister erfahren, dass Jacko rückfällig geworden und erneut ins Gefängnis gewandert war, diesmal für längere Zeit. James hatte sich um ihn Sorgen gemacht und sich danach gesehnt, ihn wiederzusehen. Doch schon damals hatte er sich mit schlechtem Gewissen eingestanden, dass er erleichtert war, sich nicht entscheiden zu müssen …

Monate waren vergangen, dann Jahre, in denen er nichts von Jacko hörte, und allmählich verblassten die Erinnerungen an die wilden Zeiten mit ihm. Das Leben in Ballantyre House war verglichen mit seinem alten Dasein unspektakulär, aber auch unkompliziert.

Anfangs hatte er sich noch gegen die Regeln aufgelehnt, die ihm auferlegt wurden, aber er war immer satt, schlief jede Nacht in einem warmen Bett und fand schnell Möglichkeiten, die Vorschriften zu umgehen, die ihm nicht passten. Außerdem war nichts schöner als jene kühlen Morgen, an denen er mit den anderen Stallburschen ausritt, um die Pferde zu bewegen, und, berauscht vom Duft des Frühlings, über die Felder galoppierte. Am ersten Tag auf Zeus war er sich vorgekommen wie ein Gott.

Er hatte gemerkt, dass Ballantyre ihn im Auge behielt und immer ein Wort oder ein Nicken für ihn hatte, wenn sie sich begegneten. Und bald schon spürte und suchte er das Lob seines neuen Herrn.

Nach etwa fünf Jahren unter Ballantyres Dach trat der alte Wilderer eines Spätsommernachmittags, als an den Bäumen noch alle Blätter hingen und die Vögel in den Ästen zwitscherten, einfach auf den Weg, auf dem James ritt. Miss Evie war mit ihrem Pferd vor ihm und sah Jacko nicht, doch Melrose scheute.

Jacko blickte ihr nach und drückte sich in den Schatten.

»Spielst du jetzt Kindermädchen?«, fragte er mit einem verächtlichen Grinsen. »Komm heute Abend, wenn du sie ins Bett gebracht hast, zu mir, falls du noch weißt, wo du nach mir suchen musst.«

Mit diesen Worten verschwand er, und James schaute ihm mit offenem Mund nach.

An jenem Abend schlich er sich nach dem Essen weg, über die alten, die geheimen Pfade, dann über den Fluss und durch den dunkler werdenden Wald, mit wachen Sinnen, betend, dass McAllisters Männer nicht umherstreiften.

Jacko begrüßte ihn wie einen Sohn und drückte ihn wie immer an seine Brust, mit dem einzigen Unterschied, dass seine Arme ihn nun nicht mehr ganz umfassten.

»Wie *groß* du geworden bist! Bestimmt rennen dir alle Mädchen nach. Wie alt bist du jetzt? Zwanzig, oder?«

»Achtzehn.«

»Ich verlier den Überblick über die Jahre …«

James musterte ihn. Wie Jacko diese Jahre auch immer verbracht haben mochte: Die Zeit hatte es nicht gut mit ihm gemeint.

Der alte Mann packte James an der Jacke und sah ihn mit seinen wässrigen Augen flehend an. »Ich war schon mal da, wie ich es versprochen hatte. Aber weil ich gehört hab, dass du bei Ballantyre bist und es dir gut geht, hab ich dich gelassen, wo du warst. Ballantyres schlechtes Gewissen nennen sie dich. Weißt du das?« Jacko sammelte den Speichel in seinem Mund und spuckte aus. »Ich versteh dich eher als seine Opfergabe an die Götter. Durch dich will er Hölle und Verdammnis abwenden, die er eigentlich verdient hätte. Von wegen schlechtes Gewissen. Pah!« Er nahm eine Flasche aus seiner Tasche und trank einen Schluck, ohne James etwas anzubieten. »Als ich mitgekriegt hab, wie gut du versorgt warst, bin ich wieder abgehauen. Bei ihm hattest du bessere Chancen als bei mir, das war mir klar. Jedenfalls bis du erwachsen warst.«

James empfand Mitleid mit ihm. Jackos Kleidung war zerrissen und schmutzig, ein Schneidezahn fehlte, in seinem Gesicht prangten alte und neue Narben, und sein Blick wirkte stumpf.

Es sei ihm gut gegangen, erklärte Jacko James, ohne ihm in die Augen zu sehen, wirklich gut, aber in letzter Zeit habe ihn das Glück verlassen, und so sei er zu ihm zurückgekommen. »Weil du ein guter Junge bist und mich nicht im Stich lässt.«

James sank der Mut.

Jacko, der das zu spüren schien, holte die Flasche aus der Tasche und hielt sie James hin. »Trink! Nimm einen Schluck zur Feier unserer Wiedervereinigung! Setz dich, Junge.«

Sie leerten die Flasche miteinander und streckten sich unter den Felsen und Wurzeln eines Überhangs aus, zwischen Unterholz und Gesträuch verborgen wie in den alten Zeiten. Nun wurde Jacko gesprächig. Mit ihm sei es stetig bergab gegangen, gestand er. Dafür gab er ausschließlich Ballantyre die Schuld. Der Mann habe einen persönlichen Rachefeldzug gegen ihn geführt, behauptete er, und die Welt gegen ihn aufgehetzt. Er und seine Grundbesitzerkumpel hätten ihn ein ums andere Mal wegen Kleinigkeiten hinter Gitter gebracht, kein Mitleid mit ihm gehabt und kein Verständnis. Nun wolle Jacko alte Rechnungen begleichen.

Er ließ die Zunge über seine gelben Zähne gleiten und rückte mit dem Gesicht dicht an das von James heran. James roch seinen ranzigen Atem und sah seine geröteten Augen. »Ich habe einen Plan, einen einfachen, guten Plan. Die einfachen sind immer die besten. Der sorgt dafür, dass ich wieder auf die Beine komme … Bei den Ställen wird's ein Feuerchen geben.«

Als er spürte, wie James sich verkrampfte, streckte Jacko die Hand nach ihm aus. »Nein, nein. Nicht du, Junge. Das verlang ich nicht von dir. Du musst nur Alarm schlagen. Den Rest erledigen wir.«

»Wer ist *wir?*«, fragte James. »Und was ist der Rest?«

Jacko verzog den Mund zu einem Grinsen. »Meine Helfer. Nennen wir sie einfach so, ja? Sie warten, bis alle mit Eimern rumrennen, dann laufen sie ins Haus und schauen sich um. Ballantyre ist das egal, solang seine Gäule nicht in Rauch aufgehen.«

Bei der Vorstellung schauderte James. Melrose und Bella und Zeus …

Er weigerte sich.

Ein Streit entbrannte, unschöne Worte fielen, und wenn James sich hätte provozieren lassen, wäre es sicher zu einer Prügelei gekommen. Er verließ den Überhang mit Jackos Flüchen im Ohr und kehrte zu den Stallungen zurück, wo er, bestürzt über dieses Treffen, nicht schlafen konnte.

Am Morgen ging er zu Ballantyre.

Wieder einmal stand er vor dem großen Schreibtisch in dem Arbeitszimmer, und wieder einmal lauschte ihm Ballantyre stumm. Nur das langsame Ticken der Uhr auf dem Kaminsims durchbrach dieses Schweigen. James betrachtete das Gemälde des exotischen Vogels über dem Kamin, der früher die Schwanzfedern für Ballantyres Köder geliefert hatte, und erinnerte sich an jenes erste Mal in diesem Zimmer.

Plötzlich sagte Ballantyre: »Er ist also wieder da, nicht wahr? Ich hatte gehofft, dass wir ihn nie wieder sehen würden.« Ballantyre lehnte sich auf seinem Stuhl zurück. »Und du hast dich mit ihm getroffen.«

»Ich bin ihm im Wald begegnet.« Für nichts auf der Welt würde James verraten, wo sich ihr geheimer Treffpunkt befand.

Ballantyre schien zu spüren, dass James ihm etwas

verschwieg. Erst nach einer Weile fragte er: »Und all das hat er dir bei einer zufälligen Begegnung im Wald verraten?«

James wandte den Blick ab. »Er wollte, dass ich mich ihm anschließe …«

Ballantyre legte die Fingerspitzen aneinander und musterte James nachdenklich. »Was hat er vor?«

»Ich habe ihn für verrückt erklärt. Wir haben uns gestritten. Bestimmt weiß er, dass ich mit Ihnen spreche.«

Das schien das Ende der Geschichte zu sein. Nichts geschah, und obwohl Wildhüter und Polizei nach Jacko suchten, tauchte er nirgendwo mehr auf. Man entdeckte auch keine Fremden auf dem Anwesen, die seine Kumpane hätten sein können. Doch drei Nächte später, als James mit Maud, einer Bediensteten aus der Waschküche, hinter die Ställe verschwand, wo eine Leiter hinauf in einen Heuschober führte, roch er Rauch und sah Flammen aus einem leeren Cottage schlagen, und er verfluchte Jacko.

»Schnell! Lauf zurück!« Er schob Maud in Richtung Haus und rannte in den Hof, um die Stallglocke zu betätigen und um Hilfe zu rufen.

Was für eine Nacht! Die Pferde wurden scheuend und mit schreckgeweiteten Augen durch den Rauch aus den Ställen geholt. Ballantyre packte mit an, gab Anweisungen, ermutigte seine Leute und reichte Eimer weiter, bis das Feuer unter Kontrolle war, während seine Helfer die Rasenflächen und Gebüsche absuchten und alle sich auf Probleme gefasst machten.

Die nicht eintraten. Doch am Morgen erzählte man sich auf den Farmen und in den Dörfern, dass eine

Bande von Wilderern Netze über den Fluss gespannt und Dutzende der Lachse aus dem Wasser geholt habe, die flussaufwärts zum Laichen geschwommen waren. So viele Lachse, hieß es, dass Haushalte in einem Umkreis von mehreren Kilometern sich satt essen konnten und man sogar in den Hecken verrottende Fische fand.

Es dauerte nicht lange, bis diese Nachricht Ballantyre House erreichte, und auch nicht lange, bis McAllister bemerkte, James Douglas habe den Brand entdeckt und Alarm geschlagen und somit eine falsche Warnung gegeben.

Weswegen James an jenem Nachmittag vor einen erzürnten Ballantyre geschleppt wurde.

»Hast du gewusst, dass das geplant war?«

James staunte, dass er so etwas denken konnte. »Nein.«

»Das alte Cottage ist vom Hof aus nicht zu sehen. Wie konntest du erkennen, dass es dort brannte?«

Da James Maud schützen wollte, fiel seine Erklärung vage aus. Auf wiederholtes Nachfragen hin gestand er schließlich die Verabredung, doch er weigerte sich, den Namen der Bediensteten zu verraten.

Ballantyre erhob sich hinter seinem Schreibtisch, beugte sich vor und stützte sich mit den Knöcheln auf der Oberfläche ab.

»Warum sollte ich dir das glauben?«

James wich seinem Blick nicht aus.

»Weil es die Wahrheit ist.«

»Du kannst den zweifelhaften Ruf des Mädchens retten oder dich selbst. Es ist deine Entscheidung.«

»Ich hatte keine Ahnung von den Plänen. Ich gebe Ihnen mein Wort«, sagte James und schwieg von da an.

Ballantyre ließ McAllister kommen und forderte diesen auf, James in den Raum mit dem Sattel- und Zaumzeug zu sperren, bis er zur Vernunft käme.

Der Wildhüter führte James weg, warf ihn kurz darauf zu Boden und verpasste ihm mit dem Stiefel eine Abreibung.

Als James sich wieder aufrappelte, starrte er die Wand wütend darüber an, dass Ballantyre ihn eines solchen Verrats für fähig hielt. Obwohl er leicht durch das Oberlicht hätte fliehen können, tat er es nicht. Wohin sollte er sich auch wenden? Sollte er Jacko suchen? Dieses Wrack von einem Mann, das nur noch durch Hass und Racheträume aufrechterhalten wurde.

Weniger als eine Stunde später hörte er, wie die Tür aufgeschlossen wurde, und sah Ballantyre höchstpersönlich auf der Schwelle stehen. Er trat ein, schloss die Tür hinter sich und lehnte sich an die Wand.

»All die Jahre hatte ich keinerlei Grund, meine Entscheidung, dich zu mir zu nehmen, zu bereuen oder dir zu misstrauen, James. Du hast mir dein Wort gegeben, und ich wollte es nicht annehmen. Das ist das Schlimmste an dieser scheußlichen Angelegenheit. Ich kann dich nur um Verzeihung bitten.«

Er streckte ihm die Hand hin, und James ergriff sie. Jemand habe ihn an jenem Abend mit Maud gesehen, erklärte Ballantyre, und ihn auch an anderen Abenden mit anderen Mädchen beobachtet … Seine Augen blitzten belustigt auf. Man habe Maud befragt, die unter Tränen James' Aussage bestätigte.

»Sie entlassen sie doch nicht, Sir?«, fragte James, als sie kurz darauf gemeinsam aus dem Raum traten. »Sie kann nichts dafür.«

Ballantyre hob eine Augenbraue, meinte, sie könne bleiben, riet James aber, fürderhin die Finger von den weiblichen Bediensteten zu lassen, weil er sich sonst dafür verantworten müsse.

Der Haushalt beruhigte sich wieder, während die Wildhüter auf den angrenzenden Anwesen ausschwärmten, um im Unterholz nach Jacko zu suchen.

Erst später, als James sich seinen Aufgaben in den Stallungen widmete, entdeckte er ein kleines Gesicht am Fenster des Unterrichtszimmers. Ihm wurde klar, dass dies das einzige Fenster war, von dem aus man diesen speziellen Winkel des Heuschobers sehen konnte. Das Gesicht verschwand, doch die blonden Locken ließen darauf schließen, dass James nach wie vor beobachtet wurde, und so verbeugte er sich in Richtung des Fensters und warf seiner Retterin eine Kusshand zu.

* * *

»Ich habe dich damals falsch eingeschätzt.« Ballantyres Stimme holte ihn in die Gegenwart zurück. »Und wollte das kein zweites Mal tun.«

»Und haben es doch wieder getan. Als Sie mich an jenem Tag auf der anderen Seite des Flusses mit Jacko gesehen haben.«

In dem Moment, als Jacko im Sterben lag, seine Finger sich um James' Arm krallten und er ihn drängte wegzulaufen, hatte Ballantyre an ihm gezweifelt. Dieser Zweifel hatte sie an diesen Punkt gebracht.

Ballantyre erwiderte nichts. Wenig später bog sich seine Angelrute durch.

James stellte das Kanu quer, um ihm zu helfen, und Ballantyre fing an, den Fisch einzuholen, doch da erschlaffte die Schnur plötzlich.

»Weg. Wieder eine Fehleinschätzung …« Er holte die Schnur ganz ein und legte die Rute beiseite. »Ja, zu meiner ewigen Schande muss ich gestehen, dass ich an dir gezweifelt habe. Also sag mir, was der alte Wilderer seinerzeit vorhatte, als er am helllichten Tag sein Netz auswarf.«

* * *

Nach der Nacht des Feuers war Jacko verschwunden, im Herbst jedoch zurückgekehrt. James hatte ihn in dem Gasthof gesehen, wo er Jahre zuvor im Winter gewesen war, aber der alte Wilderer hatte sich in den Schatten gedrückt. Später war James zu dem Felsüberhang gegangen und hatte dort frische Spuren eines Lagers gefunden. Er war mehrere Male zurückgekehrt, hatte Jacko nie dort angetroffen, jedoch vermutet, dass er sich in der Nähe aufhielt, ihn möglicherweise sogar aus dem Unterholz beobachtete. Und er hatte ihm Lebensmittel, etwas von seinen kargen Ersparnissen und Zettel hinterlassen, auf denen er ihn anflehte zu verschwinden.

Wieder einmal war James in seiner Loyalität hin- und hergerissen. Seit dem Feuer hatte er einige Male mit Ballantyre gesprochen; es war die Rede davon, dass James mit seinen Rennpferden arbeiten und mehr Verantwortung übernehmen solle, um den alten Sinclair zu entlasten. Und Ballantyre machte seine Unterstützung öffentlich, als McAllister James der nachlässigen Behandlung von Miss Evie beschuldigte.

Ballantyre ritt mit ihnen aus, bemerkte die blauen Flecken auf James' Haut von McAllisters Schlägen, äußerte sich aber nicht dazu und bat seine Tochter vorauszureiten.

»Ist etwas Wahres an McAllisters Behauptungen dran?«, erkundigte er sich.

»Kein bisschen«, antwortete James. »Durch mich wird Ihre Tochter niemals Schaden erleiden, Sir.«

Ballantyre verzog seine Mundwinkel zu einem Lächeln. »Das weiß ich.«

Doch im selben Maße, wie James' Hochachtung vor Ballantyre wuchs, verstärkte sich seine Sorge um Jacko. Brandstiftung war ein sehr viel schwerwiegenderes Vergehen als Wilderei. Wenn man ihn erwischte, würde man ihn aufknüpfen.

Also verdoppelte er seine Anstrengungen, den Mann aufzuspüren. Eines Tages entdeckte er tief unter dem moosigen Felsüberhang ein Netz und erkannte zu seinem Entsetzen, dass Jacko wieder etwas plante. Diesmal verriet er Ballantyre nichts, sondern hinterließ eine Nachricht für Jacko, in der er ihn einen Narren nannte und ihn erneut anflehte zu verschwinden.

»Nimm das Geld und geh, solange es noch möglich ist.«

Er legte seine gesamten Ersparnisse und Essen, in ein Tuch gewickelt, das er in der Küche gestohlen hatte, in Jackos Versteck. Es waren harte Zeiten. Am folgenden Tag war das Netz weg, doch der Geldbeutel steckte nach wie vor voll in einem Spalt zwischen den Felsen, halb verborgen unter einer dünnen Decke. War Jacko verschwunden, weil er den Gedanken nicht ertrug, James' Geld zu nehmen?

Ein Kanten hartes Brot und etwas Käse, die die Ameisen entdeckt hatten, befanden sich in dem Tuch, und die verkohlten Reste von James' Nachricht lagen in der Asche eines kleinen Lagerfeuers.

James beobachtete, wie die Strahlen der tief stehenden Sonne durchs Laub der Bäume fielen, roch den beißenden Brandgeruch der aufgewühlten Asche und wurde von Trauer überwältigt. Dass Jacko, der furchtlose Held seiner Kindheit, so tief gesunken war …

Dann fiel ihm die Stelle ein, an der der Fluss schmaler wurde, wo die Äste tief übers Wasser hingen, wo sie einmal im Licht des Mondes Fische gefangen hatten, eine Stelle, an der sich ein Netz von einem einzelnen Mann bis zur anderen Seite auswerfen ließ. Und er rannte los.

* * *

Wieder holte ihn Ballantyres Stimme in die Gegenwart zurück.

»Die Hunde sind deiner Fährte zu einem Felsvorsprung gefolgt, wo der Mann offenbar untergeschlüpft war. Dort haben wir einen Beutel mit Münzen, der als der deine identifiziert wurde, ein Geschirrtuch aus der Küche sowie Papierfetzen mit deiner Handschrift gefunden. Die hat Sinclair erkannt, weil du das Schreiben ja von ihm gelernt hast. Du hast Essen für Jacko gestohlen …« Ballantyre wartete kurz, bevor er weitersprach. »Du warst nicht an seinem Tod schuld, das weiß ich, aber wie du nun vielleicht verstehst, hatte ich Gründe, an dir zu zweifeln.«

Als James das Kanu schweigend fortbewegte, verursachte das Paddel ein platschendes Geräusch, und eine Ente flatterte erschreckt mit ihrem Partner hoch. Die beiden landeten ein Stück weiter flussabwärts in der Strömung.

»Herrgott, jetzt ist das doch wirklich nicht mehr wichtig«, herrschte Ballantyre James an. »Ich würde es nur gern wissen.«

Und so erzählte ihm James, dem die unschöne Angelegenheit plötzlich auf die Nerven ging, alles. Es war ihm egal, ob Ballantyre ihm glaubte oder nicht.

Als er fertig war, schwieg Ballantyre ziemlich lange und blickte zu dem Wald auf der anderen Seite des Flusses, bevor er sich James zuwandte.

»Wir haben um deine Seele gekämpft, James«, sagte er schließlich. »Ich habe mich als deinen Retter erachtet, aber am Ende haben dir die Dinge, die du von Jacko gelernt hast, das Leben gerettet.«

Er schaute zu den anderen hinüber.

Dalston trug Evelyn gerade vom Ufer zu der Kiesbank mitten im Fluss.

James hörte Ballantyre leise fluchen.

»Warum läuft der Mann nach wie vor frei herum?«, fragte James, während sie beobachteten, wie Dalston Evelyn absetzte, sich hinter sie stellte und ihre Taille umfasste.

»Nicht mehr lange«, entgegnete Ballantyre mit grimmiger Miene. »Doch zuerst habe ich noch ein Hühnchen mit seinem Vater zu rupfen.«

»Dalston hat den Schuss abgegeben.«

»Sein Vater hätte dafür gesorgt, dass du aufgeknüpft wirst.«

»Warum warten Sie?«

»Ich brauche ein Geständnis von Dalston.«

James wandte sich ihm verblüfft zu. »Ist das *alles*? Dazu zwinge ich ihn …«

»Ein Geständnis, das sich vor Gericht verwenden lässt«, erklärte Ballantyre. »Bitte hab noch ein wenig Geduld.«

Sie sahen ein weiteres Mal zu der Kiesbank hinüber, auf der Evelyn nun allein stand.

»Und Ihre Tochter?«

»Sie gibt ihm das Gefühl, dass seine Sünden vergessen sind.«

Evelyn war es mittlerweile gelungen, die Schnur sehr gekonnt auszuwerfen. Doch inmitten der schnellen Strömung wirkte sie verletzlich.

»Sie dient Ihnen also als Köder?«

Ballantyre machte ein finsteres Gesicht. »Nein, nicht als Köder …«

»Sie sind sich Ihrer selbst sehr sicher, nicht wahr, Mr Ballantyre? Aber ich rate Ihnen noch einmal, mit ihr zu reden.«

Mehr sagte James nicht. Sollte Ballantyre doch von Evelyn selbst hören, was sie von ihm glaubte. Und hoffentlich tat es ihm weh.

Ein Farbblitz bewegte sich an ihnen vorbei, als ein Eisvogel sich wie ein Pfeil von einem tief hängenden Ast in ihrer Nähe ins Wasser stürzte und kurz darauf mit einer sich windenden silberfarbenen Elritze im Schnabel wieder auftauchte.

»Bring mich zurück«, wies Ballantyre James an.

Siebzehn

Die Details des Damenangelwettbewerbs wurden eifrig diskutiert, als die vier jüngeren Mitglieder der Gruppe den Pfad zu der Stelle am Fluss gingen, die seicht genug war, um zu der Kiesbank hinüberzugelangen. Rupert setzte astronomische Beträge auf Evelyn.

»Sie fordern das Schicksal heraus«, sagte George, »wie damals, als Thunderbolt beim letzten Hindernis stürzte.«

»Ich finde es ziemlich verletzend«, meinte Evelyn, bemüht, sich von der fröhlichen Stimmung der anderen anstecken zu lassen, »wie ein Rennpferd behandelt zu werden.«

»Ach, für die Männer ist alles ein Wettbewerb«, wiegelte Clementina ab. »Sie können nicht anders.«

»Sie werden gewinnen und mich zum reichen Mann machen, Evelyn«, prophezeite Rupert.

Im Verlauf der Reise waren die Anreden informeller geworden. Wann genau, wusste Evelyn nicht mehr.

Sie und Clementina setzten sich auf einen Felsen in Ufernähe, während die Männer hinüberwateten und einige Male versuchsweise die Schnur auswarfen.

Clementina nahm ihren Hut ab und wischte sich anmutig mit dem Taschentuch über den Nacken. »Diese grässlichen Fliegen!«

Mr Skinner hatte ihnen eine übelriechende Paste angeboten, doch Evelyn und Clementina waren die ebenfalls stark riechenden Blätter von Tala lieber. Von denen hatte Clementina ein paar in der Tasche.

»Ich vermute, sie wirken wie Ampferblätter«, sagte sie, hielt Evelyn einige hin, verrieb die ihren zwischen den Händen und strich damit über die Haut hinter ihren Ohren, »hauptsächlich als Abschreckung. Ich sehne mich so nach einem Bad.«

Clementinas Klagen wurden häufiger, je mehr der Reiz des Lagerlebens nachließ.

Flussabwärts, in den Schatten auf der anderen Seite, entdeckte Evelyn ihren Vater und James in einem der Kanus. Sie schienen sich zu unterhalten. Evelyn hätte viel darum gegeben zu wissen, worüber.

»Ist es nicht erstaunlich, in dieser Wildnis jemanden aus der Heimat zu treffen?«, fragte Clementina, die Evelyns Blick folgte.

Ja, es war wirklich erstaunlich.

»Bei Rupert hat einer angebissen!«, rief George aus.

Ruperts Angelrute bog sich, und die Schnur straffte sich. Die beiden Frauen hörten ihn einen Jubelschrei ausstoßen, als er den Fisch näher heranholte.

»Der ist für Sie, Evelyn«, sagte er über die Schulter gewandt. »Kommen Sie, ziehen Sie ihn an Land, dann beginnen wir mit den Wetten. Bringen Sie sie rüber, George.«

»Ist das nicht geschwindelt?«

»Mag sein«, meinte George, ging zu den Frauen und hielt Evelyn die Hand hin.

Da hörte sie Rupert fluchen.

»Verdammt! Er ist weg. Und ein paar Meter Schnur mit ihm.« Er holte die Schnur ein, begutachtete das abgerissene Ende und watete zu ihnen zurück. »Dazu noch eine wunderbare Fliege.« Er ließ sich neben Evelyn nieder, blätterte Georges Sammlung von Fliegen durch und verwarf eine nach der anderen. »Allzu viele darf ich nicht verlieren. Die Indianer haben vermutlich keine Ahnung, wie man sie richtig bindet. Nur dieser mürrische Schotte dürfte es können, falls er tatsächlich aus dem Tweed-Tal kommt …« Rupert richtete sich auf und klopfte auf seine Tasche. »Aber halt!« Er zog ein in Wachspapier eingewickeltes Päckchen heraus. »Zum Teufel mit euren Fliegen und Posen, das hier erfüllt seinen Zweck genauso gut.« Ein bunter Jigger, ein künstlicher Köder in Form eines Fisches, leuchtend rot mit weißen Punkten, rutschte aus dem Päckchen. Den hatte Rupert zu Georges Schrecken in einem Gemischtwarenladen in Port Arthur erworben.

»Ist Ihnen denn nichts heilig?«, hatte George entsetzt gefragt. »Ballantyre darf Sie aber nicht erwischen, wenn Sie den verwenden.«

Rupert befestigte den Köder, ohne weiter auf Georges verächtliche Bemerkungen zu achten, und wandte sich an Evelyn.

»Vermutlich haben Sie eher gelernt, eine Fliege an der Schnur festzumachen, als ein Taschentuch zu besticken.« Er bedachte sie mit einem spöttischen Lächeln, und dabei fiel ihm eine Haarlocke in die Stirn. »Bestimmt saßen Sie zu Füßen Ihres Herrn Papa und ließen sich erklären, wie man mit künstlichen Angelfliegen umgeht.«

Sie ertappte sich dabei, wie sie sein Grinsen erwiderte. »Er bindet seine Fliegen selbst.«

»Das hatte ich mir schon gedacht.«

George gesellte sich zu ihnen. »Ist da nicht eine Art Voodoo im Spiel? Die Federn eines toten Papageis oder so?«

Evelyn schüttelte den Kopf. »Das ist ein Geheimnis.«

»Ein *geheimer* toter Papagei?«, fragte Rupert. »Erzählen Sie.«

»Das würde er mir nie verzeihen. Es wundert mich, dass George Bescheid weiß.«

»Einer Ihrer Wildhüter hat es mir verraten, als er betrunken war«, gestand George. »Der, der ermordet wurde, der Arme.«

Es war, als hätte sich eine kalte Hand um Evelyns Herz gelegt und eine Wolke vor die Sonne geschoben. Sie wandte den Kopf ab, vorgeblich, weil sie sich für das interessierte, was sich flussabwärts tat.

»Wie dieses Voodoo auch beschaffen sein mag: Im Moment scheint es nicht zu wirken«, bemerkte Clementina, die wieder einmal ihrem Blick folgte. »Bisher hat sich die Angelrute deines Vaters meines Wissens nur einmal gebogen.«

Rupert schaute zu dem Kanu auf der anderen Seite hinüber, in dem die Angelrute aufrecht lehnte. »Er scheint sich nicht wirklich zu bemühen.« Rupert erhob sich und streckte Evelyn die Hand hin. »Wollen wir ihm zeigen, wie's geht? Der Prachtkerl schwimmt noch da draußen rum, und ich habe eine Menge Geld auf Sie gesetzt. Keine Ausreden mehr, stehen Sie auf. Geben Sie sich Mühe.«

Und schon hob er Evelyn hoch und trug sie über einen Strudel zu dem schmalen Streifen aus Kies und Unkraut, wo er sie absetzte, ohne auf ihre Proteste zu achten.

»So, nun sitzen Sie fest. Und jetzt *werfen Sie endlich die Schnur aus,* gute Frau!«

Seine Hände verharrten kurz auf ihren Schultern, bevor er sich bückte, um die Angelrute aufzuheben. Dann stellte er sich hinter sie, schlang die Arme um ihre Taille, legte seine Hände über die ihren und nahm die Rute, wie ihr Vater es in ihrer Kindheit getan hatte.

»Rupert«, rief Clementina. »Evelyn angelt mindestens genauso gut wie Sie.«

»Wahrscheinlich sogar besser«, pflichtete Evelyn ihr bei.

Sofort ließ Dalston sie los. »Entschuldigung.« Er kehrte ans Ufer zurück, während Evelyn sich in Position brachte und ausholte.

»Sehen Sie!«

George applaudierte, und Clementina wies ihn an, sie zu Evelyn zu tragen. Wenig später angelten sie Seite an Seite, belustigt beobachtet von den beiden Männern, die sich faul auf den Felsen ausstreckten.

»Ein inspirierender Anblick, finden Sie nicht, George? Zwei unerschrockene Frauen, die der Wildnis trotzen.«

»Und wenn wir uns praktischer kleiden könnten, müssten wir uns nicht herumtragen lassen wie Kartoffelsäcke«, bemerkte Evelyn. »Hier bräuchte man Pantalons und Watstiefel.«

»Was für ein hinreißender Gedanke!«

»Halten Sie den Mund, Rupert. Hat einer angebissen?«, erkundigte sich Clementina, als sich Evelyns Angelrute bog.

»Ich glaube eher, die Schnur hat sich in irgendwelchen Wasserpflanzen verfangen.«

Evelyn holte erneut aus. In einem früheren Leben hatte sie einmal am Ufer eines anderen Flusses gestanden, dem sanften Gurren der Ringeltauben in den Blutbuchen gelauscht und verfolgt, wie ein männlicher Fasan mit vorgerecktem Kopf dahinrannte. Sie hatte den berauschenden Duft der Wildblumen eingeatmet, während sie ihrem Vater zuschaute, der geduldig die Angel ins Wasser hielt, in einem Zustand entspannter Zufriedenheit, den sie nun glaubte, nie wieder erleben zu dürfen.

»Ich bin ein hoffnungsloser Fall«, seufzte Clementina wenig später und versuchte, den Haken aus ihrem Rock zu befreien, der sich beim Ausholen darin verfangen hatte. »Du kannst das so gut.«

»Sie hat es von einem Meister seines Fachs gelernt«, hörte sie George sagen.

Einem Meister der Ausflüchte …

»Bei keinem von uns knabbert ein Fisch auch nur am Köder!«, meinte seine Frau.

… und der Verstellung.

* * *

»Bei deinem letzten Versuch hast du das Handgelenk ein bisschen zu steif gehalten, Liebes.«

Als Evelyn die Stimme ihres Vaters hörte, drehte sie sich um und sah ihn zwischen den Bäumen hervortreten und in ihre Richtung kommen. Sie hatte die Rückkehr des Kanus gar nicht bemerkt.

»Wirf nie mehr Schnur aus, als du sicher bewältigen kannst. Der Versuch davor war bedeutend gekonnter. Aber bei dem Lärm, den du machst, beißt sowieso keiner an. Ich dachte, ich hätte dir bessere Manieren beigebracht.« Er schenkte Clementina ein trockenes Lächeln. »Und Sie, Madam, sind genauso schlimm.«

»Noch schlimmer«, sagte ihr Gatte.

Clementina lachte. »Ihr Männer nehmt das alles viel zu ernst.«

»Das ist auch eine ernste Angelegenheit. Nicht wahr, Dalston?«

Dalston, der mittlerweile zum Wasser hinuntergeschlendert war, warf seine Schnur aus, möglicherweise um den verpönten Köder vor Evelyns Vater zu verbergen.

»Wie bitte? Ja, sicher.«

»Begleite mich zurück, Liebes«, bat Evelyns Vater sie, »es sei denn natürlich, du möchtest noch länger hierbleiben. Nein?« Er hob ihren Hut von den Felsen auf und reichte ihn ihr. »Sie entschuldigen uns?« Er nickte den anderen zu. »Geschmeidigkeit ist alles, meine Liebe«, fuhr er an Evelyn gewandt fort, »und Beharrlichkeit.«

Als sie den Waldrand erreichten, stieß Rupert einen Freudenschrei aus, weil seine Angelrute sich bog. Ballantyre blieb stehen und beobachtete, wie das Wasser einen oder zwei Meter von dem Kiesbett entfernt zu schäumen begann. Der Kampf war schnell vorüber. Rupert holte seinen Fang ein wie ein feuchtes Stück Holz. George stand mit dem Netz bereit, hob den Fisch aus dem Wasser und hielt ihn unter schallendem Gelächter hoch.

»Ha, geschieht Ihnen recht!«

Der rot-weiße Köder war deutlich im Maul zu erkennen, und der Haken steckte tief im knochigen Gaumen eines schmalen, hässlichen Tiers.

»Ein Hecht«, bemerkte Evelyns Vater und ging weiter.

Oben auf der Anhöhe blieb er stehen, statt sich in Richtung Lager zu wenden, und betrat einen engen Weg ins Gebüsch.

»Schauen wir mal, wo der hinführt, ja?«

Evelyn folgte ihm wortlos, während er die niedrigen Äste der Lärchen und Ahornbäume für sie wegschob, die in den Pfad ragten. In der Stille empfand sie eine Mischung aus Angst und Freude. Diesmal hatte *er* sie aufgesucht …

Der Weg wurde noch schmaler, mündete in einen kühlen, dunklen Tunnel und schließlich in eine Lichtung über einer Flussbiegung. Auf der einen Seite befand sich eine kleine Gruppe von Weißbirken, deren dünne Stämme von den Strahlen der tief stehenden Sonne hell erleuchtet wurden, während die gelben Blätter sich zitternd von den Zweigen lösten und zu den anderen auf den Boden taumelten.

»Setzen wir uns kurz hin«, schlug er vor und deutete auf einen Felsen. Dann kam er sofort zum Punkt. »Was hat James dir gestern gesagt?«

»Wenig. Du hast uns gestört.«

Er schmunzelte. »Aber worüber habt ihr geredet?«

»Musst du das wirklich fragen?«

»Nein.«

Aus den Tiefen des Waldes ertönte das fröhliche Trillern einer Singammer, das in krassem Gegensatz zu der Anspannung der beiden Menschen stand.

»Verrat mir, was er gesagt hat.«

Obwohl seine Stimme ruhig klang, wurde Evelyns Atmung flach, und ihre Fingernägel vergruben sich in ihre Handflächen. Auch sie wollte Fragen stellen.

»James hat Jacko nicht umgebracht, oder?«

»Hat er dir das gesagt?«

»Das musste er nicht. Das habe ich immer gewusst.« Nun war es heraus …

»Woher?«

Sie schluckte.

»Weil er es mir schon früher erklärt hat.« Evelyn bekam ein flaues Gefühl im Magen und begann zu zittern. »Nicht gestern. Vor fünf Jahren. In jener Nacht …« Sie sah, wie die Pupillen ihres Vaters sich weiteten, und er wurde sehr still.

»Er hat mir gesagt, dass Jacko in seinen Armen gestorben ist, jedoch nicht durch seine Hand, und dass deswegen sein Hemd voller Blut war.«

Nun bebte sie am ganzen Körper.

»Sein *Hemd* …«

Plötzlich wurde ihr übel, und sie beugte sich vor und bedeckte das Gesicht mit den Händen, doch er zog sie weg und zwang Evelyn, sich aufrecht hinzusetzen.

»Die Vorderseite und die Arme waren blutig.«

Er packte sie fester. »Evelyn, was sagst du da?«

»Er hat mir erklärt, dass er Jacko nicht getötet hat …«, wiederholte sie mit leiser Stimme wie ein kleines Mädchen, »… aber dass sein blutiges Hemd und deine Lügen ihn an den Galgen bringen würden.«

Sie hörte, wie er scharf die Luft einsog.

»Und dass du dann auch noch *ihn* auf dem Gewissen haben würdest.«

Er ließ ihre Handgelenke los und sah sie lange an.

Als er schließlich den Mund aufmachte, sprach er langsam und sehr sanft.

»Evelyn, mein Kind. Bitte erzähl mir alles.«

Achtzehn

Larsen hatte Louis gebeten, ihn trotz der guten Angelerfolge ins Lager zurückzubringen, weil er unter starkem Sodbrennen litt. Bestimmt war er nach dem Essen zu schnell hinausgefahren; allerdings wurde er in letzter Zeit häufiger von solchen Attacken geplagt. Das schwere Bannock-Brot, das fester Bestandteil ihrer Kost war, trug auch nicht gerade dazu bei, sein Problem zu lindern. Und es war ein Fehler gewesen, sich am Abend zuvor den scharfen Schnaps geben zu lassen.

Er hob den Handrücken vor den Mund, um ein Rülpsen zu verbergen, und massierte sanft seinen Bauch. Aber es lag nicht ausschließlich am Essen und Trinken: Die Anspannung, die in der Luft lag, genügte, um jedem Verdauungsprobleme zu bescheren.

Ballantyres Gesicht war genauso verkniffen wie damals in Südafrika, als er, einem plötzlichen Impuls gehorchend, alles aufs Spiel gesetzt hatte. Evelyn hatte sich wieder in ihr Schneckenhaus zurückgezogen, weil die Auseinandersetzung mit ihrem Vater möglicherweise noch nicht ausgestanden war, und Larsens in bester Absicht ausgesprochene Einladung an Dalston verbesserte die Situation vermutlich ebenfalls nicht.

Die lockere Stimmung der Fahrt über die Großen Seen hatte sich verflüchtigt, und selbst Dalston schien sich nicht wohlzufühlen: Er lachte zu oft laut und griff zu oft nach seinem Flachmann. Nur Melton schien zufrieden zu sein. Er unterhielt sich mit Skinner und den Führern angeregt übers Angeln und die Jagd und kippte Skinners Rachenputzer mit dem Gottvertrauen eines Mannes, der ein reines Gewissen hat und über eine gesunde Verdauung verfügt.

Larsen entdeckte die vier jüngeren Mitglieder der Gruppe draußen auf der Kiesbank, und Ballantyre angelte nach wie vor in den Schatten auf der anderen Seite des Flusses. Alle waren beschäftigt, Larsen konnte diesen Moment der Stille genießen.

Er nahm ein ledergebundenes Buch aus seiner Tasche, das so abgegriffen war, dass man die Goldbuchstaben darauf nicht mehr lesen konnte, und setzte seine Brille auf. Nach vielen Jahren als Bankier hielt er sich für einen guten Menschenkenner, doch hier spürte er ihm unerklärliche Unterströmungen, die ihn beunruhigten. Deshalb suchte er Zuflucht in Thoreaus schlichter, solider Philosophie.

Ballantyre hatte sich früher am Tag über ihn lustig gemacht, als er ihn in dem Buch lesen sah.

»War es nicht Thoreau, der behauptete, er könne mit seinem Flötenspiel Fische zu seinem Boot locken?«

Larsen hatte genickt.

»Dann müssen die Forellen in New England verdammt viel kultivierter sein als die sturen Nipigon-Viecher. Was für ein Träumer! Immerhin brachte er der Philanthropie gesunde Verachtung entgegen.«

»Ich dachte mir schon, dass du ihn deswegen kritisieren würdest.«

»Früher einmal vielleicht.«

Larsen schlug das Buch auf, schob es aber bereits nach wenigen Minuten seufzend wieder beiseite, weil er sich nicht auf den Text konzentrieren konnte. Er machte die Augen zu, legte den Kopf in den Nacken und lauschte den Geräuschen des Waldes. Von irgendwoher hörte er den Ruf der Singammer im nachmittäglichen Wind herüberklingen, und aus den Tiefen des Waldes erklang das Klopfen eines Spechts. Die Probleme – falls es welche gab – waren nicht die seinen, rief er sich ins Gedächtnis, und schon bald würde es seine einzige Sorge sein, wie er die Zeit füllte. Außerdem neigten Dinge dazu, sich von selbst zu erledigen.

Nachdem er etwa eine halbe Stunde gedöst hatte, wachte er auf. Sofort kehrten seine Gedanken zu Ballantyre zurück. Waren es am Ende doch Bankangelegenheiten, die ihn so angespannt wirken ließen? Bekam er kalte Füße? Nicht Ballantyre! Der Mann hatte Nerven aus Stahl. Aber seine neue Geschäftsidee mit den Edelmetallen wuchs sich allmählich zur Obsession aus, völlig unnötigerweise, wie Larsen ihm am Abend zuvor in ihrem Zelt zu erklären versucht hatte.

»Du *musst* dich nicht mit dieser Sache beschäftigen, Charles«, hatte er zu ihm gesagt, als sie sich fürs Bett fertig machten. »Wir haben genug Kapital, um kurz- und sogar mittelfristig eventuelle Verluste auszugleichen.« Nach kurzem Schweigen hatte er ganz unverblümt gefragt: »Denkst du dabei an Earl Stanton?«

Ballantyre hatte den Blick gehoben. »Nein. Warum Stanton? Wie kommst du auf die Idee?«

»Er hat eine ziemlich dünne Kapitaldecke.«

Weil Ballantyre lediglich mit den Achseln gezuckt hatte, war Larsen nicht weiter in ihn gedrungen.

»Ich bin der festen Überzeugung, dass die Krise vorbei ist. Möglicherweise bleiben die Dinge erst einmal auf diesem Niveau, bevor sie sich erholen, aber das ist immer so. Außerdem macht die Ader in unserem südafrikanischen Abbaugebiet nicht den Eindruck, als würde sie sich bald erschöpfen, oder?«

Ballantyre hatte ihm beigepflichtet.

»Natürlich ist ein weiteres Standbein gut, doch es werden sich noch andere Gelegenheiten bieten.«

Ballantyre hatte verkniffen lächelnd seine Schuhe ausgezogen.

»Ich weiß. Und ich mache mir keine Sorgen. Ich würde nur gern selbst mit diesem Achak reden.«

Mehr war ihm nicht zu entlocken gewesen.

* * *

»Und, was sagen Sie, Mr Larsen?«, erkundigte sich Skinner an jenem Abend, als alle wieder im Lager waren.

Marcel hatte auf der Jagd eine junge Hirschkuh erbeutet und sie hinterher aufgehängt und ausgenommen. Jetzt briet sie an einem Spieß über dem Feuer.

»Wollen wir hierbleiben oder zur Split Rock Portage?«

Da niemand Schüsse gehört hatte, fragte man Marcel, wie er die Hindin erlegt habe. Er zeigte ihnen seinen Bogen und die Stelle am Nacken des Tieres, wo er es getroffen hatte.

»Wir könnten auch noch weiterfahren. Die Island Portage ist kein Problem, und da gibt's gute Angelplätze auf beiden Seiten der Insel. Dahinter liegt die Pine Portage …«

»Klingt nach ziemlich vielen solchen Passagen«, meinte Ballantyre.

»Die sind immer nur kurz.«

Larsen musterte seinen Freund. An diesem Abend sah er erschreckend schlecht aus. Ausgezehrt und blass, als wäre er krank. Vielleicht war er das ja auch … Wenn ja, war es besser, wenn sie an Ort und Stelle blieben.

»Die Landschaft flussaufwärts ist dramatisch, aber angeln kann man hier genauso gut.«

Er hatte sich darauf gefreut, Ballantyre die Schlucht mit den Felswänden zu beiden Seiten des Flusses zu zeigen, doch je weiter sie nach Norden kamen, desto nervöser schien sein alter Freund zu werden. Larsen blickte sich nach Evelyn um, aber die hielt sich offenbar nach wie vor in ihrem Zelt auf.

»Das würde den Männern viel Arbeit ersparen«, pflichtete Ballantyre Larsen bei.

»Machen Sie sich darüber mal keine Gedanken, Sir. Die Jungs sind …«

»Jung und kräftig, ja, das haben Sie bereits gesagt.«

Skinner, der Ballantyres scharfen Tonfall nicht bemerkte, fuhr unbeeindruckt fort: »Wenn wir an der Stelle unser Lager aufschlagen, die ich im Auge habe, können alle, die wollen, flussaufwärts weiterfahren bis zum Lake Nipigon. Die Jungs bringen sie hin. Zurück geht's über ein paar Stromschnellen. Das wäre etwas, woran sie sich sicher noch lang erinnern.«

Nun traten Evelyn und Clementina aus ihrem Zelt. Clementina nahm neben ihrem Mann am Feuer Platz, während Evelyn sich auf einen der Baumstümpfe im

Schatten setzte und versonnen das vor sich hin brutzelnde Fleisch betrachtete.

»Vielleicht sollten wir die Damen fragen, was sie tun wollen.« Ballantyre wandte sich seiner Tochter zu, während Skinner noch einmal die Optionen aufzählte. »Also, was meinst du, Liebes?«

»Wer waren all die Frauen, nach denen die Seen benannt sind?«, fragte Evelyn, aus ihren eigenen Gedanken gerissen. »Helen, Jessie, Marie …«

Skinner zuckte mit den Achseln. »Wahrscheinlich hatten sie was mit den Landkartenzeichnern zu tun. Ehefrauen, Geliebte, Töchter, Mütter …«

Sie nickte.

»Was ist mit dir, meine Liebe?«, fragte George seine Gattin. Sie reagierte mit einem vielsagenden Blick, den er falsch interpretierte. »Du bist doch mit von der Partie, oder?«

»Sie meinten, möglicherweise würden wir flussaufwärts auf Indianercamps stoßen, Mr Skinner«, erinnerte Ballantyre den Mann.

»Ziemlich sicher.« Skinner spuckte ins Feuer. »Dort sind auch einige der schönsten Gegenden des ganzen Landes. Richtige Wildnis, mit Bären und Elchen …«

»*Bären!*«, rief Clementina entsetzt aus und schaute zu ihrem Mann hinüber.

Skinner lachte. »Keine Sorge, Ma'am, um diese Jahreszeit haben die den Bauch voll mit Insekten und Beeren. Die sind satt und zufrieden. Außerdem gibt's auf der Klippe alte Felsmalereien von Indianern. Geht ziemlich steil nach oben, aber der Weg ist gut.«

* * *

Evelyn aß wenig und gab Tala ihren Teller fast unberührt zurück. Sie hatte keinen Appetit, und das frische Wild war zäh und voller Flechsen. Evelyn hatte sich am Rand der Gruppe niedergelassen, weil sie hoffte, dort ihre Ruhe zu haben, und den Kopf nicht gehoben, als James ihr einen Becher mit Kaffee brachte. Bildete sie sich das ein, oder hatte er tatsächlich kurz gezögert und sie angesehen? Die Erleichterung darüber, dass ihren Vater keine Schuld traf, rang mit ihrem schlechten Gewissen, weil sie geglaubt hatte, James habe McAllister umgebracht.

Sie war nach wie vor entsetzt über das Doppelspiel ihres Vaters. Mehr denn je brauchte sie jemanden, der ihr alles erklären konnte.

Rupert gesellte sich mit seinem Stuhl zu ihr.

»Die Wette steht«, verkündete er. »Wir treffen uns im Morgengrauen.«

Sie lächelte unsicher.

»Das ist die beste Tageszeit. Immerhin war mein von allen verachteter Hecht der einzige verdammte Fisch, den wir gefangen haben.«

Sie ließ sich auf seine Neckereien ein, so gut sie konnte, meinte nach einer Weile, sie sei müde, und erhob sich, um allen eine gute Nacht zu wünschen. Ihr Vater streckte einen Arm aus, um sie aufzuhalten.

»Du willst ins Bett, Evie?« Er stand seinerseits auf, zog sie zu sich heran und küsste sie auf die Stirn. »Gute Nacht und schlaf gut, Liebes.«

Als sie ihm in die Augen blickte, entdeckte sie darin so große Traurigkeit, dass sie blind nickte und sich auf den Weg zum Zelt machte.

Drinnen zog sie sich hastig aus und schlüpfte in ihr Baumwollnachthemd, bevor sie zitternd unter die Felle kroch. Sie vergrub sich tief darin, weil sie sich schlafend stellen wollte, wenn Clementina kam, drehte sich auf die Seite und beobachtete das flackernde Licht hinter der schiefen Zeltwand.

Wort für Wort ging sie gedanklich noch einmal das Gespräch mit ihrem Vater durch. Er hatte von ihr verlangt, dass sie ihm alles erzählte, und so war die ganze Geschichte aus ihr herausgeplatzt wie Eiter aus einer aufgestochenen entzündeten Wunde. Fünf lange Jahre hatten Verwirrung und Angst gären können.

Danach hatte er sie zuerst bestürzt angesehen und sie dann fest an seine Brust gedrückt und die Hand um ihren Hinterkopf gewölbt, bis sie sich beruhigte.

»Schau mich an, Evelyn. Nein, schau mich *richtig* an. Ich habe den Wilderer nicht getötet. Und James war es auch nicht.«

Er hatte sie gezwungen, Schritt für Schritt die Ereignisse jener Nacht zu rekapitulieren: die Leiche auf dem Karren, was die Bediensteten ihr sagten, ihre verzweifelte Suche nach ihm, sein wütender Gesichtsausdruck, als sie ihn fand, und schließlich ihre Begegnung mit James im Arbeitszimmer – und dann noch die Schlüsse, die sie daraus gezogen hatte.

Anschließend hatte er lange geschwiegen.

»Als ich am nächsten Tag von der Sache mit Mr McAllister gehört habe, dachte ich, das muss James gewesen sein, nachdem er aus dem Arbeitszimmer verschwunden war.«

»In Gedanken hast du uns beide zu Mördern gemacht«, hatte Ballantyre festgestellt und zum dunklen Wald geblickt. »Mein armes Kind.«

»James hatte ein Messer …«

Ballantyre hatte genickt. »Wenn du nur zu mir gekommen wärst.«

»Das habe ich versucht. Aber da war dieser Mann bei dir.«

Über ihnen hatten die Bäume geknarrt, durch deren Äste der Wind strich, und kurz war wieder dieser grimmige Ausdruck auf sein Gesicht getreten.

»Und später konnte ich nicht mehr, nach allem, was James gesagt hatte.«

Evelyns Vater hatte nicht reagiert.

»Irgendwie hat es Sinn ergeben …«

»Das kann ich verstehen. Du warst noch sehr jung.« Er hatte zu den sich im Wind biegenden Baumwipfeln emporgeschaut, die von der sinkenden Sonne wie Fackeln erleuchtet wurden, und war erneut verstummt.

»Hat James denn Mr McAllister getötet?«, hatte Evelyn schließlich wissen wollen, obwohl das nun, da die zentrale Frage in Bezug auf ihren Vater und Jackos Tod geklärt war, für sie nur noch zweitrangige Bedeutung besaß.

»Nein.«

Sie hatte auf weitere Aussagen gewartet, die nicht kamen.

»Wer war es dann?«

»Weder James noch ich.«

»Aber du weißt, wer es war?«

»Ja.«

»Und du weißt, wer Jacko erschossen hat?«

»Ja.«

Die Spannung, die sich zwischen ihnen aufbaute, war fast mit Händen zu greifen gewesen.

Evelyn hatte den Mund aufgemacht, um etwas zu sagen, worauf er eine Hand hob.

»Frag nicht, Liebes. Ich werde es dir nicht sagen. Noch nicht …«

»Weiß James es?«

»Hör auf, Evelyn, bitte …«

Entrüstung war in ihr aufgestiegen.

»Du hast alle in dem Glauben gelassen, dass es James gewesen ist. Du hast die Hetzjagd auf ihn nicht verhindert, sondern sogar die Hunde auf seine Fährte gesetzt!«

Sie würde sich nicht mehr mit Halbheiten zufriedengeben, hatte sie gedacht.

Seine Kiefer hatten zu mahlen begonnen, während er den Kopf schüttelte.

»Noch nicht«, hatte er wiederholt. »Das wäre immer noch gefährlich für James. Er wird wegen zweifachen Mordes gesucht, und Melton ist Friedensrichter.«

Das hatte das Fass zum Überlaufen gebracht. »George würde niemals etwas gegen ihn unternehmen!«, hatte sie ausgerufen. »Nicht, wenn du es ihm *erklärst*.«

Er hatte ihren Arm so grob gepackt wie am Bahnhof.

»Ich regle die Angelegenheit auf meine Art, Evelyn.«

Sein Blick hatte Evelyn Angst eingejagt.

»Hinterher erkläre ich dir und James alles. Sobald keine Gefahr mehr besteht. Dann kannst du immer noch ein Urteil über mich fällen. Das gilt für euch beide.«

Er hatte sie noch einmal zu sich herangezogen und sie

fest an seine Brust gedrückt, hinter der sie seinen Herzschlag spürte.

Doch nun, während sie auf die Geräusche des Waldes lauschte, in dem es allmählich dunkel wurde, spürte sie, wie ihre Dämonen sich wieder zu regen begannen. Ihr Vater war vielleicht kein Mörder, aber er hatte die Welt fünf Jahre lang in dem Glauben gelassen, dass James einer war.

Neunzehn

»Sie wollen ein Indianerlager sehen, Mister?«, erkundigte sich Skinner bei Ballantyre, als sie sich am folgenden Morgen zum Frühstück versammelten. »Gestern Abend sind ein paar von den Rothäuten hier angekommen. Die campieren ein Stück weiter den Fluss runter.« Er deutete auf eine blaue Rauchsäule über den Baumwipfeln etwa einen Kilometer flussabwärts. »Wenn Sie möchten, bringen die Jungs Sie hin.«

»Sprechen die Englisch?«, hörte James Ballantyre wenig später am Ufer fragen.

James, der gesehen hatte, wie Marcel aufgebrochen war, ahnte, dass Ballantyre, egal, welcher Sprache sich die Indianer bedienten, nicht viel über den Aufenthaltsort von Achak erfahren würde, wenn er sich bei ihnen erkundigte.

Mit grimmiger Miene beobachtete James, wie Dalston Evelyn ins Kanu half und neben ihr Platz nahm, sich beim Reden nah zu ihr hinüberbeugte und die Hand auf ihren Arm legte.

»Wir könnten uns einmal im Jahr zum Angeln treffen«, sagte er gerade. »Ja, warum nicht? Immer wenn die Lachse laichen. Durch Meltons Anwesen verläuft ein wunderbarer Fluss zum Fischen; dort war ich schon oft. Clemmy sagt, Sie würden sie bald einmal besuchen.«

»Ja, vielleicht.«

»Wir wohnen nur etwa fünfzehn Kilometer weg. Sie könnten bei uns vorbeischauen und Pas Gewächshaus und seine Pfirsichbäume bewundern. Auf die ist er schrecklich stolz; er verbringt Stunden damit, die Gärtner zu schikanieren. Die Dinger schmecken nach nichts, aber bitte verraten Sie ihm nicht, dass ich Ihnen das gesagt habe.«

»Keine Sorge.«

»Wenn er Ihnen einen anbietet, wissen Sie, was Sie erwartet. Diese Ehre widerfährt übrigens nur ausgewählten Personen.«

Mit seinem Hut verscheuchte er die Fliegen, die um Evelyns Kopf schwirrten.

Warum um Himmels willen ließ Ballantyre diesen Mann so nahe an sie heran?, fragte sich James.

James fiel auf, dass Ballantyre die beiden ebenfalls beobachtete. Ballantyre erwiderte James' finsteren Blick kühl, bevor er in das andere Kanu kletterte, sodass James nichts anderes übrig blieb, als sein Paddel in die Hand zu nehmen und es in die Strömung zu stoßen.

Bei der Überquerung des Flusses saß Evelyn vor James. Er betrachtete ihren Rücken, den Haarknoten in ihrem Nacken und ihre schmalen Schultern. Wieder einmal staunte er, wie sehr fünf Jahre einen Menschen verändern konnten. Am Bahnhof war sie eine Fremde für ihn gewesen, eine gut gekleidete junge Dame mit einer undefinierbaren Aura der Überlegenheit. Auf der Straße wäre er an ihr vorbeigegangen. Doch dieser Eindruck hatte sich während ihrer Fahrt nach Norden gewandelt. Er hatte das Mädchen von früher wiedererkannt, das fröhliche, rebellische, aber im Wesentlichen einsame Kind. Gern hätte er länger mit ihr gesprochen, doch das war nicht möglich.

Als sie das andere Ufer ein Stück flussabwärts von ihrem Lager erreichten, wurden sie von bellenden Hunden empfangen. Indianerjungen rannten ihnen entgegen. Ein paar zerrten die Hunde weg, während andere ins Wasser wateten, um die Boote aus dem Fluss zu ziehen, bevor sie die Gäste zum Camp führten.

Es war ein typisches Indianerlager mit Zelten ähnlich denen, in denen Tala und Machk schliefen, nur dass diese robuster waren und echt, keine Ausstellungsstücke, und inmitten eines Chaos aus Hunden und Kindern standen. Auf der einen Seite waren Trockengestelle für Fische und Fleisch aufgestellt, und von den Bäumen hingen Felle. Harpunen, die an den Baumstämmen lehnten, erinnerten James daran, wie er in der Heimat mit Jacko beim Licht eines wolkenverhangenen Mondes Lachse gefangen hatte.

Hier fand im Sommer ein reger Souvenirhandel zwischen Indianern und Anglern statt. Das Geld aus solchen Geschäften wurde in den Läden der Gegend für Lebensmittel und billigen Fusel ausgegeben. Ein Dollar in bar war eine Menge wert.

James kannte die Frau, die am Feuer hockte und Perlen an die Spitze eines Mokassins nähte, und begrüßte sie mit einem Nicken. Sie hatte Muster ihrer Arbeit auf den Felsen ausgelegt, zwei Körbe, eine Geldbörse, einen Beutel und ein Paar weiße Hirschlederhandschuhe, zu fein, um nützlich zu sein, aber dazu geeignet, den Blick vorbeigehender Touristen auf sich zu ziehen.

Der Leiter des Lagers, ein Mann Ende vierzig, kam ihnen mit einer Flasche, die er ihnen zur Begrüßung hinhielt, entgegen. James sah schadenfroh, wie Ballantyre einen Schluck nahm und das Gesicht verzog. Danach bedankte er sich höflich bei dem Mann und winkte ab, als dieser ihm die Flasche noch einmal anbot. Auch Larsen gelang es, den Schnaps zu trinken, allerdings ein wenig langsamer. Melton tat es den beiden gleich, während Dalston den Fusel ganz offen ausspuckte.

James schenkte einem kleinen Kind, das an seinem Hosenbein zog, eine Fünfcentmünze, weigerte sich jedoch, das räudige Bisamrattenfell zu erwerben, das es ihm hinhielt. Dann lehnte er sich mit der Schulter an einen Baum und verfolgte belustigt mit, wie Ballantyre den Mann mit der Flasche über den möglichen Aufenthaltsort von Achak befragte und Marcel als Dolmetscher fungierte. Das Halbblut erledigte die Aufgabe mit überzeugendem Eifer und erklärte Ballantyre eher vage, er müsse sich Richtung Norden halten und dann nach Westen. Der Indianer hob mehrere Finger, um ihm zu verdeutlichen, dass Achak sich eine, zwei, möglicherweise auch drei Tagesreisen entfernt in einer dieser Richtungen aufhalte. Schließlich gab Ballantyre auf, und Marcel breitete bedauernd die Arme aus.

Die Szene war zum Lachen, einfach absurd. Diese Herren in ihren gut geschnittenen Tweed- und Twillanzügen, die Damen mit ihren Strohhüten und Knopfstiefeln, alle mit gottgegebener Herablassung …

Am Lagerfeuer war ein dunkelhäutiger Junge damit beschäftigt, mit einem Stock Asche aus den Flammen zu schnippen und einem Welpen merkwürdige Befehle zu-

zurufen, bis eine der Frauen den Burschen anherrschte, er solle endlich ruhig sein. Danach wischte sie die Asche von ihrer Ware, nahm einen Flechtkorb und einen kleinen Kasten und zupfte Lady Melton am Ärmel, um ihre Aufmerksamkeit darauf zu lenken. Es folgten zahlreiche Gesten für Fragen und Antworten, bis schließlich wieder Marcel als Dolmetscher bemüht wurde.

James hatte das alles so fasziniert mitverfolgt, dass ihm entgangen war, wie Evelyn sich zu ihm gesellte.

»Sprichst du ihre Sprache, James?«

»Gerade gut genug, um mich verständlich zu machen.« Er sah nervös zu der Gruppe hinüber, doch niemand schenkte ihnen Beachtung.

An diesem Morgen wirkte Evelyn weniger angespannt als die Tage zuvor. Hübsch …

»Die Frau macht sehr schöne Sachen mit Perlen«, bemerkte sie und deutete auf die Waren, die auf den Felsen lagen.

»Dann kaufen Sie etwas. Die Leute können das Geld gebrauchen.«

»Ja. Vielleicht das Kästchen. Woraus ist es?«

»Aus den Stacheln eines Stachelschweins. Das können Sie sich ähnlich wie einen Igel vorstellen, nur größer.«

»Haben Sie etwas entdeckt, das Ihnen gefällt?«, erkundigte sich Dalston, der zigaretterauchend zu ihnen schlenderte. Er bedachte James mit einem kurzen Blick, bevor er ihm die kalte Schulter zeigte, einen perlenbesetzten Geldbeutel in die Hand nahm und an die Nase hielt. »Hm. Riecht irgendwie rauchig, nach Schuhleder.«

Evelyn schlüpfte in einen Hirschlederhandschuh. »Wunderschön.« Ihre kleine Hand verschwand fast darin, die breiten Aufschläge reichten bis zur Hälfte ihres Unterarms. »Sehr fein gearbeitet.«

»Wie viel?«, fragte Dalston die Indianerin, und sie hob drei Finger. »Was, *drei* Dollar! Ich geb dir einen.«

Er hielt einen Finger hoch, doch die Frau schüttelte den Kopf und nahm die Handschuhe zurück.

»Moment.« Evelyn wandte sich James zu. »Ist das ein angemessener Preis?«

Obwohl der Preis unverschämt hoch war, nickte James.

»Ich geb dir zwei Dollar. *Zwei Dollar*«, wiederholte Dalston mit lauter Stimme und hob zwei Finger, aber die Frau rümpfte nur die Nase.

»Papa! Hast du drei Dollar, die du der Frau geben kannst?«

Ballantyre drehte sich zu ihnen um.

»Nein, warten Sie! Erlauben Sie …« Dalston schob die Hand in seine Tasche, doch Ballantyre kam ihm zuvor und reichte der Frau das Geld.

»Sehr hübsch, Liebes.« Ballantyre gab die Handschuhe Evelyn und wandte sich den Fellen und Pelzen zu.

Dalston sah James, den er offenbar für seinen misslungenen Versuch der Galanterie verantwortlich machte, wütend an.

»Hätten Sie gern noch etwas anderes?«, fragte er Evelyn. »Diese Leute erwarten, dass man feilscht. Für sie ist das ein Spiel.«

»Stimmt das?«, erkundigte sich Evelyn bei James.

»Sie feilschen tatsächlich, aber das ist kein Spiel.«

Ballantyre rief Evelyn zu sich.

»Was gefällt dir, Liebes? Vielleicht der da? Den könnte ich mir als Kragen vorstellen.« Er legte Evelyn einen seidigen schwarzen Pelz mit Silberspitzen um den Hals.

Dalston strafte James mit einem weiteren verärgerten Blick, bevor er zum Flussufer schlenderte, wo er sich neben eines der Kanus setzte und sich eine neue Zigarette anzündete.

Dort war er, dachte James, der Mann, der Jacko umgebracht hatte, nur wenige Meter von ihm entfernt, rauchte gelangweilt und legte den hiesigen Indianern und ihren Gebräuchen gegenüber die gleiche Herablassung an den Tag wie seinerzeit bei Jacko. Und er, James, sah tatenlos zu.

Sehr viel länger würde er sich nicht beherrschen können. Hoffentlich deckte Ballantyre seine Karten bald auf.

Der Aufenthalt in dem Lager neigte sich seinem Ende zu. Ballantyre hatte den Silberfuchspelz erstanden, teilte Zigarren an die Männer aus und war dabei, sich von ihnen zu verabschieden. Evelyn eilte zu James.

»Ich nehme auch noch das Kästchen aus Stachelschweinstacheln. Würdest du sie fragen, wie viel sie dafür will? Und bitte kein Feilschen.«

»Nein? Gut, dann sorge ich dafür, dass Sie schamlos über den Tisch gezogen werden«, meinte er leise.

Ihre Augen blitzten belustigt auf.

* * *

Dünne Nebel hingen über dem Fluss, als Evelyn am folgenden Morgen aus ihrem Zelt trat. Sie beobachtete, wie Schwaden über die Wasseroberfläche trieben, die die

Strahlen der Sonne filterten. Unten am Flussufer entdeckte sie James und Louis, die sich mit nacktem Oberkörper wuschen und mit ihren Hemden abtrockneten, bevor sie Ledergefäße mit Wasser füllten und ins Lager trugen. Als James an ihr vorbeiging, nickte er ihr kaum merklich zu.

Das Frühstück war schnell zubereitet und verzehrt, sodass sie bereits eine Stunde später in Richtung Norden auf dem Fluss unterwegs waren. Zuerst paddelten die Männer mit aller Kraft gegen den Strom, danach glitten sie mit fächerförmigem Kielwasser über einen ruhigen See, in dem sich ihre Gesichter spiegelten.

Dies sei der Lake Marie, erklärte Mr Skinner Evelyn.

Hinter dem See folgten sie wieder dem Fluss und erreichten bald eine tiefe Schlucht, von der sich zu beiden Seiten hohe Klippen erhoben, die so etwas wie einen oben offenen Tunnel bildeten. Ab und an wurde das grünlich schwarze Wasser von schmalen Streifen gleißenden Lichts erhellt, wo die Sonne eine Lücke zwischen den Felsen fand, und die Männer mussten erneut gegen die Strömung ankämpfen. Als sie die nächste Portage erreichten, atmeten sie schwer, und ihre Hemden hatten Schweißflecken.

»Split Rock Portage«, verkündete Mr Skinner, der den Gästen an Land half. »Eine kurze Passage.«

Das stimmte, aber der Weg führte über unwegsames Gelände. Noch einmal wurden die Kisten gepackt, auf die Rücken der Männer gehievt und Tragegurte über ihre Stirn gelegt, sodass sich ihre Nackenmuskeln anspannten und ihre Zähne knirschten. Die Kanus hob man auf die Schultern.

Evelyn kam es vor, als hätten die Männer sich kaum von den Anstrengungen erholt, als Skinner sie schon wieder in die Boote scheuchte. Sie paddelten etwa eine Stunde weiter.

»Island Portage«, verkündete Skinner nun. »Hier essen wir und rasten eine Weile. Danach wird der Fluss richtig wild.«

* * *

Die Felsen, auf denen sie sich lagerten, waren rund geschliffen, Schmelzwasser und Eisschollen hatten die Flechten abgescheuert und Scharten hinterlassen. Struppiges Buschwerk und Moose wurzelten in Spalten und Ritzen, genährt von der feinen Gischt des herabstürzenden Wassers. Die nahe gelegenen Wasserfälle konnten sie zwar nicht sehen, aber ihr Tosen war deutlich zu vernehmen. Skinner erbot sich, die beiden Frauen zu einer Stelle mit gutem Ausblick zu bringen, während die Männer ihre Angeln von den Klippen aus auswarfen und das Mittagessen zubereitet wurde.

Er führte sie einen schmalen Pfad entlang, der sich bis zu einem Punkt hinaufschlängelte, von dem aus sie den Fluss erkennen konnten und wo eine bewaldete Insel die Strömung teilte. Das Wasser floss zu beiden Seiten vorbei, stürzte durch eine Klamm und sprühte ihnen Tropfen ins Gesicht.

»Da drüben hab ich schon ein paar ziemlich große Burschen rausgeholt«, brüllte Skinner.

Clementinas Antwort wurde von dem Lärm übertönt.

Evelyn blickte fasziniert von der Felskante hinunter.

Dieser Fluss war etwas völlig anderes als das gemächlich zwischen den Feldern ihres Vaters dahinfließende Gewässer, das friedlich über runde Kiesel plätscherte und an dem die Kühe ihren Durst stillten.

Hinter solchen Stromschnellen würden sie die Kanus doch nicht mehr zu Wasser lassen, oder?

Am oberen Ende der Fälle, wo der Fluss über die Kante stürzte, wirkte er wie ein in der Luft erstarrter Block aus klarem Eis. Wenig später jedoch erreichte das Wasser brodelnd den Grund und riss mit seiner ursprünglichen Kraft alles mit sich. Die Felsen vibrierten ob der Wucht des Aufpralls.

Da spürte Evelyn, wie eine Hand sie am Arm packte und wegzog.

»Nicht runterschauen«, hörte sie James' Stimme. »Sonst verlieren Sie das Gleichgewicht und fallen hinein.«

Er ließ ihren Arm los und wandte sich Mr Skinner zu, um ihm mitzuteilen, dass das Essen fertig sei.

* * *

»All diese Energie verpufft einfach in Lärm und Gischt«, bemerkte Evelyns Vater, als sie zu der Gruppe zurückkehrten.

Wieder einmal bestand das Mittagessen aus Pökelfleisch, Bannock-Brot und Bohnen.

»Hier oben ist es schwierig, die Kraft nutzbar zu machen«, meinte George.

»Eines Tages, wenn die Eisenbahn das Gebiet erschlossen hat, wird das vielleicht möglich.«

Evelyn beobachtete, wie große Ameisen Bannock-

Krümel wegtrugen. Wie sehr sie den von ihren Lasten gebeugten Männern ähnelten!, dachte sie. Ein bunter Schmetterling flatterte auf eine Blume, deren geschlossene glockenförmige Blüten Evelyn an das Heidekraut in der Heimat erinnerten.

»Diese Landschaft ist viel zu schön, um sie mit hässlichen, lauten Maschinen zu zerstören.«

»Mit der Straßenbahn in Port Arthur bist du aber gar nicht so ungern gefahren, oder? Was, meinst du, treibt die an?«, fragte ihr Vater schmunzelnd. »Und das Riesenrad auf der Ausstellung?«

»Und die hübschen Lichter, die über die Dächer der White City tanzten«, fügte Mr Larsen hinzu.

»Alles hat seinen Preis, Evelyn.«

Doch die White City gehörte nun ins Reich der Träume, war für Evelyn nur noch eine ferne Erinnerung, Tausende Kilometer weg. Das Gleiche galt für die *Walküre* mit ihren polierten Messingrelings, den gestreiften Sonnensegeln und den Hummerkanapees. Selbst die geschäftigen Hafenanlagen von Port Arthur und Nipigon waren verglichen mit dem Ort, an dem sie sich jetzt befanden, hochzivilisiert. Hier herrschte das nackte Leben. Waren sie wirklich erst seit vier Tagen auf dem Fluss unterwegs? Oder waren es fünf …?

Dann drängte Skinner schon wieder zum Aufbruch, und die Führer begannen zu packen, traten das Feuer aus und gossen Wasser über die heiße Asche.

»Jetzt kommen nur noch kurze Portages«, erklärte er, als die Männer die Bündel auf den Rücken hievten. »Wir schlagen unser Lager am unteren Ende von Lake Emma auf.«

Sie folgten dem Lauf des Flusses weiter nach Norden, der immer wieder hinter Biegungen verschwand und manchmal in Sonnenlicht, manchmal in Schatten getaucht war. Die gezackten Klippen zu beiden Seiten schienen vor ihnen zu verschmelzen und bildeten an einigen Stellen fast einen Felstrichter.

Über ihnen beschrieben große Vögel Kreise. Adler, erklärte James Evelyn, der ihrem Blick folgte.

Einzelne Kiefern, deren Konturen sich scharf vom Himmel abhoben, klammerten sich ans Gestein. Andere waren umgestürzt, aus dem kargen Erdreich gerissen, und lagen auf halber Höhe der Klippen oder wie dürre Skelette neben dem Fluss, wo sie den Eisvögeln eine Basis boten.

Seit dem vergangenen Abend, als ein Kanu flussabwärts an ihnen vorbeigefahren war, hatten sie kein anderes Boot mehr zu Gesicht bekommen, und abgesehen von den groben Landestellen, die den Beginn der Portages markierten, gab es keinerlei Hinweise auf die Anwesenheit von Menschen. Seit Skinners Lodge hatten sie weniger als dreißig Kilometer zurückgelegt, kaum die Entfernung von Ballantyre House bis zur Nordseeküste, aber Evelyn erschien es, als wäre das Leben hier ganz auf das Wesentliche reduziert.

Zwanzig

Den Nipigon hinauf: drittes Lager

Als sie spät am Abend das dritte Lager aufschlugen, blies der Wind kühle Böen zwischen den Bäumen hindurch.

Evelyn zog ihre Jacke an.

»Der Herbst steht vor der Tür«, bemerkte Louis.

In diesem Camp hatten sie weniger Platz als in den vorhergehenden, und die Zelte mussten näher beieinander aufgestellt werden. Das von Skinner bildete wieder die Grenze zwischen den drei Zelten der Gäste und denen der Indianer, doch hier wirkte diese Trennung eher symbolisch als real, und sie kauerten dicht an dicht um ein einziges Feuer.

»Versuch, immer auf der windabgewandten Seite von Machk zu bleiben«, flüsterte Clementina Evelyn zu.

»Jetzt liegt's ganz bei Ihnen«, meinte Skinner. »Wir können hierbleiben und am Lake Emma angeln, aber es gibt auch eine gute Stelle unterhalb der White Chute. Oder ein paar von Ihnen könnten das letzte Stück an den Devil Rapids vorbei bis zu den Virgin Falls mitkommen. Die Damen vielleicht lieber nicht …«

»Warum nicht?«, fragte Evelyn.

Skinner kratzte sich am Kinn. »Da wird's ziemlich wild, Miss.«

»Dann besser nicht, Liebes«, meinte Evelyns Vater lächelnd, aber bestimmt. »Für die anderen kann ich natürlich nicht sprechen.«

»Ich bin dafür weiterzufahren«, sagte Rupert.

»Ja, tun Sie das«, ermutigte ihn Ballantyre, und Evelyn merkte, wie James die Ohren spitzte. »Melton? Was ist mit Ihnen?«

George sah Clemmy fragend an, die seinen Blick unsicher erwiderte.

»Ich bleibe hier bei den Ballantyres«, erklärte Mr Larsen, »und lasse die Fische flussabwärts zu mir kommen.«

Clementina nahm George beiseite. Es folgte ein ernstes Gespräch zwischen den beiden. Evelyn ahnte, worüber sie redeten. Clementinas Begeisterung über die Wildnis hatte sich erschöpft. Ihre Angst verstärkte sich, je weiter sie nach Norden vordrangen.

Am Ende einigte man sich darauf, dass George und Rupert weiter flussaufwärts fahren und früh am folgenden Morgen aufbrechen würden. Sie würden einen Tag lang angeln, ein Lager aufschlagen und am übernächsten Morgen zurückkehren.

Clementina wirkte nicht allzu glücklich über diesen Beschluss, doch George ließ sich nicht umstimmen.

Mr Skinner übertrug Louis das Kommando über die Gruppe, die nach Norden fahren wollte, und Machk, die beiden Ojibway-Jungen und James sollten ihn begleiten. Marcel würde, obwohl ihm das gar nicht gefiel, mit Tala im Lager bleiben, damit sichergestellt war, dass auch die beiden älteren Männer zu guten Angelplätzen gebracht wurden. Skinner würde ebenfalls bleiben.

»Dir wird es an nichts fehlen, Liebes«, hörte Evelyn George sagen.

* * *

James begann mit gesenktem Kopf die Teller abzuräumen. Er wollte Ballantyre nicht in die Augen schauen, aus Angst davor, dass dieser seine Gedanken erriet. Mit Dalston flussaufwärts zu fahren, war endlich die Gelegenheit, die Sache mit ihm zu regeln. Louis würde er ins Vertrauen ziehen müssen, dachte James, als er die Teller bei den beiden Jungen ablud und sich der für den Ausflug nötigen Ausrüstung zuwandte. Louis und Machk konnten Melton festhalten, falls dieser sich einmischte, aber Dalston würde er sich selbst vornehmen. Wenn sie zurückkehrten, würde Ballantyre sein Geständnis haben.

Als Skinner sich ihm näherte, hob er den Blick.

»Neue Anweisungen. Marcel fährt, und du bleibst.«

James hielt in der Arbeit inne. »Nein, ich fahre.«

Skinner schnaubte verächtlich. »Nein, das tust du nicht. Mr Ballantyre meint, die anderen haben mehr Erfahrung als du. Er denkt an den ersten Tag am Steg.« Als James protestierte, hob er die Hand. »Das hast du dir selber zuzuschreiben. Jetzt, wo er was gesagt hat, kann ich kein Risiko mehr eingehen.«

James ließ das Seil fallen, das er überprüft hatte, und lief zum Lagerfeuer, wo er Ballantyre nicht fand. Er entdeckte ihn ein Stück weiter den Fluss hinauf. Ballantyre stand mit dem Rücken zu ihm im Halbdunkel und zündete sich eine seiner infernalisch riechenden Zigarren an. James ergriff hastig zwei Wassereimer, damit er einen Grund hatte, in diese Richtung zu gehen, und marschierte zu ihm.

Ballantyre, der ihn offensichtlich erwartete, drehte sich zu ihm um, als er das Knirschen von James' Schuhen auf den Felsen hörte.

»Selbstverständlich ist an deinen Paddelfähigkeiten nichts auszusetzen«, sagte er leise, »lediglich an deinem Temperament. Das Risiko ist mir zu groß. Mach deine Eimer voll.«

Er wandte sich ab, nahm einen Zug an seiner Zigarre und blies den Rauch auf den Fluss hinaus.

»Wenn Sie meinen …«

»Füll sie und hör auf, mich so finster anzuschauen.«

James tauchte leise fluchend die Eimer ins Wasser.

»Morgen, James. Wenn sie weg sind, habe ich Gelegenheit, es dir zu erklären. Vielleicht verstehst du mich dann.«

* * *

Der folgende Morgen begann mit einem Wutschrei von Skinner, gefolgt von einer Schimpfkanonade gegen die beiden Ojibway-Jungen. Offenbar war das Kanu, das sich am besten für die Fahrt nach Norden eignete, nach der letzten Portage schlecht gepackt worden, weswegen die Klinge einer Axt die Birkenrinde aufgeschlitzt hatte und ein Leck unterhalb der Wasserlinie entstanden war. Es würde geflickt werden müssen, bevor sich die Gruppe auf den Weg machte. Skinner brüllte die beiden Jungen so laut an, dass sie ihre Habseligkeiten einsammelten und ohne ein Wort im Wald verschwanden. Skinner rief ihnen nach, dass sie zurückkommen sollten, aber sie ignorierten ihn, und so wies er Marcel an, ihnen zu folgen.

»Die kommen nicht wieder, nach allem, was Sie ihnen an den Kopf geworfen haben«, erwiderte Marcel mit verschränkten Armen, ohne sich von der Stelle zu bewegen. »Warum sollten sie?«

»Das sind deine Leute, also such jemand anders.«

Marcel bedachte ihn mit einem verächtlichen Blick und ging zum Feuer hinüber.

Nun hätten sie leider zu wenige Leute, um mit der Gruppe flussaufwärts zu fahren, erklärte Skinner verlegen. Sie würden warten müssen, bis die Reparatur ausgeführt sei, und sehen, ob sich neue Helfer finden ließen. Er werde Marcel zu Indianergruppen schicken, die in der Gegend auf der Jagd seien, um bei ihnen Männer anzuwerben.

Worauf Ballantyre meinte: »Das heißt, dass wir alle uns heute einen Ruhetag gönnen können. Mir kommt das sehr gelegen, muss ich sagen. Soweit ich mich erinnere, ist der Angelpokal für die Damen noch nicht vergeben, oder?« Er schenkte Lady Melton ein Lächeln. »Ich finde, Niels sollte den Schiedsrichter machen, während ich gern mein Glück an dem Teich versuchen würde, von dem James mir erzählt hat. Vorausgesetzt natürlich, er ist bereit, mich hinzubringen.«

James nahm aus den Augenwinkeln wahr, wie Louis zu ihm herüberschaute.

»Ich bringe Sie selber hin, Sir«, schlug Skinner vor, dessen Miene sich aufhellte. »James kann hierbleiben und mit Louis anfangen, das Kanu zu reparieren. In der Zeit soll Marcel flussabwärts versuchen, Ersatz aufzutreiben für diese elendigen Nichtsnutze, diese …« Er verstummte.

James bemerkte Ballantyres Verärgerung.

»Ich kenne die Angelplätze am Astra's Pool länger als die Jungs, Mister. Da oben gibt's 'nen Prachtburschen, den Sie erwischen könnten. Der war bestimmt schon ein Dutzend Mal am Haken, ist aber nie rausgezogen worden. Ein echter Kämpfer!«

»Wenn es dir nichts ausmacht, schließe ich mich dir an, Charles«, sagte Larsen. »Den Angelwettbewerb können wir immer noch gemeinsam bewerten, wenn wir zurück sind.«

Was sollte man da machen?

Ballantyre nickte höflich und zuckte halb mit den Achseln, als er an James vorbeiging.

»Ein andermal«, murmelte er. »Bald …«

* * *

Nachdem Evelyns Vater, Mr Larsen und Mr Skinner den Weg zum Astra's Pool hochgegangen waren, wirkte das Lager leer. Das verunsicherte Evelyn, obwohl sie nicht so genau wusste, warum. Möglicherweise lag es daran, dass der Wald hier dunkler und dichter wirkte als in den Tagen zuvor und sie zwang, auf dem Felsplateau über dem Fluss zu bleiben. Wie konnte es sein, dass man sich gleichzeitig ausgesetzt, klaustrophobisch und verwirrt fühlte? In den Weiten dieses Landes kam sie sich vor wie in einer Falle.

Plötzlich tauchte ein kleines Tier mit gestreiftem Schwanz und Glupschaugen auf. Es huschte unter den Tisch und holte sich einen Krümel. Als Evelyn ihm nachblickte, wie es einen Baum hinaufkletterte, entdeckte sie verkohlte Stellen am Stamm und schwarze Äste im unteren Bereich. Ein früheres Lagerfeuer, das außer Kontrolle geraten war?

»Da hat wahrscheinlich der Blitz eingeschlagen«, antwortete Louis, den sie danach fragte. »Manchmal fahren die mittendurch, und die Rinde verkokelt.«

»Lässt das den Baum nicht absterben?«

Louis schüttelte den Kopf. »Das beseitigt das tote Holz und sorgt dafür, dass wieder Licht reinkommt. Dadurch wird der Wald stärker.«

Das Tierchen schlich sich ein weiteres Mal heran, um einen Leckerbissen zu stibitzen. »Aber was ist mit den Tieren?«

»Manche sterben. Andere fliehen vor den Flammen. Die Schnellen, die Gesunden, die überleben sollen. Später kehren sie zurück. Die Menschen, die im Wald wohnen, machen's genauso. Sie laufen erst mal weg und kommen wieder, sobald das Feuer verlöscht. So ist es immer schon gewesen.«

Er erzählte Evelyn, diese Menschen hätten Felsmalereien oberhalb des Wasserfalls hinterlassen, die sich schon viele Jahre, vielleicht Jahrhunderte dort befänden.

»Könnten wir uns die ansehen?«

»*Bien sûr.*«

Evelyn ging zu Clementina und fragte sie, ob sie auch Lust darauf habe.

»Und George, was ist mit Ihnen und Rupert?«

George sagte Ja, doch Rupert meinte, er interessiere sich nicht für primitive Kunst und werde im Lager bleiben. Das Gewehr, das er mit nach Norden nehmen wolle, müsse gereinigt werden.

So betraten sie zu viert einen überwachsenen Pfad zwischen den Bäumen, die die Geräusche des Wasserfalls und des Flusses dämpften.

Evelyn atmete tief durch und genoss die kühle Stille und den feuchten Geruch von Kiefernnadeln. Es tat ihr nicht sonderlich leid, dass Rupert im Camp geblieben war, obwohl sie nicht hätte sagen können, warum. Seit dem Besuch im Indianerlager wirkte er unruhig und nervös, manchmal auch mürrisch, und sie empfand seine Gesellschaft weniger angenehm als noch auf der Jacht. Vielleicht langweilte er sich und bedauerte, seinen ursprünglichen Plan mit der Büffeljagd aufgegeben zu haben. Seine Bemerkungen waren spitzer geworden, und den Indianern gegenüber wirkte er oft offen herablassend. Möglicherweise war ihm die neue Nähe zwischen der Gruppe und den Bediensteten nicht recht.

James, fiel Evelyn auf, beobachtete ihn mit kaum verhohlener Feindseligkeit.

Sie blieb auf dem Weg stehen, um ihre Haare, die sich gelöst hatten und ihr ins Gesicht fielen, festzustecken. Louis hielt ebenfalls an und schaute nach hinten zu Clementina, die Mühe hatte, über einen umgestürzten Baum zu klettern, weil ihre Röcke sich darin verfangen hatten. George versuchte, sie zu befreien.

»Warten wir auf sie«, meinte Louis, holte seine kurze Pfeife hervor, wölbte die Hand darum, um sie anzuzünden, und deutete auf einen anderen liegenden Stamm. »Machen Sie Rast.«

Sie befanden sich auf einer kleinen Lichtung neben

einer Gruppe niedriger Bäume, an denen Büschel roter Beeren hingen.

»Kann man die essen?«, erkundigte sich Evelyn, pflückte eine und hielt sie zwischen Daumen und Zeigefinger.

Louis nickte. »Probieren Sie ruhig.«

Sie steckte sie in den Mund und biss darauf. Als scharfe Säure ihre Zunge und ihren Gaumen taub werden ließ, spuckte sie sie aus, wischte sich den Mund ab und sah Louis vorwurfsvoll an.

»Schärfe verleiht Geschmack«, erklärte Louis, legte seine Pfeife beiseite und pflückte Beeren von anderen Büschen. Kurz darauf ließ er eine Handvoll in ihren Schoß fallen. »Aber wenn Sie Süßes lieber mögen, sollten Sie sich an die hier halten.« Er nahm seine Pfeife wieder auf.

Nun gesellte sich Clementina, von dem Aufstieg außer Atem, zu ihnen. »Ist es noch weit?«

George, der ihr auf dem Fuß folgte, fächelte mit einem Farnwedel über ihren Köpfen, um die Fliegen zu verscheuchen.

»Bloß noch zehn Minuten.«

»Oh, Himbeeren! Wie schön!«, rief Clementina aus, als sie die Beeren in Evelyns Schoß entdeckte, und nahm eine. »Wo hast du die gefunden?«

»Louis hat sie für mich gepflückt. Aber von denen da solltest du die Finger lassen.« Evelyn deutete auf die anderen Beeren und bedachte Louis mit einem Stirnrunzeln. »Die sind grässlich.«

Louis musterte sie durch den blauen Rauch seiner Pfeife hindurch. »Aber jetzt wissen Sie das und können wählen. Wollen wir weitergehen?«

Einundzwanzig

Larsen freute sich über das Surren der Schnur, die über seinen Kopf hinwegsauste. Genau so hatte er es sich vorgestellt, und so war es geplant gewesen. Nur er und Ballantyre, Angeln in angenehmem Schweigen, in Frieden und Ruhe. *Vereinfachen, vereinfachen, vereinfachen,* riet Thoreau.

Sie mussten nicht reden. Vielleicht war dies ihre einzige Chance, abseits von den rastlosen Jüngeren mit ihrem Lachen und Plaudern, mit ihren Geschichten und ihrem Bedürfnis nach Aufmerksamkeit. Danach hatte Larsen sich an den langen Tagen in seinem Bostoner Büro gesehnt, wo er über Zahlen und Listen gebeugt arbeitete, entschlossen, alles in guter Ordnung zu übergeben. Nach einem See, in dem sich Bäume spiegelten, die Oberfläche nur durch Fliegen – echte und falsche – aufgerührt, die die Forellen nach oben lockten. Das einfache Leben …

Skinner hatte zugeschaut, wie sie mit ihren Angelruten Position bezogen. Nun machte er es sich am anderen Ende des Teichs im Schatten zu einem Nickerchen bequem.

Fast zwanzig Jahre war es her, dass Larsen das erste Mal Skinners Lodge aufgesucht und den Mann flussaufwärts begleitet hatte. Wie konnte das sein? Larsen hatte kaum gemerkt, wie die Jahre verflogen. Damals war es ruhiger gewesen am Fluss, weil weniger Menschen ihn kannten. Jetzt war Skinner ein alter Mann, drahtig und immer noch voller Tatkraft, aber allmählich nagte der Zahn der Zeit auch an ihm.

Als er erneut auswarf, blickte Larsen zu seinem Freund hinüber. Charles Ballantyre hingegen stand in vollem Saft und verfügte über Energie und Kraft. In ihm verband sich die Rastlosigkeit der Jugend mit aus Erfahrung erworbenem Wissen. Und er besaß nach wie vor jene Integrität, die Larsen von Anfang an zu ihm hingezogen hatte.

Ballantyre schien heute ebenfalls in seinem Element zu sein. Er warf fröhlich die Schnur aus und freute sich über das einfache Vergnügen, mit einem Freund zu angeln.

Was beschäftigte den Mann nur, fragte sich Larsen, während er seinerseits erneut auswarf.

»Niels.« Möglicherweise erahnte Ballantyre seine Gedanken, denn er holte die Schnur ein und blickte über den glitzernden See. »Erinnerst du dich noch, dass vor ein paar Jahren auf meinem Anwesen ein Mann erschossen wurde?«

Larsen nickte erstaunt. »Dein Wildhüter, nicht wahr?«

Ballantyre schüttelte den Kopf. »Der Wildhüter wurde in derselben Nacht erstochen, nicht erschossen. Ein Wilderer wurde erschossen, ein alter Mann, der zahllose Male gegen das Gesetz verstoßen hatte. Er war aufsässig und ohne jede Reue.«

Ballantyre legte seine Angelrute weg und setzte sich auf einen Felsen nicht weit von Larsen entfernt.

»Er hat einmal versucht, meine Ställe niederzubrennen, und ein Netz über meinen Fluss gespannt, als die Lachse zu ihren Laichgründen wollten. Der Mann war recht lästig. Jedes Mal wenn er mir vorgeführt wurde, wirkte er noch trotziger.«

Larsen warf, den Kopf halb Ballantyre zugewandt, noch einmal aus. Er spürte, dass es um etwas Wichtiges ging und er Ballantyre Zeit lassen musste.

Die Wasseroberfläche kräuselte sich leicht, ein Fisch tauchte auf.

»Nachdem er auf dem Grund meines Nachbarn erwischt worden war, habe ich ihm Vorhaltungen gemacht, weil er wieder des gleichen Vergehens wegen vor mir stand, doch er hat nur den Kopf in den Nacken gelegt und mich lange und intensiv angesehen«, erzählte Ballantyre. »Auch er sei mein Nachbar, hat er mir erklärt, mir ebenbürtig, und lebe genau wie ich von dem, was Gott uns gebe. Welches Vergehens habe er sich also schuldig gemacht?«

Larsen schmunzelte. »Aha, ein Philosoph.«

»Ja, das war er.«

Larsens Schnur spannte sich, und seine Angelrute begann sich zu biegen. Obwohl die beiden sofort reagierten, entwischte der Fisch.

Kurz danach fuhr Ballantyre fort: »Hier draußen in der Wildnis kann man seine Argumentation nachvollziehen. Jedenfalls hat er mir mitgeteilt, dass er mir nichts Böses wolle, und mich gefragt, warum ich ihn nicht möge. Außerdem hat er sich erkundigt, wieso man ihn festgenommen habe. Er habe nur seinen Hunger mit dem gestillt, was mein Grund hergebe. Ich lade doch regelmäßig Menschen zum Jagen und Angeln auf mein Anwesen ein, die immer einen vollen Bauch hätten.« Ballantyre streckte die Beine aus. »Damit hatte er nicht unrecht.«

»Vermutlich …«

»Ich konnte ihm lediglich erwidern, dass ich ihn kraft meiner Autorität zur Rechenschaft ziehen und ihn durch mein gutes Vorbild und eine Strafe dazu bringen müsse, seine Vergehen zu bereuen. Dabei kam ich mir ziemlich aufgeblasen vor, und das hat er auch gemerkt.«

Larsen holte schmunzelnd die Schnur ein. »Und weiter?«

»Als ich das Strafmaß verkünden wollte, hat er den Kopf schief gelegt, eine Hand gehoben, um mich zu stoppen, und darauf hingewiesen, dass die Strafe für sein sogenanntes Vergehen völlig unverhältnismäßig sei. Statt ihn zu verurteilen, solle ich Veränderungen bewirken, um echte Gerechtigkeit herbeizuführen. Wie du dir vorstellen kannst, haben sich alle Anwesenden auf meine Kosten amüsiert.«

Larsen nickte.

»Einen Teil von mir interessierte es herauszufinden, wie weit der Mann gehen würde, also ließ ich ihn weiterreden. Das war ein Riesenfehler! Der Rüpel war wortgewandt, ein geborener Redner! Er sprach von natürlicher und unnatürlicher Gerechtigkeit und beharrte darauf, dass die Lachse weder mein noch meines Nachbarn Eigentum seien, weil sie mein Anwesen lediglich zum Laichen durchquerten, dass sie ursprünglich vom Meer kämen, wo sie keinem und allen gehörten. Was sollte ich darauf sagen?«

»Trotzdem konntest du ihn nicht freisprechen …«

»Nein. Aber das hätte ich gern getan! Ich konnte letztlich nur erklären, dass ich, wenn ich das täte, Diebesgesindel praktisch dazu einladen würde, sich auf privaten Grundstücken zu bedienen. Er müsse die Form der Gerechtigkeit akzeptieren, die das Gericht ihm biete. Der Mann konterte mit dem Argument, was ich ihm als Gerechtigkeit verkaufen wolle, sei eine organisierte Form der Unterdrückung, die ihm keinen Respekt abnötige. Er werde sich ausschließlich von seinem eigenen Gewissen leiten lassen. Von seinem *Gewissen*, Niels …«

Ballantyre schwieg kurz und wiederholte dann: »Von seinem Gewissen.«

Er blickte mit grimmiger Miene auf den See hinaus, hob ein Steinchen auf und warf es ins Wasser, und dann noch eines.

Larsen legte die Rute weg. Mit dem Angeln war es aus, weil Ballantyre die Fische mit den Steinen vertrieb.

»Er hat so weitergeredet, bis mein Nachbar, der alte Farquarson, es nicht mehr aushielt und aufstand, um mich zu verteidigen, indem er auf meine zahlreichen guten Taten hinwies.«

Die Verbitterung war Ballantyre deutlich anzuhören.

»Diesen Einwand hat der Alte durch seine Behauptung entkräftet, er gebe einen weit größeren Teil seines Besitzes her als Farquarson oder ich und verlange dafür keine Gegenleistung. Wir, meinte er, nutzten die Wohltätigkeit, um gut dazustehen und unser schlechtes Gewissen darüber zu beruhigen, dass wir so viel für uns selbst beanspruchten.«

Ballantyre lächelte spöttisch.

»Der arme Farquarson war außer sich und gab Anweisung, ihn abzuführen. Als der Wilderer den Saal verließ, setzte er noch das Tüpfelchen auf das i, indem er ausführte, ihn ins Gefängnis zu stecken, verursache dem Land unnötige Kosten, da er sehr wohl in der Lage sei, für sich selbst zu sorgen.«

Larsen musste lachen.

»Trotzdem wurde er zu sechs Monaten harter Arbeit verurteilt. Ich habe an jenem Tag gelernt, was es heißt, ein schlechtes Gewissen zu haben. Zumindest habe ich angefangen, es zu begreifen.«

Larsen setzte sich neben ihn. Er wusste nach wie vor nicht so genau, wo Ballantyres Erzählung hinführen sollte. »Du hättest ihn laufen lassen, wenn du gekonnt hättest?«

»Ja, und ich wünschte, ich hätte es getan. Was uns allen dann erspart geblieben wäre …«, meinte er leise. »Er hatte recht! Es war tatsächlich eine Farce, ihn ins Gefängnis zu stecken dafür, dass er sich ein paar Lachse geholt hatte, und seine Argumentation war tadellos. Später habe ich jedes Mal, wenn ich im Gerichtssaal oder bei irgendeiner Zusammenkunft einer Wohltätigkeitsorganisation saß, sein spöttisches Lächeln gesehen und die Verachtung in seiner Stimme gehört. Plötzlich habe ich begonnen, hinter die Fassade zu blicken.«

Ein milder Wind wehte über den Teich, dessen glatte Oberfläche in tausend Wasserscherben zersplitterte.

Larsen sah, dass Skinner aufgestanden war und sich streckte. Bald würde er sich zu ihnen gesellen, und ihr Gespräch wäre beendet. Doch Larsen hatte das Gefühl, dass sein Freund noch nicht fertig war.

»Du wirkst in einer Welt, die du nicht selbst geschaffen hast, mein Freund, und gehorchst Regeln, die, so unvollkommen sie auch sein mögen, die Handlungen anderer leiten müssen.«

Ein besserer Kommentar fiel Larsen nicht ein.

Ballantyre wandte sich ihm mit einem merkwürdig harten, ganz und gar unweltmännischen Blick zu.

»*Unvollkommen*, sagst du? Dieser Mann, dieser abgerissene Philosoph wurde später auf meinem Grund und Boden kaltblütig erschossen, Niels. Wo war die Gerechtigkeit da?« Er schwieg kurz. »Und was danach folgte, war noch schlimmer.«

Nun schwieg er ziemlich lange.

»Jacko wird das nicht mehr erfahren, aber an jenem Tag vor Gericht hat er mir Waffen an die Hand gegeben und in mir den Entschluss reifen lassen, mich ebenfalls nur noch von meinem *Gewissen* leiten zu lassen, nicht von den egoistischen Gesetzen der Privilegierten.«

Larsen runzelte die Stirn, verwirrt und besorgt über die offensichtlichen Qualen seines Freundes, und suchte nach einer passenden Erwiderung, doch da fuhr Ballantyre bereits fort.

»Er hat an jenem Tag gesagt, mit seinen Augen würde ich ein völlig anderes Universum sehen.« Ballantyre bedachte Larsen mit einem schiefen Grinsen. »Und hier, in dieser deiner Wildnis, mein Freund, glaube ich, genau das zu tun.«

Larsen spürte, dass sie endlich vorankamen. Wenn er zum Kern des Problems vordringen wollte, musste er behutsam vorgehen. Ihm fielen Einzelheiten der damaligen Ereignisse ein. Der Mörder war ein Stallbursche gewesen, erinnerte er sich, ein Waisenjunge, den Ballantyre unter seine Fittiche genommen hatte. Diese Geste war typisch für den Mann. Der Verrat des Burschen musste ihn schwer getroffen haben.

»Wurde der Junge, der ihn getötet hat, je erwischt?«, fragte er und sah, wie sich Ballantyres Kiefermuskulatur verkrampfte.

»Nein.«

Als Larsen merkte, dass Skinner sich ihnen bedächtigen Schrittes näherte, fluchte er innerlich.

Auch Ballantyre hatte ihn entdeckt. »Niels, ich muss dich um einen Gefallen bitten.« Sein Tonfall änderte sich, er klang forscher. »Eigentlich um zwei Gefallen. Erstens darum, mir keine Fragen zu stellen. Keine einzige. Und zweitens darum, diesen Brief zu nehmen, aufzubewahren und nur zu öffnen, wenn du musst. Glaube mir, dir wird klar sein, wann es so weit ist.«

Er nahm einen verknitterten Umschlag aus der Innentasche seiner Jacke.

»Nur zur Sicherheit. Ich habe einen weiteren Brief geschrieben, der für mich aufgegeben wurde und in Boston für dich bereit liegt. Darin erkläre ich dir Dinge, die dich verwirrt haben müssen, und ich bitte dich schon jetzt um Verzeihung, weil dir das, was ich getan habe, nicht gefallen wird.«

Ballantyre hielt ihm das Kuvert hin.

»Ich flehe dich an: Richte deine Handlungen an seinem Inhalt aus, sobald du dich dazu gezwungen siehst.«

Larsen nahm den Umschlag widerstrebend. »Mein lieber Freund!« Ballantyres Gesichtsausdruck gefiel ihm nicht. »Worum es auch immer gehen mag …«, hob er an, doch da raschelte es in den Bäumen hinter ihnen, und Skinner tauchte auf und erkundigte sich, ob alles in Ordnung sei, warum sie beide nicht angelten.

Ballantyre wandte sich ihm beherrscht und freundlich zu wie stets.

»Selbstverständlich! Wir haben nur …«

Als ein Schuss erklang, verstummte er. Sein Echo hallte von den hohen Felswänden wider, und eine Wolke schob sich vor die Sonne.

Zwei weitere Schüsse folgten, dann war es kurz still, bevor noch mehr Schüsse ertönten.

»Was, zum Teufel …?«

Als die Schüsse nicht aufhörten, entspannte sich Skinner.

»Schießübungen«, meinte er und nickte.

»Woher wollen Sie das wissen?« Ballantyre war kreidebleich.

»Was soll es sonst sein? Ein Massaker unter den Indianern?« Skinner lachte schrill.

Ballantyre schob sich an ihm vorbei und hastete den Weg entlang.

* * *

Die andere Gruppe hatte gerade die alten Felsmalereien erreicht, als die Schüsse erklangen. Louis war hinaufgeklettert, um die Äste wegzuschieben, die die Stelle verbargen, wo Jahrhunderte zuvor ein Stück Gestein weggebrochen und ein glatter Untergrund für die Künstler der Gegend entstanden war. Abbildungen von riesigen Fischen und anderen Tieren, gerade und Zickzacklinien in Schwarz und rötlichen Ockertönen zierten den Stein.

»Schauen Sie hier, ein Jäger mit Pfeil und Bogen …«

Louis verstummte, als der erste Schuss zu ihnen herüberdrang, und Evelyns Herz setzte einen Schlag aus. Ihm folgte ein zweiter.

»Schüsse!«, bemerkte Melton und schaute zu Louis hinauf. »Warum …?« Bei den nächsten Schüssen verstummte auch er.

Louis sprang vom Felsen herunter und wischte den Schmutz von seinen Händen.

»Das ist vermutlich der gute Mr Dalston«, meinte er, bemüht gelassen lächelnd.

»Warum sagen Sie das?«, fragte Evelyn und wandte sich George zu. »Wir müssen sofort zurück.«

»Oder Marcel …«, fuhr Louis fort. »Heute Morgen habe ich gehört, wie sie gewettet haben, wer der bessere Schütze ist. Mehr steckt nicht dahinter.«

Evelyn befand sich schon auf dem Weg nach unten.

George rief, sie solle warten, aber sie eilte, von Panik ergriffen, weiter, stolperte, von schrecklichen Vorahnungen getrieben, über Wurzeln und hielt sich an Ästen fest, die ihr ins Gesicht schlugen und sich in ihren Haaren verfingen.

Sie war noch nicht weit, als Louis sie einholte, sie am Arm packte und zu sich herumdrehte.

»Nicht so schnell, Mamsell! Ich habe Ihnen doch gesagt, dass alles in Ordnung ist! Wenn Sie mir das nicht glauben, müssen Sie mich wenigstens voranlaufen lassen, ja?« Er drückte sie auf einen umgefallenen Baumstamm. »Warten Sie hier, bis die anderen kommen, und gehen Sie dann langsam weiter.«

Und schon verschwand er.

* * *

Der Streit entbrannte aus dem Nichts. James hockte neben dem beschädigten Kanu, bestrich den Riss mit Pech und merkte kaum, wie Marcel mit zwei fremden Männern ins Lager zurückkehrte.

Als er den Blick hob, sah er, dass Marcel Dalstons Jagdgewehr begutachtete und, ein dunkles Auge geschlossen, durch die Zielvorrichtung schaute. Er wog es in den Händen, legte es kurz darauf gleichgültig weg und begann, sich zu entfernen.

Was genau er sagte, hörte James nicht, nur, dass Dalston etwas erwiderte.

Marcel blieb stehen, drehte sich achselzuckend zu ihm um und wollte weitergehen, doch Dalston stellte sich ihm in den Weg.

Herrgott! Wie dumm konnte man sein?

Die beiden begannen, Ziele auf dem Kiesstrand zu platzieren.

James schob den Behälter mit dem Pech weg, wischte sich die Hände an der Hose ab und richtete sich auf. »Wenn die anderen Schüsse hören, machen sie sich Sorgen«, ermahnte er Marcel. »Lass es sein, Mann. Wenigstens bis sie zurück sind.«

Marcel stellte sich taub.

»Mach den Weg frei, ja?«, forderte Dalston ihn auf.

»Ich habe gesagt, lasst es sein, bis die anderen zurück sind«, wiederholte James, um Beherrschung bemüht. Dies war das erste Mal, dass er Dalston direkt in die Augen blickte, und er spürte, wie ihm die Galle hochkam.

»Und ich habe gesagt, mach den Weg frei.« Dalston schob sich an ihm vorbei, riss sein Gewehr hoch, drückte ab und traf das Ziel. Marcel war kaum genug Zeit geblieben, sich in sichere Entfernung zu begeben.

Schon feuerte Dalston wieder und traf das zweite Ziel. Marcel nahm ihm die Waffe aus der Hand, trat mehrere Schritte zurück und drückte kurz hintereinander zweimal ab. Auch er traf beide Male.

James mischte sich noch einmal ein, wieder erfolglos. Daraufhin trat er beiseite, lehnte sich mit verschränkten Armen an einen Baum, lauschte auf die Schüsse, die von den Felsen widerhallten, und versuchte, sich Ballantyres Reaktion vorzustellen.

Jetzt waren die beiden nicht mehr zu stoppen. Sie gaben eine Salve nach der anderen ab, und als es am Ende unentschieden stand, schleuderte Marcel das Gewehr in die Büsche und holte Pfeil und Bogen. Er platzierte erneut ein Ziel, schoss zwei Pfeile ab und warf den Bogen Dalston zu.

Die Männer, die Marcel mitgebracht hatte, umringten Dalston spöttisch grinsend und drängten ihn, es mit dem Bogen zu versuchen.

James straffte die Schultern und bereitete sich innerlich auf Ärger vor.

Da mischte sich das Schicksal in Gestalt eines Fremden ein. Es raschelte im Gebüsch, und ein Mann mit Schlapphut und schmutziger Kleidung tauchte auf. »Gute Schüsse«, bemerkte er.

Dalston hielt, den Bogen in der Hand, inne und sah ihn mit großen Augen an. »Wo, zum Teufel, kommen Sie her?«

Der Fremde schaute zu dem leeren Lager hinüber, ohne ihn zu beachten. Er war groß und schlaksig, und seine Kleidung schien nach langem Tragen seine Form angenommen zu haben. Den abgewetzten Hut hatte er tief in die Stirn gezogen und die Stiefel nach Art der Indianer bis zu den Waden geschnürt. Über seiner Schulter hing eine kleine Tasche.

»Ist das das Lager von Skinner?«, erkundigte er sich.

»Ja«, antwortete James.

»Ist Mr Ballantyre auch hier?«

Da stürzte Ballantyre atemlos und mit rotem Gesicht zwischen den Bäumen hervor. Beim Anblick des Fremden blieb er stehen und holte tief Luft.

»Gütiger Himmel! Kershaw!«

Fast im selben Moment näherte sich Louis aus der anderen Richtung. Auch er blieb stehen.

»Ich habe Schüsse gehört«, keuchte Ballantyre.

Der Fremde hob die Hände. »Damit hab ich nichts zu tun, Mister. Die zwei da haben Schießübungen veranstaltet. So hab ich das Lager gefunden. Weil ich die Schüsse gehört hab.« Er schob den Hut auf eine Seite des Kopfes und kratzte sich. »Ich hab Sie gesucht, Sir. Hab Ihre Nachrichten erhalten und bringe Neuigkeiten.«

Louis schickte Tala den Weg zurück, um die Damen sicher ins Lager zu geleiten, und kam näher, den Blick auf den Fremden gerichtet.

»Achak und seine Familie haben ihr Camp nur ein paar Kilometer von hier aufgeschlagen. Ich hab mit ihm geredet. Er möchte sich mit Ihnen unterhalten, also hab ich ihm gesagt …«

Ballantyres Miene hellte sich auf. »Gut gemacht! Das sind prima Neuigkeiten. Hat Ihnen schon jemand etwas zu essen angeboten? Oder etwas zu trinken? Stärken Sie sich, dann können wir reden. Ist in der Kanne da Kaffee?«

James ging zum Feuer, und kurz darauf gesellte sich Louis mit frischem Brennholz zu ihm. Als er sich bückte, um es in die Flammen zu legen, sah er James an.

* * *

Im Lager trafen Evelyn und die anderen einen Fremden am Feuer an, der gerade ein Stück Bannock-Brot und eine Scheibe Wild aß, Bissen von dem Fleisch mit den Zähnen abriss und mit offenem Mund kaute.

Nach einem kurzen Blick auf ihn wandte Evelyn sich ihrem Vater zu. »Wir haben Schüsse gehört …« Allmählich beruhigte sich ihr Puls. Hier schien alles in Ordnung zu sein. Obwohl Tala ihnen das bereits versichert hatte, war sie nun froh, es mit eigenen Augen zu sehen.

»Schießübungen, hat man mir erklärt.« Ihr Vater lächelte, doch dieses Lächeln wirkte verkrampft. »Nichts weiter. Darf ich euch Dan Kershaw vorstellen, einen Geschäftsfreund?«

»Ein *Geschäfts*freund?« Clementina lachte. »Also wirklich, Mr Ballantyre, nur Sie …«

»Alles in Ordnung?«, fragte Mr Skinner, als er und Mr Larsen aus dem Pfad heraustraten.

»Es war genau so, wie Sie gesagt haben, Mr Skinner«, antwortete Evelyns Vater. »Wenn ihr uns jetzt entschuldigen würdet. Mr Kershaw hat für mich beträchtliche Mühen auf sich genommen, und ich möchte hören, was er zu berichten hat. Nehmen Sie Ihren Kaffee ruhig mit, Dan.«

Er ging dem Mann voran zum Kiesstrand und blieb ein Stück von der Gruppe entfernt mit ihm stehen.

Rupert gesellte sich zu den anderen. »Was soll das bedeuten?«, erkundigte er sich bei Evelyn und hob eine Augenbraue.

»Bei Papa kann man das nie wissen«, antwortete sie.

* * *

Louis und James blieben so lange beim Feuer, wie sie konnten, und schauten zu den beiden Gestalten hinüber, die sich auf dem Kiesstrand unterhielten.

»Dieser Kershaw scheint eine Menge zu sagen zu haben«, meinte Louis.

»Wenn er Achak aufgespürt hat …«

»Was hat er von ihm erfahren?«

James behielt die beiden Männer im Auge und schickte Tala los, um Wasser zu holen und wenn möglich zu lauschen. Bildete er sich das nur ein, oder blickte Ballantyre tatsächlich immer wieder zu ihnen? Oder vergewisserte er sich lediglich, dass sich niemand unbemerkt näherte?

Was genau wollte Ballantyre von Achak? Vermutlich das Gleiche wie alle. Und befanden sie sich nun in direkter Konkurrenz zu Ballantyre? O Gott, hoffentlich nicht!

James beobachtete, wie Ballantyre den Mann beiseitezog, als Tala sich mit den Wassereimern näherte. Ihm schien es, als würden unangenehme Fragen gestellt. Kershaw zuckte mehrmals mit den Achseln, und einmal sah er zum Lager hinüber.

Louis deutete auf Marcel, der wütend ein Reh zerteilte, das er erlegt hatte. »Was für ein Problem hat der?«

James erzählte es ihm.

Louis verdrehte die Augen. »Also muss ich mit zwei Verrückten, die sich gegenseitig an die Gurgel wollen, den Fluss hinauf.« Er blickte noch einmal flussabwärts und richtete sich auf, als er feststellte, dass Ballantyre und Kershaw zurück zum Lager gingen.

Die beiden trotteten an ihnen vorbei, ohne sie zu beachten, und Ballantyre zog Larsen beiseite.

Kershaw schlenderte zum Feuer, rieb sich die Hände und schaute in den Topf, in dem Fleisch vor sich hin köchelte.

»Riecht gut«, bemerkte er und setzte sich.

»Bleiben Sie zum Abendessen?«, erkundigte sich Louis.

»Sieht ganz so aus.« Der Mann streckte die Beine aus, schob den Hut ins Gesicht und machte es sich zu einem Nickerchen bequem.

Louis musterte ihn kurz, bevor er zu Marcel trat, ein paar Minuten mit ihm redete und James heranwinkte.

»Viel hat Tala nicht gehört, aber genug für uns.«

»Was?«

Louis und Marcel wechselten einen Blick. »Genug, um annehmen zu können, dass dein Mister Ballantyre der Mann ist, der hinter dem ursprünglichen Deal mit Achaks Vater steckt.«

O nein! Plötzlich wurde James manches klar. Die Abmachung sei von einem Agenten eingefädelt worden, der für einen Dritten arbeitete, hatte man ihnen mitgeteilt. »Was bedeutet, dass wir …«

»… ihn ausgestochen haben.«

Louis wirkte schadenfroh, doch in James' Kopf wirbelten die Gedanken durcheinander. Er hätte es wissen, zwei und zwei zusammenzählen müssen. Ballantyres Interesse an der geplanten Bahnlinie, am Potenzial des Flusses, an der Goldsuche und dann noch sein unbedingter Wille, Achak zu finden … Dahinter steckte mehr als nur der Wunsch, einem Gerücht auf den Grund zu gehen. Ballantyre hatte einen Claim abgesteckt, eine Abmachung ausgehandelt und würde die nicht kampflos aufgeben. Wenn er herausfand, wer ihm zuvorgekommen war, würde sein Interesse daran, James' Namen reinzuwaschen, mit Sicherheit erlahmen.

James beobachtete, wie Ballantyre mitten im Gespräch mit Larsen eine Hand hob und Skinner mit einer herrischen Geste heranwinkte. Da war sie wieder, seine alte Gutsherrenart.

»Wusstest du das?«, fragte Louis James.

»Nein.«

Louis musterte ihn.

»*Eh bien.*« Er schaute Marcel an und nickte, als wäre die Angelegenheit für ihn damit abgeschlossen. »Und was jetzt?«

Ja, was …?

Die anderen hatten sich, ohne etwas von den Vorgängen zu bemerken, ums Feuer versammelt. Die Männer rauchten, während Lady Melton ihnen die Skizzen zeigte, die sie von den Felsmalereien gemacht hatte.

Evelyn sah James an, stand auf und ging zu ihm.

»Was ist los?«, fragte sie ihn.

Er verstellte sich. »Miss?«

Sie bedachte ihn mit einem verächtlichen Blick. »Was bespricht Papa da mit diesem Mann?«

Bevor James antworten konnte, rief Ballantyre: »Evelyn, Liebes. Einen Moment noch.«

* * *

Ballantyre zog sie beiseite. Nur eine kleine Änderung der Pläne, sagte er.

»Ich werde höchstens einen Tag fort sein. Mr Larsen und Mr Skinner bleiben bei dir und den Führern im Lager.«

Evelyn kannte diesen geistesabwesenden, gehetzten Gesichtsausdruck und wusste, dass es keinen Zweck hatte, etwas zu erwidern. Sogar hier in der Wildnis ließ er sie allein …

»Das Kanu von Kershaw liegt etwa anderthalb Kilometer flussaufwärts, jenseits der Fälle. Von dort aus muss man nur noch ein kleines Stück paddeln und dann auf einem ordentlichen Weg zu Fuß gehen. Wenn wir im Morgengrauen mit den anderen aufbrechen, stehen die Chancen gut, dass wir bis zum Abend zurück sind. Im schlimmsten Fall bleibe ich über Nacht weg.« Er verzog den Mund zu einem Lächeln. »Ich weiß, das verlängert die Liste meiner Übeltaten.«

»Wirst du ihm folgen, wenn er sein Lager bereits abgebrochen haben sollte?«

Er schnippte gegen ihre Wange. »Und mir deinen Zorn zuziehen? Nein. Aber er bleibt, wo er ist. Kershaw sagt, er erwartet mich, und die Sache an sich wird nicht viel Zeit in Anspruch nehmen.«

Das hörte sich an, als würde er mit ihr über eine kurze Zugreise in eine andere Stadt sprechen, während der er sie in einem Haus voll Bediensteter zurückließ.

»Wird James hier sein?«, fragte sie unvermittelt.

Er reagierte mit einem leichten Stirnrunzeln.

»Ich denke schon. Mr Skinner!«, rief er dem alten Mann zu. »Wer soll im Lager bleiben?«

»Tala und Machk. Und James. Die beiden neuen Jungs begleiten Louis und Marcel und die Gentlemen flussaufwärts. Wir passen schon auf Sie auf, Miss, keine Angst.«

Wenn James hier und Papa fort wäre, hätte sie endlich Gelegenheit zu einem richtigen Gespräch. Nun, da die wesentlichen Fakten auf dem Tisch lagen, fühlte sie sich nicht mehr an die Anordnungen ihres Vaters gebunden.

»Dann kann mir ja nichts passieren«, meinte sie und reckte unwillkürlich das Kinn vor.

»Nein.« In seinem Blick blitzte Verständnis auf. »Bleib weiter vernünftig, Evelyn. So geschieht niemandem etwas.«

»Machen Sie sich keine Sorgen, Mister«, mischte sich Skinner ein. »Es ist ja nur ein Tag. Da passiert schon nichts.«

* * *

»Das wird interessant«, flüsterte Louis James im Vorbeigehen zu, und später, als sie am Fluss die Kochtöpfe auswuschen, wollte er wissen: »Wie viel Einfluss hat Ballantyre?«

»Einfluss?«

»Ich meine, wie viel Überzeugungskraft, mein Freund. Er scheint mir ein mächtiger Feind zu sein. Wird es ihm gelingen, Achak dazu zu bringen, dass er sein Versprechen zurückzieht?«

James zuckte mit den Achseln. »Er kann dem Mann lediglich in der einen oder anderen Form Geld anbieten. Davon hat er genug. Seine Abmachung war mit dem alten Häuptling.«

Louis kratzte sich am Kinn. »Wir haben auch keinen stärkeren juristischen Anspruch als er. Keine Dokumente. Nichts Offizielles. Wir können nur darauf vertrauen, dass Achak keinen Rückzieher macht.«

Und Vertrauen war etwas sehr Zerbrechliches.

Sie waren gerade dabei, Töpfe und Wasser zum Lager zu tragen, als Ballantyre am Waldrand auftauchte. Er kam zu ihnen.

»Ich würde gern mit euch beiden reden.«

James spürte, wie Louis neben ihm unruhig wurde.

»Soweit ich weiß, hat es eine Auseinandersetzung zwischen Marcel und Dalston gegeben«, sagte Ballantyre zu Louis.

»Ja, aber ich war nicht dabei.«

»Und du?«, fragte Ballantyre James.

»Das war nichts Aufregendes – erhitzte Gemüter und Angeberei beiderseits.«

Ballantyre wandte sich wieder Louis zu. »Bist du nach wie vor bereit, mit ihnen flussaufwärts zu fahren?«

»Klar.«

»Gut.« Ballantyre wirkte nachdenklich. »Melton hat die Sache heruntergespielt, doch wenn du das Gefühl hast, es könnte Probleme geben, musst du sofort umkehren.«

Louis zuckte verwundert mit den Achseln.

»Wenn sie sich streiten wollen, wäre es mir lieber, sie täten es in meiner Abwesenheit außerhalb dieses Lagers, aber immerhin kann ich euch versichern, dass auf Melton Verlass ist. Er ist vernünftig. Anders als Dalston, der ist unberechenbar.«

Unberechenbar? Dalston war ein Mörder …

Und lief trotzdem frei herum.

Ballantyre nahm zwei Zigarren aus seiner Tasche und hielt sie ihnen hin.

Louis nahm eine. James schüttelte mit verkniffenem Mund den Kopf.

Ballantyre steckte sie ihm in die Hemdtasche.

»Dann heb sie dir für später auf. Oder gib sie Louis. Natürlich haben Skinner und Mr Larsen hier weiter das Kommando, doch die Damen vertraue ich dir an, junger Mann. Sorg dafür, dass sie sich wohlfühlen und ihnen nichts passiert. Und dafür, dass sie in der Nähe des Lagers bleiben, bis ich zurückkomme, und keine Ausflüge mehr zu Felsmalereien oder Wasserfällen unternehmen. Verstanden? Sie bleiben hier.«

* * *

Vielleicht lag es an dem mittlerweile zwei Tage alten Wild, möglicherweise aber auch an seiner generellen inneren Unruhe, dass Larsen unter starkem Sodbrennen litt, als sie sich an jenem Abend ums Feuer scharten.

Irgendwie hatte sich die Gruppe trotz des begrenzten Raums, auf dem sich das Camp befand, aufgespalten. Die Führer hielten sich auf der einen Seite auf, die Gäste auf der anderen, und Skinner und Kershaw stellten so etwas wie eine Brücke zwischen beiden dar, ohne es selbst zu merken.

Doch Larsen spürte, dass die Gruppe nicht in sich

harmonisch war. Dalston und Marcel wechselten Blicke, die darauf schließen ließen, dass ihr Streit nach wie vor nicht beigelegt war, während sich die Aufmerksamkeit von Louis und James mit merkwürdiger Feindseligkeit auf den wortkargen Kershaw richtete.

Obwohl über die Absichten des Mannes nicht weiter gesprochen worden war, schien das Wörtchen »Gold« im Rauch des Lagerfeuers zu hängen.

Was hatte Ballantyre gesagt? *Schlimmres Gift den Seelen der Menschen.*

Die arme Evelyn, die ihrem Vater nicht verzeihen konnte, wirkte wieder rebellisch, was verständlich war, und Clementina saß nahe bei ihrem Mann und starrte ins Feuer.

Eine merkwürdige Vorahnung hatte das Lager ergriffen. Jener herrliche Moment an Astra's Pool war nur noch Erinnerung.

Ballantyre hingegen wirkte lebhaft wie lange nicht mehr und redete auf eine Art und Weise mit Skinner übers Angeln, die offenbar dazu dienen sollte, das Gespräch am Laufen und in sicheren Gewässern zu halten.

Larsen beschloss, ihm beizustehen.

»Du meinst also, meine alte Angelrute lässt mich nicht im Stich?«, fragte er James. »Es erscheint mir wie Hochverrat, sie zu ersetzen.«

»Sie hat Ihnen lange gute Dienste geleistet, denke ich«, meinte der junge Mann mit jenem gewinnenden Lächeln, das er nur zu selten zeigte. »Hatten Sie heute Probleme damit?«

»Nein, nein.« Die Probleme hatte ihm eher Ballantyre bereitet. »Sie hat gut funktioniert. Ich habe eine selbst gefertigte Fliege benutzt. Ich nenne sie den Apokalyptischen Reiter. Vermutlich zeitigt sie in der schnellen Strömung mehr Wirkung als in einem Teich, weil sie lang und schmal ist.« Er beschrieb, wie er sie gebunden hatte.

Louis lauschte. »Jeder Fliegenfischer hat sein Geheimnis, seine eigene Magie, nicht wahr? Was hat dieser Trottel aus Buffalo noch mal genommen?«

»Irgendetwas mit Seide und Stinktierschwänzen«, meinte James.

Larsen lachte. »Bei mir ist es die Mähne meiner alten grauen Mähre. Vermutlich behalte ich sie nur noch, um stets Nachschub an Haaren in der richtigen Farbe zu haben. Aber was tue ich, wenn sie stirbt?«

James zuckte mit den Achseln. »Ich kannte einmal einen Mann, der einem toten Vogel die Federn ausgerupft hat.«

Larsen schmunzelte, doch als er nach seiner Pfeife griff, hielt er in der Bewegung inne, und ihm wurde flau im Magen. Ein toter Vogel … Er sah James an, und ihm kam ein unglaublicher Gedanke.

»Aber eines Tages sind auch die zu Ende, und was dann?«, meinte er.

Der Blick des jungen Mannes war übers Lagerfeuer auf Ballantyre gerichtet. Er zuckte mit den Achseln. »Es gibt ja noch Dohlen und Raben.«

»Das wäre weniger exotisch als der ursprüngliche Vogel …«, sagte Larsen leise.

James, der nach wie vor Ballantyre anschaute, nickte.

Zweiundzwanzig

»Ah, die Häher haben uns gefunden«, bemerkte Larsen schmunzelnd und leerte seinen Becher. »Lang haben sie nicht gebraucht.«

Er beobachtete zwei Eichelhäher, die sich zwischen den Kiefernnadeln um Bannock-Reste stritten.

Louis und seine Gruppe hatten sich bei Tagesanbruch auf den Weg gemacht, die Führer mit dem Kanu und der Ausrüstung, Melton und Dalston hinter ihnen her. Ballantyre und Kershaw waren kurz danach losgegangen. Die Frauen waren zeitig aufgestanden, um mit den Männern zu frühstücken, und anschließend hatte Larsen ein paar Mal am Fluss die Schnur ausgeworfen. Als seine Angelrute wieder klemmte, war er ins Lager zurückgekehrt. Abgesehen von diesem kleinen Malheur freute er sich auf einen ruhigen Tag und die Gelegenheit, weiter nachzudenken.

Er schaute geistesabwesend zu, wie Tala eine Krümelspur legte, um die Eichelhäher zu den beiden Frauen zu locken, und die Vögel ihr, nachdem sie das Risiko deutlich sichtbar abgewägt hatten, mutig folgten. Larsen kannte Männer, die sich von einer vielversprechenden Investitionsmöglichkeit mit dem gleichen gierigen Blick ins Unglück locken ließen.

»Nicht bewegen, meine Damen …« Der Indianer

ging in die Hocke und streckte die offene Hand aus. Die Vögel holten sich die Krumen in einer Wolke aus grauen Federn und flogen damit in die Bäume.

Genauso schnell hatte Larsen Geld verschwinden gesehen.

»Die sind ganz schön frech«, rief Clementina und blickte zu dem niedrigen Ast hinauf, von dem aus die Vögel nun schimpften.

»Ja, richtige kleine Räuber«, meinte Larsen.

»Nein«, erwiderte Tala. »Der Wald hat ihnen gehört, lange bevor Sie kamen.«

Was natürlich stimmte.

James nahm erneut Larsens Angelrute auseinander. Leider konnte er nicht viel bewirken, weil die beweglichen Teile abgenutzt waren und man die Rute am besten ausgetauscht hätte. Aber vielleicht würde sie diesen Ausflug noch überstehen, dachte er.

Er beobachtete belustigt, wie Tala sein Repertoire mit den Eichelhähern abspulte, zuerst Brot auf seine Schulter legte, dann auf seinen Kopf, und grinste, als die Damen erstaunt zusahen, wie die Vögel, die im Verlauf der Saison dreist und schlau geworden waren, herabstürzten, um sich die Krumen zu holen. Tala liebte nichts mehr als ein Publikum, das seine Bemühungen zu würdigen wusste. Evelyn verfolgte alles fasziniert mit gefalteten Händen wie ein Kind, ähnlich, wie sie seinerzeit zugeschaut hatte, als ein Halbwüchsiger sich am grasbewachsenen Ufer ausstreckte, um Forellen aus dem Fluss zu fischen.

James fühlte sich in eine Zeit zurückversetzt, in der der Wiesenkerbel hoch stand und die Wälder um Ballantyre House voll mit Glockenblumen waren. Außerhalb von Ballantyre House war Evelyn ein fröhliches Kind gewesen, mit dem er gern die Stunden verbrachte. Nun erschien sie ihm wie damals, entspannt und ausgeglichen. Und mit ihren langen Haaren fand er sie ausgesprochen hübsch.

»Sie würden auch zu Ihnen kommen, Miss Ev… Miss Ballantyre«, sagte er und legte die Angelrute zur Seite. »Gib ihr Brot, Tala. Lass es sie versuchen.« Er trat zu ihr. »Beugen Sie sich vor und strecken Sie die Hand aus.«

Die Vögel näherten sich mit ihrem typischen schiefen Hopsen, die schwarzen Augen vor Gier funkelnd, doch sie war zu unruhig und zog die Hand kreischend weg.

Auch damals beim Forellenfangen war sie zu ungeduldig gewesen.

»Ruhig bleiben! Und halten Sie ihnen die Hand flach hin.« James ging neben ihr in die Hocke, nahm ihre Hand und drehte sie nach oben. Neben seiner gebräunten, schmutzigen wirkte sie blass. Er hörte, wie sie leise nach Luft schnappte, als einer der Vögel sich mit seinen dünnen Füßen auf ihrem Finger niederließ, aber diesmal bewegte sie sich nicht und ließ zu, dass das Tier sich mit seinem schwarzen Schnabel seine Belohnung holte.

»Er hat's genommen«, hauchte sie.

»Aye.« James lächelte, ließ ihre Hand los und kehrte zu der Angelrute zurück. Er brauchte eine Weile, bis er sich wieder darauf konzentrieren konnte.

* * *

Nachdem Larsen seinen Kaffee ausgetrunken hatte, zog er sich in sein Zelt zurück und brachte einige Zeit damit zu, seinen Schnurrbart zu stutzen. Dabei akzeptierte und verwarf er abwechselnd den erstaunlichen Gedanken, der ihm in der vergangenen Nacht gekommen war. Konnte das wirklich sein?

Als er aus dem Zelt heraustrat, kicherten die beiden Frauen immer noch ausgelassen wie kleine Mädchen und testeten, wie mutig die Eichelhäher waren. Er schaute ihnen eine Weile zu, während er seine Hände an dem kleinen Tuch abtrocknete, das er mit herausgebracht hatte. James, fiel ihm auf, saß mit dem Rücken zu ihnen über Larsens Angelrute gebeugt.

»Kommst du voran?«, rief er ihm zu.

»Nur langsam.«

Larsen setzte sich ans Feuer, wo er dem Wind lauschte, der durch die Baumwipfel strich. Es war ein schöner, klarer Morgen, in der kühlen Luft lag bereits eine Ahnung des nahenden Winters. Er dachte über seine verblüffende Idee nach, holte schließlich seufzend sein Buch hervor und begann zu lesen.

Doch wieder gelang es Thoreau nicht, ihm Trost zu spenden. Inzwischen war das Leben zu komplex, um seinen Rat *vereinfachen, vereinfachen, vereinfachen* befolgen zu können. Ballantyres Brief brannte ein Loch in seine Tasche, und die Schüsse vom Vortag und Ballantyres heftige Reaktion darauf fielen ihm ein. Was hatte er befürchtet? Larsen blickte zu dem jungen Schotten hinüber, dessen Akzent und Bemerkungen ihn so nahe an Ballantyres Anwesen heranrückten. Aber wie nah?

Larsen beobachtete, wie er die Angelrute beiseitelegte und sich erneut von dem Spiel mit den Vögeln anlocken ließ.

Evelyn platzierte, angestachelt von Tala, ein Stück Brot auf James' Kopf, wies ihn an, sich nicht zu bewegen, und klatschte begeistert in die Hände, als einer der Eichelhäher landete und sich die Beute holte. Der andere Vogel kam ebenfalls herbeigeflattert. James zuckte zusammen, als sie in seinen Haaren zu streiten begannen.

Da ergriff Tala ohne Vorwarnung sein Gewehr und zielte damit auf James' Kopf. »Soll ich sie runterschießen?«

Evelyn stieß einen erstickten Schrei aus.

Die Vögel flogen davon.

James richtete sich hastig auf. »Das war nicht ernst gemeint«, versicherte er ihr und streckte die Hand nach ihr aus.

Tala entschuldigte sich mit einem verschlagenen Grinsen in Richtung James. »Ich hätte nicht danebengeschossen, und im Wald gibt's viele Eichelhäher.«

Doch Evelyn war völlig aus der Fassung.

* * *

Später räumte James die Teller weg, und die Frauen gingen jede ihres eigenen Weges, Lady Melton zu ihrem Zelt, Evelyn mit ihrem Buch hinunter zum Fluss. James musste an das Gespräch mit Ballantyre kurz vor seinem Aufbruch denken.

»Weigere dich ruhig, meine Zigarre anzunehmen, James, wenn du meinst«, hatte er gesagt und ihn beiseitegenommen. »Ich erkläre dir das jetzt nicht genauer, aber die Sache mit Achak ist wichtig für meine Pläne und dient dazu, deine Situation zu klären.« James hatte nicht verstanden, was Ballantyre wollte. »Ich erläutere dir das, wenn ich zurückkomme, und bringe die Angelegenheit dann zum Abschluss. In der Zwischenzeit bitte ich dich, ein Auge auf Evelyn zu haben wie früher. Mit ihr liegst du anders als mit mir nicht im Streit, vergiss das nicht.«

Mit diesen Worten hatte er sich, ohne ihm Zeit für Fragen zu lassen, abgewandt und sich zu Kershaw gesellt, der am Anfang des Weges auf ihn wartete. Bevor er verschwand, hatte er seiner Tochter kurz zugewinkt.

»In Schottland gibt es auch Eichelhäher, glaube ich«, riss Larsen James aus seinen Gedanken. »Ich erinnere mich, welche in Mr Ballantyres Wäldern gesehen zu haben.«

James nickte. »Aye, aber hier sind sie größer und dreister.«

»Und nicht nur die Eichelhäher, was?«

James schmunzelte, sagte jedoch nichts.

»Bestimmt hast du dich an das andere Leben in diesem Land gewöhnt, nach wie vielen Jahren? Fünf?«

»Aye.«

»Willst du eines Tages nach Schottland zurück?«

»Da wartet nichts auf mich.«

»Keine Familie?«

»Nein. Soll ich den Tee wegschütten, Sir? Oder möchten Sie noch eine Tasse?«

Larsens Fragen hatten ihn nicht weitergebracht. Als er James nun beobachtete, wie er seine Arbeit erledigte, fiel ihm die seltsame Szene am Bahnhof ein. Auch andere Dinge kamen ihm in den Sinn, zum Beispiel gerade eben der Gesichtsausdruck von Evelyn.

Und der Brief …

Den Brief hatte Ballantyre Larsen wohl gegeben, um

eine Rückversicherung zu haben, was bedeutete, dass tatsächlich etwas im Gange war und Larsen allen Grund hatte, besorgt zu sein. Offensichtlich wollte Ballantyre nichts verraten, aber manchmal war es unklug, ausschließlich sich selbst zu vertrauen. Nach einem Leben im Bankwesen wusste Larsen, dass man nur in voller Kenntnis der Sachlage umsichtig und zielgerichtet agieren konnte. Möglicherweise brauchte Ballantyre trotz seiner Vorsicht Hilfe.

»Ich denke, ich werde es Lady Melton gleichtun und mich ebenfalls eine Weile in mein Zelt zurückziehen«, sagte er zu James. »Würdest du bitte nachsehen, ob mit Miss Ballantyre alles in Ordnung ist, und ihr mitteilen, dass ich ihr bald Gesellschaft leisten werde?«

* * *

James blieb am Ende des Weges stehen, wo ihn niedrige Ahornbäume verbargen, und schaute zu Evelyn hinunter, die zwischen den Felsen saß, ihr Buch aufgeschlagen auf ihrem Schoß. Doch sie las nicht, sondern hielt den Blick auf den Fluss gerichtet, der an ihr vorbeifloss. Den Rock hatte sie unter die Beine geschoben, die Sonne ließ ihre Haare erglänzen. Ein Tuch in herbstlichen Farben war lose um ihren Hals geschlungen, und ihr Hut lag neben ihr auf einem Felsen. Fast wirkte sie wie ein Teil der Landschaft.

Am Morgen, als sie sich von den Eichelhähern begeistern ließ, hatte er wieder das Kind in ihr erkannt, aber als der Vogel auf ihrer Hand landete und sie sich James zuwandte, war ihr Gesicht plötzlich das einer erwachsenen Frau gewesen.

Bei seinem Anblick strahlte sie. »Hallo«, begrüßte sie ihn. »Ich hatte gehofft, dass du kommst.«

»Mr Larsen hat mich gebeten nachzuschauen, ob bei Ihnen alles in Ordnung ist«, erklärte er. »Er sagt, er gesellt sich bald zu Ihnen.«

»Hoffentlich noch nicht so schnell. Rede ein bisschen mit mir«, meinte sie und strich ihren Rock glatt. »Ich gehe dir auch nicht mit Fragen auf die Nerven.«

Ihr Lächeln lockte ihn ans Ufer, wo er ein Stück von ihr entfernt stehen blieb, die Hände in die Taschen steckte und das auf der Wasseroberfläche tanzende Licht betrachtete.

»Stell du mir doch Fragen«, forderte sie ihn auf.

Er setzte sich auf einen umgestürzten Baumstamm.

»Gut. Bringen Sie mich auf den neuesten Stand. Was hat sich getan? Fünf Jahre sind eine Ewigkeit. Soweit ich weiß, arbeitet Mr Sinclair noch für Sie. Ich werde nie vergessen, wie sehr er mir geholfen hat.«

James nahm einige Kiesel in die Hand, darunter ein großer weißer Quarzstein mit dunklen Adern, der ihn überlegen ließ, was Ballantyre von Achak erfahren hatte. Er warf ihn in den Fluss und zwang seine Gedanken zurück zu Sinclair. Der alte Stallmeister hatte mit Bibel und Gürtel versucht, ihn zu Rechtschaffenheit zu erziehen, und ihn vor den Angriffen der Wildhüter geschützt wie eine Löwenmutter ihr Junges.

»Ja, er ist immer noch bei uns, älter und wahrscheinlich ein bisschen hagerer, aber er hat nach wie vor ein gutes Händchen für Pferde. Er war ziemlich … niedergeschlagen, als du verschwunden bist.«

James warf einen weiteren Kieselstein und schaute auf den Grund des klaren Wassers hinunter. Melrose und den Mantel des Mannes zu stehlen war ein schlechter Lohn für dessen Mühen gewesen. Vielleicht würde er es ihm eines Tages erklären können …

Er rang sich ein Lächeln ab und lenkte das Gespräch weg von gefährlichen Themen.

»Ist Maria noch in Ballantyre House? Und Kirsty?«

»Maria hat den Sohn des Schmieds geheiratet und mit ihm einen Sohn. Kirsty ist noch bei uns.«

»Und Fiona?«

»Warum Fiona?«

»Warum nicht?« Auf das vielsagende Funkeln in ihren Augen reagierte er mit einem Schmunzeln.

»Warum nicht Maud?«

»Na schön: Maud.«

»Sie ist schwanger geworden. Papa wollte sie nicht mehr im Haus haben. Sie wohnt jetzt in einem Cottage im Ort und nimmt Näharbeiten an.«

»Das wundert mich nicht. Was ist mit Fiona?«

»Sie ist mit einem der Wildhüter durchgebrannt.«

O nein! Die holde Fiona. »Was für eine Verschwendung.«

»Früher hatte sie besseren Geschmack.« Nun tanzten Evelyns Augen, und ihre Mundwinkel zuckten.

»Man hätte das Fenster des Unterrichtszimmers zumauern sollen.«

Zwei Enten flogen über dem Wasser dahin, landeten mit gespreizten Füßen direkt vor ihnen und schüttelten ihre Schwanzfedern aus. Wie ihre Artgenossen auf einem fünftausend Kilometer entfernten Fluss.

Als James Evelyn ansah, wusste er, dass ihre Gedanken in die gleiche Richtung gingen.

»Sie haben es ihm also nie erzählt?«, fragte er leise. »Die Sache mit dem Arbeitszimmer in jener Nacht …«

»Nein.«

Er wog erneut einen Kiesel in der Hand, bevor er ihn ins Wasser warf, worauf sich die Enten protestierend in die Luft erhoben und Tropfen aufsprühten, in denen sich das Licht der Sonne fing.

»Ein schlimmer Anblick für ein Kind.«

Die Enten beschrieben einige Kreise, kehrten zum Fluss zurück und landeten auf der anderen Seite.

»*Warum* haben Sie es ihm nicht gesagt?«

»Ich hatte Angst …« Sie klang unsicher, und er drängte sie nicht.

Sie schwiegen eine Weile.

»Was ist passiert, nachdem du gegangen warst, James?«, erkundigte sie sich, nun wieder mit der Stimme einer Frau.

Er zielte mit Steinchen auf einen Ast, der in der Strömung flussabwärts trieb. Das würde er ihr nicht verraten.

Jener Tag und jene Nacht verfolgten ihn nach wie vor, die Angst, als er Melrose im Stall sattelte und betete, dass sie still bleiben möge, wie er Sinclairs Mantel von dem Haken an der Hinterseite der Tür nahm, bevor er die Stute hinausführte. Dann der lange Ritt durch die Dunkelheit, bei dem er sich an ihrer Mähne festklammerte. Eine halb verfallene Scheune, die kaum Schutz vor den sintflutartigen Regenfällen bot, hatte ihn während des Tages verborgen. Seinen Hunger hatte er nur mit Wasser stillen können. Die arme Melrose hatte sich bis zum Abend, als er sie endlich grasen ließ, mit einer Handvoll altem Heu begnügen müssen.

»Ich bin nach Glasgow gegangen«, sagte er nur.

In Glasgow hatte er für die Zeit in der nassen Kleidung mit Fieber gebüßt. Es war ihm gerade noch gelungen, sein Geld zu verstecken, bevor er ins Delirium fiel.

»Und dann?«

Als er sie so mit ihrem warmen Wollrock und den teuren schwarzen Schuhen dasitzen sah, spürte er wieder etwas von den alten Ressentiments in sich aufsteigen. Die hübsche Miss Ballantyre, der es nie an etwas gemangelt hatte; sogar die Wildnis hatte man für sie gezähmt.

»Ich habe mir Papiere und eine Schiffsfahrkarte nach Montreal besorgt.«

»Und dann bist du hierhergekommen.«

Er betrachtete den Kiesboden. Zu dem Zeitpunkt hatte er die Hälfte von Ballantyres Geld bei einem Streit verloren, und Sinclairs Mantel war ihm von einer hübschen Nutte abgenommen worden, deren Beschützer ihn mit einem Fußtritt und einem Fluch die Treppe hinunterbefördert hatte.

Nun sah er, wie die Enten sich ruhig auf der anderen Seite des Flusses treiben ließen. Er musste an jene Nacht denken, in der er sich so verzweifelt nach Trost gesehnt hatte, dass er sogar bereit gewesen war, dafür zu bezahlen. Sollte er ihr das sagen?

»Als Mr McAllister tot aufgefunden wurde, haben sie behauptet, du hättest auch ihn umgebracht – doch Papa meint, du wärst es nicht gewesen.«

Er hob den Kopf und runzelte die Stirn. »Aber Sie dachten, ich wäre es gewesen?«

»Du hattest ein Messer …«

»Was hat Ihr Vater Ihnen sonst noch gesagt?«

»Er wollte damals nicht mit mir darüber sprechen«, antwortete sie mit bebender Stimme. »Und er will es immer noch nicht.«

»Warum haben Sie ihm nicht erzählt, dass Sie mich gesehen hatten?«

»Das konnte ich nicht. Nicht nach dem, was du mir gesagt hast.«

Er erinnerte sich nicht mehr, was er geredet hatte. Jener Moment im Arbeitszimmer verlor sich in einem roten Nebel aus Angst und Wut.

»Danach war er so anders, James, so distanziert. Ich konnte nicht ...«

Ein roter Fleck kroch ihren Hals hinauf, und sie errötete vollends, während sie nach den richtigen Worten suchte.

»Die Leute haben behauptet, du wärst schuld gewesen – nach allem, was er für dich getan hatte.«

Er fluchte leise, spürte wieder, wie Wut in ihm aufstieg.

»Ich habe dir geglaubt, was du mir in jener Nacht von Jacko erzählt hast, James, aber auch das Messer in deiner Hand gesehen, und als Mr McAllister gefunden wurde ...« Sie geriet ins Stocken. »Du hast gemeint, Papa hätte Jacko auf dem Gewissen. Ich *musste* den Mund halten, weil ich solche Angst hatte, und irgendwann war ich fest davon überzeugt, dass einer von euch hängen würde, wenn ich etwas sage.«

Wieder ließ die Sonne ihre Haare erglänzen, doch sie zitterte, als sie die Arme vor der Brust verschränkte.

In dem Moment wäre er gern zu ihr gegangen ...

Aber er tat es nicht.

Also hatte sie all die Jahre in ihrer eigenen kleinen Hölle gelebt. Die beiden Maden hatten sich in ihrem Gehirn festgesetzt. Doch diese Hölle hatte ihr Vater geschaffen, nicht James.

Dann war keine Zeit mehr zum Reden. Sie hörten Stimmen, und kurz darauf erschien Larsen mit Angelrute und Korb, Lady Melton im Schlepptau.

Dreiundzwanzig

Im Lauf des Nachmittags breiteten sich dünne graue Wolkenschleier über den Himmel aus, die sich zuerst langsam, dann schneller werdend verdichteten, bis die Sonne schließlich hinter den Felsen verschwand. Der Wind begann, die Seiten in Evelyns Buch umzublättern.

Im Geist ließ sie das Gespräch mit James noch einmal Revue passieren.

Als eine blaue Libelle über den Fluss glitt, erinnerte sie sich, wie sie einmal gemeinsam Seejungfern beobachtet hatten, die ins Wasser ein- und mit von der Feuchtigkeit schweren Flügeln wieder auftauchten.

»Es wird kühl«, stellte Clementina fest und legte ihren Skizzenblock weg. »Ich glaube, ich gehe ins Zelt.« Sie zog ihre Jacke enger um den Leib und verschloss die Knebelknöpfe. »Was ist mit Ihnen, Mr Larsen?«

»Einmal versuch ich's noch.« Er blickte zum Himmel hinauf, wo die Wolken dahinjagten. »Die Fische scheinen das bevorstehende Unwetter zu ahnen. Sie haben sich ins tiefere Wasser zurückgezogen.«

»Wird es regnen?«

»Mit ziemlicher Sicherheit.«

Evelyn dachte an die dünnen Zeltwände und fragte sich, wie viel Schutz sie bieten würden.

* * *

Als Evelyn und Clementina das Lager erreichten, waren die Führer dabei, Vorkehrungen für den Regen zu treffen: Sie verstauten Ausrüstungsgegenstände, wickelten Holz in Planen und schoben es unter die Kanus, überprüften Zeltschnüre und Heringe und zogen sie bei Bedarf nach.

»Fassen Sie die Zeltwände nicht mehr an, sobald es losgeht«, erklärte James ihnen. »Und legen Sie eine Plane über die Decken. Tala, noch ein Seil hinten und vorne, zur Sicherheit.«

Ein fernes Donnergrollen war zu vernehmen, und die Bäume am Rand des Lagers begannen sich im Wind zu biegen.

James schaute zum Himmel empor.

»Wir sollten gleich essen«, schlug er vor. »Ist Mr Larsen noch beim Angeln?«

Tala ging ihn holen, während hastig die Mahlzeit zubereitet wurde.

Nach dem Essen war die Temperatur bereits drastisch gesunken, und Windböen fegten über das Camp.

»Bei dem Wetter wird Kershaw sich nicht auf den Rückweg machen«, meinte Mr Skinner und räumte Evelyns Teller ab. »Heute Abend müssen wir gar nicht nach Ihrem Pa Ausschau halten, Miss.«

»Ihm geschieht doch nichts, oder?«, fragte sie.

Der Wald wirkte nun dunkel und bedrohlich, und die Äste über ihnen schwangen gefährlich.

Evelyn hätte sich ihren Vater bei sich gewünscht.

»Das Schlimmste, was ihm passieren kann, ist, dass er bis auf die Knochen nass wird, meine Liebe«, beruhigte Mr Larsen sie, doch er blickte ebenfalls besorgt zu den Wipfeln der Bäume hinauf.

»Was ist mit George und Rupert?«, wollte Clementina wissen.

»Das gilt auch für sie. Nicht wahr, Mr Skinner?«

»In dieser Gegend kommen die Stürme schnell und toben sich richtig aus, aber sie sind genauso schnell wieder vorbei, Ma'am. Die Jungs wissen schon, was zu tun ist.«

Wieder ein Grollen, das von den Felsen jenseits des Flusses widerhallte. Der Donner klang näher und schien lauter zu werden, und wenig später löschte ein Regenschauer zischend die Glut. James stand auf und sammelte die Blechteller und Gabeln ein.

»Gehen Sie in Ihre Zelte. Jetzt, bevor es schlimmer wird. Und richten Sie sich darauf ein, bis zum Morgen drinzubleiben. Haben die Damen alles, was sie brauchen?«

Die letzte Frage brüllte er, um den Wind zu übertönen, der über die kleine Lichtung fegte. Über ihnen schlugen Äste gegeneinander, und ein Regenguss riss Blätter herunter.

Sie hasteten zu den Zelten, während James die Kochtöpfe umstülpte, und wieder erklang Donner, noch näher und bedrohlicher.

James folgte ihnen geduckt, den Kragen hochgestellt. Als er die Zeltklappe hinter ihnen festmachte, klebten ihm die Haare am Kopf.

Evelyn drehte sich zu ihm um. Ihre Gesichter befanden sich auf gleicher Höhe.

»Wie lange wird das Gewitter dauern?« Das Herz schlug ihr bis zum Hals.

»Ihnen passiert nichts«, meinte er lächelnd. »Es ist nur Regen.«

»Wo wirst du schlafen?«, flüsterte sie.

»In einem der Indianerzelte.« Unwillkürlich streckte er die Finger aus und strich ihr mit dem Handrücken über die Wange. »Da ist es knochentrocken.«

* * *

Zwei Stunden später stürzte der Baum um. Nicht einer vom Rand der Lichtung, sondern eine hohe Banks-Kiefer, die schon seit einem halben Jahrhundert im Wald stand und verborgen hinter zwei Lärchen langsam verrottete. Die vertrockneten Wurzeln, die zahlreichen Stürmen getrotzt hatten, lösten sich, sodass der Baum in voller Länge über das Lager fiel, wobei die oberen abgestorbenen Äste auf dem Zelt der Damen landeten.

Alle im Lager erwachten von dem Lärm. James war als Erster draußen, dann folgten die anderen, die sich in der Dunkelheit zu orientieren versuchten, bis ein Blitz den Baum auf dem eingedrückten Zelt erhellte.

»*Du lieber Himmel*«, stöhnte Larsen neben James.

Irgendjemand zündete eine Sturmlaterne an.

Skinner tauchte auf. »Holt sie raus. *Nun macht schon …!*«

Beim nächsten Blitz erkannte James, dass einer der größeren Äste den Fall des Baumes abgefangen hatte und den Stamm etwa dreißig Zentimeter über dem Boden hielt. Ein Wunder. Darunter lag das zerquetschte Zelt, ein Gewirr aus zerbrochenen Zweigen und Stoff. James beugte sich darüber und brüllte gegen den Wind an: »Können Sie mich hören?«

Eine leise Stimme antwortete. »Ich kann mich nicht bewegen …«

Evelyn.

»Versuchen Sie's erst gar nicht. Bleiben Sie so, wie Sie sind.«

Mr Larsen ergriff einen der Äste und zog daran, ohne etwas zu bewirken. James schob ihn beiseite.

»Lassen Sie's, Sir. Tala, hol eine Axt.« James ließ sich eine Laterne bringen und begann, auf die Äste einzuhacken, während die anderen sich mit kleineren Äxten und großen Messern an die Arbeit machten, in sicherem Abstand zu seinen Schwüngen.

Larsen hielt die Laterne im prasselnden Regen, während sie schweigend arbeiteten.

Nach einer Weile hielt James inne, um Luft zu holen. »Ist immer noch alles in Ordnung, Miss Evie?«, rief er.

»Ich glaube schon, aber ich stecke fest.«

»Haben Sie sich irgendetwas gebrochen?«

»Nein.«

»Können Sie Lady Melton erreichen?«

»Nein. Irgendetwas hält den Stoff zwischen uns unten. Sie bewegt sich nicht und sagt nichts …« In ihrer Stimme war die Furcht zu hören.

»Halten Sie aus.«

Larsen kam näher. »Gleich sind wir bei Ihnen, meine Liebe.« An James gewandt, fügte er leiser hinzu: »Den Baum bekommt ihr nie hoch.«

»Das versuchen wir erst gar nicht.« James wischte sich den Regen von der Stirn. »Wir gehen von der Seite rein, sobald wir da ein Stück frei haben. Ich denke, der Stamm ist zwischen die Pritschen gefallen.«

Oder direkt auf Lady Melton.

Sie benötigten beinahe eine Stunde, um zu Evelyn

vorzudringen, und zogen sie völlig durchnässt und zitternd heraus. James übergab sie Larsen, der sie in eine Decke hüllte und fest an sich drückte. Anschließend brauchte James fast noch einmal genauso lange, um eine Lücke zu schaffen, die groß genug für ihn war, um unter dem Stoff zu Lady Melton kriechen zu können.

Inzwischen hatte der Regen nachgelassen, und Tala leuchtete James mit der Laterne. Das Gewicht des Baumstamms wurde nach wie vor von einem abgebrochenen Ast getragen, der offenbar auch die Seite von Lady Meltons Pritsche erwischt und diese umgekippt hatte, sodass sie unter dem Stamm lag.

»Gib mir ein Messer, Tala«, sagte James unter dem Stoff hervor. »Ich säge den unteren Teil der Pritsche durch und hole sie so raus. Schnell, Mann!«

»Ist mit ihr alles in Ordnung?« Evelyn hielt sich, die Haare am Kopf klebend und unter der Decke bebend, an Larsen fest und weigerte sich, in einem anderen Zelt Schutz zu suchen.

»Ich hab ihren Arm«, meinte James, der in der Dunkelheit herumtastete. »Ihr Puls ist kräftig. Komm, Tala, hilf mir, zu zweit kriegen wir sie raus.«

Nach einer gefühlten Ewigkeit gelang es ihnen, den Stoff und die Pritsche zu entfernen. Dann trugen James und Tala die bewusstlose Lady Melton in Larsens Zelt, wo man ein Bett für sie bereitet hatte. Ihr Arm hing schlaff herunter, an ihrer Stirn und in ihren Haaren befand sich getrocknetes Blut.

Gott, war sie blass. Und so still.

Evelyn sah hinein. »Ist mit ihr alles in Ordnung?«, wiederholte sie.

»Sie lebt. Das allein zählt«, antwortete James.

Als Evelyn in das Zelt kroch, in dem kaum Platz war, sich zu bewegen, merkte James, dass sie noch immer zitterte und einen hässlichen blauen Fleck an der Stirn hatte. Er reichte ihr einen Flachmann mit Louis' Schnaps. »Trinken Sie einen Schluck.«

»Ich bleibe bei Lady Melton«, teilte Larsen James mit.

»Miss Ballantyre kann mein Zelt haben«, sagte Skinner. »Da ist es einigermaßen trocken. Hängen Sie sich ein paar Decken und Felle um, Miss, dann kommen Sie gut durch die Nacht. Der Sturm ist fast vorbei. Ich schlafe bei den Jungs.«

Larsen blickte Evelyn an. »Das ist eine gute Idee. Gehen Sie, meine Liebe.«

»Nein, ich muss bei Clemmy bleiben.«

Er schüttelte den Kopf. »Wenn ich Sie brauche, wecke ich Sie.«

James führte sie hinaus in die Dunkelheit, zog ihr die Decke, die sie nachschleifte, über die Schultern und steuerte sie zu Skinners Zelt. »Schlüpfen Sie drinnen aus den nassen Sachen und legen Sie sich zwischen die Felle. Machen Sie! Stehen Sie nicht hier herum.« Er öffnete die Klappe und schob sie hinein.

»Aber du kommst zurück, ja? Und sagst mir, wie es Clemmy geht. Versprochen?«

»Versprochen. Und jetzt ab in die Wärme.«

Er verschloss die Klappe hinter ihr und kehrte zu Larsens Zelt zurück. Tala war weg, Skinner hingegen hielt sich nach wie vor darin auf.

»Was meinen Sie?«, fragte Larsen Skinner gerade.

James erinnerte die stille Gestalt von Lady Melton an

die Alabasterfiguren von Ballantyres Vorfahren in der Kirche auf dessen Anwesen.

»Der Puls ist kräftig. Am Morgen wissen wir mehr. Das viele Blut auf ihrem Gesicht sieht nicht gut aus.« Skinner schüttelte den Kopf. »Wenn der Stamm bloß ein paar Zentimeter weiter nach links oder rechts gefallen wär …«

»Ich weiß.« Larsens Gesicht wirkte im Licht der Laterne fahl. »Ist bei denen flussaufwärts alles in Ordnung?«, meinte er.

Skinner nickte. »Louis und Marcel kennen sich aus.«

Da erschien Tala am Zelteingang, und Skinner ging zu ihm.

»Kershaw scheint mir ein vernünftiger Mann zu sein«, murmelte Larsen und nahm den Flachmann, den James ihm hinhielt. »Das hast du gut gemacht heute Nacht, James.«

»Wir haben getan, was zu tun war.« James stöpselte den Flachmann zu und ergriff eine Laterne. »Sorgen Sie dafür, dass sie warm bleibt, und rufen Sie mich, wenn Sie Hilfe brauchen. Ich bin in einem der Indianerzelte.«

* * *

Als James das Zelt von Larsen verließ, hielt er die Laterne hoch und sah zum ersten Mal die gesamte Verwüstung. Es war, als wäre ein Wirbelsturm durch das Camp gefegt. Der Baum lag wie ein gefällter Riese quer über dem Lagerplatz, daneben abgerissene Äste, und von oben fielen Tropfen auf das traurige Chaos. Wäre er in der Nacht zuvor umgestürzt, hätte er auch das Zelt der jungen Herren getroffen, dachte James, und ihm jede Hoffnung darauf, sich an Dalston rächen zu können, genommen. Nun hatte er nicht nur das Zelt der Frauen zerstört, sondern auch die Feuerstelle, den Tisch und die Stühle. Die anderen Zelte waren wie durch ein Wunder nicht betroffen. Auch die Kanus, die hoch auf den Felsen lagen, waren unbeschädigt. Ihr Verlust wäre ein schwerer Schlag gewesen. Erst am Morgen würden sie das volle Ausmaß des Schadens beurteilen können, und bis dahin musste James versuchen, ein wenig Schlaf zu finden.

Die Laterne vor sich, kletterte er über die Trümmer und bewegte sich in Richtung der Indianerzelte. Plötzlich fiel ihm sein Versprechen ein, und er bog zu dem von Skinner ab.

»Alles in Ordnung?«, fragte er leise durch den Stoff hindurch.

Er hörte lediglich ein Rascheln wie von einem in die Enge getriebenen Tier, dann streckte sich ein blasser Arm zu ihm heraus.

»James? Komm rein zu mir. Bitte …«

Er blickte über den dunklen Lagerplatz hinüber zu Larsens Zelt, wo er durch den Stoff das gedämpfte Licht der anderen Laterne sah. Ansonsten war es still.

Evelyns Stimme klang fast hysterisch. »*Bitte.*«

James ging in die Hocke und öffnete die Zeltklappe.

»Nehmen Sie die Laterne und rutschen Sie ein bisschen zurück.« Skinners Zelt war nicht für zwei Menschen geschaffen. »Alles gut. Der Sturm ist vorbei.«

James streckte eine Hand nach ihr aus. Als er spürte, dass sie eiskalt war und zitterte, griff er nach einer fast trockenen Decke, wickelte sie um ihren Leib, holte Evelyn zu sich heran und massierte ihre Schultern.

»Es ist vorbei.«

»Wird sie sterben?«

»Natürlich nicht.«

»Bist du sicher?«

Er hörte sie mit den Zähnen klappern.

»Das war schrecklich.«

»Ja, aber es ist vorbei.«

»... ich war festgeklemmt, und Clemmy hat sich nicht gerührt ...«

Er legte ihren Kopf an seine Brust.

»Wir hätten *beide* sterben können ...«

»Seid ihr aber nicht.« Seine Hand ertastete ihren dicken Haarzopf, der sich anfühlte wie ein kaltes Seil. Er ließ sie daruntergleiten, hob ihn an und zog die Decke zwischen ihnen hoch, um sie vor seinem nassen Hemd zu schützen. Dann drückte er sie wieder an sich. Sie fühlte sich klein an wie ein Kind und unterkühlt und zitterte immer noch unkontrolliert. Er legte sie auf die Pritsche und presste sie an seinen Körper.

Allmählich spürte er, wie sie sich beruhigte.

»Zurren Sie die Decke richtig fest. Ja, so ist's gut. Und jetzt hüllen Sie sich in die Felle. So wird Ihnen schnell warm, und Sie können einschlafen.« Er wollte sich von ihr lösen, doch sie packte ihn am Hemd und hielt ihn fest.

»Nein, geh nicht, James. Bleib bei mir.« Sie begann erneut zu zittern, genauso heftig wie zuvor.

Ihre Augen glänzten im Licht der Laterne.

»Schlaf hier bei mir. *Bitte* geh nicht weg.«

Sie weigerte sich, sein Hemd loszulassen, und die Decke rutschte von ihrem Körper. Er sah, dass sie nur ein dünnes Gewand trug.

»Und nimm mich wieder in den Arm.«

Er zögerte. Gütiger Himmel …! Dann löschte er die Laterne und schlüpfte aus dem nassen Hemd.

»Gut.« Er zog die stinkenden Felle über sie beide.

Ihre Arme umschlossen ihn wie eisige Bänder, sie lagen schweigend beieinander.

Als ihre Körper sich allmählich erwärmten, hörte sie auf zu zittern, und er fing an, ihren Rücken zu massieren. Seine Hände glitten über ihre zarten Schulterblätter und ihre Wirbelsäule. Er löste ihren Zopf, breitete ihn zum Trocknen aus und schob ihre Haare beiseite, um die glatte Haut ihres Nackens mit den Fingern zu spüren. Dann wanderte seine Hand wieder hinunter, und nur mit äußerster Willenskraft gelang es ihm, sie nicht weiterwandern zu lassen. Er merkte, wie Evelyn sich entspannte.

Urplötzlich änderte sich das Wesen der Umarmung, und die Stille wurde erwartungsvoll.

Er hatte nicht vorgehabt, sie zu küssen, aber er konnte einfach nicht widerstehen. Nur mit Mühe schaffte er es, seine Lippen von den ihren zu lösen. Er lag auf dem Rücken, Evelyn im Arm, ihr Kopf unter seinem Kinn, ihre Haare auf seiner Brust. *Gott, was bin ich für ein Narr!*

Sie war noch ein halbes Kind und reagierte auf ihn wie eine Frau, obwohl sie nicht wusste, wohin das führen konnte.

Doch er wusste es. Zwischen ihnen befand sich nur dünner Baumwollstoff. Er rollte auf die Seite, zog die Decke über sie und drehte sie ebenfalls herum, sodass sie mit dem Rücken zu ihm lag und sein Körper sich um den ihren wölbte. Seine Arme schlossen sich erneut um sie. Wie klein sie war! Und so hübsch …

Sie murmelte etwas, und er verschränkte die Finger mit den ihren über ihrer Brust. Wenn seine Finger mit den ihren verschränkt blieben, konnten sie nicht wieder wandern.

»Schlaf«, sagte er und vergrub sein Gesicht in ihrem Nacken.

* * *

Sie schlummerte noch, als er drei Stunden später in der Morgendämmerung aufwachte. Er wartete kurz, bevor er sich vorsichtig aus den Decken und Fellen schälte. Sie schlief wie ein Kind, mit leicht geöffneten Lippen und zerzausten Haaren. Als er vorsichtig in sein Hemd schlüpfte, weckte ihn die kalte Nässe vollends auf. *Du Narr!* Er steckte die Decken um sie fest, damit die Kälte sie nicht weckte, und glitt zum Eingang von Skinners Zelt.

Gerade als er die Klappe öffnete, wachte sie auf.

»Nein. Geh nicht. Oder warte, ich komme mit.« Sie setzte sich auf, hielt die Decke mit einer Hand fest und streckte die andere nach ihm aus. Da fiel ihr etwas ein. »Nein, ich kann nicht. Alle meine Kleider sind in unserem Zelt und bestimmt nicht mehr zu gebrauchen.« Sie wickelte sich bis unter die Achseln in die Decke und fuhr sich mit der Hand durch die Haare. Und lächelte ihn an …

Er runzelte die Stirn. »Ich gehe raus, mache das Feuer an und sehe nach, was ich finden kann.«

»James …«

Er versuchte, Abstand zu gewinnen. »Was?«

»Ohne dich wäre ich heute Nacht gestorben.«

Er stieß einen verächtlichen Laut aus und wandte sich dem Verschluss der Klappe zu.

»Doch, das weiß ich. Ich hatte schreckliche Angst.« Wieder streckte sie die Hand nach ihm aus und zuckte zurück, als sie sein Hemd zu fassen bekam. »Das ist ja platschnass! Das kannst du unmöglich tragen. Zieh's aus.«

»Nicht …«

Doch sie zerrte lachend daran.

Plötzlich war sein Oberkörper nackt, und er lag erneut bei ihr, wie in der Nacht, mit dem einzigen Unterschied, dass sie nun wach waren und nicht mehr froren.

In dem Moment, als die Vernunft sie beide zu verlassen drohte, drehte sie sich in seinen Armen herum und sah ihn an: »*Clementina!* Die hatte ich völlig vergessen! Wie konnte ich nur …«

Sie ließ ihn los, und er legte die Decken fest um sie, sodass ihre Arme feststeckten. »Ich sehe nach ihr.«

»Und dann komm zurück …«

Vierundzwanzig

Beim zweiten Mal war es noch unangenehmer, in das feuchte Hemd zu schlüpfen. Vor dem Zelt zitterte James in der kalten Luft und hatte das Gefühl, als würde es an seinem Oberkörper festfrieren. Fahle Lichtstrahlen fielen durch die Bäume, die das ganze Ausmaß der Zerstörung offenbarten. Was für ein Chaos!

James streckte sich, um seinen verspannten Rücken zu lockern, zog das Hemd ganz herunter, streckte sich noch einmal und atmete tief durch.

Und stutzte. Der Geruch von Tabak.

Larsen war mit der Pfeife in der Hand aus seinem Zelt getreten und beobachtete ihn. Sie schauten einander eine Weile an, bevor James zu ihm trat. Was blieb ihm auch anderes übrig?

»Wie geht es Lady Melton?«, erkundigte James sich.

Larsen nahm einen langen Zug an seiner Pfeife. »Sie hat sich geregt, ein paar Worte gesagt und schläft jetzt.« Er musterte James nachdenklich.

»Gut.«

Larsen nickte leicht, ohne den Blick von ihm zu wenden, der ernst, aber nicht feindselig wirkte. »Und Evelyn?«, fragte er.

»Ihr geht's gut.«

Larsen nickte wieder. »Wunderbar …«

Schweigen.

»Konnten Sie schlafen, Sir?«

»Ein wenig. Genug. Wäre es möglich, ein Feuer zu machen? Wir könnten alle etwas Warmes zu trinken vertragen.«

* * *

Eine halbe Stunde später saß die gesamte Gruppe außer Lady Melton um das lustlos vor sich hin flackernde Feuer. Alle rückten nahe heran, um das bisschen Wärme zu erhaschen, das es abstrahlte, obwohl ihre Augen im Rauch tränten.

Der dünne Kaffee wärmte Larsens Körper von innen. Er fror, war müde, und alle Knochen taten ihm weh. Und er war besorgt.

Larsen sah zu Evelyn hinüber. James hatte ihr eine trockene Hose von Louis und ein Hemd von sich gegeben und dazu einen Gürtel, der das Ganze zusammenhielt. Evelyns Schuhe waren aus dem zerquetschten Zelt gerettet worden, und um ihre Schulter lag eine Decke. Über Nacht hatten sich ihre Haare zu wilden Locken geringelt, die sie mit einem Bindfaden bändigte. An ihrer Wange befand sich Schmutz, weil sie eine Pferdebremse weggewischt hatte, und an ihrer Stirn ein blauer Fleck. In ihren Augen lag ein Ausdruck, der das Herz ihres Vaters zu Eis hätte gefrieren lassen.

Der junge Mann war zu ihrem Leitstern geworden; sie verfolgte jede seiner Bewegungen mit dem Blick. Und James war sich dessen, sosehr er es auch zu verbergen versuchte, durchaus bewusst.

O Gott!

Skinner kam erleichtert aus dem Zelt, nachdem er einige Worte mit Lady Melton gewechselt hatte. Er habe Tala herbeigerufen, der, teilte er Larsen mit, medizinische Kenntnisse besitze. Der Indianer habe die Wunde an ihrem Kopf gesäubert, sei in den Wald verschwunden und mit einer Pflanze zurückgekehrt, deren Blätter er auf ihre Stirn presste. Es handle sich lediglich um eine oberflächliche Verletzung. Allerdings sei die arme Dame nach wie vor weiß wie die Wand, habe nahe am Wasser gebaut und klage über Schmerzen in der Brust. Möglicherweise seien eine oder zwei Rippen gebrochen.

Nun gingen Larsen und Evelyn zu ihr. Evelyns Kleidung entlockte Clementina ein mattes Lächeln.

»Jetzt fehlt nur noch die Machete.«

»Seit meiner Kindheit wünsche ich mir eine Hose. Die hier gehört Louis und ist ziemlich groß. Und das Hemd«, fügte Evelyn errötend hinzu, »ist von James.«

Als Larsen merkte, dass Clementina die Augen zufielen, geleitete er Evelyn zum Feuer zurück, das nun nicht mehr so stark qualmte und dafür mehr Wärme abstrahlte. Unter einem der Kanus hatte man trockenes Holz hervorgeholt, und James bereitete das Frühstück zu. Die Haferflocken seien nass geworden, erklärte er, aber klumpiger Haferbrei habe noch keinem geschadet.

Larsen vergewisserte sich, dass sich niemand in Hörweite aufhielt.

»Nun …«, hob er an, »ihr zwei …« Er verstummte.

Evelyn lief rot an, und James hörte auf, den Haferbrei umzurühren. »Ihr war kalt, Sir, und sie hatte Angst. Sonst war nichts.«

Larsen gefiel seine Direktheit. Sie machte ihm die Sache leichter. »Und ihr kennt euch ja auch gut.«

Evelyn erstarrte, James sah ihn erstaunt an. »Woher wissen Sie das?«

»Der Federn des toten Vogels wegen. Nur ein Angehöriger von Ballantyres Haushalt kann wissen, dass Raben- oder Dohlenfedern die eines längst verstorbenen Papageienvogels ersetzen würden.«

Evelyn blickte vom einen zum anderen. »Bitte verraten Sie nichts, Mr Larsen.«

»Keine Sorge.«

»James kann nichts dafür.« Evelyn beugte sich so abrupt vor, dass ihr die Decke von den Schultern rutschte.

Larsen hob eine Hand. »Das weiß ich.«

»Was wissen Sie?«, erkundigte sich James.

»Genug.« Larsen wandte sich Evelyn zu. »Ihr Vater scheint geahnt zu haben, dass es Probleme geben würde, und hat mir einen Brief dagelassen. Ich habe ihn gestern gelesen, als Sie unten am Fluss waren.«

»Ein Brief?« Evelyn packte Larsen am Ärmel. »Warum gibt er Ihnen einen Brief, wenn er heute zurückkommt?«

»Es besteht kein Grund zur Sorge.«

»Aber warum ein Brief? Zeigen Sie ihn mir!«

James reichte Larsen einen Teller mit Essen und rief die anderen herbei. Dadurch ersparte er ihm eine Reaktion.

Evelyn runzelte die Stirn. »Wann kommt mein Vater zurück?«, fragte sie Skinner, als dieser seinen Teller nahm.

»Sobald er kann, Miss«, antwortete Skinner. »Der

Fluss führt nach dem Regen viel Wasser. Machen Sie sich keine Gedanken.«

»Und die anderen?«, wollte Larsen wissen.

»Für die gilt das Gleiche.«

Sie kauerten sich um das rauchende Feuer und besprachen, was nun zu tun sei. Skinner pflichtete Larsen bei, dass sie, sobald die anderen zurück wären, zusammenpacken und sich auf den Heimweg machen sollten. Dass all ihre Sachen nass waren, machte ihm keine allzu großen Sorgen, denn das hatte er schon öfter erlebt.

»Die Sache mit dem Baum konnte ja niemand ahnen, aber solang niemandem was Ernstes passiert ist … Und der Prachtkerl wird in Astra's Pool warten, bis Sie das nächste Mal herkommen, Mister«, fügte er in Richtung Larsen hinzu.

»Falls er diesen Sommer überlebt.«

Und falls Larsen selbst ihn überstand. Dieser Ausflug ließ ihn um Jahre altern …

Skinner stand auf und ging zu dem Gewirr aus Zeltteilen und zerbrochenen Ästen, nahm die Axt und reichte sie James.

»Rette, was du kannst«, wies er ihn an. »Viel wird's nicht sein. Der Waschtisch hat, glaub ich, dran glauben müssen.«

»Gott sei Dank, das Ding war absurd«, bemerkte Evelyn, sobald Skinner außer Hörweite war.

James grinste. »Jetzt, wo das Feuer brennt, können wir Ihre Kleider ausbreiten und trocknen.«

Evelyn bedachte ihn mit einem Blick, der Larsen besorgt rülpsen ließ.

James begann, die kleineren Äste an der Stelle wegzuhacken, an der sich der Eingang zum Zelt befand, und hob wenig später den nassen Stoff an.

Sie konnten sich glücklich schätzen, wenn es ihnen überhaupt gelang, etwas zu retten, und je eher sie in die Zivilisation zurückkehrten, desto besser.

»Ich schaue noch mal nach Clementina«, sagte Larsen, doch Evelyn legte eine Hand auf seinen Arm.

»Ich will diesen Brief sehen.«

James hatte einen Haufen nasser Felle und Kleidungsstücke aus dem ruinierten Zelt gezerrt und befestigte gerade ein Seil zwischen zwei Bäumen.

Larsen hätte sich James' Beistand gewünscht, der unerwartetes Organisationstalent an den Tag legte.

»Er ist an mich gerichtet, meine Liebe, und ich bin nicht sicher, ob …«

»Ja, er hat *Ihnen* einen Brief geschrieben und nicht mir, wie es sich gehört«, herrschte Evelyn Larsen an. »Er hat *Ihnen* Dinge gesagt, von denen ich nichts weiß, die er mir aber schon vor Jahren hätte sagen sollen.«

Offenbar hatte James ihre Worte gehört, denn er hielt in der Arbeit inne und duckte sich unter dem Seil hindurch, um zu ihnen zu kommen.

»Was ist los?«, erkundigte er sich.

»Ich möchte diesen Brief sehen.« Evelyn ließ Larsens Arm los.

James und Larsen blickten einander an.

»Zeigen Sie ihn uns beiden.«

Larsen schaute zuerst Evelyn an, dann James, dann zur Seite, wo die beiden Häher die offene Haferflockendose entdeckt und umgestoßen hatten und dabei waren, den Inhalt herauszupicken.

Plötzlich fühlte Larsen sich sehr alt; er hatte keine Ahnung, was er tun sollte. Nichts im Leben hatte ihn auf solche Dinge vorbereitet. Er nahm den Brief aus seiner Tasche und übergab ihn und somit die Verantwortung James.

»Danach müssen wir reden. Entscheiden, was wir tun …«

James zog Evelyn auf den umgestürzten Baumstamm, setzte sich neben sie und reichte ihr den Brief. Er begann mit einer Beschreibung von James' Person, erklärte, dass die Anschuldigungen, die gegen ihn erhoben würden, jeder Grundlage entbehrten, und wandte sich anschließend einer Schilderung des Mordes an Jacko zu. Als Evelyn einen Namen las, schlug sie die Hand vor den Mund.

Ich habe es wie mein oberster Wildhüter Robbie McAllister, der am folgenden Morgen tot aufgefunden wurde, mit eigenen Augen gesehen. Ich vermute, dass er versucht hat, Dalston zu erpressen, worauf Dalston ihn ebenfalls tötete. Allerdings kann ich das nicht beweisen.

Glaubst Du an das Schicksal, mein Freund? Ich denke, ich schon. In dieser Sache hat sich möglicherweise die Rachegöttin Nemesis eingemischt, und darüber bin ich froh, denn die Affäre gärt schon zu lange vor sich hin und vergiftet Leben. Nun präsentiert sich mir die Gelegenheit, diese Sache in Ordnung zu bringen. Für den Fall, dass mir etwas zustoßen sollte, habe ich, als ich bei Skinner war, einen vollständigen Bericht verfasst, der das Ganze erklärt. Er liegt in

Boston für Dich. Mein Anwalt in Edinburgh befindet sich im Besitz eines versiegelten Umschlags, den ich vor fünf Jahren bei ihm deponiert habe. Falls es mir verwehrt sein sollte, die Angelegenheit zu Ende zu bringen, bitte ich Dich, alter Freund, es für mich zu tun. Ich hoffe, Du vergibst mir, wenn Du erfährst, was ich getan habe. Melton kannst Du diesen Brief bei Bedarf zeigen. Er ist ein vernünftiger Mensch. Aber lass nicht zu, dass James Douglas die Sache selbst in die Hand nimmt, sonst macht er alles kaputt, was ich so sorgfältig aufgebaut habe. Pass auf Evelyn auf, und glaube mir: James kannst Du Dein und ihr Leben bedenkenlos anvertrauen. CB

Evelyn ließ den Brief sinken und sah James an. »*Rupert!*«

James blickte starr geradeaus.

Evelyn rüttelte ihn am Arm. »Es war *Rupert*«, wiederholte sie. Das war ihrem Vater von Anfang an klar gewesen, und er hatte nichts getan! Was musste James denken?

Plötzlich begann es Evelyn zu dämmern. »Du hast *gewusst,* dass es Rupert war …« Sie schnappte nach Luft, ihr begann zu schwindeln. »Du hast es auch gewusst!«

»Ja, ich hab's gewusst.«

Sie blinzelte. »Aber …? Wie lange schon?«

»Seit dem Mord, und dann habe ich ihn am Bahnhof erkannt.«

»Das heißt, du hast es *von Anfang an* gewusst?«

»Seinen Namen kannte ich nicht.«

Sie sah ihn verblüfft an und drehte sich dann zu Mr

Larsen. »Und *Sie* haben es auch gewusst! Sie haben ihn hierhergebracht.«

»Nein, meine Liebe, ich habe es *nicht* gewusst. Hören Sie …« Er hob die Hand, um sie zu besänftigen.

Doch sie wandte sich, vor Zorn wieder nach Luft schnappend, erneut James zu. »Du hast es gewusst, und Papa hat es gewusst, all die Jahre, während ich …« Sie ballte die Fäuste und presste sie gegen ihre Schläfen.

»Moment …«

Aber sie war nicht mehr länger bereit zuzuhören. Fünf lange Jahre hatte sie im Schatten eines Ereignisses gelebt, das sie nicht verstehen hatte können, und nun behandelte man sie so.

»Das war unverzeihlich! Du hast es gewusst. Und trotzdem hat Rupert Dalston bei uns gesessen und mit uns gegessen. Du hast *gewusst*, dass er es war, während ich fünf Jahre lang geglaubt habe, Papa und du seien es gewesen!«

James packte ihre Handgelenke. »*Moment!*«

Die lauten Stimmen lockten Skinner herbei. »Was ist passiert? Herrgott, Mann, lass sie los!«

»Alles in Ordnung, Mr Skinner«, sagte Mr Larsen. »Evelyn, beruhigen Sie sich. Ihr Vater hatte sicher seine Gründe.«

Sie hörte seine Worte kaum, weil ihr ein anderer Gedanke kam. Was sollte das heißen: falls er die Angelegenheit nicht zu Ende bringen könne?

»Schwebt Papa in Gefahr? Dass er Ihnen einen solchen Brief schreibt …«

Skinner wirkte verwirrt. »Wegen so 'nem Sturm schwebt er nicht gleich in Gefahr, Miss.«

»Dalston weiß nicht, wer ich bin, also hat sich an der Situation nichts geändert.« James hielt weiter ihre Handgelenke fest.

Als sie sich zu wehren begann, ließ er sie los.

»An dem Abend, als du übers Fliegenfischen geredet hast, ist er direkt neben dir gesessen! Wenn Mr Larsen da hellhörig geworden ist, hat Rupert vielleicht auch etwas gemerkt.«

James wechselte einen Blick mit Mr Larsen.

»Erklärt mir mal jemand, was hier los ist?« Skinner, der allmählich wütend wurde, drückte mit einem knochigen Finger gegen James' Brust. »Und wofür hältst du dich eigentlich?«

»Später, Skinner. Mr Larsen erklärt es dir. Wir müssen uns auf Probleme gefasst machen …«

Evelyn hielt es nicht mehr aus. Sie stand auf und marschierte durchs Lager zu dem Pfad, der zu der Landestelle an den Fällen führte.

James rief Tala etwas zu, der sich ihr in den Weg stellte, die Arme ausgebreitet, um sie aufzuhalten.

Sie wandte sich um. »Ich gehe Papa entgegen. Ich kann nicht untätig hier herumsitzen.«

»Und was genau wollen Sie machen, Miss?« Skinner schaute einen nach dem anderen verständnislos an. »Jetzt wo der Fluss so viel Wasser hat, fährt Kershaw wahrscheinlich durch die ersten paar Stromschnellen und landet ein bisschen flussaufwärts von hier. Louis macht vielleicht das Gleiche … Wen Sie auch immer treffen wollen: Sie könnten ihn verpassen.«

Mr Larsen nickte. »Er hat recht. Bleiben Sie hier, meine Liebe.«

»Außerdem könnte Clementina Sie brauchen«, fügte James hinzu. »Ich geh zur weiter entfernten Landestelle. Machk und Tala können an der näher gelegenen warten.«

»Und was sollen sie da?«, fragte Skinner.

Während James es ihm zu erklären begann, schlüpfte Evelyn an Tala vorbei und betrat den Pfad.

* * *

Obwohl Evelyn hörte, wie James ihr etwas nachrief, blieb sie nicht stehen. Sie hatte gewusst, dass er ihr folgen oder Mr Larsen ihr Tala nachschicken würde, und sie hatte keine Ahnung, wie weit es bis zu der Landestelle war oder ob der Weg direkt hinführte, aber Wut und ein Gefühl der Verletztheit trieben sie an, und Louis' Hose erlaubte es ihr, auszuschreiten wie ein Mann.

Nach den Schrecken der vergangenen Nacht hatte sie etwas Wunderbares erlebt, doch nun wurde sie überwältigt von Zorn darüber, wie ihr Vater ihr die Wahrheit auf völlig inakzeptable Weise vorenthalten hatte. All die Jahre! In der vergangenen Woche hatte er Rupert Dalston sogar gestattet, sich wie ein Freund zu ihnen zu gesellen.

Dass er von Anfang an über James' Unschuld Bescheid gewusst hatte, war für sie unbegreiflich.

Als sie James noch einmal rufen hörte, beschleunigte sie ihre Schritte, wild entschlossen, die Landestelle zu erreichen. Denn James trug ebenfalls Schuld. Er und Evelyns Vater hatten sich in den letzten Tagen auf eine Art Pakt geeinigt und sie im Dunkeln gelassen.

Kurz darauf holte James sie ein und hielt sie am Arm fest.

»Nicht so schnell«, sagte er. »Seien Sie vernünftig.«

Sie schüttelte ihn ab. »Wie weit ist es bis zu der Landestelle?«

»Nicht weit. Vielleicht einen Kilometer oder auch weniger.« Er schob sich an ihr vorbei und blockierte den Weg. »Gehen Sie zurück zu Mr Larsen.«

»Nein. Lass mich vorbei.«

»Dalston könnte die Landestelle zuerst erreichen. Möglicherweise ist er schon da.«

»Wie vielleicht auch Papa.«

»Und was wollen Sie dort machen?«

Evelyn biss sich auf die Lippe und wandte den Blick ab.

»Wie hast du mir verschweigen können, dass es Dalston war?«, fragte sie. »Du bist einfach danebengestanden und hast ihn *beobachtet.*«

»Meinen Sie, das ist mir leichtgefallen?«

»Trotzdem hast du's gemacht.«

»Gehen Sie zurück, Evie.«

»Und warum hat Papa *nichts* gesagt? All die Jahre …«

»Das werden wir ihn fragen. Gehen Sie jetzt zurück zu Mr Larsen.«

»Nein.«

Sackgasse.

Sie standen Stirn an Stirn auf dem Weg. Nach einer Weile zuckte er mit den Achseln und trat beiseite.

»Also schön. Aber seien Sie auf alles gefasst.«

Der Pfad war so breit, dass sie nebeneinanderher hätten laufen können, doch er ließ ihr den Vortritt.

Durch Lücken zwischen den Bäumen hindurch sah sie, wie Dunst aus dem feuchten Wald aufstieg. Als die

Sonne weiter hochwanderte, erwärmte sie das Blätterwerk, dem ein Geruch nach Balsamtanne und Fichte entströmte. Über ihnen zeigte sich zwischen den dünner werdenden Wolken allmählich strahlendes Blau.

Evelyn spürte, wie ihre Wut sich verflüchtigte, und sie wurde langsamer und ließ James zu sich aufschließen.

»Ich begreife es einfach nicht …«, sagte sie.

»Ich auch nicht.«

Ihr war, als hätte das Fundament ihres bisherigen Lebens unter ihr nachgegeben und als wären alle Sicherheiten verschwunden. Wie hatte ihr Vater sämtliche Prinzipien der Gerechtigkeit und Integrität, die ihm wichtig waren, so vernachlässigen können? Fast war es leichter gewesen, ihn für einen Mörder zu halten.

Evelyn blieb stehen und wandte sich James zu. »Was hat Papa zu dir gesagt?«

»Nur dass es immer sein Wort gegen das ihre war, und dass er keine Beweise hat.«

Plötzlich kam ihr die Szene in den Sinn, als sie die Tür des Arbeitszimmers aufgestoßen und den Mann ruhig rauchend in dem Sessel gesehen hatte, während ihr Vater mit wutverzerrtem Gesicht am Kamin stand. Das musste Ruperts Vater gewesen sein.

»Warum hat er nie den Mund aufgemacht?«

James blickte sie wortlos an. Der Grund war seiner Ansicht nach einfach, aber es hätte ihn geschmerzt, ihn ihr zu erklären. Letztlich hatte Ballantyre seine gesellschaftliche Stellung verteidigt, wie Jacko es prophezeite. *Er und seine Genossen würden alles tun, um ihre eigenen Interessen zu wahren und ihr Herrschaftsrecht zu schützen …* Unter Ballantyres Dach hatte James diese wesentliche Wahrheit vergessen. *Er schickt mich jedes Mal wieder ins Gefängnis, denn wenn er mich laufen lässt, muss er das beim Nächsten auch machen, und wohin würde das führen? Trotz seiner Menschenfreundlichkeit und seiner Großzügigkeit wird er immer das System stützen, das seine Stellung sichert – alles andere ist nur ein Feigenblatt für sein Gewissen …*

Sein Gewissen.

Und so hatte Ballantyre Stillschweigen über Dalston bewahrt. Hinter seiner Philanthropenfassade herrschte das Eigeninteresse genauso stark wie bei jedem anderen seines Standes.

Seine Tochter glaubte nach wie vor an ihn oder wollte das zumindest. Die Sorge, die sie jetzt die Stirn runzeln ließ, verriet James, wie sehr sie das wollte. Aber er konnte ihr nicht helfen.

»Er war immer so von dir angetan, so stolz auf dich«, riss Evelyn James aus seinen Gedanken.

Er verzog das Gesicht. Das hörte sich an, als würde sie über eines ihrer Rennpferde sprechen.

»Und trotzdem hat er alle in dem Glauben gelassen, dass du es warst.«

James erwiderte nichts.

»Wie sehr du ihn hassen musst.«

Hass war ein zu simples Wort dafür. Es stand neben Verbitterung und Wut. Und Verrat … Ballantyre hatte in seinem Brief ja auch Larsen um Vergebung gebeten, nicht ihn, James.

Da hörte er plötzlich Stimmen.

Als er Evelyn vom Pfad wegzog, merkte er, dass sie nicht von dort kamen, sondern vom Fluss. Wieder laute

Stimmen, Rufe, die das Tosen des Wassers übertönten, dann ein vertrauter Freudenschrei.

Louis und Marcel fuhren tatsächlich durch die Stromschnellen!

James, der wusste, von wo aus er einen Blick auf den Fluss erhaschen konnte, rannte los.

»Warten Sie hier!«, rief er und verließ den Weg, um einen nackten Felsen zu überqueren und den Abhang hinunterzustolpern.

Er hatte keine Angst, entdeckt zu werden, weil aller Augen auf das Wildwasser gerichtet, die Nerven bis zum Zerreißen angespannt wären und der Lärm der Stromschnellen jedes andere Geräusch übertönen würde. Er kam rutschend auf der feuchten Erde zum Stehen und legte sich auf den Bauch, gerade rechtzeitig, um das Kanu zu sehen, als Louis, der einer solchen Herausforderung nie widerstehen konnte, es zwischen den Felsen hindurchmanövrierte.

Vom Heck aus brüllte er Marcel im Bug und den Ojibway, die sich mit ihren Paddeln zu beiden Seiten abmühten, Anweisungen zu.

James beobachtete das Schauspiel, wie das leichte Boot bockte und eintauchte, wie Gischt aufspritzte, und er hörte Louis' Triumphschrei, als sie die Felsen hinter sich ließen.

In der Mitte des Kanus saß Melton neben Dalston.

James kehrte zu Evelyn zurück und erklärte ihr alles.

»Tala und Machk nehmen sie in Empfang. Ihr Vater wird nicht weit hinter ihnen sein. Wenn Kershaw das Gleiche vorhat, müssen wir zu der Landestelle und ihm ein Signal geben. Also schnell jetzt.«

Fünfundzwanzig

Larsen erklärte Skinner so viel, wie er für nötig hielt, doch der Miene des alten Mannes nach zu urteilen, war der danach genauso verwirrt wie zuvor. Ihn schien lediglich zu interessieren, dass er, obwohl James Douglas polizeilich gesucht wurde, keinem Verbrecher Unterschlupf gewährt hatte und somit nicht ins Visier der Gesetzeshüter geriete. Sobald das klar war und er wusste, dass er nur auf Dalston aufpassen musste, hatte er nichts dagegen, Larsens Vorschlag zu folgen, die weiteren Entwicklungen abzuwarten und erst einzugreifen, wenn es unumgänglich wurde.

»Aber halten Sie sich in Bereitschaft, Mr Skinner.«

Larsen erläuterte auch Tala die Sachlage und bat ihn, Louis zu warnen. Anschließend brachte er Clementina Tee und half ihr, ihn zu trinken. Er beantwortete ihre Frage, wann sie die Rückkehr ihres Gatten erwarten dürfe.

»Und können wir dann heimfahren?«, schniefte sie.

Nachdem er ihr das versichert hatte, ließ er sie allein, damit sie schlafen konnte. Immerhin redete sie in zusammenhängenden Sätzen, dachte er, als er aus dem Zelt trat, und sie war nicht mehr ganz so blass wie zuvor.

Larsen setzte sich zu Skinner ans Lagerfeuer: zwei alte Männer, die eigentlich nur zum Fischen hierhergekommen waren.

»Haben Sie den Prachtkerl von Astra's Pool denn selbst schon mal an der Angel gehabt?«, erkundigte sich Larsen, um das Gespräch auf vertrautes Terrain zu lenken.

Über Skinners faltiges Gesicht huschte ein Strahlen.

»Mehr als einmal! Sein Maul ist voll mit Haken und Schnurenden. Das Vieh muss einen Gaumen aus Stahl haben. Aber soweit ich weiß, hat er diese Saison noch bei niemandem angebissen, also ist er inzwischen tot oder ziemlich gerissen. Trotzdem stell ich mir gern vor, dass er sich nach wie vor da unten rumtreibt. Ich hab da eine Geschichte ...«

Und schon legte er los. Larsen musste nur schweigend zuhören und nicken und so tun, als wäre er beeindruckt. – Und die Angst des Wartens beiseiteschieben.

* * *

Es dauerte nicht lang, bis er in die Realität zurückgeholt wurde. Vom Fluss klangen Stimmen herauf, und wenig später kamen Leute.

Melton eilte als Erster heran. Offenbar hatte Tala ihm gesagt, was passiert war, aber der Anblick des Lagers und der unter dem Baumstamm eingeklemmten Zeltfetzen ließ ihn erstarren, und er wurde aschfahl.

»O Gott«, stöhnte er.

Larsen erhob sich hastig. »Ihr geht es gut, George. Sie schläft in meinem Zelt.«

Melton rannte zu Larsens Unterkunft.

Als Nächster erschien Dalston. Auch er blieb stehen, schaute sich um und stieß einen leisen Pfiff aus.

Dann folgten die anderen, die Arme voll Angelzeug

und nassen Sachen, die sie neben dem Feuer ablegten, bevor sie mit Skinner zu reden begannen.

Während sein Blick über das Lager wanderte, sagte Louis mit leiser Stimme etwas zu Marcel. Schließlich sah er Larsen an und nickte kurz. Also hatte Tala die Botschaft weitergegeben.

Erst jetzt fiel Larsen Dalstons Gesicht auf. Ein leuchtend roter Fleck zierte seine Wange, und sein Auge war geschwollen und blau.

»Und ich dachte, bei uns war's schlimm«, bemerkte Dalston, gesellte sich zu Larsen und sank in einen der wenigen geretteten Stühle. »Mitten in der Nacht ist das Zelt zusammengekracht. Wir mussten unters Kanu kriechen. Was für ein Horror! Ist in der Kanne Kaffee?«

»Ich hole Ihnen welchen.« Larsen stand auf und brachte einen Becher.

»Die Damen sind also knapp davongekommen. Arme Clem«, meinte Dalston und zündete sich eine Zigarette an. »Aber mit Evelyn ist alles in Ordnung, oder? Ich sehe sie nirgends.«

»Die beiden haben großes Glück gehabt.« Larsen reichte ihm den Kaffee sowie eine Flasche. »Der Baum ist zwischen die beiden Pritschen gefallen und wurde durch kräftige Äste über ihnen gehalten. Ein paar Zentimeter hin oder her und …« Er beschrieb in allen Einzelheiten, wie sie die Frauen aus dem Zelt herausgeholt hatten, während Dalston den Blick schweifen ließ.

»Evelyn ist vermutlich bei Clem, oder?«, fiel Dalston Larsen ins Wort und nahm einen Schluck von dem Schnaps.

Larsen roch, dass er nicht das erste Mal beim Brandy Trost suchte. Und das so früh am Tag!

»Möchten Sie etwas essen? Ich glaube, wir haben irgendwo Haferbrei.«

»O Gott, nicht wieder diese Pampe! Wenn mir noch mal jemand Haferbrei anbietet … Ah, George!«

Melton trat aus Larsens Zelt.

»Wie geht es ihr? Die gute alte Clem ist wirklich tapfer. Trinken Sie doch einen Kaffee mit mir.«

Melton betrachtete das flach gedrückte Zelt, das schmutzige, zerfetzte Segeltuch voller Äste und Kiefernnadeln, ohne Dalston zu antworten. Dann hob er mit ernster Miene den Kopf.

»Mein guter Larsen, was für eine schlimme Nacht das für Sie gewesen sein muss! Clementina meint, sie erinnert sich an nichts, und ich kann nur ahnen, was Sie durchgemacht haben. Aber Evelyn ist unverletzt, oder?«

»Sie war eine Weile eingeklemmt und hatte natürlich Angst, doch zum Glück ist ihr nichts Schlimmeres passiert als ein leichter Schlag gegen die Stirn.«

»Wo steckt Evelyn?«, hakte Dalston nach. »Ich dachte, sie ist bei Ihnen und Clem.«

Nun konnte Larsen keine Ausflüchte mehr machen. »Sie ist zur Landestelle gegangen, um auf ihren Vater zu warten.«

»Hoffentlich nicht allein«, sagte Melton.

Ein Geräusch. Alle drehten den Kopf.

»Gütiger Himmel!«

Ballantyre tauchte wie aus dem Nichts auf, nicht am Ende des Portage-Pfads, wo man ihn erwartet hätte, sondern an der Stelle, an der der Weg zu Astra's Pool begann. Er blieb, flankiert von zwei unbekannten Indianern, stehen und starrte entsetzt die Überreste des Zelts an, über dem noch immer der Baumstamm lag. Dann sah er zu Larsen hinüber.

»Niels! Wo ist Evelyn?«

Larsen eilte zu ihm. »Ihr geht es gut, Charles. Niemandem ist etwas zugestoßen. Es war knapp, doch es ist nichts passiert.«

Ballantyre schloss die Augen und legte eine Hand auf Larsens Schulter, als suchte er festen Halt.

»Und Clementina?«

Er machte die Augen wieder auf und blickte zu Melton hinüber.

»Sie hat einen Schlag auf den Kopf abbekommen, nicht mehr. Die beiden hatten Glück.«

Ballantyre schaute sich um. »Wo sind sie?«

»Clementina ist in meinem Zelt«, antwortete Larsen. »Und Evelyn wollte zur Landestelle und dort auf dich warten. Sie hat sich Sorgen gemacht.«

Ballantyre runzelte die Stirn. »Ist sie allein dort?« Sein Blick huschte über das Lager und kehrte zu Larsen zurück.

»Nein.«

Ballantyre nickte.

Skinner gesellte sich zu ihnen, zog Ballantyre zum Feuer und schilderte ihm detailliert die Ereignisse der Nacht.

Larsen beobachtete, wie sich Entsetzen auf Ballantyres Gesicht ausbreitete.

»Jesus!«, stöhnte Ballantyre, als Skinner kurz schwieg,

um Luft zu holen, und sah Melton bestürzt an. »Mit Clementina ist wirklich alles in Ordnung?«

Melton nickte kurz.

»Und was ist mit Ihnen? Sie haben flussaufwärts auch eine üble Zeit erlebt, vermute ich.« Er betrachtete den hässlichen roten Fleck auf Dalstons Wange und sein stark geschwollenes Auge. »Wie lange sind Sie schon hier?«

Dann redeten plötzlich alle durcheinander. Alle außer Dalston, der sich, wie Larsen bemerkte, nach wie vor suchend umblickte. Sein Gesichtsausdruck war aufgrund der Schwellung nicht zu deuten.

* * *

Die Landestelle war menschenleer, als James und Evelyn sie erreichten. Das Gleiche galt für den Fluss. Ein junger Wald erstreckte sich bis auf halbe Höhe der Klippen, unter den Felsen wirbelte das dunkle Wasser um Steine und umgestürzte Bäume. Wolken, letzte Überreste des nächtlichen Sturms, trieben über den Himmel.

Evelyn hockte sich auf einen Baumstamm am Wasser und schaute zur Flussbiegung.

Sie konnten nichts tun als warten. Auch James setzte sich und stützte die Ellbogen auf die Knie.

Er musste an jenen Tag denken, an dem er sie das erste Mal gesehen hatte, als sie auf der Terrasse von Ballantyre House neben ihrem Vater herhüpfte, noch ein kleines Mädchen … Und an den folgenden Tag, als McAllister ihn durchs Haus gezerrt und sie James mit ihrer kleinen Hand kurz vom Treppenabsatz aus zugewinkt hatte. Die Reitstunden fielen ihm ein und die Ausritte, die ihm die Tage versüßten – bis alles zerstört wurde in jener schrecklichen Nacht, in der ihr Blick sich voller Angst auf die Klinge des Messers in seiner Hand gerichtet hatte.

Sie war immer da gewesen, immer Teil seines Lebens …

Und nun war sie hier, kaum einen Meter entfernt von ihm, in Louis' Hose und James' Hemd. Mit ihrem schmutzigen Gesicht und den wilden Haaren sah sie aus wie eine Zigeunerin, eher ein Junge denn ein Mädchen. Aber was, wenn ihre Vermutung stimmte und Dalston tatsächlich Verdacht geschöpft hatte? Was würde er dann tun? Dalston saß in der Wildnis fest wie sie alle. Und jede offensichtliche Gewalt käme einem Schuldeingeständnis gleich. Wenn James nur gewusst hätte, was Ballantyre plante …

* * *

»Was wirst du tun, wenn das hier vorbei ist?«, fragte Evelyn. »Wirst du nach Hause zurückkönnen?«

»Ich bin zu Hause.«

Obwohl sie diese Antwort letztlich erwartet hatte, wollte sie sie nicht hören. Doch in diesem Land war er sein eigener Herr, und das würde er nicht aufgeben.

Sie schlang die Arme um die Knie, kreuzte die Knöchel und wandte den Kopf ab, sodass er ihren Gesichtsausdruck nicht erkennen konnte. Gab es überhaupt eine andere Antwort? Wenn er in die Heimat zurückkehrte, wäre die Distanz zwischen ihnen unüberbrückbar, definiert durch Klassenzugehörigkeit und Vorurteile. Er würde sofort wieder in seiner früheren Rolle landen, und den Rest konnte man sich denken. Hier hingegen war er in der Lage, seine Zukunft selbst zu bestimmen. Schreckliche Ironie des Schicksals, dachte sie und legte die Wange an die Knie, dass es die ungerechte Behandlung ihres Vaters gewesen war, die ihm die Flucht ermöglicht hatte, und er nun auf eine Art und Weise frei war, wie sie es nie sein konnte. Sie war innerhalb ihrer wohlhabenden Schicht und der engen Grenzen, die ihre Geschlechtszugehörigkeit ihr aufzeigte, gefangen.

Evelyn schaute zur Flussbiegung. Ihr blieb keine andere Wahl. Sie würde in die Heimat zurückkehren, in die sanktionierten *Sphären des Weiblichen,* nach Ballantyre House, zu einem Leben, das Clementina für sie organisierte. Kein Mann würde ihren Namen je auf eine Landkarte setzen; einen Lake Evelyn würde es nie geben.

»Ich will auch nicht nach Hause zurück«, sagte sie und wandte sich James zu. »Ich würde lieber hierbleiben.«

Er hob stumm den Blick.

Wie sollte sie sich jemals von Ballantyre House lösen und Teil der großen Welt werden? Es wäre besser, arm zu sein, nichts zu verlieren zu haben. Dann könnte sie leben wie die schicken New Yorker Verkäuferinnen oder die Frauen, die selbstbewusst mit schwingenden Röcken die Holzstege in Port Arthur entlangmarschierten. Ihr Vater würde solchen Wünschen allerdings kein Verständnis entgegenbringen.

»Mr Larsen behauptet, in Port Arthur gibt es Frauen, die selbst Geschäfte führen«, sagte sie nach kurzem Zögern.

»Aye. Kneipen und Bordelle.«

Sie runzelte die Stirn. »Eine Frau leitet angeblich einen Holzhandel …«

»Einen Holzhandel?« Er lächelte, aber dieses Lächeln erreichte seine Augen nicht. »Dann bitten Sie doch einfach Ihren Vater, Ihnen einen einzurichten.«

Sie reckte das Kinn. »Sobald ich an das Erbe meiner Mutter herankomme, kann ich tun und lassen, was ich will.« Vielleicht …

»Tatsächlich?« Er streckte sich auf dem glatten Felsen aus, verschränkte die Hände hinter dem Kopf und schaute zum Himmel hinauf. »Sie wollen also ins Holzgeschäft einsteigen. Das hätte ich nicht gedacht.«

Sein distanzierter, verächtlicher Tonfall provozierte sie. »Einen Holzhandel zu führen ist bestimmt besser als das, was mich zu Hause erwartet. Wenn ich in Port Arthur bliebe, könnte ich vielleicht Arbeit finden.«

Er wandte sich ihr zu. »Arbeit?«

»Ja, warum nicht?«

Er blickte wieder gen Himmel. »Muss ich darauf antworten?«

James hielt bewusst Abstand, sie kannte den Tonfall. Ihn benutzte er immer, wenn sie ihm Fragen stellte, denen er auswich, zum Beispiel über Jacko und sein altes Leben. Aber das funktionierte nun nicht mehr, nicht nach der vergangenen Nacht.

»Oder ich könnte bei dir bleiben«, meinte sie.

Er reagierte nicht.

»Letzte Nacht …«

»Letzte Nacht war Ihnen kalt, und Sie hatten Angst«, entgegnete er. »Das war, wie ich es Larsen erklärt habe, alles.«

Das Geräusch des rasch an ihnen vorbeifließenden Wassers drang zu ihnen herauf.

»Nein«, widersprach sie. »Da war mehr.«

Er drehte sich zu ihr, stützte den Kopf auf seinen abgewinkelten Arm und sah sie an.

»Ich will hierbleiben«, wiederholte sie.

»Evie …«

»Papa kann mich nicht *zwingen* zurückzukehren.«

»Doch, das kann er.«

»Aber ich gehe nicht.«

Er rollte wieder auf den Rücken und hob einen Arm zum Schutz gegen die Sonne.

»Wie stellen Sie sich das vor, Miss Ballantyre? Würden Sie sich im Winter in einem billigen Gasthaus zwischen Louis und mich legen, uns bekochen und die Wäsche für andere Leute machen? Oder sollen wir Sie auf die Straße stellen, damit Sie sich Ihren Lebensunterhalt auf diese Weise verdienen?«

Sie wusste nicht so genau, was er meinte und warum er plötzlich so wütend war.

»Armut ist kein Spiel wie das draußen Schlafen in einer lauen Sommernacht. Armut bedeutet Kälte, Hunger und Demütigung. Um Arbeit betteln und um Essen betteln, wenn man keine Arbeit findet, und es stehlen, wenn sich eine Möglichkeit ergibt. Glauben Sie mir, ich weiß Bescheid. Der Hunger und die Kälte hier sind mörderisch.«

»Ist es das, was dir im nächsten Winter bevorsteht?«, fragte sie. »Nicht, wenn Papa …«

»Glauben Sie denn, ich würde seine Hilfe oder sein Geld annehmen?«

»Das musst du! Du musst es fordern und dann auch nehmen. Das ist das Einzige, was er noch geben kann.«

»Ich habe meine eigenen Pläne.«

Ja! James konnte Pläne schmieden, doch sie durfte keine Pläne machen, nicht in einer Welt, in der sie genauso wenig selbst über ihr Schicksal bestimmen wie fliegen konnte.

»Also muss ich mit Papa zurückkehren, zu Clemmy fahren und hoffen, dass ich Glück habe und wieder jemanden wie Rupert Dalston kennenlerne, jemanden, der kein Mörder ist … Das willst du mir sagen, oder?«

Er blieb stumm.

Der Gedanke brachte sie abrupt in die Gegenwart zurück, und sie schaute den Fluss entlang. Nichts.

»Was, glaubst du, hat Papa vor?«, fragte sie, als sie sich ein wenig beruhigt hatte. »Ich meine wegen Rupert …«

»Er sagt, er braucht ein Geständnis von ihm.«

»Das wird er nie bekommen.«

»O doch, er wird.«

Als sie seinen Tonfall hörte, stutzte sie. »Wenn es ihm abgetrotzt wurde, kann er es später vor Gericht widerrufen.«

James richtete sich auf und blickte nun seinerseits den Fluss entlang.

»Ich kann mir nicht vorstellen, dass er vor Gericht geht.«

Sein scharfer Tonfall ließ sie erschaudern.

»Kein Gericht der Welt hängt den Sohn eines Earls, egal, wie sehr er es verdient hätte.«

… lass nicht zu, dass James Douglas die Sache selbst in die Hand nimmt …

»Würde es denn nicht reichen, wenn man die Vorwürfe fallen ließe und irgendeine Art von Einigung erzielte?«

Er bedachte sie mit einem verächtlichen Blick.

»Wenn du etwas Ungesetzliches tust, macht dich das zu etwas, was du nicht bist.«

»Zum Beispiel wenn ich ihn umbringe, meinen Sie?«

Eine eisige Faust schloss sich um ihr Herz. »Du bist kein Mörder, James.«

Er blinzelte sie im grellen Licht der Sonne an. »Aber genau das haben Sie gedacht, Miss Ballantyre. Fünf Jahre lang haben Sie das gedacht.«

»Doch nach allem, was passiert ist, wäre es mir jetzt, glaube ich, egal, wenn du ein Geständnis ablegen würdest.«

Sechsundzwanzig

»Wer ist bei Evelyn?«, fragte Dalston, als alles, was es über umgestürzte Bäume und zerquetschte Zelte zu bereden gab, diskutiert war. »Der Schotte?«

»Ja«, antwortete Larsen.

Dalston stand auf. »Ich sage ihr, dass Sie wieder da sind, Ballantyre.«

»Danke, Dalston, aber ich gehe selbst.« Ballantyre erhob sich.

Melton tat es ihm gleich. »Charles«, meinte er mit ruhiger Stimme, »ich würde gern mit Ihnen reden. Wenn Sie wollen, begleite ich Sie ein Stück, ja?«

»George!«, rief Dalston entsetzt aus. »Das ist nicht ...«

Melton ließ sich nicht beirren. »Erlauben Sie mir, die Sache so anzugehen, wie ich es für richtig halte, Rupert.« Sehr glücklich wirkte er nicht.

»Verdammt, Mann, ich habe Sie gebeten, Stillschweigen zu bewahren!«

»Trotzdem.«

»Ah.« Ballantyre sah vom einen zum anderen. »Verstehe.« Er setzte sich wieder ans Feuer und faltete die Hände im Schoß. »Mein lieber Melton, sagen Sie, was Sie zu sagen haben.«

»*Herrgott, George!*«, rief Dalston aus.

Melton schüttelte den Kopf. »Sie erheben schwerwiegende Anschuldigungen.«

Larsen hatte nicht bemerkt, wie Louis und Marcel auftauchten, die jetzt direkt hinter Dalston standen. Anspannung lag deutlich spürbar in der Luft. Nun war es zu spät, sich an die kleine Pistole zu erinnern, die er normalerweise überall mit sich führte, dachte Larsen. Sie befand sich bei Lady Melton in seinem Bündel im Zelt.

»Charles, ich denke, es wäre besser, wenn wir uns unter vier Augen unterhalten«, meinte Melton.

Doch Ballantyre blieb sitzen und bedachte Dalston mit einem schmallippigen Lächeln.

»Wieder verblüffen Sie mich, junger Mann«, sagte er. »Aber ausnahmsweise scheinen wir uns einig zu sein. Es wird tatsächlich Zeit, die Sache zum Abschluss zu bringen.«

Dalston wurde rot, als Ballantyre Melton mit einer Geste zu verstehen gab, dass er Platz nehmen solle.

»Es besteht keinerlei Grund, uns unter vier Augen zu unterhalten, George. Ich weiß, was Sie erfahren möchten. Sie wollen mich fragen, ob es stimmt, dass ich einem Mann Unterschlupf gewähre, der wegen zweifachen Mordes gesucht wird. Die Antwort, mein Freund, lautet Ja.«

Melton wirkte erstaunt und unsicher.

Ballantyre zündete sich eine Zigarre an, schnippte das Streichholz ins Feuer und deutete ein weiteres Mal auf den Stuhl. »Bitte, George, setzen Sie sich, es könnte einige Zeit in Anspruch nehmen.« Dann wandte er sich wieder Dalston zu. »Ich bin gespannt zu hören, was Sie

George sonst noch unter dem Siegel der Verschwiegenheit anvertraut haben.«

Dalstons geschwollenes Augenlid begann zu zucken.

Larsen ahnte, dass die Sache nicht so lief, wie Dalston sich das vorgestellt hatte.

Da blickte Ballantyre zu Larsen. »Ich nehme an, mein Freund, du hast meinen Brief inzwischen gelesen.«

»Ja.«

»Gut. Ich wusste, dass ich mich auf dich verlassen kann. Dürfte ich dich nun bitten, ihn Melton zu zeigen? Das spart mir Erklärungen, und falls es zu gegenseitigen Anschuldigungen kommt, finde ich, sollte alles offen auf dem Tisch liegen.«

Larsen eilte in sein Zelt, um den Brief zu holen, überprüfte hastig, ob seine Pistole geladen war, und steckte sie in die Tasche. Clementina schlief zum Glück tief und fest. Vom Eingang des Zelts aus lauschte er, wie Ballantyre fortfuhr.

»Ich vermute, Sie wollten, dass George Ihr kleines Geheimnis für sich behält, bis wir wieder in Nipigon sind, nicht wahr? Weil Sie dort die Festnahme von James organisieren könnten. Möglicherweise war es ein wenig voreilig von Ihnen, es ihm schon jetzt zu sagen, doch Ihnen ist nun einmal Aktion lieber als Reaktion. Außerdem wussten Sie ja nicht, was ich vorhatte.«

Als Larsen zu der Gruppe zurückkehrte, hörte er Dalstons kühle Erwiderung.

»Nein, und auch nicht, wie Sie Ihr Handeln erklären wollen.«

Er schlug die langen Beine übereinander wie Ballantyre und gab sich Mühe, genauso ruhig zu wirken wie dieser.

»Ich habe keine Ahnung, warum Sie und Ihre Tochter dieses Versteckspiel inszenieren. Ich habe eine Weile gebraucht, um zu merken, wer der Mann ist, doch mir war von Anfang an klar, dass da etwas Merkwürdiges im Gange ist.«

»Sehr scharfsinnig«, meinte Ballantyre.

Larsen reichte Melton Ballantyres Brief.

Dalston beobachtete Melton mit gerunzelter Stirn, während dieser ihn las.

Ballantyre zog unterdessen an seiner Zigarre und kniff kurz die Augen des Rauches wegen zusammen.

Larson sah, wie sich Meltons Gesichtsausdruck veränderte, als er die kritische Stelle in dem Schreiben erreichte.

Dalston beugte sich vor. »Ich weiß nicht, was da drinsteht, George, aber das sind bestimmt alles Lügen. Zeigen Sie ihn mir.«

Ballantyre nickte.

Dalston riss den Brief an sich, überflog den Inhalt und wurde noch einmal tiefrot.

»So läuft der Hase also!«, schnaubte er. »Meinen Sie, irgendjemand wird Ihnen das glauben, Ballantyre? Das ist absurd! Lächerlich ... Sie wollen *mich* benutzen, um Ihr eigenes widerliches Verhalten zu kaschieren und weiter Ihre schützende Hand über diesen ...« Er verstummte und verzog verächtlich den Mund.

Eine gute Vorstellung.

»Aha!« Ballantyre hob die Augenbrauen. »Dann sind Sie also doch Teil der Geschichte? Das habe ich mich oft gefragt. Ich war mir nicht sicher, ob nur Ihr Vater und ich von dieser Ausschmückung wissen. Interessant! Sie haben George eingeweiht, nicht?«

Larsen schaute Ballantyre verblüfft an.

Melton war unbehaglich, das sah man ihm deutlich an. Er hob die Hand.

»Moment. Ich finde, wenn wir diese Angelegenheit besprechen, sollte James Douglas anwesend sein, damit er sich verteidigen kann.«

»Ich hole ihn«, erbot sich Louis, der bisher mit ausdrucksloser Miene gelauscht hatte.

Dalston lachte. »Du warnst ihn, damit er wieder abhauen kann. Das halte ich für keine gute Idee.«

Melton ließ den Blick suchend über die Anwesenden wandern, bis er auf Skinner verharrte.

»Mr Skinner, würden Sie gehen? Und bitte verraten Sie nichts. Sagen Sie nur, dass jetzt alle wieder sicher im Lager sind. Aber …«, Melton wandte sich Ballantyre zu, »Charles, überlegen Sie sich das gut! Wollen Sie wirklich, dass Ihre Tochter das hört?«

»Aus meinem Munde wird Evelyn nur die Wahrheit hören«, antwortete Ballantyre. »Und die *soll* sie auch hören. Bringen Sie sie beide her, Mr Skinner.«

* * *

Als Skinner die Landestelle erreichte, hatten Evelyn und James den Felsen verlassen. Nun lagen sie auf weicherem Untergrund mit niedrigen Pflanzen und Laub.

James, der nicht gewusst hätte, wie sie dorthin gelangt waren, genoss es, Evelyn wieder in den Armen zu halten, in ihren Haaren den süßen Duft von Holzrauch und

Balsamtanne zu riechen und ihre glatte Haut unter ihrem Hemd zu spüren.

Skinner räusperte sich laut und spuckte aus.

»Dafür ist jetzt keine Zeit.«

James setzte sich abrupt auf. »*Skinner!* Himmel …«

Er rutschte vor Evelyn, die mit abgewandtem Kopf, die Haare im Gesicht, hastig das Hemd zuknöpfte.

»Ihr Pa ist im Lager, Miss«, verkündete Skinner, bemüht, in die andere Richtung zu schauen. »Ist über Land zurückgekommen. Die anderen sind auch wieder da.«

James' Gedanken kehrten von dem paradiesischen Ort, an dem sie sich gerade eben noch befunden hatten, in die Realität zurück.

»Und sie haben *dich* geschickt, um uns zu holen?«

»Ja.« Skinner wich seinem Blick aus.

»Also sind alle da? Dalston auch?«, wollte James wissen.

»Ja. Mit einem geschwollenen Auge.« Skinner schmunzelte. »Hat sich flussaufwärts mit Marcel in die Haare gekriegt. Im Moment sieht er die Dinge nicht so klar.«

James stand auf und zog Evelyn ebenfalls hoch.

»Warum sind sie aufeinander losgegangen?«

Für eine gute Geschichte war Skinner immer zu haben. »Sie haben am anderen Flussufer eine Bärin mit Jungen gesehen, und Marcel hat Dalston gesagt, er soll nicht auf sie schießen. Aber der hat's trotzdem gemacht. Dann musste Marcel die Jungen erschießen, und er war wütend. Er wollte nicht wegen den Fellen ans Ufer, und das hat wieder Dalston geärgert. Louis meint, er hat als Erster zugeschlagen.«

»Idiot …«

Skinner nickte. »Vielleicht hätte Louis Marcel nicht von ihm wegziehen sollen, dann wär jetzt alles einfacher …«

James sah ihn fragend an.

»Skinner, was ist los im Lager?«

Evelyn hatte versucht, sich die Haare zurückzubinden, die sich wieder lösten, und die Fichtennadeln von ihrer Kleidung zu zupfen. Nun ergriff sie James' Arm.

Skinner schüttelte den Kopf, doch seine Kiefermuskulatur arbeitete.

»Komm einfach mit. Sie auch, Miss. Tun Sie Ihrem Pa den Gefallen. Kommt mit, beide.«

Siebenundzwanzig

Auf den ersten Blick wirkte die Gruppe im Lager wie immer. Alle hatten sich ums Feuer versammelt wie an einem normalen Tag, an dem man sich darüber unterhielt, was man gefangen hatte, was einem entwischt war oder wie die Strömung sich gestaltete.

Als Evelyn aus dem Wald trat, sah sie zuerst ihren Vater. Er unterhielt sich entspannt, eine Zigarre in der einen, einen Kaffeebecher in der anderen Hand, mit Larsen, der neben ihm saß. Rupert, wie stets in der Nähe von George, redete auf diesen ein, obwohl George sich halb abgewandt hatte. Louis und Marcel standen direkt hinter den beiden. Sie wirkten nicht entspannt, sondern eher wie Jagdhunde, die an der Leine zerrten. Machk, Tala und zwei Fremde hatten ein wenig abseits Platz genommen. Auch ihre Aufmerksamkeit richtete sich auf die Gruppe am Feuer.

Louis entdeckte Evelyn als Erster. Bei ihrem Anblick hellte sich seine Miene auf, er begrüßte sie mit einem Grinsen.

Evelyns Vater stand auf. »Evelyn, Liebes …« Er küsste sie auf die Stirn, berührte dabei leicht den blauen Fleck, betrachtete ihre Kleidung und hob die Augenbrauen. »Praktisch«, meinte er. »Wie ich höre, hast du eine turbulente Nacht hinter dir. Du musst mir alles erzählen.« Er schaute zu James. »Ich denke, ich stehe in deiner Schuld, junger Mann. Du hast alles im Griff gehabt. Doch jetzt sollten wir uns mit einem Sturm anderer Art befassen. Die Angelegenheit scheint sich zuzuspitzen.«

Evelyn wurde flau im Magen. Sie sah, wie Rupert Melton etwas zuraunte.

»Setz dich, Evie, auf meinen Platz neben Niels.«

Mr Larsen erhob sich, nahm ihre Hand, drückte sie und hielt sie fest.

Evelyns Vater blieb stehen und wandte sich erneut an James.

»Dalston hat gemerkt, wer du bist, und versucht nun, Meltons Unterstützung zu gewinnen, indem er ihm eine Version der Ereignisse …«

»Keine *Version*, Ballantyre«, fiel Dalston ihm ins Wort.

»… eine Version der Ereignisse, die sich von der meinen unterscheidet, präsentiert«, fuhr Ballantyre fort. »Obwohl keine zwölf Schöffen anwesend sind, haben wir hier doch Leute mit gesundem Menschenverstand, die sich selbst ein Urteil bilden können.«

»Das ist absurd!«, protestierte Dalston. »George, sagen Sie dem Mann, dass er nicht im Gerichtsgebäude von Kelso ist. Skinner, wie schnell können wir wieder in zivilisierten Gefilden sein, wo man diesen Mann unter Bewachung stellen und den Fall den zuständigen Behörden übergeben wird?«

»In dieser Wildnis gibt es keine Behörden, Dalston, ich bin die einzige verfügbare Autorität …«, Ballantyres leise Worte sorgten dafür, dass sich die Atmosphäre weiter auflud, »… und Sie werden mich anhören.«

Evelyn bekam es mit der Angst zu tun. Sie kannte ihren Vater distanziert, sarkastisch und wütend, aber diesen Blick, mit dem er nun Rupert bedachte, hatte sie noch nie gesehen. Er war todernst, und alle wandten sich ihm zu.

Da züngelte eine Flamme im Feuer hoch, und es schien, als würden die Bäume näher heranrücken und eine Wand, einen Gerichtssaal in der Natur bilden. Ein Rabe, der über ihre Köpfe hinwegflog, krächzte, wie um die Verhandlung einzuberufen.

* * *

Von seinem Platz am Rand des Kreises aus beobachtete James, wie Dalston erstarrte, als Ballantyre ihn zuerst des Mordes an Jacko und dann des Mordes an McAllister beschuldigte. Sein Tonfall war kühl, sachlich und präzise.

»Ich weiß, dass er den alten Wilderer erschossen hat. Das habe ich mit eigenen Augen gesehen«, sagte er, »genau wie James Douglas. Vermutlich hat Dalston auch meinen obersten Wildhüter McAllister getötet, aber dafür habe ich keine Zeugen.«

Dalston gab einen verächtlichen Laut von sich.

»Ich hatte Dalston, eine Stunde bevor McAllister tot aufgefunden wurde, weggeschickt. Als McAllisters unbeholfener Plan, mich zu erpressen, fehlschlug, hat er sein Glück wohl bei Dalston versucht. Dumm genug war er. Ihn hat seine gerechte Strafe ereilt.«

»Keine Zeugen, soso? Wie unangenehm für Sie«, höhnte Dalston und deutete auf den Brief, der auf dem Boden lag. »Und keine Beweise, wie Sie selbst sagen.«

Ballantyre strafte ihn mit einem grimmigen Lächeln. »Und doch ist es die Wahrheit.«

Dalston schaute mit seinem unverletzten Auge in die Runde. »Ein Schuss, vier Zeugen, von denen sich drei einig sind und nur einer eine abweichende Aussage macht. Dazu eine durchgeschnittene Kehle und keine Zeugen. Ich finde das *sehr* heikel.«

»Eine durchgeschnittene Kehle, aha«, meinte Ballantyre.

Dalston fuhr unbeeindruckt fort. »Mein Vater, McAllister und ich haben beobachtet, wie James Douglas sich auf der anderen Seite des Flusses mit dem alten Wilderer stritt. Wir haben einen Schuss gehört und gesehen, wie der Mann zu Boden sank. Ballantyre hat es auch gesehen. Und dann ist er …«, Dalston deutete auf James, »… in den Wald gelaufen. Das wird mein Vater beschwören. Er hat eine schriftliche Aussage von McAllister, die das bestätigt.«

»McAllister wurde am selben Abend getötet. Wie erklären Sie sich das?«, fragte Ballantyre.

»Douglas hat auch ihn umgebracht und ein Pferd gestohlen – wahrscheinlich wurde es ihm eher gegeben –, um sich damit aus dem Staub zu machen. Letztlich ist alles ganz einfach.«

Melton runzelte die Stirn. »Es wurde ihm *gegeben?*«

»Pa und ich vermuten schon lange, dass ihm jemand zur Flucht verholfen hat. Wie sonst hätte er spurlos verschwinden können? Er besaß ja keinen Penny! Vielleicht hat Ballantyre es ihm gleich ermöglicht hierherzukommen. Das wäre gut denkbar, denn er hatte geschäftliche Interessen in dieser Gegend, und keiner würde auf die Idee kommen …« Dalston begann, sich warmzureden.

James machte den Mund auf, um zu widersprechen, doch Melton hob die Hand. »Du bekommst gleich Gelegenheit, dich zu äußern.«

Dalston war noch nicht fertig. »Warum fragen Sie Ballantyre nicht, wieso er seine Version der Dinge erst jetzt, fünf Jahre nach den Vorfällen, präsentiert?«

»Ich könnte meinerseits fragen, warum McAllister Ihrem Vater eine schriftliche Aussage überlassen hat, statt sie einem Gericht vorzulegen«, meinte Ballantyre.

»Weil ihm klar war, dass Sie versuchen würden, diesen … diesen Mann zu schützen.« Dalston machte eine abfällige Handbewegung in Richtung James.

»Wieso sollte ich das tun, Rupert?«, erkundigte sich Ballantyre. »Warum sollte ich einen Mann schützen, der auf meinem Anwesen einen Mord begangen hat?«

Dalston zögerte kurz. »Melton weiß, warum, Ballantyre.« Sein geschwollenes Augenlid zuckte. »Ich habe es ihm erklärt. Alles. Er weiß Bescheid.«

James sah zuerst Dalston, dann Melton und schließlich Ballantyre an. Worüber wusste er Bescheid? James schien etwas verpasst zu haben.

Melton schaute in Evelyns Richtung.

»Diesen Aspekt müssen wir nicht in der Öffentlichkeit besprechen«, erklärte er.

»Verdammt!«, rief James aus. Taten sie sich jetzt zusammen? Sogar noch hier? »*Wie* hat Ballantyre mich geschützt? Und warum?«

Dalstons Blick huschte zwischen Ballantyre und Melton hin und her.

Ballantyre antwortete vollkommen ruhig: »Weil Dalston behauptet, dass du schon lange mein … mein Ganymed bist.«

James sah ihn verständnislos an.

»Er bezichtigt mich der Päderastie, James, und behauptet, ich hätte dich seit jenem Tag, als ich dich bei mir aufnahm, als meinen Lustknaben benutzt, dich, einen knapp dreizehnjährigen Jungen. Das hat sein Vater sich ausgedacht, um mein Schweigen zu erkaufen, und McAlister war nur zu bereit, diese Geschichte zu bestätigen.«

* * *

Schockiertes Schweigen.

Als Evelyn klar wurde, was ihr Vater gemeint hatte, verschlug es ihr den Atem. Ganymed, der schöne trojanische Königssohn, den Zeus als Hirtenjungen in den Bergen erblickt und zum Olymp entführt hatte, um ihn zum Mundschenk der Götter zu machen … Sie spürte, wie sie rot wurde.

* * *

Ballantyres Worte trafen James wie ein Schlag in die Magengrube.

»Das heißt, Sie haben tatsächlich *sich selbst* und Ihren Ruf geschützt.«

Ballantyre hielt James' wütendem Blick stand. »Das war die Drohung, die mein Schweigen und meine Mitwirkung erkaufte. Ja, so könnte man es sehen.«

James wurde übel. Also hatte er die ganze Zeit über recht gehabt, nur dass Ballantyre nicht seine Schicht, sondern sich selbst verteidigte. Seinen Wohlstand, seine Position, seine gesellschaftliche Stellung. Gegen eine Behauptung, die ihn ruiniert hätte. Und dafür hatte Ballantyre ihn, James, den Wölfen zum Fraß vorgeworfen.

Ballantyres nächste Worte bestätigten James' Vermutung.

»Man hat mich seinerzeit gewarnt. Die Geschichte würde in jeder Zeitung des Landes stehen, wenn ich auch nur ein Wort darüber verlauten ließe, dass Rupert Dalston auf meinem Besitz einen unbewaffneten Mann erschossen habe. Man hätte mich als Päderasten und Lügner gebrandmarkt, der den Sohn eines Earls eines Mordes bezichtigte, um einen Halunken zu schützen, den Protegé eines Wilderers, meinen Lustknaben. McAllister hat nach Erhalt einer beträchtlichen Summe offenbar bereitwillig eine Bestätigung dieser Behauptung unterschrieben, um alte Rechnungen zu begleichen und uns beide zu strafen. Letztlich kam ihm das sehr zupass.«

In James' Kopf dröhnte es. Ballantyre hatte recht; McAllister hatte sich nie eine Gelegenheit entgehen lassen, ihm ein Bein zu stellen, wenn er sich vom Stallmeister unbeobachtet fühlte. Diese Chance hatte er mit Sicherheit hocherfreut ergriffen.

* * *

Larsen spürte, wie Evelyn bei den Worten ihres Vaters erstarrte, und wunderte sich, dass sie ihren Sinn verstand. Dann fiel ihm ein, wie stolz Ballantyre auf ihre klassische Bildung war, und ihm wurde bewusst: Er hatte seine Worte mit Bedacht gewählt, eben damit sie sie verstand.

Doch sie konnte nicht ahnen, was ein solcher Vorwurf bedeutete! Ihr Vater wäre einem derartigen Angriff hilflos ausgeliefert gewesen, ein leichtes Ziel, da seine Leidenschaft für Reformen in Waisenhäusern und seine Arbeit in Besserungsheimen und Strafanstalten für Jungen allseits bekannt waren. Er hatte sich unter weniger Aufgeklärten Feinde gemacht, und dass er den jungen Wilderer in seinem Haushalt aufnahm, hatte, soweit Larsen wusste, bei seinen Nachbarn für Aufruhr gesorgt, die solches Verhalten bestenfalls exzentrisch fanden. Stanton hatte einen Akt selbstloser Großzügigkeit skrupellos in eine Waffe verwandelt. Teuflisch! Ballantyre hätte alles verloren, sein Ruf wäre ruiniert gewesen, höchstwahrscheinlich wäre er sogar ins Gefängnis gewandert. Angesichts von McAllisters eidlicher Erklärung hätte er keinerlei Möglichkeit der Verteidigung gehabt.

Plötzlich erinnerte sich Larsen, wie Ballantyre Stanton viele Jahre zuvor, in der Blütezeit der Eisenbahninvestitionen, Ballantyre House als Sicherheit für einen hohen Kredit geboten hatte. Wäre Ballantyre nicht bereit gewesen, bei Stantons Spiel mitzumachen, hätte dieser bestimmt das Geld zurückgefordert, und Ballantyre hätte auch noch das Anwesen verloren. Da schoss Larsen ein völlig anderer Gedanke ins Gehirn wie ein schwarz gefiederter Pfeil. Allmählich erschloss sich ihm die gesamte Geschichte.

Als er den Blick hob, merkte er, dass Ballantyre ihn musterte, als hätte er seine Gedanken gelesen.

»Mein Freund Larsen wird Ihnen bestätigen, dass ich seinerzeit Partner von Earl Stanton und hoch bei ihm verschuldet war. Er hielt Hypotheken auf mein Anwesen, weswegen er mir sowohl mit finanziellem Ruin als auch mit einer Haftstrafe drohen konnte. Uns war allerdings beiden klar, dass letztlich der Vorwurf der Päderastie mein Untergang gewesen wäre. Mein Untergang und der meiner Familie …« Ballantyre blickte seine Tochter an.

»Du siehst also, James, dass er mir alle Waffen geraubt hat, dass ich mich nicht wehren konnte.«

James Douglas starrte ihn feindselig, mit verschränkten Armen, an.

»Und er hätte nicht mit der Wimper gezuckt, wenn du aufgehängt worden wärst.«

Larsen begann, den Gedanken zu überprüfen, der dabei war, sich in seinem Gehirn herauszubilden. Fünf Jahre … Bilder tauchten vor seinem geistigen Auge auf. Südafrika: die Risiken, die Ballantyre eingegangen war, dann die steten Gewinne und schließlich die riesigen Profite. Die Eisenbahnen: weitere Risiken, Verluste, dünne Kapitaldecke. Aber diesmal war es nicht Ballantyres eigenes Geld gewesen, sondern das der Bank, ein Kredit an ihn und seinen Partner Stanton, später nur noch an Stanton, der allein weitere Darlehen wollte, hohe Darlehen, für die Ballantyre anonym bürgte. Nun wurde Larsen manches klar.

* * *

Wie aus weiter Ferne hörte James, wie Dalston bei Ballantyres Worten verächtlich schnaubte.

»Was für ein Unsinn. Abgesehen vom fleischlichen Kern des Ganzen. Ballantyre ist ein Lügner und war ein Päderast. Ist es vermutlich immer noch …«

Was Dalston sagte, hatte keinerlei Wirkung auf James. Die roten Nebel der Wut lichteten sich. Allmählich war er in der Lage zu analysieren, was Ballantyre erläutert hatte.

Der Vorwurf der Päderastie hätte mich ruiniert. James sah Ballantyre an. *Er hat mir alle Waffen geraubt, ich konnte mich nicht wehren.* Konnte so etwas bei Ballantyre möglich sein? Es war, als hielten sie sich allein an einem dunklen Ort auf, nur sie beide, und blickten einander über eine Distanz von fünf Jahren an. Damals waren sie Herr und Bediensteter gewesen, nicht mehr. Jetzt begegneten sie sich auf Augenhöhe. Die anderen verblassten zu Schatten, und die Zeit verlor ihre Bedeutung. Ballantyre hatte sich ihm offenbart. Nun saß er ihm gegenüber und erwartete sein Urteil. Nicht demütig, sondern ruhig.

In einem Moment, der ewig anzudauern schien, begann James zu begreifen, wie er es fünf Jahre zuvor noch nicht gekonnt hätte.

Und sein Zorn verrauchte.

»Schaut sie euch doch an! Wie deutlich muss es noch werden?« Dalstons Worte zerstörten den Moment.

James trat einen Schritt vor, entschlossen, ihm endlich ins Gesicht zu schlagen.

Evelyn packte ihn am Arm, George stellte sich zwischen James und Dalston und hob beide Hände.

»Keine Gewalt! Wir haben es mit schwerwiegenden Anschuldigungen zu tun, für die jeder Beweise vorlegen muss.«

George hatte sich verändert. Nichts erinnerte mehr an den wortkargen Angler; diese Lichtung im Wald war zu *seinem* Gerichtssaal geworden.

»Und solche Beweise scheint keiner von Ihnen zu besitzen.«

* * *

»Zweifelsohne bewahrt Dalstons Vater McAllisters lügenhafte Aussage noch an einem sicheren Ort auf«, sagte Ballantyre leise. »Stanton hat sie mir in der Nacht des Mordes gezeigt. Aber ich denke, das ist alles, was er vorweisen kann.«

»Ja, bestimmt hat er die noch«, meinte Dalston. »Die legen wir nach unserer Rückkehr einem Gericht vor.«

»Und Sie, Charles, welche Beweise haben Sie?«

Dies war der kritische Punkt, doch Evelyns Vater blieb ruhig und selbstbewusst.

»Bei Jackos Tod war ich Augenzeuge, was James Douglas bestätigen kann.«

Dalston lachte hämisch. »Im Fall McAllister haben wir ein wenig mehr.«

»Unsinn. Sie haben nichts.«

Ballantyre musterte Dalston ziemlich lange.

Allmählich wurde Evelyn unsicher. Bestimmt bluffte er. Hätte er Beweise gehabt, hätte er sie verwendet.

»Nur drei Männer wussten, dass McAllister nicht an einem Stich in den Rücken gestorben ist, wie fälschlich in den Zeitungen berichtet wurde, sondern dass ihm jemand die Kehle durchgeschnitten hat. Dieses Detail hielt man für zu blutrünstig, um es den Gästen, die sich in Ballantyre House aufhielten, zu präsentieren, und verschwieg es. Abgesehen von mir selbst kannten nur der Constable und mein Stallmeister, der ihn gefunden hatte, die Wahrheit. Offenbar wussten auch Sie es, Dalston. Woher?«

Dalston zuckte mit den Achseln. »Keine Ahnung, wer mir das erzählt hat. Die Sache ist fünf Jahre her. Wahrscheinlich mein Vater, als er nach Hause kam.«

»Sie haben uns an jenem Abend spät verlassen, obwohl Sie erst am Morgen eingetroffen waren und eigentlich eine Woche zur Jagd bleiben wollten. Wieso mussten Sie weg?«

Ballantyre versuchte, Dalston aus der Ruhe zu bringen, doch der trug gelangweilte Gleichgültigkeit zur Schau.

»Nach all der Zeit soll ich das noch wissen?«

Evelyns Vater nickte ruhig, aber seine Augen glänzten. Diesen Blick kannte Evelyn.

Sie kannte ihn von jenen wundervollen Tagen, als sie ihn mit dem Angelkorb zum Fluss hinunterbegleitet hatte. Es war der Ausdruck, den sein Gesicht annahm, wenn er sanft die Schnur auswarf, die federleicht auf dem Fluss landete, und wenn er Ausschau hielt, ob ein Fisch anbiss. Sie hatte ihn gesehen, als sie fasziniert beobachtete, wie die Schnur sich abspulte und im Sonnenlicht erglänzte, bevor sie aufs Wasser traf. Doch nun warf er gegen den Wind aus …

»Ich hingegen erinnere mich ganz genau«, sagte ihr Vater soeben. »Ich habe Sie an jenem Abend meines Anwesens verwiesen, Rupert, und Ihr Vater hat es im Morgengrauen nach einer erbitterten Auseinandersetzung mit mir ebenfalls verlassen. Was bedeutet, dass eigentlich keiner von Ihnen die Leiche gesehen oder von der durchgeschnittenen Kehle gewusst haben konnte.«

Dalston wirkte nicht allzu beunruhigt. »Mag sein. Aber was spielt das für eine Rolle? Egal, ob Stich in den

Rücken oder durchgeschnittene Kehle: Mich hat die Sache nicht sonderlich interessiert. Sie hatte ja nichts mit mir zu tun.«

Abermals warf Ballantyre die Schnur aus. »Sinclair hat in jener Nacht Ihr Pferd für Sie gesattelt, kurz vor Mitternacht, und McAllisters Leiche im Gebüsch entdeckt, als er zu mir auf die Terrasse kam, um mir mitzuteilen, dass Sie weg seien. Ich erinnere mich sehr deutlich, dass das Blut des Mannes nicht geronnen war, als Sinclair mich zu ihm geführt hat. McAllister war noch nicht lange tot.«

Ein schwacher Wurf; Evelyn wurde sich immer sicherer, dass ihr Vater letztlich nichts in der Hand hatte. Es würde auf ewig sein Wort gegen das der anderen bleiben.

Dalston schien das Gleiche zu denken. »Quatsch. Er wurde am Morgen gefunden. *Das* stand in den Zeitungen ...«

»Dann haben Sie sich also doch dafür interessiert?«

Dalston winkte ab.

»Sinclair und ich haben seine Leiche an jenem Abend in einen Schuppen getragen, weil er nicht im Gebüsch liegen bleiben konnte. Ich musste ja an meine Gäste denken. Das haben wir der Polizei erklärt, und die hat es notiert. Er wurde etwa zu der Zeit umgebracht, als Sie uns verlassen haben. Bestimmt ist er Ihnen auf dem Weg zu den Stallungen begegnet.«

Seine letzte Fliege trieb harmlos mit der Strömung weg, ohne dass Dalston sie beachtet hätte.

»Was für einen Grund sollte ich denn gehabt haben, McAllister zu töten?« Dann biss Dalston unvorsichtigerweise doch noch an. »Ganz im Gegenteil: Er war ja ein wichtiger Zeuge.«

»Wofür?«

Dalstons Gesichtsfarbe veränderte sich. »Für die Beweisaufnahme gegen James Douglas natürlich!«

»Sie haben also Beweise gegen James Douglas gesammelt! Aber warum?« Ballantyre straffte die Schnur.

Dalstons unbeschädigtes Auge blinzelte. »Herrgott, Melton! Muss ich mir dieses Verhör wirklich gefallen lassen?«

»Ja. Sie haben schwerwiegende Anschuldigungen erhoben.«

Evelyns Stimmung verbesserte sich schlagartig. War George dabei, auf ihre Seite zu wechseln?

Dalston starrte seinen Freund ungläubig an. »Na schön«, zischte er. »Es lag auf der Hand, dass James Douglas McAllister umgebracht hatte. Er muss sich zu der Zeit im Gebüsch herumgetrieben haben.«

Plötzlich wurde Evelyn klar, dass sie etwas zu dieser Verhandlung in der Wildnis beitragen konnte.

»Nein, das hat er nicht. Er war in Papas Arbeitszimmer.«

Alle wandten sich ihr zu.

»Mit mir.«

»Wie meinen Sie das?«, erkundigte sich George.

»Also nein!«, rief Dalston erzürnt aus. »Das höre ich auch zum ersten Mal. Sie erfindet Dinge. Ich kann mir schon denken, warum. Schätze, in den letzten Tagen haben die Reize unseres jungen Ganymed noch andere angelockt … Wie alt waren Sie damals? Dreizehn, vierzehn?«

Evelyn beantwortete Georges Frage. »Auf der Suche nach Papa bin ich in sein Arbeitszimmer gegangen, habe dort aber nur James angetroffen, der gerade dabei war, den Inhalt von Papas Geldschatulle in eine Satteltasche zu füllen.«

Dalston stieß einen Freudenschrei aus. »Und *das* soll seiner Verteidigung dienen? Ach, Mädchen!«

Sie hatte keine Angst mehr vor seinem ätzenden Hohn.

»Er hat sich lange genug dort aufgehalten, um das Fenster einzuschlagen, die Schublade des Schreibtischs aufzubrechen und die Schatulle aufzustemmen«, erklärte sie.

Alle sahen sie mit großen Augen an, doch sie hielt den Blick auf George gerichtet.

»Als ich dort eintraf, lagen auf dem Tisch Münzen, und wir haben eine Weile geredet. Wenn McAllister kurz vor Mitternacht gestorben ist, hat James ihn nicht getötet, denn zu der Zeit war ich bei ihm.«

James' Augen glänzten.

»Wie können Sie sich hinsichtlich der Zeit so sicher sein?«, wollte George wissen.

»Ich habe die Standuhr schlagen hören, und gleich danach hat das Feuerwerk angefangen.«

Dann war da noch der Geruch von Kordit, der sie all die Jahre verfolgt hatte. Wenn er nun als Beweis dienen konnte, würde er sie nicht mehr länger quälen.

Dalston wollte aufstehen, aber Louis hielt ihn zurück. Dalston schüttelte ihn fluchend ab. Erst jetzt bemerkte er die beiden Männer hinter sich.

»Melton, das ist eine Farce! Und das wissen Sie auch!

Sie besitzen keinerlei Recht, mich zu befragen, genauso wenig wie diese Männer, mich festzuhalten … Herrgott, ich hatte keinen *Grund*, McAllister umzubringen!«

George signalisierte Evelyns Vater mit ernstem Blick, dass er fortfahren solle.

Diesmal warf Ballantyre die Schnur weiter aus. »Abgesehen von dem, weitere Erpressungsversuche im Keim zu ersticken.«

Dalston runzelte verwirrt die Stirn.

Würde er diesen Köder schlucken?

Er zögerte. Dann: »Warum sollte er denn versuchen, mich zu erpressen?«

Fast geschafft.

»Vielleicht wollten Sie ja auch nur einen Wechsel über eintausend Pfund auf das Konto Ihres Vaters aus McAllisters Tasche entfernen.«

Dalston wurde blass, und wieder zuckte sein Augenlid. »Wie bitte? Einen solchen Wechsel hat es nie gegeben.«

»Mein guter Rupert, ich habe ihn mit eigenen Augen gesehen. McAllister hat ihn mir gezeigt und mir angeboten, die Aussage für Ihren Vater zurückzuziehen, wenn ich bereit wäre, den Betrag zu verdoppeln. Der Wechsel wurde bei ihm gefunden.«

Bei diesem Köder biss Dalston wütend an. »Das stimmt nicht. Das ist eine Lüge!«

Nicht lockerlassen, dachte Evelyn.

Und ihr Vater tat ihr den Gefallen.

»Wie das?«

»Weil ich …« Dalston verstummte.

Fast konnte Evelyn sehen, wie ihr Vater die unsichtbare Schnur einholte.

»Weil Sie ihn ihm bereits abgenommen hatten?« Er zog so heftig an der Leine, dass der Haken festsaß, tief im Gaumen. »Danke, Rupert.«

»Nein! Verdammt. *Nein* …« Noch einmal versuchte Dalston aufzustehen, doch Louis und Marcel hielten ihn auf seinem Stuhl fest, auf dem er sich fluchend wand wie eine Forelle im Netz.

Achtundzwanzig

Unter Dalstons Flüchen löste sich die Anspannung auf. Alle redeten durcheinander. Larsen, der sich etliche Jahre älter fühlte als noch ein paar Stunden zuvor, erhob sich steif und hielt Ballantyre seinen Flachmann hin. Ballantyre nahm ihn, zögerte kurz, bevor er ihn an den Mund hob, und schaute zu seiner Tochter hinüber, um deren Taille James' Arm lag.

Dalston versuchte nach wie vor erfolglos, Melton davon zu überzeugen, dass Ballantyre ihm Lügen erzählt habe und er unschuldig sei.

Skinner blieb einigermaßen verwirrt über die Vorgänge sitzen, aber am Ende war er es, der die anderen übertönte.

»*Jesus*. Und was passiert jetzt?«

»Danke, Mr Skinner. Das ist eine gute Frage«, meinte Ballantyre. »Dalston soll ein Dokument unterzeichnen, das ich vor einiger Zeit vorbereitet habe und seitdem mit mir führe. Allerdings hätte ich gern, dass Sie, George, zuerst einen Blick darauf werfen, weil ich Sie bitten möchte, es zu bezeugen. Und dich auch, Niels, wenn du so freundlich wärst.«

Ballantyre nahm ein Blatt Papier aus seiner Jacke und reichte es Melton. Larsen las es über dessen Schulter. Der Text darauf war kurz und prägnant und würde dafür sorgen, dass Dalston seiner gerechten Strafe zugeführt wurde. Als sie mit dem Lesen fertig waren, nickte Melton. Ballantyre reichte das Papier Dalston.

»Lesen Sie es und unterschreiben Sie. Es handelt sich um eine wahrheitsgemäße Schilderung jenes Abends, die ich bei Gericht vorzulegen gedenke.«

»Sie wollen vor Gericht gehen?«, meinte Melton erstaunt und ein wenig unsicher.

Larsen hörte, wie Melton Ballantyre leise fragte: »Ist das wirklich nötig? Das gibt einen Skandal. Und dann noch diese schmutzigen Anschuldigungen gegen Ihre Person, Sir, wie unrichtig sie auch sein mögen …«

Ballantyre sah verächtlich zu Dalston, der vor Wut erbleichte, als er das Dokument las.

»Sie hätten James vor Gericht gezerrt, gelogen, ihn verurteilt und mit Freuden zugeschaut, wie er gehängt würde. Wenn Sie meinen, ich würde mich nach alledem auf eine Einigung mit Stanton einlassen, täuschen Sie sich.« Ballantyres Blick wanderte zu James. »Zumindest das bin ich ihm schuldig.«

Evelyn spürte, wie James' Umarmung sich lockerte, als ihr Vater sich ihnen näherte.

»Evelyn, Liebes«, sagte er, hob eine Hand und strich ihr sanft über die Wange. Dann wandte er sich James zu.

»Wir reden später …«

Dalston hatte das Dokument mittlerweile seelenruhig zu einem Papierflieger gefaltet und ließ diesen ins Feuer flattern.

»Dachten Sie wirklich, ich würde das unterschreiben?«, fragte er.

Evelyns Vater sah ihn ernst an. »Eher nicht. Aber der Text lässt sich ohne Weiteres neu formulieren.«

»Wie Sie meinen. Doch auch dann werde ich nicht unterschreiben. In Schottland können Sie gern Anklage gegen mich erheben, aber Sie haben nicht das Geringste gegen mich in der Hand. Eine Unterschrift, die Sie mir abnötigen, kann nicht als Beweis dienen. Und wie Sie wissen, hat meine Familie gute Beziehungen.«

»Ja, das ist mir klar.«

»Dass Sie und Ihre Tochter einem polizeilich Gesuchten Schutz geboten haben, statt ihn den Behörden zu übergeben, spricht nicht gerade für Sie. Meinen Sie nicht auch?«

Wieder spürte Evelyn Angst in sich aufsteigen, die sich verstärkte, als sie James' Miene sah. Er ließ sie los und trat einen Schritt vor, doch ihr Vater hob eine Hand.

»Ganz ruhig, James. Wir sind noch nicht fertig.«

Ballantyre wandte sich erneut Dalston zu. »Offenbar haben Sie angefangen, Ihre eigene Geschichte zu glauben. Erstaunlich. Kein Wunder, dass Ihr Vater Sie auf Reisen geschickt hat. Nur eine derartige Verblendung kann die Unverfrorenheit erklären, mit der Sie Larsens Einladung, die dieser ahnungslos aussprach, angenommen haben. Dachten Sie denn, ich würde Sie mit offenen Armen empfangen? Alles vergeben und vergessen? Oder erachteten Sie das Erschießen eines Wilderers als so unerheblich, dass Sie meiner Tochter einfach so den Hof machen konnten?«

»Den Hof machen?« Rupert lachte verächtlich und blickte James an, der nach wie vor neben Evelyn stand.

»Wohl kaum! Außerdem scheint der Geschmack des Mädchens eher in Richtung …«

James gab ein hässliches Geräusch von sich. Diesmal war es Evelyn, die ihn zurückhielt.

»Dalston, reißen Sie sich zusammen!«, ermahnte Melton ihn.

Ballantyre wartete kurz, bevor er sagte: »Vielleicht dachten Sie auch, Ihr Vater hätte mich nach wie vor in der Hand.« Seine Miene wurde hart. »Junger Mann, inzwischen habe ich den Spieß umgedreht.«

Larsen wurde flau im Magen. Er ahnte, was nun kommen würde, und obwohl es seinen Instinkten widersprach, wusste er, dass er Ballantyre beistehen und sämtliche Konsequenzen seines Handelns mittragen würde, selbst wenn es seinen eigenen Ruf ruinierte.

»Ich hatte alles völlig anders geplant«, erklärte Ballantyre, »über viele Jahre. Doch als ich James Douglas in dieser Wildnis begegnet bin und dann auch noch Larsens Telegramm erhalten habe, in dem er mir mitteilte, dass er Sie eingeladen hatte, war mir klar, dass das Schicksal diese Lösung wollte.«

Larsen bemerkte, dass das blaue Auge von Dalston einen Violettton angenommen hatte.

»Und seit zwei Tagen besitze ich die nötigen Mittel, um die Angelegenheit zum Abschluss zu bringen. Stimmt's, Niels?«

Larsen rechnete hastig nach. Natürlich. Gütiger Himmel, ja.

»Ja, das stimmt«, bestätigte er.

»Ursprünglich hatten wir anders feiern wollen, nicht wahr, mein Freund?«

Larsen musste an jenen vollkommenen Moment an Astra's Pool denken, als sie Seite an Seite geangelt hatten und das Licht der Sonne ihre Schnüre erglänzen ließ.

»Vor zwei Tagen«, fuhr Ballantyre fort, »wurden die Bestimmungen von Dokumenten wirksam, die ich in New York unterzeichnet habe. Nun habe ich die alleinige Kontrolle über Mr Larsens Bank inne. Für die meisten unserer Kunden hat das kaum Folgen, doch für Sie, Dalston, und Ihren Vater ist das anders. Bei sämtlichen Schulden Ihrer Familie – und glauben Sie mir, die sind beträchtlich – ist meine Bank der Gläubiger.«

Larsen sah, wie Dalstons Augen groß wurden.

»Falls die Angelegenheit mit James Douglas sich nicht zu meiner Zufriedenheit klären lässt, werde ich nicht zögern, die Begleichung sämtlicher Kredite gleichzeitig zu fordern. Eigentlich hatte ich vorgehabt, diese Sache Ihrem Vater nach meiner Heimkehr zu präsentieren, aber dann haben Sie sich mit so unglaublicher Arroganz mir aufgedrängt.«

Dalston wurde leichenblass.

»Noch eine unvorsichtige Bemerkung, und ich könnte mich veranlasst sehen, die Aufkündigung sämtlicher Kredite per Telegramm vom Bahnhof in Nipigon aus in die Wege zu leiten. Glauben Sie mir, das wäre ganz leicht.«

Larsen besaß ein gutes Gedächtnis für Details; diese Gabe hatte ihn zu einem sehr erfolgreichen Bankier gemacht. Sie erlaubte es ihm nun, jeden Schritt, den Ballantyre unternommen hatte, als er sein Rachenetz innerhalb der Bank spann, nachzuvollziehen. Larsen hatte nie Grund gehabt, an der Integrität seines Partners zu zweifeln, und Ballantyre war im Umgang mit Kunden der Bank immer ausgesprochen akkurat gewesen. Bei allen Kunden außer Earl Stanton. Was Larsen seinerzeit als Gutmütigkeit und Freundschaftsdienst gedeutet hatte, erkannte er jetzt als tödliche Falle, die vor fünf Jahren aufgestellt und bei jeder sich bietenden Gelegenheit mit großem Geschick ausgebaut worden war. Larsens Magen machte ihm Probleme, er musste rülpsen. Wie falsch er doch Ballantyres Motive interpretiert hatte! Und Stanton hatte seine Großzügigkeit nie hinterfragt. Aus Hochmut? Davon besaß Stanton weiß Gott reichlich … Vielleicht hatte er die Sache mit dem Wilderer auch als unbedeutend und längst vergessen erachtet. Oder hatte er Ballantyres Bereitschaft, ihm Geld ohne Sicherheiten zu überlassen und fällige Darlehen zu verlängern, seiner Angst davor zugeschrieben, dass sich McAllisters Aussage nach wie vor in Stantons Besitz befand und er diese jederzeit verwenden konnte? Jedenfalls hatte Ballantyre insgeheim ein Vermögen angehäuft, das ihn praktisch unangreifbar machte. Nun hatte er Stanton in der Hand. Jeb Merlin mochte die Hypotheken auf Stantons Anwesen halten, doch Ballantyre gehörte alles andere.

Da sprach Ballantyre mit dieser unheimlichen Fähigkeit, anderer Leute Gedanken zu erraten, fast beiläufig weiter. »Das letzte Stück des Puzzles ist erst kürzlich an die richtige Stelle gerückt, als es mir gelungen ist, die Hypotheken auf das Stanton-Anwesen zu erwerben, auf den Grund, die Farmen und Stanton Hall.« An Larsen gewandt, fügte er hinzu: »Weswegen die Sache mit dem Edelmetall so wichtig war. Der Magier hat einen hohen Preis für die Rechte an den Hypotheken verlangt.«

Leiser, damit nur Larsen ihn hören konnte, meinte er: »Niels, du wirst mir vieles vergeben müssen.«

Larsen war sprachlos. Er selbst hatte Ballantyre verraten, dass Jeb Merlin diese Hypotheken hielt. Nun erinnerte er sich, wie Ballantyre an jenem Abend auf Merlins Jacht eine Weile verschwunden war. Da hatte er es eingefädelt, praktisch vor Larsens Nase. Larsen wurde unwohl bei dem Gedanken, wie viel vom Kapital der Bank Ballantyre vermutlich eingesetzt hatte, um sich diese Hypotheken zu sichern.

* * *

James merkte, wie Louis bei dem Wörtchen »Edelmetalle« zusammenzuckte, und verfluchte sich dafür, dass er den Grund für Ballantyres letzte Abwesenheit völlig vergessen hatte. War es Ballantyre gelungen, auch sie auszumanövrieren?

James war nicht der Einzige, den seine eigenen Gedanken ablenkten, und so bekam niemand mit, wie Dalston eine Hand in seine Tasche schob.

Der Schuss überraschte alle.

James hörte Ballantyres Aufschrei. In dem folgenden Gerangel ertönte ein zweiter Schuss, der Louis am Oberschenkel traf, sodass er Dalston losließ.

Larsen, der sich später nicht erinnerte, wie er seine Pistole hervorgeholt hatte, feuerte, ohne nachzudenken. Die Kugel traf lediglich die Rückenlehne von Dalstons Stuhl, aber das genügte, um ihn aus dem Gleichgewicht zu bringen. Weswegen Dalstons dritter, auf James gerichteter Schuss das Ziel weit verfehlte.

Plötzlich herrschte Chaos. Dalston schlug Marcel

mit dem Griff seiner Pistole ins Gesicht, rammte ihn auf Magenhöhe mit der Schulter und schleuderte ihn so Tala und Machk vor die Füße, die Dalston zu packen versuchten. Panisches Kreischen aus Clementinas Zelt trug zur allgemeinen Verwirrung bei und lenkte Melton ab. Dalston zielte in die Menge, traf Machk und rannte zum Fluss.

James eilte zu Louis, der seinen Oberschenkel umklammerte.

»*Laisse-moi. Vite!* Schnell, lauf ihm nach!«

Als James den Blick hob, sah er, wie Evelyn sich über ihren Vater beugte. Er rief Skinner zu, er solle Louis helfen, und lief Dalston nach.

Dieser hatte das Ufer erreicht und schob eines der Kanus über den Kiesstrand ins Wasser. Er drehte sich um, als James den Hang hinuntersprang, zielte noch einmal und schoss. Schmerz durchzuckte James' Schulter, dann stürzte Marcel, das Gesicht voller Blut, an ihm vorbei.

Inzwischen war Dalston mit dem Boot im Wasser und paddelte, was das Zeug hielt. Er schaute kurz über die Schulter zurück, bevor er sich voll und ganz darauf konzentrierte, das Kanu gegen die starke Strömung ans andere Ufer zu bringen.

James erwog, ihn mit einem anderen Boot zu verfolgen, verwarf den Gedanken jedoch.

»*Imbécile.* Das schafft er nie.« Louis gesellte sich, die Hand auf seinem blutenden Oberschenkel, zu ihnen.

Die Strömung in der Mitte des Flusses war stark, und das Kanu stellte sich quer. Wenn Dalston sich nicht anstrengte, würde er zu den Fällen mitgerissen werden.

Doch noch strebte er mit kräftigen Zügen dem anderen Ufer zu.

»Mein Gott, er schafft es tatsächlich!«, rief James aus.

»Und dann?«, meinte Marcel verächtlich.

Er hatte recht. Dalston würde sich schnell im undurchdringlichen Dickicht, Kilometer von jeglicher Zivilisation entfernt, verlaufen.

»Wir würden ihn finden.«

Ein weiterer Schuss ertönte. Der kam von hinter ihnen; die Kugel pfiff über ihre Köpfe hinweg.

* * *

Später hätte Evelyn nicht sagen können, wie sie das Gewehr in die Hand genommen hatte. Sie hatte es an einem Baum lehnen gesehen und es ergriffen, ohne den Rufen ihres Vaters Beachtung zu schenken, und war den Männern damit nachgerannt, weil diese es vielleicht brauchen würden. Oben auf dem Felsen hatte sie gemerkt, dass keine Zeit war, den anderen das Gewehr zu geben. Also hatte sie selbst geschossen und beim Rückstoß aufgeschrien.

Obwohl ihr Schuss sein Ziel verfehlte, zeitigte er Wirkung. Dalston duckte sich und geriet aus dem Paddelrhythmus, sodass das Kanu sich drehte und mit wachsender Geschwindigkeit flussabwärts trieb.

Wenig später richtete er sich unverletzt auf und begann panisch wieder zu paddeln.

Sie hätten nichts tun können, selbst wenn sie es gewollt hätten, und mussten nun zusehen, wie die Strömung das Boot in Richtung Fälle mit sich forttrug, wie es hinter der Flussbiegung verschwand.

Neunundzwanzig

Eine dicke weiße Rauchwolke vom Feuer hing über dem Lager.

Egal, wo Evelyn Platz nahm: Sie entkam dem Rauch nicht. Ihre Augen brannten und tränten.

Ihr Vater saß, die Wange von dem Schuss verletzt, neben ihr. Er war fast so weiß wie der Gazeverband, den Evelyn ihm angelegt hatte, doch einige seiner Falten schienen verschwunden zu sein. Er wirkte jünger, ausgelaugt und erschöpft, aber deutlich jünger.

Sie hielt seine Hand.

Einerseits hätte sie diesen Ort am liebsten verlassen, andererseits wollte sie den Moment auskosten, weil die Welt mit all ihren Komplikationen sie hier nicht erreichen konnte und Dinge, die zu lange gegärt hatten, endlich auf sinnvolle Art und Weise geklärt waren. Sobald sie die Heimreise antraten, würde alles, was sich in der Wildnis ereignet hatte, infrage gestellt werden, und man würde Erklärungen verlangen.

An diesem Abend war es mit den vielen Verletzten zu spät, um zu Skinners Lodge zurückzukehren.

Clementina schluchzte in Larsens Zelt immer noch vor sich hin, obwohl George an ihrer Seite blieb. Die Wunden von James und Louis waren nicht schlimm und inzwischen versorgt, und Evelyns Vater bezeichnete seine Verletzung als vernachlässigenswert. Machk, den es am übelsten getroffen hatte, würde in Nipigon einen Arzt aufsuchen müssen. Trotzdem machte sich Tala keine Sorgen um ihn.

Die Männer, die Evelyns Vater zum Camp begleitet hatten, stellten sich als Leute von Achak heraus. Sie erklärten sich bereit zu bleiben und der Gruppe wieder auf den Fluss zu helfen. Momentan waren sie dabei, das Lager soweit herzurichten, dass man eine letzte Nacht darin verbringen konnte.

James machte sich mit nur einer Hand nützlich und weigerte sich, seine verletzte Schulter zu schonen. Erstaunlicherweise war es erst Mittag.

* * *

»Hast du den Schuss für James abgegeben oder für mich?«, fragte Ballantyre Evelyn.

Sie antwortete nicht sofort.

»Ich glaube, der war für fünf verlorene Jahre.«

»Egal, für wen oder was er war: Ich bin froh, dass du nicht getroffen hast.«

Tala hatte mit Achaks Männern das beschädigte, aber nicht völlig zerstörte Kanu, das unterhalb der Fälle gegen die Felsen geschleudert worden war, gefunden. Sie waren sich einig gewesen, dass man es reparieren konnte, und hatten es ans Ufer gezogen und dort gelassen, um es später zu holen. Weiter flussabwärts hatten sie das Paddel entdeckt, nach Dalstons Leiche mussten sie länger suchen. Sein Fuß war zwischen zwei Felsen eingeklemmt gewesen, die ihn wie in einer Schraubzwinge unter Wasser hielten. Nur mit Mühe war es ihnen gelungen, ihn loszubekommen und ans Ufer zu bringen. An seiner Leiche waren ausschließlich Schnitt- und Schürfverletzungen sowie blaue Flecken festzustellen gewesen, keine Schusswunde. Sie hatten die Leiche mit einer Plane zugedeckt und mit Steinen beschwert, damit keine Tiere sich darüber hermachen konnten, und sie an der Stelle gelassen, um sie am folgenden Tag abzutransportieren.

Ballantyre hatte zufrieden genickt, als sie ihm davon berichteten.

Nun schenkte er Evelyn ein Lächeln und wandte sich dann Mr Larsen zu.

»Hoffentlich wirst du eines Tages in der Lage sein, mir zu vergeben, Niels. Ich konnte dich einfach nicht ins Vertrauen ziehen.«

»Nein …«

»Alles musste vorbereitet sein, bevor ich die Lunte zünden und Stanton hochgehen lassen konnte.«

»Ich hätte mich gezwungen gesehen, dich aufzuhalten.«

»Ich weiß.«

Langes Schweigen. »Und was geschieht jetzt, Charles?«

Als Evelyns Vater sich seufzend mit der Hand durch die Haare fuhr, zuckte er zusammen, weil er dabei seine verletzte Wange berührte.

»Ich denke, mein Rachedurst ist gestillt«, antwortete er. »Natürlich werde ich meinen Einfluss geltend machen, damit Stanton James von aller Schuld reinwäscht. Das bedeutet, dass er Dalstons Taten zugeben muss. Wie der ganz richtig bemerkte, hat sein Vater mächtige

Freunde. Aber ich bezweifle, dass die ihn unterstützen, sobald die Fakten auf dem Tisch liegen. Höchstwahrscheinlich helfen sie ihm lediglich, alles unter den Teppich zu kehren. So weit werden sie ihm wohl entgegenkommen. Dalston ist tot, und ein Skandal würde nicht viel bringen. Möglicherweise können wir die Bank aus dem Ganzen heraushalten.«

Mr Larsen wirkte sehr erleichtert.

»Stantons älterer Sohn und Erbe ist ein vernünftiger Mensch und hat mir nichts Böses getan, weswegen ich ihn nicht in den Ruin treiben werde. Sein Vater jedoch wird den Rest seiner Tage in dem Wissen verbringen, dass er mir ausgeliefert ist. Ich denke, das genügt mir.«

Er drückte Evelyns Hand.

»Und nun fahren wir nach Hause, Liebes.«

* * *

Ja, sie fuhren nach Hause.

»Hast du wirklich nicht gewusst, dass James hier ist?«, fragte Evelyn ihren Vater.

Er schüttelte den Kopf.

»Meine Leute haben fünf Jahre lang nach ihm gesucht. Nun begreife ich, warum sie keine Spur von ihm finden konnten. Aber ich habe immer gespürt, dass er am Leben ist.«

Also hatte er tatsächlich nach James gesucht …

»Wie sollte Earl Stantons Ruin James helfen? Wie hätte James davon erfahren können?«

Ballantyre schmunzelte. »Glaube mir, wenn er in Schottland gewesen wäre, hätte er es erfahren. Es hätte in jeder Zeitung gestanden. Ich habe damit gerechnet, dass der Skandal ihn aus seinem Versteck lockt, und dann hätte ich beginnen können, alles in Ordnung zu bringen. Doch hier am Nipigon hätte er von der Sache nichts mitbekommen.«

Er ließ den Blick über das zerstörte Lager wandern. »An jenem Abend konnte ich es kaum fassen, dass Dalston den Wilderer kaltblütig erschossen hatte. Vermutlich war er betrunken. Obwohl sein Vater entsetzlich wütend war, hat er ohne das geringste schlechte Gewissen beschlossen, den Mord James anzuhängen. Ich war außer mir vor Zorn darüber, dass er es wagte, so etwas vorzuschlagen! James Douglas stehe unter meinem Schutz, habe ich ihm erklärt. Vielleicht hat ihn das auf seine monströse Idee gebracht. Bis zum Abend hatte er sich das mörderische Szenario ausgedacht und sich McAllister als Komplizen gesichert. Mir war klar, dass der Vorwurf der Päderastie sich kaum widerlegen ließ.«

Dies war also die Szene in Ballantyres Arbeitszimmer gewesen, in die Evelyn seinerzeit hineinplatzte.

»Und weißt du was? Im Nachhinein betrachtet war es kein Akt der Menschenfreundlichkeit, James damals bei uns aufzunehmen. Ich habe meine Prinzipien und meine Moral gegen die von Jacko gestellt und wollte ihm demonstrieren, dass das, was ich zu bieten hatte, in jeder Hinsicht besser war als sein Vagabundenleben.« Er massierte sich mit dem Handballen die Stirn und zuckte noch einmal zusammen. »Aber am Ende jenes Abends mit Stanton hatte ich gelernt, dass meine eigene Schicht nicht mehr Prinzipien besitzt als Ratten in der Gosse.«

Evelyn fiel ein, was sie fünf Jahre von ihm geglaubt hatte.

»Papa …«

Er fuhr fort, ohne auf sie zu achten. »Ich habe mich so lange gegen Stanton gewehrt, wie ich konnte. Im kritischen Augenblick hast *du* die Tür aufgerissen, bist hereingestürmt und völlig durcheinander vor dem Porträt deiner Mutter stehen geblieben.«

Er verzog den Mund zu einem Lächeln.

»Erst da ist mir die Situation richtig klar geworden: Wenn man James erwischte, würde er auf jeden Fall hängen, während er eine Chance hatte, wenn ich mich auf Stantons Vorschlag einließ und er fliehen konnte. Plötzlich war alles ganz einfach. Wie aus dem Nichts tauchte Jackos Gesicht vor mir auf, wie ich es seinerzeit in dem Gerichtssaal gesehen hatte. Du erinnerst dich, Niels, ich habe dir davon erzählt.«

Er wandte sich wieder Evelyn zu.

»Er hat mir erklärt, dass die Gerechtigkeit, die ich zu bieten habe, egoistisch sei und er sich ausschließlich von seinem eigenen Gewissen leiten lasse. Mir wurde bewusst, dass ich, wenn ich echte Gerechtigkeit wollte, meine Moralvorstellungen aufgeben und mich an den seinen orientieren musste. Und so habe ich beschlossen, Gerechtigkeit für den alten Wilderer zu erstreiten, auch wenn es mich Jahre kosten würde.«

Evelyn, die nur die Hälfte dessen, was er sagte, verstand, sah Mr Larsen nicken.

»Letztlich war es Jacko, der uns alle gerettet hat. Er hatte James die Fähigkeiten beigebracht, die er zum Überleben benötigte, und an jenem Tag im Gerichtssaal hat er *mich* gelehrt, wie ich vorgehen musste, um James zu retten: Ich durfte nicht dem Gesetz vertrauen, nur meinem *Gewissen*, weil es auf andere Art keine Gerechtigkeit geben konnte. Die Waffen, die Jacko gegen die feindliche Welt einsetzte, waren Falle und Netz, während meine Geld und Ruf sein würden. Waffen, mit denen ich mich auskannte …«

Er sah zu James hinüber. Der half mit einer Hand, die Vorräte einzupacken, die den Sturm überstanden hatten.

»Dann, vor weniger als einer Woche, kam plötzlich James Douglas, die Abendsonne im Rücken, auf dem Nipigon auf mich zugepaddelt, mein fleischgewordenes schlechtes Gewissen.« Er schüttelte noch einmal ungläubig den Kopf. »Und am nächsten Tag wurde mir am Bahnhof auch noch Dalston frei Haus geliefert, bereit für das Jüngste Gericht. Könnt ihr euch vorstellen, was das für ein Gefühl war?«

Er erhob sich und streckte sich. Dabei fiel sein Blick auf Evelyns Kleidung. »Nicht nur praktisch, Liebes, sondern obendrein ziemlich hübsch.«

»Die Hose gehört Louis«, erklärte sie. »Zu Hause werde ich mir mindestens eine fürs Reiten machen lassen.«

Er zog sie lachend zu sich heran, wölbte die Hand um ihren Hinterkopf, wie er es früher immer getan hatte, und drückte ihr einen Kuss auf die wilden Locken.

»Ja, genau. Und jetzt, Liebes, solltest du nachsehen, ob Clementina etwas braucht. Es wäre nett, wenn du eine Weile bei ihr bleiben und George entlasten könntest.«

Er löste sich von ihr.

»Und wenn du mir das noch ein letztes Mal verzeihst: Ich muss mich ums Geschäft kümmern.«

* * *

Als James, der gerade unter Mühen den Deckel einer Portage-Truhe zu schließen versuchte, den Blick hob, sah er, dass Ballantyre auf ihn zukam. Gemeinsam gelang es ihnen, die Truhe zuzumachen.

»Tut sie sehr weh?«, erkundigte sich Ballantyre und deutete auf James' Schulter.

»Nein«, log James. »Und Ihr Gesicht?«

»Nicht der Rede wert. Larsen meint, Dalston hätte getrunken. Wir können von Glück sagen, denn sonst hätte er dein Herz und mein Gehirn erwischt.«

Ballantyre schaute zu Louis hinüber, der mit dem Rücken an einen Baumstamm gelehnt saß, das verletzte Bein vor sich ausgestreckt.

»Und was ist mit dir, Louis?«

»Bei mir hätte es auch schlimmer ausgehen können«, scherzte Louis.

Ballantyre lachte. »Soweit ich weiß, trägt meine Tochter deine Ersatzhose. Ich sorge dafür, dass du sie zurückbekommst. Obwohl du dir vermutlich schon bald ein Dutzend Hosen leisten kannst.«

Bevor Louis etwas erwidern konnte, wandte Ballantyre sich wieder James zu.

»Ich habe mir selbst versprochen, vor meiner Abreise noch einmal in Astra's Pool zu angeln, und heute Abend scheint die letzte Gelegenheit dafür zu sein. Würdest du mir nachher dort Gesellschaft leisten? Gib mir eine halbe Stunde und komm dann zu mir.«

James sah ihn fragend an, doch wie immer verriet Ballantyres Miene nichts. Seine Bemerkung Louis gegenüber konnte aber eigentlich nur eines bedeuten …

Auch Louis war sie nicht entgangen.

»Er weiß, dass wir das waren«, stellte er fest, als Ballantyre sich entfernt hatte, um sein Angelzeug zu holen.

»Ja.«

Gemeinsam sahen sie Ballantyre nach, wie er auf dem Pfad zwischen den Bäumen verschwand.

»Hat er irgendwas zu dir gesagt?«

»Nein, kein Wort.«

Nun gesellte sich Evelyn zu ihnen. »Er ist *angeln* gegangen?«, fragte sie. »Mir hat er gesagt, er müsste sich ums Geschäft kümmern. Ich dachte, er meint …« Sie verstummte und musterte zuerst Louis, dann James.

»Er möchte, dass ich nachher zu ihm komme.«

Evelyn ergriff seinen unverletzten Arm.

»Gut. Er kann dir helfen, James, und du musst seine Hilfe annehmen. Egal, was er dir anbietet: Du musst es nehmen.«

Er löste sich von ihr und nickte in Richtung Louis.

* * *

Eine halbe Stunde später blickten Evelyn und Louis James nach, der Ballantyre auf dem schattigen Pfad folgte. Sie wusste, dass die beiden diese Zeit miteinander brauchten, und fühlte sich dennoch wieder einmal ausgeschlossen.

»Jetzt ist also alles geklärt«, meinte Louis, »und Sie fahren nach Hause zurück.«

»Ja.«

»James hat mir von Ihrem schönen großen Haus und dem Anwesen Ihres Vaters erzählt. Sie können sich glücklich schätzen.«

Sein spöttischer Tonfall gefiel ihr nicht.

»Bald sind Sie wieder dort und können auf ewig den Geschmack süßer Himbeeren genießen.«

Sie runzelte die Stirn.

»Was soll ich sonst machen?«, fragte sie.

Er zuckte auf seine nervtötende Art mit den Achseln und deutete auf den Pfad.

»Ich habe das Gefühl, der werte Vater von Mylord Dalston lag gar nicht so falsch.«

Als er ihren verständnislosen Blick bemerkte, grinste er.

»Zwischen den beiden existiert eine tiefe Verbindung, und diese Verbindung entscheidet, wie es weitergeht. Auch für mich …«

»Wie meinst du das?«

»Vielleicht wird James Ihnen das erklären.« Er veränderte seine Position, die Hand auf seinem verletzten Oberschenkel. »Werden die alten oder die neuen Verbindungen stärker sein? Wie Sie richtig vermuten, wird Ihr Vater sein schlechtes Gewissen mit guten Angeboten beruhigen. Aber was wird James sagen?«

»Ich habe keine Ahnung.«

»Nein? Ich denke, Ihr Schicksal entscheidet sich auch gerade dort oben. Wollen Sie nicht versuchen, sie zu beeinflussen? Ich kann es nicht.«

Er deutete auf den Verband an seinem Bein.

»Ich bin *hors de combat*. Doch Sie könnten in diesen hübschen Pantalons von mir zu ihnen gehen.«

Mit diesen Worten lehnte er sich an den Baumstamm und schloss die Augen.

* * *

Astra's Pool war ein ruhiger Fleck zwischen Felsen und Bäumen, die in herbstlichen Farben leuchteten. Wer auch immer Astra gewesen sein mochte, war längst vergessen. Nur für Angler war ihr Name hier verewigt. Der Teich wurde von einem kleinen Wasserfall gespeist, und am anderen Ende entströmte ihm ein Bach, der sich über eine Reihe kleinerer Fälle und Stromschnellen in den Fluss ergoss.

Als James zwischen den Bäumen hervortrat, sah er Ballantyre zwei oder drei Meter vom Ufer entfernt mit seiner Angelrute ausholen, als befände er sich an seinem eigenen Fluss zu Hause. Wo seine Fliege landete, kräuselte sich das Wasser. Seine Bewegungen waren ästhetisch und gekonnt. James beobachtete ihn eine Weile fasziniert, obwohl ihm die Schulter wehtat.

Da bemerkte Ballantyre James, und er hob eine Hand und begann, die Schnur einzuholen. Wenig später watete er ans Ufer und lehnte seine Angelrute an einen Felsen.

»Setzen wir uns einen Moment hin, ja?«

Als sie Platz nahmen, tauchte ein Fisch auf, um sich eine unvorsichtige Fliege zu holen, eine echte, keine künstliche, und Ballantyre fluchte leise, bevor er sich James zuwandte.

»Ich habe dir alles erklärt und mich entschuldigt.«

»Ja.«

Nach kurzem Schweigen meinte Ballantyre: »Jacko

hat mir einmal einen Vortrag über den Unterschied zwischen natürlicher und unnatürlicher Gerechtigkeit gehalten, in meinem eigenen Gerichtssaal.«

James schmunzelte.

»Und ich habe versucht, ihn zu widerlegen.«

»Das heutige Ergebnis hätte ihn zufriedengestellt.«

»Glaubst du?«

»Ja. Es ist das Beste so. Gut, dass Dalston im Fluss umgekommen ist.«

Ballantyre schaute aufs Wasser hinaus, das sich zu glätten begann. »Möglich … Stanton wird seine falsche Aussage zurückziehen, das verspreche ich dir, und dir wird Gerechtigkeit widerfahren.«

James nickte.

»Kommst du dann nach Hause?«

James gab ihm die gleiche Antwort wie Evelyn. »Mein Zuhause ist jetzt hier.«

James meinte, Ballantyres Erleichterung über seine Antwort zu spüren.

Plötzlich wurde die Stille von einem merkwürdigen surrenden Geräusch durchbrochen, und als sie den Blick hoben, sahen sie eine Schar großer weißer Vögel, die mit gestrecktem Hals über ihnen dahinflogen.

»Kanadakraniche«, stellte James fest. »Sie folgen den Gänsen nach Süden.«

»Ja. Der Herbst naht. Morgen folgen wir ihnen.« Ballantyre wandte sich wieder James zu. »Und nun zum Geschäftlichen. Du hast mich mit deinen Freunden zum Narren gehalten! Das ist euch wirklich gut gelungen.«

James erstarrte.

»Du kannst dir vielleicht vorstellen, wie überrascht

ich war, als Achak sich nach euch dreien erkundigt hat, nachdem ich ihm erzählt hatte, dass ich mit Skinner unterwegs bin. Er ist ein charmanter, intelligenter Mann, findest du nicht?«

James blieb stumm. Egal, was jetzt kam: Er musste an Louis und Marcel denken.

»Da sind mir mehrere Dinge klar geworden, und nach einem langen Gespräch konnten wir uns auf eine Vereinbarung einigen.«

Eine Vereinbarung. James spürte Wut in sich aufsteigen.

Ballantyre fuhr fort: »Ich hatte bereits früher eine Abmachung mit Achaks Vater getroffen, ein Ergebnis von Kershaws Vorarbeiten. Natürlich nichts Schriftliches, aber am Ende hat Achak sich bereit erklärt, sich daran zu halten. Für ihn ist das eine Frage der Ehre.«

Nach allem, was passiert war, meinte Ballantyre immer noch, von Ehre reden zu können?

»Wir haben uns auf ganz ähnliche Bedingungen verständigt, wie ihr drei sie ausgehandelt hattet«, erzählte Ballantyre. »Faire und vernünftige Bedingungen, darf ich hinzufügen, die Achaks Interessen wahren und trotzdem Gewinn versprechen. Kershaw hat einen ziemlich guten Überblick über die Ergiebigkeit der Ader. Das Potenzial der Gegend ist bedeutend größer, als du denkst. Es geht nicht nur um Gold, sondern auch um Kupfer und Eisenerz. Vielleicht sogar um Diamanten … Euer Claim ist nicht zentraler Teil meiner Pläne, und wenn Kershaw recht hat, ist er nicht sehr ergiebig. Es werden beträchtliche Anstrengungen nötig sein, um die Edelmetalle dort abzubauen.«

James wandte sich ihm argwöhnisch zu.

»Als Einzelinitiative ist die Sache kostspielig, doch im Rahmen eines größeren Vorhabens ...«

»Was wollen Sie damit sagen?«

»... wird sie lohnende Ergebnisse zeitigen, vorausgesetzt, ihr seid bereit, euch zu engagieren.«

Ballantyre musterte James mit einem seltsamen Ausdruck.

»Hast du wirklich gedacht, ich würde versuchen, mir euer Gebiet zurückzuholen?«

James schwieg.

»Vermutlich hatte ich es nicht besser verdient.« Ein Lächeln spielte um Ballantyres Mundwinkel. »Sobald ich mich von meiner Überraschung über eure Hinterhältigkeit erholt hatte, war ich sogar ziemlich beeindruckt. Du, James Douglas, bist und bleibst trotz meiner Bemühungen Jackos Schützling, du hast das Herz und die Seele eines Wilderers.«

Er nahm das Zigarrenetui aus seiner Tasche.

»Jacko wäre stolz auf dich gewesen. Zuerst meine Moorhühner und meine Lachse und jetzt meine Goldmine. Schreckst du denn vor nichts zurück?«

Fünf Minuten später machte James große Augen.

»Meiner Ansicht nach wird das funktionieren«, schloss Ballantyre und stippte Asche am Felsen ab. »Ich mag deinen Freund Louis. Er ist ein Kenner der menschlichen Natur und könnte gut mit den Arbeitern umgehen. Und Marcels ungestümes Wesen würde vermutlich wenig Schaden anrichten, wenn er als Verbindungsmann zu Achak arbeitet. Keine Sorge, ich werde sie anständig entlohnen. Ich hatte schon geahnt, dass du nicht nach Schottland zurückkehren möchtest, also lade ich dich ein, mein Partner in diesem Unternehmen zu sein, James. Ich behalte fünfundsiebzig Prozent der Anteile, den Rest bekommst du.«

James sah ihn mit offenem Mund an.

»Wenn deine Freunde hinsichtlich des Abbaus auf eurem Claim weiter verhandeln wollen, bin ich gern dazu bereit«, fuhr er fort, »aber das überlasse ich euch dreien. Und Achak.«

Er zündete sich eine neue Zigarre an.

»Dieses Arrangement käme mir sehr gelegen, denn ohne euch müsste ich Vorarbeiter, Aufseher und andere Leute einstellen, die möglicherweise versuchen würden, mich zu betrügen.« Nach kurzem Schweigen fügte er hinzu: »Euch würde ich das auch nicht raten ...«

Er hob die Augenbrauen, als erwartete er eine Reaktion von James, doch der blieb stumm.

»Letztlich war es eure Dreistigkeit, die mich auf diese Idee gebracht hat. Euer Handeln war geschäftstüchtig und juristisch gesehen unanfechtbar, da ich keinerlei Dokumente unterzeichnet hatte. Ihr seid opportunistisch und bemerkenswert scharfsinnig vorgegangen. Und das sind meiner Ansicht nach Eigenschaften, die man sich zunutze machen sollte.« In verändertem Tonfall fügte er hinzu: »Außerdem verschafft mir das eine willkommene Gelegenheit, die Sache mit dir endlich ins Lot zu bringen.«

* * *

Irgendwo in der Nähe zwitscherte eine Singammer. Abgesehen davon war nur das Rauschen des Windes in den Bäumen zu hören, den James kühl auf seinem Gesicht spürte. Er stand auf und ging ans Ufer des Teichs. In etwa einer Woche würden die Ränder zuzufrieren beginnen, und in einem Monat wäre er ganz zu Eis erstarrt. Dann würden Tiere darüber laufen können, die Spuren im tiefer werdenden Schnee hinterließen.

Es war ein unglaubliches Angebot.

Doch James wäre wieder von Ballantyre abhängig. Der Mann mochte fünftausend Kilometer entfernt sein, hätte aber nach wie vor die Kontrolle. Er würde die Fäden in der Hand halten und über James' Schicksal und seine Zukunft bestimmen. James wäre genauso wenig von Ballantyre frei wie Evelyn …

Evelyn.

Der Gedanke an sie war weich und warm, wie ihre Haut unter seiner Hand. Sein Puls beschleunigte sich. Plötzlich kam ihm eine Idee. Vielleicht ließ sich doch noch etwas herausschlagen …

Er drehte sich zu Ballantyre um. »Dreißig Prozent«, sagte er.

»Wie bitte?«

»Dreißig Prozent für mich. Und dreißig Prozent für Ihre Tochter. Der Rest für Sie.«

Ballantyre blieb der Mund offen stehen. »Für Evelyn?«

»Ja.«

»Du möchtest also auch noch Evelyn?«

»Das ist ihre Entscheidung.«

»Durch sie erlangst du Kontrolle über die Mine.«

»Zum Teufel mit der Mine. Ihr Anteil bleibt ihr, egal, was geschieht. Er gibt ihr Unabhängigkeit und Freiheit.«

Ballantyre drückte seine Zigarre auf dem Felsen aus. »Um zu dir zu kommen?«, fragte er mit eisiger Stimme.

»Wenn sie mich will … Ja.«

»Evelyn fährt mit mir nach Hause.«

»Ich weiß.«

»Sie ist noch nicht zwanzig.«

»Aber das wird nicht immer so sein.«

Ballantyre blickte mit einer Miene, die so hart war wie die Felsen, auf den ruhigen Teich hinaus.

James hielt, erstaunt über seine eigene Unverfrorenheit, den Atem an.

Kurz darauf wandte Ballantyre sich ihm wieder zu. »Hätte ich dich vor zehn Jahren nach Rothmere Hall geschickt, wäre mir eine Menge Ärger erspart geblieben. Wenn du könntest, würdest du dir auch noch das Anwesen unter den Nagel reißen, nehme ich an.«

»Ich mache mir nichts aus …«

»Möglicherweise heirate ich ein zweites Mal und zeuge Söhne!« Ballantyres Augen funkelten.

»Dann würde ich Ihnen viel Glück wünschen, Sir«, sagte James.

»*Ha!*«

»Ich will nur Evelyn. Aber sie soll aus freien Stücken zu mir kommen.«

Ballantyre schüttelte ungläubig den Kopf.

»Ich hatte recht: Du schreckst tatsächlich vor nichts zurück. Trotzdem fährt Evelyn mit mir nach Hause, wo sie bleibt, bis sie volljährig und vernünftig ist. Was immer du denken magst: Sie ist noch ein Kind …«

Als Evelyn, nach wie vor in James' Hemd und Louis' Hose, am Rand des Waldes auftauchte, verstummte er.

* * *

Vom Ende des Pfads aus hatte sie gesehen, wie sich die beiden am Ufer von Astra's Pool unterhielten. James hatte die Arme vor der Brust verschränkt, und ihr Vater stand halb von ihm abgewandt. Evelyn sank der Mut. Was hatte Louis über ihre tiefe innere Verbindung gesagt?

Sie trat näher.

»Angelt ihr nicht?«, fragte sie.

Ihr Vater bedachte sie mit einem merkwürdigen Blick. »Du fährst mit mir heim, verstanden? Was auch immer in meiner Abwesenheit zwischen euch geschehen sein mag: Du kommst mit mir nach Hause.«

Evelyn sah James an und spürte, wie sie rot wurde. Was hatten die beiden geredet?

James schüttelte den Kopf. »Natürlich fährt sie mit Ihnen zurück, Sir. Ich bitte Sie nur, Ihr Angebot so zu formulieren, wie ich es Ihnen vorgeschlagen habe.«

Also hatte Louis recht gehabt. Die Angelegenheit war besprochen und entschieden.

»Ihr Vater hat mir ein Angebot gemacht, ein geschäftliches Angebot. Einen Anteil an seiner Mine ...« James schaute zu Ballantyre hinüber. »Ein Angebot, das er jetzt möglicherweise zurückzieht.«

»Keineswegs, James«, meinte Evelyns Vater sanft.

James zuckte mit den Achseln. »Ich werde es nur zu meinen Bedingungen annehmen.«

»Und die wären?«

»Dass er Ihnen ebenfalls einen Drittelanteil an dem Unternehmen überlässt, der auf ewig Ihnen gehört. Und der es Ihnen ermöglicht, selbst über Ihre Zukunft zu bestimmen.«

Sie musste daran denken, wie Mr Skinner sie mit James am Fluss überrascht hatte. »Was für ein Unternehmen?«

»Kein Holzhandel«, antwortete James schmunzelnd. »Edelmetalle.«

»Aber davon habe ich keine Ahnung«, wandte sie ein.

»Ich auch nicht.«

Sie merkte, dass sich die Stimmung ihres Vaters veränderte. Die Anspannung schien von ihm abzufallen.

»Ihr müsst also beide viel lernen«, meinte er schmunzelnd. »Doch James wird sich hier alles Nötige aneignen und sich seinen fünfundzwanzigprozentigen Anteil verdienen, während du mit mir nach Hause fährst. Und in etwas mehr als einem Jahr, wenn du volljährig bist, ein Anlass, bei dem die meisten jungen Damen Perlen und anderen Schmuck bekommen, wirst du, Liebes, ebenfalls einen zwanzigprozentigen Anteil erhalten. Was du damit machst, Evelyn, liegt in deinem eigenen Ermessen.« Er wandte sich James zu. »Zufrieden?«

»Ich habe dreißig gesagt, für jeden von uns.«

»Das weiß ich, junger Mann. Aber das ist mein Angebot.«

James blickte Evelyn an. »Evelyn?«

Ein unbekanntes Gefühl bemächtigte sich ihrer, ihr war, als würden einhundert Gänse gleichzeitig in ihr aufflattern.

»Wenn du dreißig gesagt hast, solltest du nicht klein beigeben, finde ich.«

Ihr Vater wirkte überrascht.

»In dem Vertrag sollte auch stehen, dass ein zusätzlicher Prozentsatz fällig wird, wenn ...«, fast hatte sie

Angst vor der eigenen Courage, »… eine gewisse Gewinngrenze erreicht ist.«

James schmunzelte. »Oder bei einem anderen geeigneten Anlass.«

Ballantyres Augen verengten sich. »Gerade eben habe ich behauptet, du seist noch ein Kind«, meinte er, »aber ich glaube, ich habe mich getäuscht. Immerhin warst du bereit, einen Mann zu erschießen.«

Von der Mitte des Teichs hörten sie ein platschendes Geräusch, und sie sahen, wie das Licht der Sonne die Regenbogenfarben einer riesigen Forelle erglänzen ließ, die, silberne Tropfen sprühend, aus dem Wasser sprang. Als sie zurückfiel, nahm sie ein Maul voll Haken und abgerissenen Schnurenden mit in die Tiefe.

Dank

Die Figuren und Ereignisse dieses Buchs sind rein fiktional. Der Tweed fließt natürlich durch das schöne Grenzgebiet zwischen Schottland und England, aber das Anwesen von Ballantyre habe ich mir ausgedacht. Auch der Nipigon existiert, allerdings nicht mehr in der Form wie 1893, als seine legendären Bachforellen »Gentlemen-Angler« aus aller Welt anlockten. Seit den zwanziger Jahren des letzten Jahrhunderts hat Elektrizität aus Wasserkraft den Fluss sehr verändert, obwohl Angler ihn nach wie vor als gutes Fanggebiet schätzen.

Ich bin Betty Brill vom ausgezeichneten Nipigon-Museum (nipigonmuseumtheblog.blogspot.com) sehr dankbar, nicht nur dafür, dass sie mich auf frühe Schriften über den Fluss aufmerksam gemacht hat, sondern auch für ihre hilfreichen Informationen über Naturgeschichte und Tierwelt der Gegend. Ich hoffe, sie und andere verübeln mir nicht, dass ich mir Freiheiten im Hinblick auf den Ort und die Geografie der Region genommen habe.

Die von ihr empfohlenen Artikel »Days on the Nepigon« von E. E. M. (1917) und »Up the Nepigon« von Elizabeth Taylor (1889) haben sich als wertvolle Quellen erwiesen. *A Historical Walk Through Nipigon* von Bonnie Satten (2003) beschreibt den Ort, wie er früher war, und John M. R. Kelsos und James W. Demers' *Our Living Heritage: The Glory of the Nipigon* (1993) erzählt die faszinierende Geschichte dieser kleinen Stadt, während Thomas Waters' *The Superior North Shore* (1987) Auskunft über die Naturgeschichte gibt.

An dieser Stelle möchte ich mich auch bei den Leuten von der Thunder Bay Library bedanken, die mir eine Ausgabe von Hiram Slacks 1887 erschienenem Bericht über einen Angeltrip den Nipigon hinauf geschickt und mir während meines Aufenthalts dort weitere Fragen beantwortet haben.

Joseph Mauros informatives und ansprechend illustriertes *A History of Thunder Bay* (1981) hat mir Einblicke in die Zeit verschafft, als man damit rechnete, dass Port Arthur das »Chicago des Nordens« werden würde. Das Gleiche gilt für Tania Sajs *The Last Best Places: Storytelling About Thunder Bay's Historic Buildings* (2009) und Elinor Barrs *Silver Islet – Striking It Rich in Lake Superior* (1988), die die außergewöhnliche Geschichte dieser Mine erzählen.

Informationen über die Weltausstellung in Chicago habe ich aus zahlreichen Quellen bezogen. Zum Leben erweckt wurden sie für mich durch die Illustrationen in Neil Harris', Wim de Wits, James Gilberts und Robert Rydells *Grand Illusions: Chicago's World's Fair of 1893* (1993).

Henry David Thoreaus *Walden oder Leben in den Wäldern* und sein Essay »Über die Pflicht zum Ungehorsam gegen den Staat« haben mir Anregungen für die Entwicklung von Niels Larsens Charakter sowie für die Ansichten von Jacko und Charles Ballantyre geliefert.

All diese Quellen haben mich inspiriert und mir Hintergrundinformationen verschafft, doch das ändert nichts an der Tatsache, dass *Jenseits des breiten Flusses* ein Roman und somit ein Werk der Fiktion ist.

Auf einer privateren Ebene möchte ich mich bei meinem alten Freund Cliff Samson bedanken, der in Neuseeland und Australien fliegenfischen geht, dafür, dass er mich auf *Red Palmer: A Practical Treatise on Fly Fishing* (1888) von Taylor James hingewiesen und mir auch andere Fragen beantwortet hat.

Die Scottish Borders nahe Kelso bergen besondere Schätze für meine Familie, und meine Söhne haben mich ins nordwestliche Ontario begleitet, um meine Erinnerungen an schöne Kindertage aufzufrischen. Sie haben mir in Thunder Bay Gesellschaft geleistet und einige denkwürdige Tage in Nipigon mit mir verbracht, wo, als wir nachts auf der Straße am Fluss fuhren, in einem Sturm plötzlich ein Baum vor uns herunterkrachte. Auch auf das Lager des Prince of Wales (Edward VIII.) stürzte während eines Angelausflugs am Nipigon ein Baum herab.

Die Tage, als der Nipigon so illustre Persönlichkeiten zum Fischen anlockte, mögen vorbei sein, doch die Geschichte dieser Region ist nach wie vor faszinierend. Und sie mag nicht mehr so unberührt sein wie noch 1893, aber sie ist immer noch ein wunderschöner, kaum bekannter Teil der Welt, wo die Fesseln der Zivilisation von einem abzufallen scheinen.

Unsere Leseempfehlung

480 Seiten
Auch als E-Book erhältlich

Köln 1908: Caspar Marquardt herrscht in seinem Kaufhaus wie ein König über die Welt des Luxuskonsums. Da er keine Söhne hat, soll ein entfernter Verwandter sein Erbe werden – eine Provokation für seine älteste Tochter Louisa, die das Geschäft gerne selbst führen möchte. Doch nicht nur ihr Schicksal ist mit dem Kaufhaus verbunden. Während sich die kapriziöse Sophie in einen Konkurrenten ihres Vaters verliebt, sucht die unehelich geborene Mathilda ihren Platz in der Gesellschaft. Folgenschwere Konflikte machen die Schwestern gleichermaßen zu Verbündeten und Rivalinnen ...

www.goldmann-verlag.de
www.facebook.com/goldmannverlag

GOLDMANN
Lesen erleben